HEYNE <

Ellie Pilcher

Wenn die Sterne günstig stehen

Roman

Aus dem Englischen von Angelika Naujokat

WILHELM HEYNE VERLAG
MÜNCHEN

Die Originalausgabe *What Planet Can I Blame This On?* erschien erstmals
2021 bei Hodder Studio, an imprint of Hodder & Stoughton, London.

FSC
www.fsc.org
MIX
Papier aus verantwortungsvollen Quellen
FSC® C014496

Penguin Random House Verlagsgruppe FSC® N001967

Deutsche Erstausgabe 11/2022

Redaktion: Antje Steinhäuser
Printed in Germany
Umschlaggestaltung: FAVORITBUERO GbR, München,
unter Verwendung von Shutterstock.com (Marish, Stars in the sky)
Satz: Satzwerk Huber, Germering
Druck und Bindung: GGP Media GmbH, Pößneck
ISBN: 978-3-453-42705-1

www.heyne.de

Für meinen Großvater. Don't worry, be happy.
Ich vermisse dich. In Liebe, Ellie Roo (Ada)

1

Löwe: Druck kann hilfreich sein, Dinge umzusetzen.
Rückläufige Venus.

»Although we've come to the end of the road, still I can't let go ...«

Das war die allerschlimmste Playlist, die ich je für einen Geburtstag zusammengestellt hatte. *Please Don't Go* von *KWS*, *Stay* von *Shakespears Sister* und *Would I Lie to You* von *Charles & Eddie*. Nummer-eins-Hits aus meinem Geburtsjahr – 1992 –, die allesamt keine gute Musikuntermalung abgaben, wenn man gerade den eigenen Freund aus der Wohnung schmiss.

Fast neunundzwanzig Jahre nach ihrer Veröffentlichung machten sie sich nun aus den Bluetooth-Lautsprechern in der Küche über mich lustig. Keine Ahnung, warum ich gerade diese Playlist laufen ließ, während ich mich von ihm trennte, aber ich war immer noch total geplättet, dass meine Beziehung nur aus Betrug bestand, daher möge man es mir nachsehen.

Anscheinend ist jede Beziehung eine offene Beziehung?!, fügte ich dem Chat unserer WhatsApp-Gruppe »Kammer des Schreckens« hinzu. Sie bestand aus meinen besten

Freundinnen, die ich mit den aktuellen Neuigkeiten aus dem Drama, das mein Leben war, auf dem Laufenden hielt. Die Antworten kamen prompt.

Paige: Ernsthaft?!?!
Tina: Arschloch.
Tina: Den sollte man kastrieren.

Ich kicherte bei dem Gedanken daran – zu radikal? –, antwortete aber nicht. Stattdessen stellte ich meine Geburtstags-Playlist lauter, damit sie Davids Stimme übertönte, der fortfuhr, mir seine Philosophie von einer offenen Beziehung zu erklären (in der wir uns ganz offenbar in den letzten sechs Jahren – ohne mein Wissen – befunden hatten).

Und auch das Foto zu rechtfertigen, das ich auf seinem Smartphone entdeckt hatte und das angeblich keine Vagina zeigte, sondern bloß ein verknittertes, pinkfarbenes T-Shirt.

Erstens wäre dies das einzige existierende pinkfarbene T-Shirt mit einer Landebahn. Und zweitens gehörte die Vagina ganz offensichtlich einer Frau, die freundlicherweise einen Screenshot von ihrem *Tinder*-Profil mit seinen darunter stehenden Nachrichten gemacht hatte.

Du siehst unglaublich scharf aus!!
Kann es kaum erwarten, dich wiederzusehen. Heute Abend bei dir??
Können wir nicht mal zu dir gehen?
Nein. Meine Mitbewohnerin ist zu Hause. Die mag es nicht, wenn ich Dates mit nach Hause bringe.

Wirklich komisch. *Ich* war seine Mitbewohnerin und seine Freundin – besser gesagt, Verlobte, Stand gestern Abend.

Nach sechs gemeinsamen Jahren hatte er mir eine Woche vor meinem Geburtstag einen Heiratsantrag gemacht – um den unausweichlichen öffentlichen Antrag bei meiner bevorstehenden Party zu vermeiden –, und das mit einer Bestellung vom Chinesen und während im Fernsehen die Wiederholung einer Backshow lief.

Vor lauter Aufregung hatte ich ein Selfie nach dem anderen von uns beiden gemacht, um den großen Moment festzuhalten, und dafür sein Smartphone benutzt, weil es in der Nähe lag. Es wurde ein richtiges Fotoshooting daraus, und David machte mit, gab sein Bestes, während wir posierten und alles aus verschiedenen Perspektiven aufnahmen. Er ermunterte mich sogar, noch weitere Fotos zu machen, als ich schon glaubte, ein gutes von uns zu haben.

Und daher scrollte ich am nächsten Morgen im Bad, bevor ich zur Arbeit fuhr, auf der Suche nach dem tollsten Foto, um es auf Instagram unter #BigNews zu teilen, aufgeregt durch gefühlt Hunderte von Fotos, auf denen ich entweder mit zusammengekniffenen Augen lächelte oder aussah, als hätte ich ein Dreifachkinn.

Die Suche dauerte eine halbe Ewigkeit, während der ich mich durch unzählige Selfies scrollte, die ich aus allen möglichen Perspektiven in unterschiedlichen Zimmern aufgenommen hatte, aber entweder waren die Lichtverhältnisse ungünstig und Aknenarben zu sehen, oder einer hatte mal wieder die Augen geschlossen oder – stopp! – also, dass ich bei unserem Fotoshooting eine Vagina aufgenommen hatte, daran würde ich mich aber mit Sicherheit erinnern.

Er betrog mich. Und er gab sich nicht einmal große Mühe, es zu verbergen. Hatte gar nicht erst versucht, den Screenshot von dem *Tinder*-Profil und dem schamlosen Vagina-Foto in einem Ordner mit einem unverfänglichen Namen wie *Beruflicher Kram* oder *Selfies* zu verstecken – nicht einmal, nachdem wir unzählige Fotos von uns beiden gemacht hatten und er genau wusste, dass ich irgendwann darin stöbern würde.

Und ich musste nicht einmal um die vierstellige PIN für sein Smartphone bitten, mit der sich das Display entsperren ließ, denn die lautete 1-1-1-1, verdammt nochmal! Jeder, der mehr als fünf Minuten mit ihm verbrachte, wusste das, weil er es nie länger aushielt, ohne einen Blick hineinzuwerfen.

Wer kommt überhaupt auf die Idee, ein Foto von einer Vagina zu speichern? Macht das die Leute wirklich an? Und wer hatte ihm das Foto geschickt? Da hatte sich jemand richtig Mühe gegeben. Ich bekam ja nicht mal eine vernünftige Perspektive für mein Verlobungsfoto hin, ganz zu schweigen davon, meine Muschi auf so schmeichelhafte Art und Weise ins Bild zu setzen.

Es pingte. Der Gruppenchat.

Paige: Was sagt er gerade?

Kris: Dass Monogamie was für Babyboomer ist.

Paige: Was für ein Mistkerl!

Tina: Na ja …

Paige: Tina! Wag es ja nicht!

Tina: Ohne Einverständnis ist es eine Sauerei, aber …

Paige: TINA!

Tina: Jedem das Seine.

Paige: Wie konnte er Kris das nur antun? Nach SECHS Jahren!!!
Tina: SCHICK DIESEN FLACHWICHSER IN DIE WÜSTE

Ich rieb mir die Stelle zwischen den Augenbrauen, legte das Smartphone mit dem Display nach unten aufs Sofa und dachte darüber nach, wie ich beim Anblick von Davids Fotos anfangs naiverweise geglaubt hatte, dass es nur ein einmaliger Ausrutscher gewesen war. Dass ihm seine Nerven im Vorfeld des Heiratsantrags einen Streich gespielt hatten.
Aber nein! Von dem Moment an gelangte ich zu immer neuen Erkenntnissen.
Wieso hatte ich nicht mitbekommen, dass er mich betrog? Hatte er gewollt, dass ich es herausfand?
Ich war ständig zu Hause, arbeitete während unserer Beziehung die überwiegende Zeit als freiberufliche Journalistin. Ich bereitete immer ein halbwegs genießbares Frühstück und ein weniger genießbares Abendessen für uns zu wie eine brave Hausfrau aus den 1950er-Jahren – allerdings eher wie eine, die sich noch in der Hausfrauenausbildung befand. Er kam selten zu spät und verpasste nie eine Mahlzeit ohne einen triftigen Grund. Wenn es hochkam, war er zweimal die Woche abends weg, und ich war davon ausgegangen, dass er diese Zeit einfach für sich selbst brauchte und sie mit Freunden verbrachte – ich hatte ja keine Ahnung gehabt, dass er sich mit Fickfreundinnen traf.

Wieso hatte ich das nur nicht mitbekommen? Welche Anzeichen hatte ich ignoriert?

»Ist mir egal, David«, sagte ich zu ihm, als er endlich kapierte, dass ich seine Entschuldigungen über Whitney

Houstons lautstarkes Geträller von *I Will Always Love You* gar nicht mitbekam. Und nein, Whitney, er wird mich ganz sicher nicht immer lieben!

»Und nicht jeder führt eine offene Beziehung!«, ranzte ich ihn an, als ich mich vom Sofa zu ihm umdrehte und ihn anfunkelte, während die neuen Nachrichten von den Mädels mein Smartphone in hektisches Gepinge ausbrechen ließen. »Ich bin mir ziemlich sicher, dass beide Parteien darin involviert sein sollten, damit man es als offene Beziehung bezeichnen kann! Ansonsten wäre sie ja wohl lediglich halb offen. Eher angelehnt in diesem Fall.«

Das brachte ihn zum Lachen.

»Das ist nicht witzig!«, erwiderte ich in dem Versuch, den strengen Tonfall meiner Mutter zu treffen. Sie war nicht mal wirklich gut darin, keine Ahnung, warum ich glaubte, es selbst sein zu können.

David lachte immer noch, aber dann meldete sich doch noch rechtzeitig sein Selbsterhaltungstrieb, und er versuchte zumindest, es sich zu verkneifen.

»Tut mir leid, Kris«, sagte er zum ersten Mal. Wobei es total typisch war, dass er sich nicht für seine Affären mit irgendwelchen Tinderellas entschuldigte, sondern weil er über meinen armseligen Versuch gelacht hatte, dem Ganzen eine humorvolle Note zu verpassen.

»Mit einer Entschuldigung ist es nicht getan«, sagte ich mit Nachdruck.

»Ich weiß.«

Wusste er es wirklich? Er behandelte die Sache wie ein kleines Versehen, als ob es keine Rolle spielen würde und in ein paar Tagen vergessen wäre.

Aber das hier war nicht bloß irgendeine belanglose Zankerei.

Ich drehte mich wieder zum Sofa um, griff nach meinem Smartphone und versuchte, für einen Moment meine Gefühle zu sortieren. Im Hintergrund blieb es still.

Eine ganze Nachrichtenflut von Paige und Tina erwartete mich auf meinem Sperrbildschirm. Ich ignorierte sie und schrieb nur:

Kris: Ich habe sechs Jahre Jahre an dieses Arschloch verschwendet.
Paige: Die waren nicht verschwendet, Süße – du hast doch uns kennengelernt. Wir lieben dich.
Tina: Und wir sind dir treu.
Paige: TINA?!
Tina: Sorry. Zu früh?
Tina: Meme-Time für den Mistkerl?
Paige: Cancel Culture ist nicht hilfreich, Tina!
Tina: Gehört im 21. Jahrhundert zum Erwachsenwerden dazu.
Paige: Und was soll das bringen?

Ich schüttelte den Kopf, besaß nicht einmal die Energie, um über die unbeholfenen Versuche meiner Freundinnen, mich bei Laune zu halten, zu lachen.

Ich hatte nicht damit gerechnet, dass meine Woche so verlaufen würde: der Antrag nach jahrelangem Warten, das überraschende Muschi-Foto und Davids völlig unerwartetes Geständnis, nicht an die Monogamie zu glauben.

Warum hatte er mir überhaupt einen Antrag gemacht?

Wer seinen Partner betrügt, sollte gar nicht erst über einen Heiratsantrag nachdenken. Einen solchen Antrag machte man doch auf dem Höhepunkt einer Beziehung, wenn man merkt, dass man nicht mehr ohne diesen einen Menschen leben kann. Aus genau diesem Grund hatte ich das Thema in den letzten drei Jahren auf eine nicht gerade subtile Art und Weise immer wieder zur Sprache gebracht. Ich dachte, wir beide seien füreinander geschaffen und bis über beide Ohren ineinander verliebt. Wir beendeten die Sätze für den anderen, massierten uns gegenseitig die Füße und wussten, was wir vom Chinesen bestellen mussten, wenn der andere mal einen schlechten Tag hatte. Unsere Zahnbürsten passten zueinander, und wir hatten uns personalisierte Poster gekauft, um den Tag, an dem wir uns begegnet waren – es begann mit einem *swipe*! –, in unserem neuen Wohnzimmer zur Schau zu stellen. Als ob es nicht ohnehin total offensichtlich wäre, wie verrückt wir nacheinander waren.

Und doch war er in all dieser Zeit nie vor mir auf die Knie gegangen, um mich zu fragen, ob ich den Rest meines Lebens mit ihm verbringen wollte.

Und als er es dann endlich getan hatte, war es als verfrühtes Geburtstagsgeschenk deklariert gewesen. Er hatte mir zu meinem neunundzwanzigsten Geburtstag nicht noch etwas anderes geschenkt, nur diesen Ring.

Wobei ich zugeben muss, dass ich mir gar nichts anderes als einen Ring gewünscht hatte (ich weiß, #Bad Feminist, aber kann man es mir nach sechs Jahren wirklich verübeln?). Ich war so froh, dass ich David hatte, und fühlte mich wohl in unserem gemeinsamen Leben. Ich dachte, wir wären bereit, mehr zu sein als Freund und Freundin – was diesen

Touch hatte, als wären wir immer noch Teenies. Ich wollte, dass wir Mann und Frau waren oder wenigstens Lebensgefährten. Etwas Konkreteres, Verlässlicheres.

Doch jetzt gehörte ein Ring zu den schlimmsten Geschenken, die ich jemals erhalten hatte, reihte sich ein zwischen die Ausgabe von Donald Trumps Buch über die Kunst des Erfolges und den Analstöpsel, den David mir einmal zu unserem Jahrestag geschenkt hatte, weil er glaubte, es sei ein Weinflaschenverschluss.

Tina: Wenn du ihn killen willst, setze ich mich sofort in die Bahn und helfe dir, die Leiche verschwinden zu lassen.
Tina: Und das würde ich nicht für jede tun.
Tina: Und ich weiß, wie man Blutflecken rausbekommt! Kaltes Wasser und Salz – wer hätte das gedacht?
Paige: Lass deine innere Uma Thurman raus. Und falls du dafür eine Axt/ein Sturmgewehr/einen Giftpfeil/ein Säurefass/hungrige Schweine/tiefgefrorenes Toastbrot benötigst, dann bin ich für dich da! Was immer du brauchst.
Kris: Danke. Ihr seid echte Freundinnen.
Tina: Tiefgefrorenes Toastbrot?!
Paige: Das Zeug ist echt tödlich, wenn du's diagonal durchschneidest. Anschließend leckeres Nutella drauf, und schon ist die Mordwaffe verschwunden!
Paige: Keine Waffe. Kein Verbrechen. Kein untreuer Mistkerl. Köstlicher Brunch.
Tina: Aber tiefgefrorenes TOASTBROT?
Paige: Jetzt nimm's doch nicht so verdammt genau!

»Also …«, setzte David an, und ich drehte mich auf meinem Platz herum und sah ihn an, wie er hinter dem Sofa hin- und herschaukelte. »Was machen wir jetzt?«

Ich schluckte und schloss die Augen, denn ich war selbst nach Paiges und Tinas kleiner Morecambe & Wise-Komikernummer überraschenderweise immer noch viel zu wütend, um ihn auch nur anzusehen. Und außerdem lenkte es mich ab, dass gerade *It Must Be Love* von *Madness* aus den Lautsprechern ertönte. Das war nun wirklich die allerschlimmste Playlist, die ich jemals erstellt hatte. Und nicht mal alles Hits, die wirklich an der Spitze der Charts gelandet waren. Ich versuchte, mich von meiner inneren Greta Gerwig leiten zu lassen und mich nicht daran zu stören, um weiterhin den Anschein zu erwecken, dass ich in diesem Szenario hier die Gefasste und Vernünftige war. Während ich in Wahrheit am liebsten meinen Frust über die Dummheit des Patriarchats und über diese Ungerechtigkeit, dass nun mein Leben ruiniert war und nicht etwa seins, laut herausgeschrien hätte. Ich öffnete die Augen.

»Du wirst ausziehen.«

Ich warf einen Blick auf die offene Küche in meiner Londoner Traumwohnung, deren Miete ich ohne ihn nun nicht mehr würde bezahlen können.

Wir waren erst vor ein paar Wochen eingezogen. Ich hatte fast den ganzen Juli auf Händen und Knien verbracht und Möbel zusammengebaut, bis ich überall Blasen und Schwielen hatte. Für David hatte natürlich das Bett Priorität gehabt, und nachdem es aufgebaut war, gab es bei ihm plötzlich viel im Büro zu erledigen – wer's glaubt! –, und er musste mir die restlichen Möbel überlassen.

Die Küche hatten wir zuletzt eingerichtet, dafür sogar eine ganz besondere Shoppingtour zu TK Maxx unternommen und das restliche Geld von unserem gemeinsamen Konto für die ausgefallenen Töpfe und Pfannen von Le Creuset und überteuerte Küchenutensilien ausgegeben.

Jetzt besaß ich keine eigenen Ersparnisse mehr, musste vermutlich meine Traumwohnung aufgeben und hatte nach sechs Jahren Zweisamkeit keinen Freund mehr.

»Okay«, sagte David jetzt und nickte, als ob meine Aufforderung, dass er ausziehen solle, nichts weiter als ein Vorschlag gewesen wäre. »Was immer du willst.«

»Was immer ich will?«, platzte ich heraus und stand vom Sofa auf, denn selbst Greta Gerwig hätte bei dieser Äußerung die Hände über den Kopf zusammengeschlagen! »Du bist doch derjenige, der betrogen hat, tust aber so, als wäre ich es, die überreagiert.«

»Na ja«, erwiderte er, als würde ich genau das tun.

Ich hielt die Hand in die Höhe, um ihn direkt mal zu bremsen. »Nein«, schrie ich. »Wag es ja nicht, die Schuld auf mich zu schieben. Ich habe dich immer nur geliebt und bin für dich da gewesen, und du hast auf all das geschissen!«

Sein Mund verzog sich, als er ein Lachen unterdrückte.

»Ernsthaft!«, schrie ich. »Was ist daran komisch?«

»Tut mir leid«, sagte er, wobei ihm ein leises Lachen entschlüpfte. »Ich habe dich bloß noch nie so wütend gesehen. Das törnt mich total an.«

Ohne nachzudenken, begann ich, die Sofakissen nach ihm zu werfen, da es das Einzige war, das ich gerade greifbar hatte. Sie prallten an seinen Armen ab, mit denen er sein

Gesicht und seine Brust schützte, und fielen zu Boden. Also das brachte nichts. Ich wusste zwar, dass es bei einer miesen Trennung durchaus empfohlen wurde, mit Kissen zu werfen, aber ich hatte, ehrlich gesagt, erwartet, dass es mir ein größeres Gefühl der Befriedigung verschaffen würde.

»Verschwinde!«, schrie ich und zeigte dabei auf die Wohnungstür. »Hau ab!«

»Ach, Kris, jetzt komm schon«, sagte David, der immer noch versuchte, sein Lachen zu unterdrücken, und trat auf mich zu.

»Wag es ja nicht!«

»Dürfte ich denn wenigstens meine Sachen zusammenpacken?«

»Na schön. Pack deine Sachen.«

Er blickte sich im Zimmer um. »Aber das kann ich unmöglich alles heute Abend schaffen.«

»Musst du auch nicht! Pack einfach ein paar Klamotten ein und verzieh dich.«

»Okay, und was ist mit ...« Er blickte zur Küche hinüber und deutete auf die Geräte. Einige befanden sich immer noch in ihren Kartons und warteten auf ihren Einsatz. Als ob ich jemals einen Schnellkochtopf oder einen verdammten Dampfgarer benutzen würde. Ich schaffte es ja sogar, Instant-Nudelgerichte anbrennen zu lassen.

»Hast du etwa vor, die Spüle mitzunehmen?«, fragte ich theatralisch. »Ernsthaft?«

»Nein, nicht die Spüle. Den Mixer.«

»Den Mixer? Den Mixer habe *ich* gekauft.«

»Nein«, entgegnete David und runzelte dabei überrascht die Stirn. »Den hab ich gekauft. Wir haben ihn von Tesco.«

»Nein«, entgegnete ich ungläubig. »Wir haben ihn von Asda, und ich habe ihn bezahlt.«

»Ach, komm schon.« David knallte die Hände auf die Sofalehne. »Du benutzt ihn ja nicht einmal.«

»Werde ich aber vielleicht«, sagte ich, und sogleich fielen mir all die Stunden ein, die ich auf Pinterest verbracht und mich durch Smoothie-Rezepte und selbst gemachte Suppen gescrollt hatte. Ich hatte sogar eine Pinnwand mit Anregungen für Traumhochzeiten erstellt, und mein Blick wurde glasig, wenn ich an all die weißen Kleider, die Thementorten und die Pro-und-Kontra-Listen zum Thema »Fotobox beim Hochzeitsempfang« dachte.

»Wirklich? *Du* benutzt die Küche?«

Ich griff nach einem weiteren Sofakissen, aber es waren keine mehr übrig. Wir hätten unser Geld besser für mehr Dekokissen ausgeben sollen als für diese verdammten Küchengeräte.

»Ach, verpiss dich endlich, David! Hau einfach ab. Raus hier!«

Ich griff nach dem Nächstbesten, das ich in die Hände bekam – eine Vase, die ich ihm an den Kopf warf. Leider zielte ich dabei so schlecht, dass ich ihn überhaupt nicht traf, und die Vase, die aus billigem Kunststoff war, landete auf dem Laminatboden, wo sie einige Male geräuschvoll abprallte und dann liegen blieb. Die Nachbarn unter uns, die wir noch gar nicht kannten, klopften gegen die Decke und riefen irgendwelche unverständlichen Kraftausdrücke.

»Tschuldigung«, riefen wir beide und betrachteten den Boden mit Blicken, als hätten wir gerade die Hölle zum Leben erweckt.

Wie passend, denn es kam mir so vor, als wäre ich gerade genau dort gelandet.

Meine Wut begann langsam nachzulassen und sich in ein tiefes Unbehagen zu verwandeln. Ich wollte nur noch, dass er endlich ging, damit ich losheulen, jede Menge Schokolade in mich reinstopfen und die Mädels anrufen konnte, um mich in aller Ausführlichkeit darüber auszulassen, was für ein Scheißkerl er war. Während sie seine grausame Ermordung planten.

Aber gleichzeitig wünschte ich mir, er würde mich in den Arm nehmen und mir sagen, wie sehr er mich liebte und was für einen schrecklichen Fehler er begangen hatte, als er den Menschen, der das Beste in seinem Leben war, betrogen hatte. Auch wenn er so etwas niemals sagen würde.

Was Romantik anging, war er noch nie gut gewesen. Aber ich hatte das akzeptiert, war bereit gewesen, ein ganzes Leben ohne sie zu verbringen, wenn ich es nur mit ihm verbringen konnte. Ich hatte einfach angenommen, dass ihm gar nicht klar gewesen war, wie sehr ich mir eine Heirat gewünscht hatte und Mann und Frau zu sein.

Aber ich begriff, dass das nicht mehr stimmte. Ich war lediglich so etwas wie eine alte Gewohnheit, die er nicht aufgeben konnte, eine nervige Klette, die ständig irgendwelche Besuche in merkwürdigen Londoner Museen plante wie beispielsweise das Vagina-Museum – mein persönlicher Favorit –, oder auch Urlaube in Griechenland. Die ihm keine Fragen zu seinem Arbeitsleben stellte oder warum wir niemals etwas als Paar mit seinen Freunden unternahmen oder warum er nie eigene Vorschläge fürs Wochenende machte, die über Take-away und Fitnessstudio hinausgingen.

Ich bin für diesen Mann ins Fitnessstudio gegangen! Wenn das keine Hingabe ist! Ich habe unbequeme Leggings getragen, in aller Öffentlichkeit geschwitzt und mit Mühe und Not Fürze zurückgehalten, während ich irgendwelche dämlichen Kugelhanteln vom Boden in die Höhe hob, als hätte ich Spaß daran.

Paige war der Ansicht, dass ein Mann, der glaubte, ein Fitnessstudio eigne sich zur Paaraktivität, ein selbstherrlicher Sadist war. Aber Tina, die immer den genauen Gegenpol zu Paige verkörperte, schien zu glauben, dass es uns einander näherbringen und unweigerlich zu schweißtreibendem Beachbody-Sex führen würde. Das mochte in Davids Fall durchaus zutreffend gewesen sein, aber nicht zusammen mit mir.

»Jedes Mal, wenn ich dich anschaue, sehe ich dich mit einer anderen Frau. Es kommt mir so vor, als ob in jeder meiner Erinnerungen von uns beiden noch eine weitere Person involviert wäre, weil ich keine Ahnung habe, was du getan hast, bevor oder nachdem du mit mir zusammen warst. Dabei habe ich dir vertraut«, sagte ich, ohne ihn dabei anzusehen, da ich meine Augen zusammenkniff in der Hoffnung, dadurch die Tränen zurückhalten zu können, die wie Feuer hinter meinen Lidern brannten. »Das kann ich jetzt nicht mehr.«

»Babe«, sagte er leise, und ich spürte seine Hände auf meinen Schultern. Ich schubste sie sogleich weg.

»Bitte verschwinde endlich«, wiederholte ich und vermochte dabei meine Tränen der Wut nicht länger zurückzuhalten. Ich spürte, wie sich ein schmerzhafter Kloß in meiner Kehle bildete und mich zu ersticken drohte.

Ausnahmsweise schien David einmal zugehört zu haben. Ich hörte, wie er langsam ins Schlafzimmer ging und den Koffer vom Kleiderschrank nahm. Genau genommen war es unser gemeinsamer Koffer, da wir nur einen einzigen besaßen. Er würde mich also mit *unserem* Koffer verlassen.

Kris: Er geht endlich.
Tina: Ach, Süße.
Paige: Sollen wir vorbeikommen?
Tina: Ich habe Pimm's!
Paige: Und ich habe Alkohol für Erwachsene.

Wollte ich sie wirklich bei mir haben? Ich wusste zwar, dass es erbärmlich war, allein zu trinken und sich mit Schokolade vollzustopfen, aber ganz ehrlich: Ich konnte den Gedanken nicht ertragen, ein paar weitere Stunden damit zu verbringen, widerliche *Tinder*-Nachrichten und Davids Untreue zu analysieren.

Ich ließ meinen Tränen jetzt freien Lauf, verwandte meine ganze Energie darauf, meine Lippen zusammenzupressen, um ein allzu heftiges Schluchzen zu vermeiden. Mir wurde einmal gesagt, dass ich wie Elle Woods in *Natürlich blond* heulen würde, mit fetten Tränen und lautem Keuchen. Ein total jämmerliches Spektakel. Ich wollte verhindern, dass David mich so sah und dieses Bild von mir mitnahm, nachdem es mir nun stundenlang gelungen war, mich irgendwie zusammenzureißen.

Wir hatten den ganzen Morgen in der Wohnung verbracht und darüber geredet – oder vielmehr, er war es, der darüber geredet hatte, während ich auf dem Sofa saß, Textnachrichten an die Mädels schrieb und nur mit Mühe und Not vermochte, seinem unsinnigen Gefasel über ganz natürliche sexuelle Bedürfnisse, die in einer monogamen Beziehung nicht zu erfüllen seien, zu folgen.

Ich unterbrach ihn nicht einmal, um ihn darauf hinzuweisen, dass offene Beziehungen buchstäblich von offenen Gesprächen abhingen und es ganz und gar nicht einer offenen Beziehung entsprach, wenn er mich heimlich betrog.

Erst nachdem er eine geschlagene Stunde auf mich eingeredet hatte, fragte ich ihn, warum er mir in all den Jahren nichts davon gesagt hatte – eine Frage, um die er wie ein schmieriger Politiker herumtänzelte, nie eine Antwort darauf gab, sich aber so aufführte, als hätte er es getan.

Ich hatte mich bei meinem neuen Arbeitgeber krankgemeldet, um diese Enthüllungen eines extracurricularen Sexlebens zu bewältigen, sah mich außerstande, in die Redaktion zu gehen, ohne zuvor David zur Rede zu stellen.

Der Redakteur von *Craze*, der Zeitschrift, bei der ich gerade angefangen hatte, dachte vermutlich, dass ich die unzuverlässigste Mitarbeiterin war, die er je eingestellt hatte. Ich hatte mich von einer leidenschaftlichen – oder auch ein wenig nervigen – Journalistin in der ersten Woche zu einer entwickelt, die in der zweiten nur noch durch Abwesenheit glänzte. Aber mir war klar, dass ich keinesfalls in der Lage sein würde, zu arbeiten und so zu tun, als wäre alles in Ordnung.

Ich konnte unmöglich in meiner zweiten Woche dort auftauchen und in der Redaktion losheulen, weil mein Verlobter auswärts spielte. Das war ein Privileg, das frühestens nach zwei Monaten griff. Ein bisschen so, als wenn man ewig nicht von der Toilette zurückkommt oder eine Viertelstunde zu spät kommt, weil man auf die U-Bahn gewartet hat, in der ein Sitzplatz frei war.

Kris: Ich bin okay.

Schrieb ich den Mädels rasch.

Kris: Ich will nur noch ins Bett und den Rest des Tages verschlafen. Werde mich morgen mit allem beschäftigen.
Paige: Sicher?
Kris: Treffen wir uns doch morgen. Schaffe es heute einfach nicht.
Paige: Okay, sweetie.
Tina: Kein Problem. Ich schick dir heute Abend aber Deliveroo vorbei. Überraschung!
Paige: Wieso ist es eine Überraschung, wenn du es verrätst?
Tina: Was ich bestelle, ist eine Überraschung.
Paige: Trotzdem keine echte Überraschung mehr.

Ich legte mein Smartphone auf den Beistelltisch und stellte es auf stumm, damit die Mädels ihre Belanglosigkeiten allein weiterdiskutieren konnten. Eine Lieferung von Deliveroo wäre mir sehr willkommen – auch wenn sie nicht mehr überraschend käme. Schließlich würde ich mir in der nächsten Zeit kein Essen per Lieferservice mehr leisten können.

»Soll ich die Bügel hierlassen?«, rief David aus dem Schlafzimmer.

Ich seufzte vernehmlich. Verdammt nochmal, kein Wunder, dass er mich jahrelang hingehalten hatte. Der Mistkerl konnte nicht mal allein seinen Koffer packen.

»Ich mach das schon«, sagte ich kopfschüttelnd und ging wie ein Zombie Richtung Schlafzimmer, um seine Klamotten zu packen. Ansonsten würde er Pyjamas oder Socken vergessen, und das Letzte, was ich gebrauchen konnte, war, dass er in den nächsten Tagen unangemeldet hier auftauchte, um sich irgendein dreckiges T-Shirt zu holen, das er schon seit dem Studium hatte, oder eine Funktionshose fürs Fitnessstudio.

Ich schubste ihn mit der Hüfte aus dem Weg, weigerte mich immer noch, ihn anzusehen, und konzentrierte mich darauf, seine schlichten schwarzen und weißen T-Shirts von den Bügeln zu holen und mit all seinen Ripped Jeans in den geöffneten Koffer auf dem Bett zu befördern.

Für einen Moment war nichts anderes als das Geräusch der gleitenden Bügel zu vernehmen, um die Stille zwischen uns zu füllen. Wir hatten diese unangenehme Pattsituation während einer Trennung erreicht, in der es, wenn einer von uns etwas sagen würde, entweder augenblicklich zu bedauernswertem Trennungssex oder – was wahrscheinlicher war – zu einem Schreiduell kommen würde.

Bei meinem Glück würde ich beim Trennungssex vermutlich schwanger werden, wie es meinen Eltern passiert war. Daher war das ein No-Go auf meiner Liste.

Stille, die nur durch das Gleiten der Bügel unterbrochen wurde, war das Einzige, was ich in diesem Moment zuzulassen vermochte. Zum ersten und auch letzten Mal respektierte David diese Entscheidung und sagte kein Wort.

Und damit war tatsächlich Schluss mit unserer Beziehung. David hatte mir endlich einmal Respekt erwiesen.

Alles hatte sich verändert, und während im Hintergrund *Don't You Want Me* von Felix lief, ließ ich den Gedanken zu, dass David mich nie wirklich gewollt hatte.

2

Löwe: Versuchen Sie, loszulassen und die Kontrolle abzugeben. Mars tritt ein ins vierte Haus.

Ich wachte am nächsten Morgen allein auf. Genau achtundvierzig Minuten später als sonst, da ich mein Smartphone und damit auch meinen auf sieben Uhr gestellten Weckalarm über Nacht auf dem Couchtisch liegen gelassen hatte. Ich vernahm sein leises Piepsen aus dem Wohnzimmer, wo es neben zwei Pizzakartons mit übrig gebliebener Kruste und Ananasstückchen lag. Tina kannte mich zwar gut, hatte aber offenbar vergessen, dass ich beim Frustessen keinen Bock auf etwas auch nur annähernd Gesundes hatte. Und dazu zählten auch Ananasstückchen auf der Pizza.

»Oh, Shit!«, rief ich, ohne dass mich jemand hörte, und rollte mich aus meinem sicheren Bettdecken-Kokon, um mich anzuziehen.

So viel zu meinem Vorhaben, einen weiteren Tag freizunehmen. Ich arbeitete erst gut eine Woche bei *Craze*, und David hatte schon genug getan, um mein Leben zu ruinieren. Da hatte ich ganz bestimmt nicht vor, mir wegen ihm auch noch meinen Traumjob vermasseln zu lassen.

Ich sprintete los, um mich in meine Röhrenhose von gestern zu quetschen, die immer noch auf dem Boden lag, wobei ich mir nicht die Mühe machte, zuvor den Slip zu wechseln. Scheiß drauf, wer sollte das schon mitbekommen, es sah ja nicht gerade danach aus, als würde mir so bald irgendjemand an die Wäsche gehen. Ich schlüpfte in den BH, den ich über einen Heizkörper geworfen hatte, und griff mir ein klassisches Streifenshirt, das sich im Büro immer gut machte.

Ein kurzer Abstecher ins Bad, wo ich mich vornübergebeugt auf den Toilettensitz hockte, um meine Blase vom gestrigen Alkohol zu befreien – Take-away ohne eine Flasche Merlot zum Nachspülen geht ja gar nicht –, und mir gleichzeitig die Zähne putzte, um anschließend die schäumende Zahnpasta ins Becken zu spucken. Meine nicht vorhandene Hautpflegeroutine musste warten, bis ich mein Leben wieder im Griff hatte. Glücklicherweise war mein Schminkset handlich genug, um es mitzunehmen, damit ich mich in der Bahn aufhübschen konnte.

Ich schnappte mir mein Smartphone, das immer noch wie ein Kleinkind im Hintergrund eines Zoom-Calls plärrte, rannte Richtung Tür und nahm unterwegs meine Sommerjacke und meine Handtasche vom Garderobenhaken.

»Bis heute A...« Ich blieb abrupt stehen. Von wem genau verabschiedete ich mich da? Ich war allein.

Ich schloss für eine halbe Sekunde die Augen und atmete aus. Dann presste ich meinen Daumen aufs Display meines Smartphones, wo die Stopp-Taste zu sehen war, um den Alarm zum Schweigen zu bringen.

Alles in mir schrie, den ganzen Kram, den ich in den Händen hielt, hinzuschmeißen und mich auf dem Boden zusammenzurollen wie ein Baby. Aber ich konnte verdammt stur sein, wenn ich nur wollte, und ich würde keinesfalls zulassen, dass eine Trennung bei mir einen melodramatischen Zusammenbruch auslöste.

Ich öffnete die Augen und schob rasch die Sachen in meinen Händen hin und her. Wenn das so weiterging, würde ich die Wohnung wie eine chaotische Version von Villanelle aus *Killing Eve* verlassen. Ich drehte den Schlüssel im Schloss und wollte gerade los, als ich bemerkte, dass der Ärmel meiner Jacke zwischen Tür und Rahmen eingeklemmt war. Also musste ich die Tür wieder öffnen, um ihn zu befreien.

Das hier würde einer dieser Tage werden, an denen alles schiefging, so viel war klar.

Die Kunst, sich in der U-Bahn zu schminken, musste ich erst noch erlernen.

Als ich an der Haltestelle *Bank* angekommen war, endete der Lidstrich am linken Auge außen mit einem Flügelchen, was ursprünglich gar nicht meine Absicht gewesen war. Es blieb mir nichts anderes übrig, als den Strich am anderen Auge genauso zu ziehen, da ich mal wieder die goldene Regel vergessen hatte, Abschminktücher für unterwegs bei mir zu haben.

Da mein Schminkset bedauerlicherweise keinen Spiegel enthielt, blieb mir lediglich das Fenster gegenüber, vor dem sich Leute drängten, während ich versuchte, einen perfekt geformten Flügel hinzukriegen. Einige Gesichter im Wagen wandten sich mir zu, als die Bahn hin- und herruckelte. Frauen zuckten verständnisvoll zusammen, während die Männer sich angesichts meiner zwecklosen

Konzentrationsversuche das Lachen nur schwer verkneifen konnten.

Das war's, dachte ich. Tiefer konnte man in dieser Stadt wohl nicht sinken.

Ich hatte nicht nur einen Kater, war neuerdings wieder Single und pleite, sondern gehörte auch noch zu den bedauernswerten Pendlerinnen, von denen man sich in der Londoner Pendlerelite erzählt. Sollten zufällig irgendwelche Dichter in der Bahn sein, würden sie mit Sicherheit einige von diesem Moment inspirierte, deprimierende Verse verfassen – vermutlich irgendetwas Unerträgliches wie *Das Ende* oder *Zeugnis ablegen vom Scheitern des Feminismus.*

Ich gab meine Versuche mit dem Flügel am rechten Auge mit einem geschnaubten »Scheiß drauf« auf, nachdem ich über meine Augenbraue hinauszeichnete und langsam wie ein Dachs aussah. Ich bin zwar stolz, ein Hufflepuff zu sein, aber auch ich habe meine Grenzen.

Während ich meine Schminktasche in den Tiefen meiner Bucket Bag versenkte, überlegte ich mir, gleich nach dem Aussteigen einen kurzen Abstecher in einen *Pret A Manger* zu machen, um mir ein überteuertes, aber dringend benötigtes Schokocroissant und einen Kaffee zu gönnen, womit ich zugleich einen Anspruch auf den Zugangscode für ihre Toiletten hatte und mich dann dort vollends zurechtmachen konnte.

Mir war bewusst, dass ich nicht gerade toll aussah, aber mir war nicht klar gewesen, wie schlimm es wirklich um mich stand, bis mir die überfreundliche Bedienung im *Pret* einen Kaffee auf Kosten des Hauses überreichte. Das dürfen sie dort nur ein einziges Mal am Tag, und dieser Typ war bereits zwei Stunden nach Öffnung des Cafés zu der Ansicht gelangt, dass ich die Kundin war, die ihn am dringendsten nötig hatte. Dennoch war ich ihm dankbar dafür. Ich investierte mein letztes Kleingeld in das Schokocroissant, das ich auf dem geschlossenen Toilettensitz auf der Damentoilette verspeiste, was eine ziemlich deprimierende Erfahrung war.

Nachdem ich die Flügelchen vom Lidstrich mit wassergetränktem Toilettenpapier weggewischt hatte, nahm ich ein paar tiefe Atemzüge und versuchte, meine Mitte zu finden, bevor ich in die Redaktion spazierte, um das Ding zu rocken, wie ich es meinem Chef am ersten Arbeitstag versprochen hatte.

Meine Depri-Stimmung war zwar definitiv nicht die beste Voraussetzung, um irgendetwas grandios hinzukriegen, aber die Arbeit war nichts weiter als Gewohnheit und Muskelgedächtnis, und die Ablenkung wäre sehr viel hilfreicher, um den Tag zu überstehen, als Schokolade in mich reinzustopfen und mir Horrorfilme anzusehen.

Die Redaktion von *Craze* befand sich nur ein Stück die Straße hinunter vom *Pret* entfernt (was nicht gerade ungewöhnlich war, da in London so ziemlich jedes Bürogebäude nur ein Stück die Straße hinunter von einem *Pret* lag). Die Zeitschrift hatte in einem sechzehnstöckigen Gebäude, in dem auch andere Presse- und Werbefirmen untergebracht waren, ein ganzes Stockwerk gemietet.

Die saubere und professionelle Umgebung der Lobby gab mir das Gefühl, mich wieder etwas besser im Griff zu haben, und ich bat die Aufzugskoordinatorin – was tatsächlich ein richtiger Job in dieser Stadt war –, mir einen Aufzug für den fünfzehnten Stock zu rufen.

»Aufzug C«, sagte sie lächelnd zu mir und desinfizierte sich nach jedem Knopfdruck die Hände.

Ich erwiderte ihr Lächeln und schritt gehorsam darauf zu.

Ein Blick auf meine Armbanduhr sagte mir, dass ich – obwohl ich verschlafen hatte – gut in der Zeit war. Die Manager und die Leitenden trudelten vermutlich immer noch von ihren morgendlichen Meetings und Spinning-Kursen für Angeber ein, was mir ausreichend Gelegenheit gab, mich unter die Assistenten zu mischen, ohne dass es jemandem auffiel, wie spät ich dran war.

»Krystal«, ertönte es in dem Moment knapp und schneidig hinter mir. Ich drehte mich um und erstarrte beim Anblick meines Chefs, des Redaktionsleiters.

»Andy«, sagte ich, rang mir ein verlegenes Lächeln ab und hoffte inständig, dass es mir bei der armseligen Toilettenbeleuchtung im *Pret* auch wirklich gelungen war, sämtliche verrutschte Eyeliner-Reste aus meinem Gesicht zu entfernen. »Fahren Sie auch nach oben?«

Natürlich tat er das, wir befanden uns schließlich im Erdgeschoss.

Er nickte und starrte vor sich hin auf die spiegelnden Aufzugstüren. »Ich hoffe, Sie fühlen sich wieder besser.«

Ich bejahte es, lächelte wieder und spürte, wie ich rot wurde, während ich überlegte, ob ich Husten oder einen Nieser vortäuschen sollte.

»Könnten Sie bitte in mein Büro kommen, wenn Sie oben sind?«, sagte er. Ich öffnete den Mund, um auch dies zu bejahen, doch es kam kein Wort heraus.

Er glaubte mir nicht, dass ich krank war. Er hielt mich für eine chronische Lügnerin. Ich würde meinem Chef erklären müssen, dass ich mich an einem Donnerstag einfach krankgemeldet hatte, um mich mit meinem Kurzzeitverlobten über seine Vorstellung von Monogamie zu streiten.

Andy neigte seinen Kopf ein wenig, wartete auf meine Antwort, die aber nicht kam.

»Sagen wir in zehn Minuten«, fügte er hinzu. »Wir sehen uns dann oben.« Er betrat den Aufzug, der sich rasch mit ein paar anderen Leuten füllte, die hinter uns gewartet hatten. Einer von ihnen hielt die Hand an die Tür, damit sie für mich geöffnet blieb.

»Wollen Sie auch mit?«, fragte er mich nach einem kurzen Moment.

»Ich habe was vergessen«, sagte ich, allerdings ohne mich zu rühren, während er zögernd seine Hand wegnahm. Die Türen begannen, sich zu schließen, und ich rührte mich immer noch nicht. Andy, der an der hinteren Spiegelwand lehnte, blickte auf sein Smartphone hinab, das nicht einmal angestellt war, jedenfalls sah ich keine Lichtreflexion im Spiegel.

»Scheiße«, flüsterte ich, als sich die Tür endlich schloss, um sich sogleich bei »…eiße« wieder zu öffnen. Die Aufzugskoordinatorin hatte dasselbe Stockwerk für mich vorgesehen.

»Aufzug C für den fünfzehnten Stock«, rief sie von ihrem Platz aus und bedeutete mir mit ihren lächerlich sauberen Händen einzusteigen.

»Ach so«, murmelte ich, sprang verlegen hinein und rückte der darin versammelten Männerschar auf die Pelle, die einander anschauten, als ob sie sagen wollten: Die hat ja null Durchblick.

Damit liegt ihr so was von richtig, Jungs.

In den nächsten zehn Minuten verging mein Leben merkwürdig langsam. In der Redaktion war es sehr viel ruhiger, als ich erwartet hatte, aber andererseits war ja heute auch Freitag. Vermutlich hatten viele den Tag freigenommen, um sich mitten im Hochsommer ein langes Wochenende in der Stadt zu gönnen.

In der Teeküche herrschte gähnende Leere. Niemand blätterte müßig durch eine Zeitschriftenausgabe des letzten Monats oder füllte sich seine Espressotasse mit der Batteriesäure aus der Redaktionsmaschine. Selbst im sonst so geschäftigen Herstellungsbereich war es ruhig, nur wenige saßen an ihren Schreibtischen, steckten knietief in irgendeiner Gestaltungskrise oder telefonierten mit den örtlichen Vertriebszentren wegen des letzten Schlamassels bei der Terminplanung.

Als ich auf dem Weg zu meiner Arbeitsnische am Redaktionsbereich vorbeikam, bemerkte ich, wie mich die schwindende Zahl der Mitarbeiter anstarrte. Ich rieb mir unbewusst über das Gesicht, befürchtete schon, dass ich einen Riesenfleck Foundation am Hals haben könnte oder mir aus Versehen Rouge-Balken verpasst hatte. Aber ich vermochte nicht zu sagen, woran es lag, dass sich alle Augen auf mich richteten.

Ich versuchte, mir nichts anmerken zu lassen, nahm in meiner Nische Platz, atmete erst mal aus und versuchte, mir einzureden, dass die Blicke nur Einbildung gewesen waren, mir meine Fantasie einen Streich gespielt hatte. Ich konzentrierte mich lieber darauf, den Computer hochzufahren und mich meiner täglichen Routine zu widmen, meine

Bonsai-Pflanze – ihr Name war Keith – vorsichtig mit Wasser zu besprühen und mein schickes Notizbuch aus Leder aufzuschlagen, um meine To-do-Liste für den Tag aufzusetzen.

Aber es gelang mir nicht, mich beim Server anzumelden. Typisch für mich: ein weiteres unglückseliges Omen nach der Trennung.

Ich blies die Lippen auf und entschied mich, bis nach meiner Unterhaltung mit Andy zu warten, bevor ich mich bei der IT meldete, damit sie das regelten. Das Letzte, was ich jetzt noch gebrauchen konnte, war, mich beim Redaktionsleiter zu verspäten, weil ich versuchte, zu Kelsey in der IT durchgestellt zu werden, die dafür bekannt war, für alles viel Zeit zu benötigen – auch für das Beantworten des Telefons.

Kris: War bisher ein Scheißtag.

Ich schickte eine WhatsApp-Nachricht an die Mädels, auch wenn ich um neun Uhr von keiner schon eine Antwort erwartete.

Tina war Grundschullehrerin, und obwohl sie gerade Sommerferien hatte, gab sie Ferienkurse an einer privaten Mädchenschule in Richmond, um sich etwas nebenher zu verdienen. In London zu leben war – wie sie es ausdrückte – im Allgemeinen schon teuer, aber ganz besonders im Sommer, wenn man nichts anderes zu tun hatte, als Geld auszugeben, das man gar nicht besaß.

Paige dagegen verkörperte den buchstäblichen Mic Drop unter den erwerbstätigen Frauen. Sie arbeitete als gesetzliche

Vertreterin für die Londoner Chanel-Niederlassung. Sie war die knallharte Frau, zu der man ging, wenn man überprüfen musste, ob es in Ordnung war, eine Schauspielerin für eine Fernsehwerbung zu buchen, die einmal ein Drogenproblem gehabt hatte, oder wenn man das nächste Chanel-Produkt *Bibliothèque* nennen oder irgendeine andere extravagante französische Bezeichnung dafür verwenden wollte.

Sie nahm nicht nur an Treffen mit A-Promis teil und durfte entscheiden, ob diese Leute unter Vertrag genommen wurden, sie bekam auch Eintrittskarten für die Pariser Fashion Week und hatte schon Wochen bevor sie auf den Markt kamen, Zugang zu den Kollektionen großer Modelabels.

Keiner konnte verstehen, dass wir Freundinnen waren, obwohl wir nicht in denselben Kreisen verkehrten. Tina hatte sich meiner angenommen, nachdem ich in der Orientierungswoche an der Uni total abgefüllt in ihrem Zimmer im Studentenwohnheim gelandet war. Ich kann mich wirklich nicht mehr daran erinnern, wie wir uns kennengelernt haben, aber am nächsten Morgen hat sie uns ein tolles Frühstück gemacht und angefangen, mich zu bemuttern. Da wusste ich, dass daraus was Gutes werden könnte.

Paige habe ich in meiner freiberuflichen Zeit kennengelernt, als ich einen Artikel über sie für *Vanity Fair* geschrieben und sie darin derartig gefangirlt hatte, dass sie mich auf einen Drink einlud. Mir war damals nicht klar gewesen, dass es als Date gemeint war, aber sobald ich es begriff, hatte ich in ihrer Gegenwart derartig überreagiert – es gab definitiv ein Überraschungsmoment, in dem ich meinen Cocktailschluck wieder ausgeprustet habe –, dass sie sagte: »Keine Panik, Darling. Wir können auch bloß Freundinnen sein.«

Ich war so entzückt von ihrem Selbstvertrauen und ihrer kühl-korrekten Liebenswürdigkeit, dass dieser Moment überhaupt nichts Peinliches an sich hatte. Am Ende hatten wir uns mit Cocktails zugeschüttet und uns gegenseitig mit Anekdoten aus unseren Leben unterhalten, bis wir uns Kebab essend in der King's Cross Station wiederfanden, wo uns der Sicherheitsdienst um zwei Uhr in der Früh rauswarf. Der Rest ist Geschichte.

Tina und Paige passten als Freundinnen eigentlich gar nicht zueinander, aber da ich nun einmal mit beiden befreundet war, kamen sie erfreulicherweise gut miteinander klar, auch wenn sich ihr Konkurrenzverhalten hin und wieder mit einem gehörigen Schuss Sarkasmus meldete.

Habe gleich ein Meeting mit dem großen Chef. Wünscht mir Glück schrieb ich ihnen in der Hoffnung, dass mir das Universum eine helfende Hand reichen würde, wenn ich diese Nachricht aussandte. Ich konnte wirklich alles Glück gebrauchen, das ich kriegen konnte.

Andys Tür war einen Spalt weit geöffnet, als ich anklopfte. Er reagierte sofort.

»Kommen Sie herein.«

Er saß hinter seinem Schreibtisch, den Sessel Richtung Wand gedreht, und schloss gerade seinen Laptop, als ich bemerkte, dass eine Frau neben ihm stand. Ich war ihr bisher erst ein Mal begegnet, als ich zur Personalabteilung hinaufgegangen war, um meinen Vertrag zu unterzeichnen.

»Krystal, erinnern Sie sich noch an Keira?«

Ich nickte und schluckte vernehmlich.

»Keira wird bei unserem Gespräch anwesend sein.«

»Okay«, erwiderte ich und spürte, wie mein Mund trocken wurde, als ich mich auf den am nächsten stehenden Stuhl sacken ließ.

»Alles in Ordnung mit Ihnen?«, erkundigte sich Andy mit aufrichtiger Besorgnis. Ich nickte ein wenig zu heftig, und ein stechender Schmerz zuckte durch meinen Nacken. »Also schön, nun, ich werde nicht lange um den heißen Brei herumreden. Ich fürchte, das hier wird kein sehr erfreuliches Gespräch werden.«

Das Universum hasste mich.

»Eigentlich hätten Sie dies bereits gestern erfahren sollen, aber da waren Sie natürlich krankheitsbedingt abwesend. Ich hoffe, dass es Ihnen wieder besser geht?«

Ich brummte »Mm-hmm«. Wenn er doch nur endlich auf den Punkt kommen würde!

»Also, wir haben gestern allen Mitarbeitern mitgeteilt, dass *Craze* eingestellt wird.«

»Was?«, sagte ich wie aus der Pistole geschossen und beugte mich geschockt nach vorn.

»Ja, das kommt für uns alle überraschend. Was allerdings nicht überraschend kommt, das sind die sinkenden Print-Umsätze, die die gesamte Branche betreffen. Wir sind mit Sicherheit nicht die Einzigen, die sich in einer solchen Lage befinden. Nun, *Craze* wird mit einer anderen Zeitschrift innerhalb des Weltkonzerns zusammengelegt, aber leider eben nicht mehr länger *Craze* sein. Und aus diesem Grund müssen wir einige harte Personalentscheidungen treffen.«

Plötzlich ergab die erstaunlich geringe Anzahl von Mitarbeitern und das ganze Gestarre einen Sinn.

»Oh«, war alles, was ich herausbrachte, bevor Keira einsprang.

»Die Zeitschrift, mit der *Craze* zusammengelegt wird, hat bereits ein komplettes Redaktionsteam, daher ist Ihre Stelle nun leider überflüssig. Wir müssen unseren Vertrag mit Ihnen beenden und uns von Ihnen verabschieden.«

Von mir verabschieden. Was für eine nette Art und Weise zu sagen, dass man gefeuert wird.

Jetzt war ich nicht nur Single und pleite, sondern total pleite und so was von arbeitslos.

Keira redete immer noch, sprach von Entlohnung bei Nichteinhaltung der Kündigungsfrist und Probezeit. Auf den Punkt gebracht: Ich sollte Keith, den Bonsai, einpacken und die Redaktion bis zum Mittagessen verlassen. Man würde mir ein Monatsgehalt zahlen, und das war's.

Ich war noch nicht einmal richtig eingearbeitet und schon wieder raus – und ich konnte nichts dagegen tun.

Kris: Sie haben mir gekündigt.
Kris: Ich sitze mit meinem Bonsai auf dem Gehweg und habe Kaugummi am Hintern.
Kris: Kann der Tag noch schlimmer werden?
Kris: …
Kris: Mir hat grad jemand seine Falafel-Box in den Schoß geschmissen.
Kris: Jetzt habe ich Hummus auf der Hose, wo man kein Hummus haben sollte.
Kris: Wer isst denn schon so früh Falafel?
Kris: Ich glaube, ich schmeiße mich einfach vor ein Auto.

Paige: Gleich holt dich ein Uber-Taxi ab und bringt dich zum nächstgelegenen Pub. Geh rein, ich habe einen Tisch bestellt, zwei Bloody Marys warten auf dich. Trink beide und bestelle noch mal zwei. Wir sehen uns in zwanzig Minuten.

3

Löwe: Sie haben ein glückliches Händchen in finanziellen Angelegenheiten. Jupiter verlässt das zweite Haus.

»Ist es eigentlich überhaupt rechtlich zulässig, dass man schon nach zwei Wochen entlassen wird?«, erkundigte sich Tina, goss mir ein Glas Rotwein ein, reichte mir aber stattdessen rasch die ganze Flasche, als sie in mein verheultes Gesicht blickte.

»Streng genommen ja, aber es ist eine totale Mistsituation«, erwiderte Paige, die ihren anwaltlichen Rat von der anderen Seite des Sofas mit ruhiger Stimme erteilte. Sie hatte gleich Verstärkung in Form von Tina und teurem Wein angefordert, als sie mich um zehn Uhr morgens zusammengesunken an dem klebrigen Tisch im Pub erblickte, wo ich mir laut schluchzend die Augen ausheulte. Danach hatte sie ihre Assistentin angerufen und ihr aufgetragen, sämtliche Meetings an diesem Tag abzusagen – so viel Macht hatte sie –, um mich dann in ein Taxi zu verfrachten und nach Hause zu bringen.

Dort hatte ich den größten Teil des Tages halb schlafend, halb jammernd verbracht.

»Ich hätte nie gedacht, dass mal so ein Mensch aus mir werden würde«, erklärte ich mit krächzender Stimme. Der Wein linderte es allerdings. »Ich habe nicht mehr so viel geweint, seit Heath Ledger gestorben ist.«

Tina legte für einen Moment die Hand auf ihr Herz.

»Nun«, sagte Paige, »was für ein Glück, dass deine beste Freundin eine Wahnsinnsjuristin ist, die dich bei der ganzen Rechtskacke in dieser shittigen Situation beraten kann.«

»Und ...«, schob Tina, die bei der ganzen Lobhudelei nicht außen vor bleiben wollte, sogleich hinterher, » ... dass deine andere beste Freundin sooo megalieb ist, dich in den Arm nimmt und wie du die Qualitäten eines guten Cabernet zu schätzen weiß.« Sie stieß mit ihrem Glas an meiner Flasche an.

»Danke, Mädels«, murmelte ich, während mir immer noch die Tränen über die Wangen liefen. Meine Selbstbeherrschung war längst dahin, und ich hatte den Punkt überschritten, an dem ich mir die Mühe machte, sie abzuwischen. Tina schlang ihren Arm um meine Schultern und zog mich in ihre flauschige Wärme. Aus ihrem knallpinken Poncho lösten sich unechte Federn, die sich über mein neues Sofa verteilten, aber das war mir diese mitfühlende Umarmung wert.

Tina und Paige waren ganz besonders nett und weniger bissig zueinander als sonst, und das bloß, um mich aufzumuntern. Doch egal wie lieb sie auch zu mir waren und wie ausgezeichnet ihre Wahl der alkoholischen Getränke war, ich konnte einfach nicht aufhören, diese »Wehe mir«-Rolle zu spielen und mich darüber zu beklagen, dass ich wieder einmal neu anfangen musste.

»Na ja, du bist fast neunundzwanzig, da passiert so was schon mal«, sagte Tina.

»Du kannst in jedem Alter wieder neu anfangen«, wandte Paige ein, die noch nie selbst in dieser Lage gewesen war. Ich musste es ja wissen, denn ich hatte schließlich diesen Artikel über ihre perfekte, gradlinige Biografie geschrieben.

»Aber besonders mit neunundzwanzig, so steht es in den Sternen«, entgegnete Tina aufgeregt, weil sie offenbar etwas wusste, von dem Paige keine Ahnung hatte. »Das liegt an der Saturn-Rückkehr.«

»Wovon redet sie da?«, fragte Paige, und wir blickten einander verständnislos an.

»Wenn Saturn an die Stelle zurückkehrt, an der er zum Zeitpunkt deiner Geburt stand«, fuhr Tina fort, als sei dies offenkundig. »Das dauert ziemlich genau neunundzwanzig Jahre. Und damit beginnt deine nächste Lebensphase. In den meisten Fällen das Erwachsensein, dann folgt die Lebensmitte und schließlich das Alter.« Sie erklärte die Macht des Saturns wie etwas ganz Selbstverständliches, das man uns eigentlich bereits wie Bruchrechnen und Satzbau in der sechsten Klasse hätte beibringen sollen.

»Ich habe noch nie was von Saturn-Rückkehr gehört«, erklärte ich ihr, wobei ich zwar interessiert, aber weiß Gott nicht überzeugt war von ihrem weltfremden Lebenskonzept.

»Das erklärt echt *alles*!« Sie griff in ihre Tasche und zog ihr Smartphone heraus. »Seht nur, ich habe diese Horoskop-App, und die ist wirklich supergenau.«

»O Gott, jetzt geht's los«, murmelte Paige, und ich versetzte ihr einen kleinen Stupser in die Rippen, als sie nach ihrem Weinglas griff.

»Ich weiß, dass das alles ein bisschen nach Hokuspokus klingt, aber oft genug trifft's wirklich zu!«

»Eine kaputte Uhr zeigt auch zweimal am Tag die richtige Zeit«, stichelte Paige mit einem Singsang in der Stimme.

Tinas Reaktion bestand nur darin, die Augen zu verdrehen.

»Ach komm schon, du musst zugeben, dass hier gerade verdammt viel für die Saturn-Rückkehr spricht.«

»Ich verstehe es immer noch nicht ganz«, sagte ich zu Tina, die begonnen hatte, durch die Seiten ihrer App zu scrollen, um mir etwas zu zeigen.

»Lies das mal.« Sie deutete auf einen kurzen Absatz in ihrer Sternkarte, der folgendermaßen lautete:

Saturn ist der letzte Planet, den wir mit dem bloßen Auge zu sehen vermögen. Vor der Erfindung des Teleskops glaubte man, dass nach ihm keine Planeten mehr folgten, er die Grenzen des Sternensystems markierte und als der langsamste, am weitesten von der Erde entfernte Planet die Vollendung eines Lebensabschnitts vorgibt. Es dauert schätzungsweise neunundzwanzigeinhalb Jahre – abhängig von deinem Geburtshoroskop –, bis er wieder an die Stelle zurückkehrt, die er bei deiner Geburt innehatte, und damit beginnt ein oft schwieriger Übergangsprozess im Leben.

»Siehst du, das passt!«, rief Tina aufgeregt. Man hätte glauben können, dass sie gerade sämtliche Probleme dieser Welt mit einer einzigen App gelöst hätte.

»Das ist doch völliger Unfug. Wie können Planeten und Sterne unser tägliches Leben beeinflussen? Völliger Nonsens«, hielt Paige dagegen. »In jeder Zeitung und jeder Zeitschrift findest du ein Horoskop oder irgendein Astrologie-Dingsda, und jedes ist anders, also welches stimmt denn nun? Die Tatsache, dass es so viele verschiedene Horoskope gibt, beweist doch, dass es Blödsinn ist.«

»Das liegt bloß daran, dass du so engstirnig bist. Es gibt immer einen Interpretationsspielraum«, erwiderte Tina und vergaß dabei, dass ich zwischen ihnen hing, mal wieder das bedauernswerte Schweinchen in der Mitte war, das vergeblich versuchte, den Ball zu fangen.

»Okay, *Mystic Meg.*« Paige hielt zum Zeichen der Aufgabe die Hände in die Höhe, und ich spürte, wie der Frust in Tina hochstieg, bevor er ihr anzusehen war.

Ich stand auf, um die Aufmerksamkeit wieder auf mich zu lenken.

»Bevor wir anfangen, den Sternen die Schuld an allem zu geben, und herauszufinden versuchen, ob ich ein guter Löwe bin oder nicht, benötige ich wirklich eure Hilfe, um mit all dem fertigzuwerden.« Meine weit ausholenden Armbewegungen erfassten die Wohnung und die leeren Weinflaschen.

Tina schien sogleich besänftigt und stahl sich wieder in ihre Sofaecke zurück, während Paige ihr Glas mit einem mitfühlenden Lächeln vorsichtig auf dem Untersetzer abstellte. Es sagt eine Menge über einen Menschen aus, wenn er einen Untersetzer benutzt, ohne dass man ihn darum bitten muss.

»Klingt nach einem guten Plan. Dann fangen wir doch gleich mal an: Hast du schon etwas gehört von …«

»Dem-dessen-Name-nicht-genannt-werden-darf!«, rief Tina, um zu verhindern, dass Davids Energie unseren Mädelsabend durchdrang. Ihre Beharrlichkeit entlockte mir ein leises Lachen, und die Gesichter der beiden hellten sich auf, als sie sahen, dass ich mal ausnahmsweise keine todunglückliche Miene zur Schau trug. Allerdings dauerte es bloß eine Sekunde, bevor die Tränen wieder zu fließen begannen.

»Ich vermisse ihn gerade nicht einmal«, teilte ich ihnen mit, was tatsächlich der Wahrheit entsprach.

»Das ist gut«, sagte Paige. »Er ist es auch gar nicht wert, dass man ihn vermisst. Wir müssen uns bloß überlegen, wie wir ihm seinen Kram zukommen lassen, ohne dass du seine Visage noch mal sehen musst. Ich könnte dafür sorgen, dass seine Sachen eingelagert werden, und dann schicke ich ihm die Rechnung zu, und du musst nicht mal einen Penny zahlen.«

»Und was ist mit all den Dingen, die wir gemeinsam gekauft haben?«

»Zerbrich dir darüber mal nicht den Kopf! Sag mir, was du behalten willst, und ich werde dafür sorgen, dass du es auch behältst. Er kann gern versuchen, sich mit mir anzulegen.« Ich fand es toll, dass Paige Juristin war.

»Ich will auf jeden Fall den Mixer behalten«, sagte ich ihr. »Der Mistkerl ist überzeugt davon, dass er ihn bezahlt hat, aber das stimmt nicht. Ich habe ihn bezahlt. Und ich werde ihm das Ding auf keinen Fall überlassen.«

»Richtig so!«, rief Tina. »Wut ist gut! Zeig ihm, wer das Sagen hat. Du solltest auch das Sofa behalten. Sofas sind verdammt teuer.«

Ich nickte. »Er kann das Bett haben. Ich möchte nichts behalten, was wir uns aufs Engste geteilt haben. Und Gott weiß, mit wem er noch drin gelegen hat. O nein, was ist, wenn er es auch auf dem Sofa getrieben hat?«

Tina und Paige sprangen beide gleichzeitig auf, während mir ein weiteres gequältes Schluchzen entfuhr, ohne dass ich es zu verhindern vermochte. Bald schon schlangen beide ihre Arme um mich und damit auch umeinander, und der tröstliche Duft von Tinas Sandelholz-Parfüm und Paiges Clinique – denn sie gehörte schließlich nicht Chanel! – verlieh mir wieder dieses sichere Gefühl, geliebt zu werden.

Ich wurde geliebt und war auch immer noch imstande zu lieben. Ich musste einfach diesen verdammten Tag überstehen, und alles würde wieder gut. Auch wenn ich genau genommen mein ganzes Leben wieder neu beginnen musste.

Paige strich mir eine Strähne meines fettigen Haares aus dem Gesicht und reichte mir das letzte saubere Papiertaschentuch im Wohnzimmer.

»Schon okay. Wir sind für dich da«, versicherte sie mir.

»Ich kann dir dabei helfen, ein erschwingliches Sofa zu finden«, versprach mir Tina und setzte nach einem kurzen Zögern hinzu: »Was hältst du von Stoffen aus den Siebzigern?« Ich schnaubte an ihrer Schulter, und sie drückte mich ein bisschen fester ans sich.

»Ist das wieder mal eins deiner Upcycling-Projekte?«, erkundigte ich mich. Dieses Mal war sie es, die schnaubte.

»Ha! Als ob ich jemals in meinem Leben irgendetwas geupcycled hätte. Aber mir gefällt die Idee, die dahintersteckt.

Bloß fehlt mir die Zeit, es in die Tat umzusetzen. Außerdem ist es bei drei Mitbewohnern und im vierten Stock nicht ganz so einfach, sich neue Möbel anzuschaffen.«

»Also, wenn du gern mein Sofa hättest«, sagte ich, denn ich konnte mir unmöglich vorstellen, es jetzt noch zu behalten. Ganz abgesehen davon, dass ich mit großer Wahrscheinlichkeit in eine Wohngemeinschaft umziehen musste und vermutlich gar kein Sofa mehr benötigen würde.

»Du könntest es verkaufen«, schlug Tina vor.

»Dann pass aber auf, dass du keinen Wein drauf verkleckerst«, sagte Paige bissig.

»Also bitte, als ob ich einen Tropfen hiervon verschwenden würde«, spöttelte Tina.

»Wir müssen ja nicht heute über all das nachdenken«, erklärte Paige und verließ die Gruppenumarmung, um erneut für mich nach der Weinflasche zu greifen, als wäre ich ein Kleinkind, das ein Trosthäppchen benötigt. »Bloß über ein paar Kleinigkeiten.«

»Wie zum Beispiel deine Party!«, rief Tina und blickte dabei Paige an, mit der sie – wenn auch etwas widerwillig – die ganze Sache geplant hatte. »Du kannst unmöglich deine Party absagen.«

»Doch, wir können das«, erwiderte Paige und betonte damit noch einmal ihrer beider Beteiligung an dem geplanten kleinen Zusammenkommen meiner alten Freunde. Und was man organisiert hatte, konnte man ihrer Ansicht nach auch wieder entorganisieren.

»Na schön«, knurrte Tina. »Aber du wirst auf keinen Fall an deinem Geburtstag hierbleiben. Auch wenn wir nicht die totale Gatsby-Party feiern können, Rosé bis zum Abwinken trinken und irgendeine angesagte Bar zum Beben bringen: Wir gehen auf jeden Fall aus!«

»Also, ich weiß nicht …«, hob ich an.

»O nein, Mystic Meg hat recht.« Paige zuckte mit den Schultern. »Wir gehen immer noch aus. Du kannst nicht an deinem Geburtstag zu Hause bleiben. Nicht so. Das ist einfach deprimierend.«

»Wahnsinn!«, frohlockte Tina, was dieses Mal Paige dazu veranlasste, die Augen zu verdrehen. »Ich kann es einfach nicht glauben, dass sie mir mal zustimmt.«

»Gewöhn dich besser nicht dran.« Paige stieß mit ihrem leeren Gas gegen Tinas.

»Also gut, aber macht was Kleines draus«, sagte ich zu ihnen. »Und ich kann mir keine Drinks in irgendeinem Club leisten, also lasst uns vorher schon was trinken.«

»Ich bringe den Brie mit, du den Prosecco«, schlug Tina Paige vor, die nickte. »Seit wann ist Vortrinken eigentlich zu so einer zivilisierten Angelegenheit geworden?«, spottete Tina, entließ mich aus dem eisernen Griff ihrer Umarmung und steuerte auf den mintgrünen Plattenspieler zu, den ich mir letztes Jahr zum Geburtstag geschenkt hatte. Es stimmt schon, was man so sagt, Musik klingt auf Vinyl einfach besser!

»Erinnerst du dich noch an diese Sauf-Challenge an der Uni, bei der wir gegen die anderen Wohnheime angetreten sind? Bevor wir überhaupt den Campus verlassen durften, um in einen Nachtclub reinzukommen?«

»O Gott!« Ich begann schon bei dem Gedanken daran zu würgen. »Dieses blöde Spuckspiel. Wo man den Alk in den Mund anderer Leute tropfen lässt …« Ich spürte erneut einen Würgereflex.

»Urgh! Und dann musste der Captain des unterlegenen Teams den vollgespuckten Drink des anderen Teams trinken.« Tina setzte die Plattennadel auf, um unsere heiß geliebten *Greatest Hits* der *Spice Girls* zu spielen.

Spice Up Your Life ertönte aus den winzigen Lautsprechern des Schallplattenspielers. Sie drehte die Lautstärke auf, sodass es unmöglich war, über die Musik hinweg noch mitzubekommen, wie Paige über unsere alten Uni-Angewohnheiten herzog. Ganz offenbar war es an der Universität von St. Andrews sehr viel zivilisierter zugegangen. (Dort hatten schließlich auch einmal Mitglieder des Königshauses studiert, also verstand sich das quasi von selbst.)

Ich füllte die Gläser der Mädels aus meiner Weinflasche nach, als sich die »La-la-las«, die aus den Lautsprechern erklangen, in ihrer Intensität steigerten, und wir begannen, die bekannten Textzeilen mitzusingen.

»Ahhhh …« Das Gehüpfe und die »Rou-ou-ound«-Dance Moves begannen, und plötzlich hüpften wir auch und schrien aus vollem Hals »La la la«, im Wettstreit miteinander und dem Plattenspieler, wer am lautesten im Zimmer war. Wir verschütteten Wein auf dem Teppich, den ich bei Wayfair bestellt und noch nicht bezahlt hatte, und auf dem Sofa, das ich trotz Tinas Verheißungen definitiv nicht mehr haben wollte. Aber das war mir alles egal. Texte der *Spice Girls* mitzugrölen, wenn man betrunken und emotional völlig fertig ist, ist definitiv besser als jede Therapie.

Für den Moment war wieder alles in Ordnung. Ich war zwar Single und betrunken und praktisch pleite und mehr als nur ein bisschen gestresst, aber ich hatte zwei tolle Freundinnen und immer noch eine gewisse Eigenständigkeit, was mein Leben betraf. Ich musste bloß die nächsten paar Tage hinter mich bringen, und dann würde ich mich schon wieder aufrappeln. Ich war überzeugt, dass mir das gelingen würde. Ich lächelte und tanzte auf der Stelle.

»Ahhhh …«, schrien wir einander in die Gesichter, bevor wir unsere Hüften gegeneinanderstießen und gleichzeitig in die Höhe sprangen – woraufhin plötzlich über uns ein Rohr platzte und in der ganzen Wohnung die Sprinkleranlage anging.

4

Löwe: Möglicherweise sind Sie zurzeit zu gestresst, um sich über Ihren nächsten Schritt klar zu werden. Venus bildet Konjunktion mit Pluto.

»Ich habe keine Ahnung, was passiert ist …«, erklärte ich meiner Vermieterin, während wir mit unseren ruinierten Schuhen und aufgespannten Schirmen im gut zwei Zentimeter hohen Wasser meines durchnässten Wohnzimmers standen. Mein Nachbar, der anscheinend Handwerker war, versuchte sich derweil daran, die Sprinkleranlage auszuschalten.

»Muss 'ne andere Leitung sein!«, schrie er über den Lärm des rauschenden Wassers hinweg wie ein Mechaniker auf der *Titanic*.

»Und das Rohr ist einfach so heruntergekommen?«, schrie die Vermieterin, die ihn ignorierte, zu mir herüber. Ich zuckte mit den Schultern und hob meine freie Hand zum Zeichen, dass ich keine Ahnung hatte. Gerade noch hatten die Mädels und ich getanzt oder – soweit es meine Vermieterin anging – hatte ich allein zu Abend zu gegessen, und in der nächsten Minute war plötzlich das Rohr aus der Decke gefallen und hatte seinen Inhalt nur wenige Momente, bevor die

Sprinkleranlage ansprang, über die Küche und die Wohnzimmermöbel ergossen.

»Ohne jede Vorwarnung. Nicht mal ein Ächzen oder ein … ein … *Knall.*« Der Alkohol stieg mir definitiv in den Kopf. Es ist sehr viel schwerer, eine vernünftige Unterhaltung mit seiner Vermieterin zu führen, wenn man einen Schwips hat und daher das Gefühl, dass alles bestens ist – schwimmst du eben heute Abend in dein Schlafzimmer, anstatt zu laufen. Nun denn, eigentlich wusste ich ja, dass ich weder schwimmen noch laufen würde, weil hier nun alles unbewohnbar war.

»Hugo!«, rief sie plötzlich und strich sich ihren grauen Pony aus der Stirn.

»Hu-Hugo?«, sagte ich mit einem kleinen Lallen.

»Ja, mein dämlicher Cousin. Er hat mich überredet, ihm die Klempnerarbeiten bei der Renovierung zu überlassen. Ich hätte auf Julie Andrews hören sollen: Vetternwirtschaft klappt in der Kunst, nicht bei Rohrleitungen.« Ich war beeindruckt, dass meine schon ältere und langweilige Vermieterin offenbar *Plötzlich Prinzessin 2* gesehen haben musste, um eine solche Bemerkung von sich zu geben, doch bevor ich etwas in dieser Richtung äußern konnte, watete sie durch mein Wohnzimmer davon, um mit dem Handwerker zu sprechen, dem es gerade gelungen war, die Sprinkleranlage von einem Sprühregen in ein Tröpfeln zu verwandeln.

Etwas in mir ermahnte mich, jetzt bloß nicht die berühmte Filmszene mit Gene Kelly nachzuspielen und *Singin' in the Rain* anzustimmen, aber die Versuchung war groß.

»Und?«, erkundigte sich meine Vermieterin bei dem Handwerker, der einen dreckigen Overall über einem Pyjama mit Marvel-Figuren trug. Dabei war er wirklich nicht mehr der Jüngste.

»Völlig durchgerostet«, sagte er. »Muss ein gebrauchtes Rohr gewesen sein und dazu nicht ordentlich verlötet. Das Problem ist, dass es vermutlich nicht das einzige gebrauchte Rohr ist, das er verwendet hat. Wahrscheinlich werden Sie alles komplett rausreißen und neu machen lassen müssen.«

Die Vermieterin seufzte und stöhnte in ihre Hände.

»Und wie viel wird mich das kosten?«

Der Handwerker zuckte mit den Schultern. »Keine Ahnung. Ich bin Ihr Mann, wenn's um Waschbecken oder Boiler geht. Sie sollten sich ein richtiges Angebot für die Arbeiten machen lassen. In puncto Zeit schätze ich mal, dass die Arbeiten ein paar Wochen dauern werden. Und dann wäre da natürlich noch die Trocknung, und das ganze Zeugs hier muss entrümpelt werden.«

Im ersten Moment war ich beleidigt, dass er so über meine liebevoll eingerichtete Wohnung sprach. Doch dann fiel mir ein, dass das, was einmal eine ästhetisch ansprechende Einrichtung gewesen war, sich jetzt wohl allenfalls noch als Badespielzeug verwenden ließe.

»Großer Gott«, sagte meine Vermieterin, eine Hand an den Kopf gelegt.

»Und was soll *ich* jetzt machen?«, fragte ich von der anderen Seite des durchnässten Sofas, um sie an meine Anwesenheit zu erinnern.

»Ähm ... tja«, begann sie, schaute sich um und atmete dabei vernehmlich aus. »Ich habe eine Gebäudeversicherung und kann für die entstandenen Schäden zahlen und Ihnen die Kosten für die Möbel ersetzen, wenn Sie mir die nötigen

Informationen zukommen lassen. Da die Wohnung auf unabsehbare Zeit nicht bewohnbar ist, bleibt mir nichts anderes übrig, als den Mietvertrag aufzulösen.«

»Also bin ich obdachlos.«

Darauf erwiderte sie nichts, aber das war auch gar nicht nötig.

»Ich habe ein Gästezimmer, falls Sie heute Nacht einen Platz zum Schlafen brauchen«, bot mir der Handwerker an, dessen Namen ich erst noch herausfinden musste. Aber das war nicht nötig, denn ich wusste, dass ich bei einem der Mädels übernachten konnte. Paige und Tina befanden sich ohne das Wissen meiner Vermieterin und meines Nachbarn oben auf der Dachterrasse, wo sie weitertrinken und sich auswringen konnten, während ich mich um das hier kümmerte. Paige, die selbst im betrunkenen Zustand Juristin blieb, war der Meinung gewesen, dass es mich schuldig aussehen ließe, wenn wir drei nach diesem Rohrplatzer einen betrunkenen Eindruck machen würden, daher hatten sie und Tina entschieden, sich zu verstecken.

Ich wies das Angebot meines Nachbarn zurück und erledigte das wenige, was sich mit meiner Vermieterin im Augenblick erledigen ließ. Dann begab ich mich in mein feuchtes Schlafzimmer, um einen Koffer mit einer Handvoll unbeschädigter Dinge zu packen, nur um festzustellen, dass David ja den Koffer mitgenommen hatte, was mir völlig entfallen war. Woraufhin ich die Wohnung verließ und mich aufs Dach begab, um mich mit den Mädels zu beraten.

Ich war immer noch viel zu beschwipst, um wirklich zu begreifen, dass ich jetzt nicht nur seit Kurzem Single und arbeitslos war, sondern auch obdachlos. Aber nach dem heutigen Tag kam mir das lediglich wie eine weitere unvermeidliche Katastrophe vor, und so schaltete ich von Ausflippen direkt um auf eine nebulöse Akzeptanz.

Auf dem Weg zum Dach verharrte ich oben an der Treppe, was hauptsächlich damit zu tun hatte, dass ich völlig außer Atem war – ich hätte mir wirklich mehr Mühe im Fitnessstudio geben sollen –, und starrte durch das Drahtgitterfenster der Brandschutztür hinaus.

Paige und Tina saßen lachend auf einem Betonblock, der hier oben jeglichen Zweck vermissen ließ. Bei diesem Anblick musste ich unwillkürlich lächeln. Ich hatte noch nie zuvor gesehen, dass sie die Gesellschaft der anderen genossen, wenn sie nur zu zweit waren. Meistens stritten sie herum oder zickten sich an. Manchmal kam es mir so vor, als würden sie sich nur mir zuliebe vertragen, wofür ich ihnen unendlich dankbar war. Ich besaß einfach nicht die Begabung, zwei enge Freundschaften getrennt voneinander zu pflegen. Ich war wie ein Musketier: alle für einen, einer für alle. Oder in unserem Fall: alle für eine, eine für alle.

Ich stieß die Tür auf und lachte, als die beiden zusammenzuckten und blitzartig voneinander abrückten.

»Wie lautet das Urteil?«, fragte Paige sogleich, und ich machte mich daran, ihnen alles zu erklären.

»Wenigstens hat das Ganze ein Gutes«, sagte Tina ein paar Minuten später, als wir alle zusammen auf dem Block saßen und sie mir die Weinflasche reichte, die sie aus dem Trümmerhaufen meiner Wohnung gerettet hatte.

»Ach ja? Und das wäre?«, erkundigte ich mich und kippte den Rest des Inhalts in mich hinein.

»Sein Kram ist auch hinüber.«

»Bravo! Stimmt!«, erwiderte Paige kichernd. Sie wurde immer sehr albern, wenn sie betrunken war.

Ich saß zwischen den beiden, und Paige hatte ihren Kopf auf meine Schulter gelegt, während sich Tina vorbeugte, um über die Seite des Gebäudes auf die verlassene Straße unten zu schauen.

Ich hatte keine Ahnung, wie spät es war, aber es war schon dunkel, und in der Ferne leuchtete die City wie ein Weihnachtsmotiv. Die lebhafte Geräuschkulisse aus Einsatzhörnern und Autohupen klang melodisch in unseren Ohren, während wir dasaßen und meine Probleme für eine Minute vergaßen. Wir waren bloß drei Frauen in London, die sich an einem Freitagabend betranken. Nicht mehr und nicht weniger.

Ich atmete tief ein, blickte zu den Sternen hinauf, und plötzlich fiel mir ein, was Tina über die Saturn-Rückkehr gesagt hatte.

»Welcher davon ist Saturn?«, fragte ich blinzelnd, denn ich war mir nicht sicher, ob das, was ich für funkelnde Sterne am Himmel hielt, nicht nur Flugzeuge waren.

Tina schaute ebenfalls nach oben, sackte aber sofort wieder nach vorn, als ihr das Blut in den Kopf schoss, und ließ ihn zwischen ihren Knien hängen. Page gab ein amüsiertes Schnauben von sich, ließ aber ihren eigenen Kopf auf meiner Schulter liegen.

»Du kannst bei mir bleiben, wenn du willst«, bot sie mir mit einem kleinen Gähnen an.

Ich war froh, dass sie es mir vorschlug und ich sie nicht erst fragen musste. Ich war nicht gut darin, um etwas zu bitten. Ich hatte mir überlegt, entweder Paige zu fragen, ob ich für ein paar Tage in ihrer kleinen Wohnung in Dalston bleiben konnte, oder nach St. Albans zurückzukehren und wieder bei meiner Mutter und meinem Großvater einzuziehen – und das zehn Jahre nach meinem Auszug dort. Ich liebte meine Mum und meinen Grandad, aber drei Generationen unter einem Dach waren schon in guten Zeiten eine Herausforderung. Wenn dann auch noch mein monatliches PMS, Grandads Arthritis und Mums Wechseljahre dazukamen, würde innerhalb weniger Wochen ein Horrorhaus daraus werden.

»Und das würde dir auch wirklich nichts ausmachen?«, fragte ich.

»Natürlich nicht. Das wird lustig«, erwiderte Paige und kuschelte sich in meinen Nacken, als die müde Phase ihres trunkenen Zustands einsetzte. »Ich werde auch jemanden auftreiben, der deine Sachen hier abholt. David kann sich selbst um seinen Krempel kümmern.«

»Dieses Arschloch«, fügte Tina finster hinzu, die den Kopf immer noch gesenkt hielt. Ich strich ihr über den Rücken. Ich konnte den Mädels zumindest ein wenig Dankbarkeit zeigen, nachdem sie mir am wohl beschissensten Tag meines Lebens zu Hilfe gekommen waren.

Der Alkohol half mir ganz eindeutig in der jetzigen Situation, ruhig zu bleiben. Was keine typische Reaktion auf einen promillelastigen Freitagabend war, aber in mir herrschte ein solches Durcheinander von Emotionen, dass ich gar nicht so recht wusste, was ich eigentlich gerade empfinden sollte. Ich stellte mir die Figuren aus *Alles steht Kopf* vor, wie sie in Panikmodus unzählige Knöpfe drückten, während ich den ganzen Abend innerhalb weniger Sekunden Trauer, Wut, Traurigkeit, Panik, Glück, Erleichterung und Liebe empfand.

»Noch schlimmer kann mein Leben wohl kaum werden, oder?«, sagte ich mit einem gequälten Lachen.

»Glaub mir«, sagte Tina langsam, »das hat alles mit deiner Saturn-Rückkehr zu tun. Du musst die Planeten besänftigen.«

Paige seufzte vernehmlich. »So ein Schwachsinn. Aber es ist vermutlich leichter, einen Planeten zu besänftigen, als meine koreanische Mutter zufriedenzustellen.«

»Ach, Süße«, sagte Tina, richtete sich auf und lehnte sich zu Paige hinüber, um ihr Bein zu tätscheln. Paiges Unsicherheit, was die Meinung ihrer Familie über sie selbst betraf, schimmerte immer nur durch, wenn sie betrunken war. Den Rest der Zeit war es ihr verdammt egal, was es auch sein sollte.

»Wie besänftigt man denn einen Planeten?«, fragte ich.

»Recycle deinen Plastikmüll«, murmelte Paige spöttisch.

»Und wann würde es wirken?«, fragte ich über sie hinweg. »Nach einem Sonnenzyklus? Nach meiner nächsten Periode? Nach meiner nächsten katastrophalen Lebensentscheidung?«

»Es waren nicht deine Lebensentscheidungen, die dieses Desaster angerichtet haben«, erklärte Tina mit einer leicht spirituellen Note. »Unser Schicksal ist von Geburt an durch die Sterne festgelegt. Tatsache! Ich habe mir mein Geburtshoroskop angesehen. Ich bin praktisch eine Schamanin.«

»Also sind die Sterne an dem Shitleben schuld, das ich im Moment führe?«

»Im Grunde ja«, nickte Tina. Paige gab ein Stöhnen von sich. »Und Planeten sind bloß Sterne. Nur noch nicht explodiert.«

»Wenn wir weiter über diesen Mist reden, werde ich diesen Planeten gleich in einen Stern verwandeln«, nuschelte Paige vor sich hin, bevor sie wieder in Kichern ausbrach. Tina lachte mit ihr, lehnte sich über mich hinweg, um Paiges Hand zu ergreifen. Währenddessen blickte ich weiter in den stockdunklen Himmel mit den entfernten Lichtern hinauf, starrte die Planeten an, die mir angeblich das Leben ruiniert hatten, und das bloß, weil es mir überhaupt nicht bewusst gewesen war, dass es da einen entsprechenden Plan gab.

Also gut, wenn das Spiel so lief, dann würde ich die Herausforderung annehmen.

»Besänftige die Planeten«, wiederholte ich. Alles, was ich tun musste, war, mir ein Beispiel an ihnen zu nehmen und ihre Regeln zu befolgen. Vielleicht war das gar keine so schlechte Idee. Was hatte ich schon zu verlieren?

5

Löwe: Machen Sie keine halben Sachen.
Vollmond steht im dritten Haus.

Paige hatte sich ihr Sofa definitiv aus rein optischen und nicht aus ergonomischen Gründen ausgesucht. Es war zwar wunderschön und sah mit seinem blauen Samtbezug und den Designerkissen wirklich stylisch und teuer aus, war aber als Ersatzbett nur sehr bedingt geeignet.

Nach drei Nächten war ich mir sicher, dass ich einen Chiropraktiker brauchte.

Ich hatte den größten Teil der letzten drei Tage damit verbracht, die sechs Phasen der Trauer zu durchlaufen: Verzweiflung, Verleugnung, Schokolade, Fernseher anbrüllen, wenn ein Liebesfilm läuft, Decke anstarren und schließlich sämtliche Social-Media-Accounts löschen.

Was brachte es denn schon, irgendwelche Profile online zu haben, wenn es bei mir nichts zu teilen gab, mit dem ich prahlen konnte. Und ich brauchte auch keine unerträglichen »On this day«-Erinnerungen an gemeinsame Urlaube mit David und auch keine »Wie gut kennen Sie Ihren Partner«-Online-Quizspiele. Und welche Rolle spielte es denn schon zu wissen, dass sein Lieblings-Power-Ranger Yellow war und dass er einmal einen Bartagamen namens Phil besessen hatte? Solche Quizspiele wären nur dann sinnvoll, wenn sie endlich mal so wichtige Fragen stellen würden wie *»Monogamie – irgendwelche Meinungen dazu?«*

Jedes Mal, wenn Paige zur Arbeit ging, verabschiedete sie sich, als ob sie mich auf dem Totenbett zurückließe. Ich konnte nicht glauben, dass ich plötzlich so schwach und verletzlich war.

Ich fühlte mich mal wieder wie ein Ballon, dem man die Luft rausgelassen hatte, und starrte zur Decke hinauf. Sie war weiß und hatte eine Popcorn-Struktur, und sie war so ziemlich das Einzige, was in Paiges ansonsten so moderner Wohnung noch daran erinnerte, dass es einmal Vormieter gegeben hatte.

Die Popcorn-Bläschen erinnerten in ihrer zufälligen Anordnung ein bisschen an Sternbilder. Während ich zur Decke hinaufstarrte, entdeckte ich den Orion-Gürtel und einen Teil des Sternbildes Cassiopeia, das ein »W« am Himmel bildet.

»Saturn«, sagte ich laut, denn mir fiel wieder ein, was Tina über meine Saturn-Rückkehr gesagt hatte.

Es konnte ja nicht schaden, es mal zu googeln. Ich griff nach meinem Smartphone.

»Ergänze dein Geburtsdatum, deinen Geburtszeitpunkt und den Ort«, las ich laut, nachdem ich ein Onlineprogramm gefunden hatte, bei dem mir gratis ein persönliches Geburtshoroskop erstellt wurde und bei dem ich mehr über meine Persönlichkeit und das Datum der Saturn-Wiederkehr erfahren konnte.

Da ich ohnehin nichts zu verlieren hatte, ergänzte ich die Angaben. Ich kannte die Geschichte von meiner Geburt zur Genüge, da meine Mutter sie mir als Kind oft genug erzählt hatte. Ich bekam zur Schlafenszeit keine Märchen mit glücklichem Ausgang vorgelesen, meine Mutter zog wahre Geschichten aus dem wirklichen Leben *Aschenbrödel* vor (auch wenn sie Narben hinterließen).

»24. Juli 1992«, sagte ich laut, während ich es in die vorgeschriebenen Kästchen tippte. »St. Albans, 12 Uhr.« Der größte Stolz meiner Mutter war nicht etwa, dass sie *mich* geboren hatte, sondern die Tatsache, dass ich aus ihr herausgefallen war – sie war zu der Zeit gerade aufgestanden, denn sie hatte sich entschieden, das Krankenhaus zu verlassen, da sie keine Lust mehr hatte zu entbinden –, und das exakt um Punkt zwölf. Man konnte die Glocken der St. Albans Cathedral läuten hören, als ich meinen ersten Schrei tat. Eine ziemlich denkwürdige Art, auf die Welt zu kommen.

Sofort tauchte mein Datum für die Saturn-Wiederkehr vor mir auf: 6. Februar 2022.

Damit blieben mir ungefähr sieben Monate, bevor meine nächste Lebensphase begann.

Ich scrollte die Seite hinunter, um mehr über mein Geburtshoroskop und meine Saturn-Wiederkehr zu lesen.

»Deine Saturn-Rückkehr ist in ihrer Essenz ein Test, um unter Beweis zu stellen, dass du aus den Herausforderungen der letzten neunundzwanzig Jahre deines Lebens gelernt hast.« Na toll.

Wir müssen also nicht nur Aufnahme- und Abiprüfungen, Ausbildungen, Uniabschlüsse und Gott weiß was sonst auf uns nehmen, sondern werden auch noch von den Sternen im Hinblick auf unsere Leistungen und Erfolge geprüft.

Na, da hatten sich die Sterne aber die Falsche für einen Überraschungstest ausgesucht!

Ich scrollte weiter auf der Seite hinunter, las mehr über Geburtshoroskope, Häuser und mein Sonnen- und Mondzeichen und meinen Aszendenten. Die Seite war unglaublich detailliert, und es ging ewig so weiter, dass mein Akku fast leer war, bevor ich überhaupt mit meiner Lektüre über den Einfluss verschiedener Planeten in verschiedenen Häusern fertig war.

Es war gar nicht leicht, diese ganzen Informationen zu verarbeiten, aber ich wollte verstehen, warum mir all diese Dinge zustießen und warum die Planeten vermeintlich Einfluss auf mein Leben hatten.

Als ich auf einer Seite weiter nach unten scrollte, fand ich dort eine Anzeige:

> Astrologische Diagrammerstellung. Möchten Sie gern mehr über Ihre Sternzeichen erfahren und was die Zukunft für Sie bereithält? Melden Sie sich heute noch an. £ 59,99 für einen dreimonatigen Kurs im Gemeindezentrum von Dalston.

Aha! Die Planeten hatten sich also einen neuen Test für mich einfallen lassen. Na, da hätten sie sich aber besser informieren sollen, denn was das anging, war ich unschlagbar. Eine echte Streberin in der Schule, wenn es darum ging, etwas zu recherchieren und neue Sachen zu lernen. Auch wenn ich mir wünschte, dass ich ein paar genauere Nachforschungen angestellt hätte, bevor ich mich für eine so lange Zeit auf

David eingelassen hatte, denn die Erkenntnisse dort gingen über das übliche »Habe noch nie *Pulp Fiction* gesehen und mag auch keine Boxsets« hinaus.

Mein Finger schwebte über der Taste, da mir plötzlich der Gedanke kam, dass es sich um Spam handeln und ich mir einen Virus auf dem Smartphone einfangen könnte, aber ich schob ihn rasch wieder beiseite, da ich den Planeten, die in meinem Leben herumpfuschten, etwas zu beweisen hatte.

Ich klickte mich durch und landete auf der Website des Gemeindezentrums. Ganz oben, unter Astrologie, stand der Kurs, der in der Anzeige beworben wurde. Jeden Donnerstag um 18:00 Uhr, unter der Leitung von Aoife McQueen, für alle Altersgruppen, keine Vorkenntnisse nötig. Ein wöchentlich stattfindender einstündiger Kurs, der mich £ 59,99 für drei Monate kosten würde, das waren bloß £ 5 pro Stunde, und das war für Londoner Verhältnisse wirklich günstig.

Bevor ich genauer darüber nachdenken konnte, legte ich den Kurs in meinen Warenkorb, wählte das Datum aus, ab dem ich teilnehmen wollte – ab kommendem Donnerstag –, und klickte auf den PayPal-Button. Ich schöpfte damit zwar den letzten Rest meines Überziehungskredits aus, aber ich wurde den Gedanken einfach nicht los, dass diese Anzeige irgendwie Schicksal war.

Scheiß drauf, die Rückerstattung für mein Sofa würde diesen Kurs zehnmal decken, auch wenn es einen Wasserschaden und einen Rotweinfleck gehabt hatte, als ich ging.

Sobald ich meine Zahlung getätigt und die Bestätigung per E-Mail erhalten hatte, sagte mir natürlich eine kleine reuevolle Stimme in meinem Kopf, dass es nicht das Schicksal gewesen war, das mich zu dieser Anzeige geführt hatte, sondern zielgerichtete Werbung, die mein Smartphone nach Dalston zurückverfolgt und erkannt hatte, dass ich mich auf einer astrologischen Website befand. Genau genommen war es Big Brother, der mir den letzten kleinen Rest meines Überziehungskredits stahl, und nicht etwa das Schicksal, das in meine Lebensentscheidungen eingriff.

Ich brachte die Stimme in meinem Kopf zum Schweigen, hängte mein Smartphone ans Ladekabel und ging ins Badezimmer, wobei ich beim Eintreten sämtliche Spiegel mied, um mir nicht von Angesicht zu Angesicht eine Standpauke zu halten, weil ich in Gelddingen so leichtsinnig war. Wer wusste denn schon, ob ich in drei Monaten überhaupt noch in London sein würde? Oder ob mir der Kurs überhaupt gefiel?

Ich sprang unter die Dusche, wusch mir die Tränen, den alkoholbedingten Schweiß und den Körpergeruch ab, der dazugehörte, wenn man sich in der Wohnung einigelte, und zog mich für den bevorstehenden Tag an. Es mochte nicht der Tag sein, wie er von Paige für mich vorgesehen war – sie hatte eine Liste mit zu erledigenden Anrufen und Versicherungsunterlagen hinterlassen, die ich ausfüllen sollte –, aber ich hatte einen Plan, und ausnahmsweise würde ich einmal auf mein Bauchgefühl hören und mich darauf verlassen.

»Was soll das denn?«, erkundigte sich Paige, die mit zwei Tüten Take-away-Sushi und einem Sixpack Bier von der Arbeit nach Hause kam. Sie hatte es nicht so mit Kochen.

»Was denn?«, erwiderte ich, ohne von ihrem Wohnzimmerboden aufzublicken, wo ich im Schneidersitz saß, umgeben von Büchern über Astrologie und Planetenbewegungen, die ich mir in der Bibliothek ausgeliehen hatte.

»Lernst du etwa?«, fragte sie, setzte die Tüten in der Küche ab und stellte das Bier in den Kühlschrank.

»Sozusagen. Ich versuche, mehr über diese Saturn-Rückkehr zu erfahren, von der Tina uns erzählt hat.«

»Saturn-Rückkehr? Du nimmst das ernst?«, fragte sie, ohne die Skepsis aus ihrer Stimme heraushalten zu können.

»Ja. Wie sich herausstellt, ist mein Geburtshoroskop, was das angeht, verdammt zutreffend. Ganz schön spooky!«

»Geburtshoroskop?«, wiederholte sie. »Ich bin verwirrt. Wovon redest du da?«

Ich griff nach meinem Reporter-Notizblock, den ich immer benutzte, wenn ich mir irgendetwas notierte.

»Also, mein *Sonnen*zeichen, das oft auch *Stern*zeichen genannt wird, ist Löwe.« Ich zeichnete bei *Stern*zeichen zwei Anführungsstriche in die Luft, um darauf hinzuweisen, dass es eigentlich die falsche Bezeichnung war. »Eigentlich gibt es genau genommen drei Zeichen, die wirklich wichtig sind. Das Sonnenzeichen ist das bekannteste, da es aussagt, in welchem Tierkreiszeichen die Sonne in dem Monat stand, als du geboren wurdest. In meinem Fall Ende Juli bis Ende August, daher ist mein Sonnenzeichen Löwe, lateinisch Leo. Dann gibt es noch dein Mondzeichen, und das ist die Position des Mondes an dem Tag und Ort deiner Geburt. Daher ist mein Mondzeichen Stier. Und schließlich gibt es noch dein Aszendentzeichen, das zum Zeitpunkt deiner Geburt am östlichen Horizont aufsteigt. Da ich um 12 Uhr mittags geboren wurde, ist mein Aszendent Waage.«

Paige war wie erstarrt. Sie glich einer perplex dreinblickenden Statue.

»Es ist einfacher, wenn man es aufschreibt«, sagte ich und deutete auf das kleine Schaubild, das ich auf meinen Notizblock gekritzelt hatte.

»Wieso recherchierst du diesen Kram?«, erkundigte sie sich mit einem gequälten Lächeln.

»Tina hat da etwas gesagt. Dass ich die Planeten besänftigen muss.«

»Das ist doch totaler Schwachsinn. Sie glaubt wahrscheinlich auch noch an den Weihnachtsmann«, lachte Paige.

Sie hoffte offenbar, dass ich in ihr Lachen einstimmen und ihr mitteilen würde, dass alles nur ein Scherz gewesen war, um sie austicken zu lassen. Aber das war es nicht. Je mehr ich über mein Geburtshoroskop und die Positionen der Planeten bei meiner Geburt erfuhr, desto plausibler war das alles für mich.

»Hör dir das doch mal an.«

Ich räusperte mich und blätterte eine Seite auf meinem Notizblock zurück, um die Beschreibung meiner Persönlichkeit, basierend auf meinem Geburtshoroskop, vorzulesen.

»Als Löwe bin ich kontaktfreudig, loyal, gesellig und willensstark. Ich unternehme viel, genieße das Leben in vollen Zügen, liebe Gesellschaft und stehe gern im Mittelpunkt. Ich habe viel Sinn für Humor, klare Meinungen, und ich weiß Luxus zu schätzen. Ich respektiere harte Arbeit und bin bereit, Verantwortung zu übernehmen. Aber ich fürchte mich auch davor, dass die Leute mitbekommen könnten, wie sehr ich mich dabei anstrenge. Ich sage den Leuten, was sie meiner Ansicht nach hören wollen, möchte es allen recht machen. Und ich habe gern alles unter Kontrolle, bin manchmal anstrengend und auch mal eine kleine Drama Queen. Außerdem fällt es mir oft schwer, Fehler zuzugeben.«

Ich lachte und ließ den Block in meinen Schoß fallen.

»Das klingt doch ganz nach mir, oder etwa nicht?« Meiner Ansicht nach war es praktisch meine Biografie.

»Das klingt nach einer Menge Leute, die ich kenne«, erwiderte Paige immer noch skeptisch, während sie Teller und Bambus-Essstäbchen holte, damit wir essen konnten.

»Ach, komm schon, ich hätte selbst keine bessere Beschreibung meiner Persönlichkeit verfassen können. Sie enthält sogar Details über mein Liebesleben, mein Arbeitsleben und meine Gesundheit. In der Liebe fordere ich vielleicht etwas viel Aufmerksamkeit, bin aber sehr loyal und liebevoll. Und was den Job angeht, da heißt es, dass ich einfallsreich und tüchtig bin, opportunistisch und Einzelkämpferin.«

»Wo wir gerade vom Job reden, hast du mal einen Blick auf eine dieser Webseiten geworfen, die ich dir vorgeschlagen hatte?«, erkundigte sie sich kühl, während sie Sashimi und Nigiri-Sushi auf unsere Teller lud.

Ich verdrehte lächelnd die Augen. »Danke für den Hinweis, *Mum*«, erwiderte ich.

»Ich meine ja nur. Irgendwann wirst du dein Konto mal wieder auffüllen müssen. Bis das Geld von der Versicherung für die Wohnung da ist, kann es noch eine Ewigkeit dauern. In der Zwischenzeit solltest du dir etwas einfallen lassen.«

»Das werde ich. Ich schicke meinen Kontakten morgen noch mal den Hinweis, dass ich zurzeit freiberuflich arbeite. Aber das hier brauche ich einfach, um mich im Moment abzulenken«, erklärte ich und zeigte voller Begeisterung auf die große Auswahl an Büchern und Notizen, die ich um mich herum angeordnet hatte.

»Aha«, sagte Paige, griff in ihre Tasche, zog ihr Smartphone hervor, drückte eine Taste und hielt es gleich ans Ohr.

»Wen rufst du an?«, erkundigte ich mich. Ob sie vielleicht glaubte, dass ich total übergeschnappt war und in die Klapse gehörte?

»Hallo!«, ertönte eine vertraute, fröhliche, helle Stimme vom anderen Ende. Paige lächelte ihren Handy-Bildschirm an und wandte sich mir zu. Ich erblickte Tina, die mich aus dem Video-Anruf anstrahlte.

»Wonach sieht das deiner Ansicht nach aus?«, erkundigte sich Paige bei ihr und hielt ihr Handy mit einer Hand in meine Richtung, während sie sich mit den Stäbchen in der anderen ein Stück Sashimi angelte.

»O Gott. Ist das etwa Krystal, die ihr Leben analysiert?«

»Was?«, sagte ich mit leicht beleidigtem Tonfall, überrascht, dass Tina meine Persönlichkeit auf diese Weise umschrieb.

»O Gott«, sagte sie wieder und verzog das Gesicht. »Es ist schlimmer, als wir dachten. Wir müssen dich da rausholen, Süße. Lieber heute als morgen.«

»Genau«, warf Paige mit vollem Mund ein.

»Wir gehen doch schon am nächsten Samstag an meinem Geburtstag aus«, rief ich ihnen in Erinnerung. »Vortrinken und dann irgendeine Bar.«

»Nein, nein, das hier verlangt nach Größerem«, erklärte Tina und wich bei meinem Anblick dort im Schneidersitz auf dem Boden inmitten eines Haufens Bücher ein wenig zurück. So schlimm konnte ich eigentlich gar nicht aussehen – immerhin hatte ich geduscht und mir ein gestreiftes Tenniskleid angezogen, das nicht der Sprinkleranlage zum Opfer gefallen war. Ich sah zum ersten Mal seit Tagen wieder halbwegs wie ein Mensch aus.

»Club Night?«, schlug Paige vor. »Ich kann uns in diesen neuen Club in Soho reinbringen.«

»Ooh!«, ertönte Tinas vergnügter Schrei aus dem Smartphone. Paige lächelte wieder.

»Na schön!«, rief ich und reckte zum Zeichen, dass ich mich geschlagen gab, die Hände in die Höhe. »Gehen wir eben clubben. Ich habe zwar keine Ahnung, wie ich das bezahlen soll ...«

»Herrgott nochmal, es ist dein Geburtstag. Der Abend geht auf uns«, sagte Paige trotzig, als verstehe sich dies nicht von selbst. Ich hatte ein schlechtes Gewissen, dass ich auch diese Großzügigkeit annahm, ebenso wie das mietfreie Wohnen und das Essen, das Paige immer für uns mitbrachte.

»Ihr verwöhnt mich total«, sagte ich und errötete leicht dabei.

»Na ja, so wie dein Leben gerade den Bach runtergeht, kannst du es brauchen«, gab Tina geradeheraus zurück.

Paige und ich blickten uns mit dem gleichen »Echt jetzt?«-Ausdruck an.

»Was denn?«, fragte Tina. »Es ist wohl noch zu früh, sich darüber einen Spruch zu erlauben.«

Nachdem sie das Gespräch beendet hatte, bedeutete mir Paige, rüberzukommen und mir etwas zu essen zu nehmen, bevor sie alles selbst aufaß.

»Aber jetzt mal im Ernst, danke, dass du im Moment alles übernimmst«, sagte ich und stocherte dabei verlegen mit meinen Essstäbchen im Nigiri-Sushi herum. Paige zuckte mit den Schultern.

»Gern geschehen. Aber du solltest einen Auftrag an Land ziehen.« Sie pikste mich dabei neckend mit dem sauberen Ende ihres Essstäbchens.

»Ich weiß«, brummte ich. »Ich werde mich heute Abend drum kümmern.«

»Entweder das, oder du könntest auch mal die Karten befragen, wenn das weiterhilft«, sagte sie kichernd, bevor sie sich auf den Weg zum Kühlschrank machte, um uns zwei Bier zu holen.

»Aber klar, in den Karten finden sich ja auch die Antworten auf alle Probleme des Lebens«, spöttelte ich und bemerkte den erleichterten Blick, den Paige mir zuwarf.

6

Löwe: Möglicherweise verspüren Sie heute eine Menge nervöser Energie. Mond bildet Trigon mit Uranus.

Donnerstagabend machte ich mich auf den Weg zu meiner ersten Astrologiestunde im Gemeindezentrum. Soweit es Paige anging, saß ich in einem Café und arbeitete an einigen Ideen für Artikel, während sie wie jeden Donnerstagabend die Wohnung sauber machte. Ich begann langsam zu begreifen, dass sie ihre festen Gewohnheiten hatte, von denen sie nur äußerst ungern abrückte. Und obwohl ich durch meinen Einzug und das Parken meiner wenigen noch verbliebenen Habseligkeiten in ihrem Wohnzimmer Sand ins Getriebe gestreut hatte, war es ihr immer noch ein Bedürfnis, sich an einem Rest ihres geregelten Privatlebens festzuklammern.

Ich hatte den größten Teil der Woche mit meinem (Gott sei Dank) unbeschädigten Laptop an ihrer Frühstückstheke verbracht und Redakteuren, für die ich schon einmal gearbeitet hatte, ein paar Ideen für Artikel samt der Benachrichtigung geschickt, dass ich wieder für freiberufliche Aufträge zur Verfügung stand. Einige antworteten sofort und erkundigten sich, was mit meinem Job bei *Craze* passiert war, während andere, die bereits von der Übernahme wussten, mir ihr Beileid aussprachen. Aber niemand bot mir einen Auftrag an.

Es gab kaum irgendwelche freien Stellen für eine Festanstellung in der Branche. Nur einen Job Alert für einen Texter bei einer Fachzeitschrift für Friseurhandwerk (meine einzigen Kenntnisse in dieser Richtung hatte ich mir beim Stutzen meiner Intimfrisur erworben, was mich wohl kaum dafür qualifizierte) und einen weiteren für eine nebenberufliche Stelle als Sozialkoordinator für einen Kreuzfahrtanbieter (ich hatte entsetzliche Angst vor dem Meer, bildete mir ein, dass alles darin darauf aus war, mich zu töten, daher schien auch das nicht wirklich gut zu passen). Und auch wenn ich verzweifelt war, *so* verzweifelt war ich dann doch (noch) nicht.

Ich entschied mich, Ideen an Magazine zu pitchen, die ich mochte und gut kannte, weil ich mir dadurch bessere Chancen ausrechnete, einen Auftrag zu bekommen. Auch wenn ich wusste, dass ich imstande war, Artikel über CBD-Öl zu schreiben oder darüber, ob die Inhalte von *Buffy, der Vampir-Killer* noch zeitgemäß sind, hätte ich es vorgezogen, Leitartikel über die tatsächlichen Kosten eines Lebens in London – sowohl im übertragenen als auch im finanziellen Sinne – oder auch aufschlussreiche Beiträge über die Wichtigkeit von Webdesign für kreative Multitalente zu verfassen. Ich war verdammt nochmal eine seriöse Journalistin!

Auch wenn es Juli war, wusste ich, dass Print-Magazine schon jetzt Bedarf an kommenden Weihnachtsinhalten hatten, und daher begann ich, nach Geschenkideen zu suchen.

Ich stellte einen Pitch für Geschenktipps und einen anderen für umweltverträgliche Freizeitaktivitäten zusammen, die zum Zeitgeist passten. Ein anderes Thema für einen Pitch war überraschenderweise Astrologie. Denn wenn es mir auf der Grundlage meiner bisherigen Recherche gelang, einen Artikel zu veröffentlichen, zählte alles, was ich tat, als Arbeit, und das bedeutete, dass Paige aufhören konnte, jedes Mal ihre Augen zu verdrehen, wenn ich meine Saturn-Rückkehr erwähnte.

Sobald sie sich auf den Weg zur Arbeit gemacht hatte und ich mir selbst überlassen war, begann ich gleich wieder damit, mir weitere Informationen über mein Geburtshoroskop und die verschiedenen Häuser anzulesen, durch die die Planeten wanderten. Ich versuchte immer noch, das alles zu verstehen, aber ich hoffte, dass ich mithilfe des Kurses im Gemeindezentrum bald sehr viel klarer sehen würde.

Ich zitterte förmlich vor Aufregung, als ich meine Notizen mit all meinen Fragen zusammenpackte und auch noch mein Lieblingsbuch aus der Bibliothek, Zolars *Es steht alles in den Sternen*, als Referenz fürs Klassenzimmer dazulegte. Mein Verhalten erinnerte mich an Schultage, an denen ich nach Hause geeilt war, um rasch die Hausaufgaben zu erledigen und sie voller Stolz bereits zu Unterrichtsbeginn abzugeben, damit ich den erfreuten Ausdruck auf dem Gesicht des Lehrers sehen konnte. Ich war zwar nicht die Hellste, aber Lehrers Liebling, und das in all meinen Klassen.

Laut meiner Recherche, die ich über die Leiterin des Workshops angestellt hatte, gab es nichts Berichtenswertes über Aoife McQueen. Sie hatte weder Bücher geschrieben, noch besaß sie eine Website. Auf der Seite des

Gemeindezentrums hieß es lediglich, dass sie sich schon lange Zeit mit der Thematik beschäftigte und Berufsastrologin war mit umfangreicher Vorbildung. Wenn man ein Diplom in Beckhamologie machen konnte – das Studium von David Beckham und seiner Familie –, dann konnte man offenbar auch eins in Astrologie machen. Gut zu wissen, denn ich gelangte gerade an den Punkt, an dem ich mir überlegte, ob ich mich noch einmal an der Uni einschreiben und einen weiteren nutzlosen Abschluss machen sollte. Offenbar war mein Bachelor in Kommunikationswissenschaften nicht die beste Voraussetzung für eine verlässliche Karriereperspektive (und auch nicht für die Kommunikation im Allgemeinen, meiner Beziehung nach zu urteilen, die ich mit David geführt hatte).

Ich folgte auf meiner Suche nach dem Gemeindezentrum gewissenhaft meiner Google-Maps-App, bog nach links in die Englefield Road, ging dann die De Beauvoir Road hinauf, am Beavertown Park – wie er von den Einheimischen genannt wurde – vorbei und gelangte schließlich auf die Straße, wo das Zentrum eigentlich sein sollte. Aber soweit ich das beurteilen konnte, war dies nicht der Fall.

»Ernsthaft?«, sagte ich und blickte die fast leere Straße hinauf und hinunter auf der Suche nach einem alten grauen Gebäude, an dem herabtropfendes Wasser an den Seiten Flecken hinterlassen hatte, was meiner Vorstellung von einem Gemeindezentrum entsprach oder zumindest irgendeinem ähnlichen in der Nähe befindlichen Gebäude. Aber weit und breit keine Spur davon.

Ich wandte mich wieder meinem Smartphone zu, ignorierte Googles nervige, automatisierte Stimme, die mir einreden wollte, dass ich mein *Ziel erreicht* hatte. Wenn das Gemeindezentrum nicht gerade über mir schwebte wie die Raum-Zeit-Maschine TARDIS aus *Doctor Who*, schien es nicht zu existieren.

Ich stieß einen tiefen Seufzer aus und entschied mich, noch ein Stück weiter die Straße hinaufzulaufen, falls die App meine Ankunft am Ziel zu früh verkündet hatte. Ich starrte gespannt auf den kleinen Pfeil, als würde er seinen Fehler möglicherweise plötzlich bemerken und an eine andere Stelle hüpfen.

»Umpf!« Mein Kopf kollidierte mit dem Kinn eines Mannes.

»Autsch!«, rief er, während ich nach hinten stolperte.

»Tut mir leid«, rief ich und ruderte dabei mit den Armen in der Luft herum, um mein Gleichgewicht wiederzugewinnen. Der Typ rieb sich mit einer Hand das stoppelige Kinn, packte mich mit der anderen und hielt mich fest.

»Shit!«, schrie ich ihm ins Gesicht.

»Vorsicht«, sagte er, hielt dabei immer noch den Ärmel meiner Strickjacke gepackt, während ich versuchte, nicht vom Gehweg zu kippen, wie es jeder normale Mensch eigentlich hinkriegen sollte (anstatt sich wie ein betrunkener Pinguin aufzuführen).

»Tut mir leid«, wiederholte ich und schloss die Augen, als ich dieses Brennen verspürte, weil mir das Blut in die Wangen schoss. »Ich habe nicht darauf geachtet, wo ich hinlaufe.«

»Das war ziemlich offensichtlich«, sagte der Typ, aber nicht patzig. Er klang eher amüsiert, und vor allem klang es, als wäre er Ire. Ich spitzte sofort die Ohren, als ich den singenden Tonfall vernahm. Nachdem *Normal People* im Fernsehen gelaufen war, galt es quasi als Naturgesetz, dass einen ein irischer Akzent anmacht – ob Mann oder Frau.

»Tut mir echt leid.« War das wirklich alles, was ich sagen konnte? »Ich bin auf der Suche nach dem Gemeindezentrum, aber Google hat mich gelinkt …« Ich reckte mein Smartphone in die Höhe, und fast wäre es dabei mit seiner Nase kollidiert. »Tut mir leid!«, wiederholte ich. »Und … es tut mir leid, dass ich so oft ›tut mir leid‹ sage. Irgendwie kann ich nicht damit aufhören.«

Er lachte, sagte aber nichts. Na toll. Zu allem Übel hatte ich jetzt auch noch die Fähigkeit verloren, mich halbwegs vernünftig mit Männern zu unterhalten.

»Ich werde dann mal in diese Richtung gehen«, sagte ich und zeigte auf die Straße hinter ihm. »Sonst mache ich mich hier noch weiter zum Affen. Ciao!« Ich wich verlegen zur Seite aus, denn ich hegte die Befürchtung, dass ich mich sonst erneut bei ihm entschuldigen oder irgendeinen lahmen Witz über meinen fehlenden Orientierungssinn machen würde, was nicht nur an seinem irischen Akzent lag, sondern auch daran, dass er ein total schnuckliger Typ war, was ich erst bemerkte, nachdem ich mich von ihm wegzubewegen begann.

»Warte!«, rief er, und ich blieb augenblicklich stehen und wandte mich ihm wieder zu. O ja, ich hatte mich nicht getäuscht, er war total schnucklig. Kurze Bartstoppeln, gepflegtes braunes Haar, Wangenknochen, auf denen man Käse reiben konnte. Genau mein Typ. Allerdings müsste ich herausfinden, wie er zur Monogamie stand, bevor ich zu einer endgültigen Entscheidung gelangte. »Zum Gemeindezentrum geht's hier lang.« Er zeigte in die entgegengesetzte

Richtung. »Ich bin auch auf dem Weg dahin. Wenn du willst, zeig ich's dir.«

»Super«, sagte ich, ohne mich zu rühren. »Gern … mach das.« Dann duzen wir uns halt gleich, warum nicht.

Er lächelte flüchtig und setzte sich in Bewegung. Ich folgte ihm zwei Schritte hinter ihm, wobei ich mich die ganze Zeit ermahnte, nicht auf seinen Hintern zu starren.

Wir behandeln Männer nicht als Objekte, Krystal, rügte ich mich und hob doch gleichzeitig den Blick. *Okay. Ein kleines bisschen ist okay.*

Er blieb abrupt stehen.

»Willst du nicht neben mir hergehen? Ich fühle mich ein bisschen komisch, so verfolgt zu werden! Ich bin kein Mörder, falls du dir deswegen Sorgen machen solltest.«

»Genau das würde ein Mörder sagen«, erwiderte ich, was mich allerdings nicht davon abhielt, wie ein Kind nach vorn zu hopsen, um gemeinsam mit ihm weiterzugehen. Peinlicher ging's nicht. Ich war beinahe dreißig! Ich sollte doch wohl in der Lage sein, mit einem völlig Fremden die Straße entlangzugehen und eine oberflächliche Unterhaltung zu führen. Aber das hatte ich seit Jahren nicht mehr getan – das war eine der Freuden, wenn man entweder fast immer mit jemandem aus dem Freundeskreis oder dem eigenen Freund unterwegs war. Ich war aus der Übung, was das Knüpfen spontaner Kontakte anging.

Das ist keine Entschuldigung, hörte ich meine lästige innere Stimme sagen – sie klang wie Dame Mary Berry und war manchmal ziemlich schwer zu ignorieren –, *das ist grundlegende Kommunikation, und du hast einen Hochschulabschluss darin, Herrgott nochmal. Reiß dich zusammen!*

»Und was führt dich zum Gemeindezentrum?«, fragte ich zu meiner eigenen Überraschung.

»Kunstkurs. Und du?«

»Bist du dir auch wirklich sicher, dass wir in die richtige Richtung gehen?«, fragte ich, seine Frage ignorierend, und warf erneut einen Blick auf Google Maps.

»Ja«, erwiderte er mit einem kleinen, spöttischen Lachen. »Ich bin schon oft genug da gewesen.«

»Aber hier sieht es so aus, als würde es dort hinten sein.« Ich zeigte hinter uns.

»Es gab da mal vor zwanzig Jahren ein Zentrum. Vielleicht versucht es, dich dorthin zu führen.«

»Ist Google Maps überhaupt schon zwanzig Jahre alt?«, fragte ich.

»Nein«, erwiderte er mit etwas schrofferer Stimme, in der aber immer noch Amüsiertheit mitschwang. Ich war so klug, mein Smartphone endlich in die Tasche zu stecken. »Und was führt dich zum Gemeindezentrum?«, fragte er wieder.

»Ich habe mich für einen Astrologiekurs angemeldet.«

Er begann sogleich zu lachen. Ein kleines Lachen nur, aber es kam mir so vor, als würde er mich auslachen

»Was ist daran so lustig?«, wollte ich wissen.

»Hast du etwa eine Wette verloren?«

»Nein«, entgegnete ich mit Nachdruck, ohne meinen Blick von seinem immer noch lachenden Gesicht zu nehmen. »Wieso? Was gibt's dagegen einzuwenden?«

»Abgesehen von der Tatsache, dass das Ganze bloß dummes Zeug ist?«

»Das ist vielleicht deine Meinung«, entgegnete ich und wandte meinen Blick von seinem überaus symmetrischen und ansehnlichen Gesicht zum Ende der Straße. Dort schien tatsächlich ein großes weißes Gebäude wie aus dem Nichts aufzutauchen. Na, wenigstens hatte er, was das Gemeindezentrum anging, nicht gelogen, was bedeutete, dass er vermutlich auch die Wahrheit gesagt hatte, als er behauptete, kein Mörder zu sein. Aber es war schon etwas arschig von ihm, über den Wunsch einer Fremden zu lachen, an einem Astrologiekurs teilzunehmen.

»Frag doch beim nächsten Mal die Sterne, wenn du wieder mal irgendwohin willst. Vielleicht funktioniert das ja besser als Google Maps.«

»Wow! Lachst du jeden aus, der dich nach dem Weg fragt?«, blaffte ich ihn an, denn bei allem, was in meinem Leben vor sich ging, reagierte ich gerade schnell gereizt.

»Kann schon mal vorkommen.«

Grrr, der Typ konnte einen rasend machen. Was war nur mit den Männern los? Und ja, mit *allen* Männern. Ich hatte diese Phase in meiner Trennung erreicht, wo einem alle Männer total mies vorkommen, egal was einem Nora Ephron und Phoebe Waller-Bridge auch durch ihre ganzen Filme und TV-Shows zu vermitteln versuchten. Männer sind Arschlöcher. Auch wenn sie einen irischen Akzent haben.

»Das ist gut zu wissen. Ich glaube, ich finde den Weg jetzt allein.«

»Viel Spaß bei deinem Kurs«, sagte er, als ich mich abwandte und mit schnellen Schritten auf die Doppeltür zuging, über der in Comic-Sans-Schrift *Gemeindezentrum Dalston* zu lesen stand. Als ich sie öffnete, unterdrückte ich den Drang, dem Typen den Stinkefinger zu zeigen.

Was für ein Idiot! Erst lief ich in ihn rein – und er hatte mich schließlich auch nicht gesehen, also könnte es ebenso seine Schuld gewesen sein –, und dann pflaumte er mich an, weil ich nicht neben ihm herging, um dann auch noch über meine Kurswahl zu lachen! So ein selbstgerechtes Stinktier!

Ich schäumte vor Wut, als ich den im Inneren des Gebäudes mit Tesafilm festgeklebten Pappschildern, auf denen *Astrologiekurs 18:00 Uhr* zu lesen stand, durch ein Labyrinth von Fluren folgte, bis ich schließlich zu einer weiteren Doppeltür und einem weiteren Schild gelangte: Astrologiekurs. Und darunter der Hinweis: »Hat begonnen«. Ich klopfte.

»Herein!«, ertönte eine Stimme.

Ich war so genervt, dass ich nicht einmal die Gelegenheit hatte, nervös zu sein, weil ich an diesem Kurs teilnahm, der schon begonnen hatte, und ich mich nun vorstellen musste. Aber nachdem ich eingetreten war, gab es nicht viel Grund für Nervosität. In dem großen Raum saßen nur vier Frauen, lauter Damen in einem fortgeschrittenen Alter.

»Hallo«, begrüßte mich eine lächelnde Frau mit langem grauem Haar und Baumwolllatzhose von ihrem Stuhl aus. Sie stützte sich vor dem Körper auf einen tiefschwarzen Gehstock, und ihr Platz vorn im Raum ließ mich vermuten, dass es sich um Aoife handelte.

»Hi«, sagte ich und atmete leise aus. Das hier fühlte sich bereits wie ein sicherer Ort an, auch wenn es ein bisschen wie im Sportunterricht roch. »Mein Name ist Krystal. Ich hatte mich für den Astrologiekurs angemeldet.«

»Herzlich willkommen, Krystal«, erwiderte Aoife und erhob sich mit einiger Mühe von ihrem Stuhl. Sie benötigte ihren Gehstock dabei als Unterstützung, doch als sie erst einmal stand, kam sie erstaunlich schnell auf mich zu und reichte mir zur Begrüßung die Hand. »Setzen Sie sich zu uns. Wir haben gerade erst angefangen, und wir halten uns ohnehin an keinen strikten Ablaufplan.«

»Wir haben uns über unsere Aszendentzeichen unterhalten«, sagte eine der älteren Frauen und zog den Stuhl neben sich für mich unter dem Tisch hervor.

Alle drei Frauen waren sorgfältig frisiert und geschminkt, jede trug Lippenstift in einem ähnlichen Rosaton, und alle schienen ihre Kleidung offenbar bei Marks & Spencer zu kaufen. Es kam mir vor wie ein Treffen des Bridge Clubs in einem amerikanischen Film. Aoife stach mit ihren jugendlichen Klamotten und ihrem ungeschminkten Gesicht ein bisschen hervor, aber sie besaß ein gewisses ätherisches Leuchten, das mich unheimlich an Helen Mirren erinnerte. Oder vielleicht projizierte ich auch zu viel hinein.

»Das Aszendentzeichen ist eines der drei wesentlichen Zeichen, die unsere Person ausmachen«, erklärte Aoife freundlicherweise.

»Die anderen sind Ihr Sonnen- und Ihr Mondzeichen«, sagte die Frau am anderen Ende des Tisches, unmittelbar gefolgt von der letzten Frau, die in der Mitte saß und hinzufügte: »Man nennt es auch aufsteigendes Zeichen.«

»Na bitte«, sagte Aoife lächelnd. Sie kehrte mit einem Stöhnen und einigen für sie offenbar schmerzhaften Bewegungen auf ihren Platz zurück. »Damit haben Sie das, was Sie bisher verpasst haben, auch schon aufgeholt«, verkündete sie.

Ich lachte leise, war froh, dass man mich so rasch ohne das übliche Vorstellungsprozedere aufgenommen hatte.

»Danke«, sagte ich erleichtert, setzte meine Tasche auf dem Boden ab und legte Notizblock und Stift auf den Tisch. »Ich habe mir schon ein paar Kenntnisse über die Zeichen angelesen.«

»Fabelhaft, dann wissen Sie vermutlich bereits, welches Ihre Zeichen sind?«, sagte Aoife mit sanfter Stimme.

»Ja.« Ich verstummte für einen Moment, um die Seite in meinem Notizbuch zu suchen, auf der ich es mir aufgeschrieben hatte. »Mein Sonnenzeichen ist Löwe, mein Mondzeichen Stier und mein Aszendentzeichen Waage.«

»Eine interessante Mischung.« Aoife lächelte mich an. »Könnte es sein, dass Sie eine resolute und selbstbewusste junge Frau sind, aber manchmal zu Unsicherheit neigen und Ausgeglichenheit benötigen?« Aoife beschrieb mich, als wäre es eine Frage, doch durch den singenden Tonfall ihrer Stimme – noch jemand hier in der Gegend, der irischer Abstammung war – klang es eher wie eine Einschätzung, von der sie überzeugt war.

»Mehr oder weniger«, erwiderte ich und lächelte den drei Ladys zu, die unglaublich beeindruckt schienen von Aoife und ihrem Wissen über Sternzeichen.

»Ich bin Waage«, teilte mir die Frau in der Mitte mit. »Und mein Name ist Millie.« Sie hielt mir aber nicht zur Begrüßung die Hand hin, was wohl hauptsächlich daran lag, dass sie sich gerade quer über den Tisch zu dem Teller mit Keksen hinüberlehnte, um sich zu bedienen.

»Ich bin Zelda«, sagte die Frau neben mir und schüttelte mir dieses Mal die Hand. »Widder.«

»Und ich bin Jane. Schütze.« Die kleine Frau am Ende des Tisches winkte mir zu.

»Und Aoife ist Stier«, sagte Millie, deren Kiefer bei der Menge an Keksen, die sie kaute, zusammenbetoniert zu sein schien.

»Oh, Millie«, sagte Zelda und verdrehte liebevoll die Augen. »Man kann sie wirklich nirgendwohin mitnehmen«, flüsterte sie im Scherz an mich gewandt. Ich lächelte alle an.

Ich spürte schon jetzt, dass das hier ein unterhaltsamer, wenn auch etwas angestaubter Abend werden würde. Es hatte etwas für sich, Neues gemeinsam mit fremden Leuten – insbesondere mit älteren Leuten – zu lernen. Nach so viel verunsichernden Veränderungen hatte das hier etwas Tröstliches an sich.

Der Unterricht war toll! Aoife war weder belehrend noch streng, überließ es uns, ob wir aufpassten und uns Notizen machten. Die meiste Zeit über unterhielten wir uns alle miteinander über die verschiedenen Sonnenzeichen und was jedes einzelne zu bedeuten hatte. Aoife hatte uns dazu Ausdrucke mitgebracht, die sie vor uns auf den Tisch legte.

Meiner enthielt nicht sonderlich mehr Informationen, als ich mir schon selbst zusammengegoogelt oder aus den ausgeliehenen Büchern herausgeschrieben hatte, aber es hatte etwas Tröstliches an sich, aus dem Mund einer Frau, die kein einziges Mal die Frage stellte, ob Astrologie nicht »dummes Zeug« war, wie es der engstirnige Ire formuliert hatte, oder Zeitverschwendung, wie Paige zu glauben schien, etwas über all diese Eigenschaften zu erfahren, in denen ich mich selbst wiedererkannte. Es ergab Sinn für mich, und es war ermutigend, vielleicht nicht die Schuldige an allem zu sein, was in meinem Leben schieflief. Die Planeten und die Sterne spielten auch eine Rolle dabei.

Nach allem, was in den letzten paar Wochen geschehen war, kam es mir so vor, als sei mir eine Last von den Schultern genommen worden: Ich war vielleicht gar nicht hundertprozentig für dieses Desaster verantwortlich, in das sich mein Leben verwandelt hatte. Auch wenn wieder einmal mein Zynismus durchkam und ich mich fragte, wie ich von dem schlechten Zustand der Rohre in meiner Wohnung oder den finanziellen Schwierigkeiten von *Craze* hätte wissen sollen, weigerte sich etwas in mir, die Schuld woanders als bei mir selbst zu suchen. Ich hätte mich vor Vertragsunterzeichnung sowohl mit der gebotenen Sorgfalt über meinen neuen Arbeitgeber informieren als auch selbst einen Blick auf die Rohre werfen müssen.

Erst als ich entdeckte, dass die Sterne schon die ganze Zeit über einen Plan für mich hatten und all diese Ereignisse wegen meiner Saturn-Rückkehr vorbestimmt waren, fühlte ich mich ein bisschen weniger verantwortlich dafür. Und das war eine Erleichterung.

Ich konnte nicht behaupten, dass alles, worüber Aoife sprach, bei mir Anklang fand. Würde es beispielsweise stimmen, dass man die Zukunft mithilfe der Sterne vorherzusagen vermochte oder die Position der Planeten bei der Geburt darüber bestimmten, wie viele Kinder man bekam oder wie viele Ehen ein Mensch schloss, dann würde doch sicherlich jeder seinem Geburtshoroskop folgen. Aber ich kam einfach nicht gegen den Gedanken an, dass die Position der Sterne am Himmel zur Zeit der Geburt irgendeine Macht über einen Menschen haben könnten. Oder zumindest über alles Mögliche, was im Laufe eines Lebens geschah. Es musste schließlich irgendeine Ordnung im Universum geben, oder? Es konnte doch nicht alles vom Zufall abhängen.

Das war der Gedanke, den ich einfach nicht aus meinem Kopf bekam, als ich an dem Abend in Paiges Wohnung zurückkehrte. Sie war bereits in ihrem Schlafzimmer, wollte anscheinend früh schlafen gehen (obwohl sie vermutlich noch eine letzte E-Mail verfasste und dabei gleichzeitig ihren Vibrator benutzte). Sie hatte kein Problem damit, mir zu erzählen, dass dies ihre bevorzugte Art der Entspannung nach einem langen Arbeitstag war. Wie immer es beliebt.

Ich dagegen zog es vor, mir direkt die Ohrhörer einzustöpseln, meine Spotify-Playlist für den Abend anzuwerfen und die Arbeit an meinem neuen Projekt zu beginnen: einem Blog.

Wenn ich im Moment schon kein Geld mit Schreiben verdienen konnte, würde ich an meiner Profilbildung arbeiten, angefangen mit einem neuen Portfolio, bestehend aus Posts über Astrologie und meine Saturn-Rückkehr. Ich konnte ja nicht der einzige Mensch sein, der in dieser Phase seines Lebens ein Saturn-Chaos durchlebte – vielleicht könnte dieser Blog eine Rettungsleine sein für Leute wie mich. Ich könnte der Dalai-Lama der Saturn-Rückkehr werden, eine mystische Führerin, um anderen dabei zu helfen, sich in der Komplexität des Lebens zurechtzufinden.

Außerdem wollte ich diese Reise dokumentieren und sehen, ob das, was Tina und Aoife über meine Saturn-Rückkehr gesagt hatten, zutraf. Sosehr ich auch daran glauben wollte, dass es mir möglich wäre, ein glücklicheres Leben mit weniger Riesenfehlern zu führen, indem ich die Sterne besänftigte und ihren Regeln folgte, so benötigte ich dennoch den Nachweis in Form einer umfassend dokumentierten Reise, um es zu untermauern.

Da ich gerade über nichts anderes als meine Recherchen zum Thema Astrologie reden wollte, aber niemand meine Ideen und Vorschläge dazu aufgreifen wollte, weil mir der professionelle Background fehlte, hielt ich es für klug zu beweisen, dass ich wusste, wovon ich sprach. Ich wollte zeigen, dass es einen kommerziellen Bereich im Journalismus für Storys zum Thema Astrologie gab und ich die perfekte Journalistin für Aufträge war, bei denen es um aufschlussreiche Artikel für die breite Masse ging.

Das war eine Win-win-win-Situation. Ich würde die Planeten bei ihrem himmlischen Plan sozusagen mit ihren eigenen Waffen schlagen mein Leben wieder auf die Reihe kriegen und gleichzeitig auch noch meine Karriere anschieben.

Ich nannte die Website ZodiActually und schrieb bis drei Uhr in der Früh.

Als Journalistin lebe ich vom Schreiben. Ich schreibe über Dinge, über die ich gern mehr erfahren würde. Und das sind – da ich zurzeit keinen Job habe – die Sterne und ihre Macht über mein Leben. Haben explodierende Gase in Millionen Kilometern Entfernung wirklich ein Mitspracherecht in meinem Leben und der Art und Weise, wie ich es führe? Werden all meine Träume wahr, wenn ich ihren Regeln folge? Ist dies die eigentliche Bedeutung, wenn man sich beim Auftauchen einer Sternschnuppe etwas wünscht? Ich weiß es noch nicht. Aber ich werde es herausfinden.

7

Löwe: Große Emotionen dominieren das heutige Geschehen. Pluto steht im Widder.

»Der Spiegel kann dir auch nicht mehr helfen!«, rief Paige und hämmerte dabei gegen die Badezimmertür. Tina machte sich für unseren Geburtstagsabend fertig, war aber fast schon eine Stunde im Bad. »Wie lange braucht man, um einen Arbeitstag abzuduschen?«

»Wir haben heute mit Glitzerpulver gebastelt!«, schrie Tina zurück. Sie war schon etwas angeschwipst von der Flasche Wein, die sie mehr oder weniger allein geleert hatte, als sie in Paiges Wohnung eintraf.

Beim Glückwunsch war sie mir um den Hals gefallen, aber ihre Umarmung hatte sich eher wie ein Ringergriff angefühlt, da sie unter dem Gewicht ihres riesigen Rucksacks (der neben Laptop und Ausgehklamotten offenbar jedes Schulheft enthielt, in das ein Kind jemals hineingeschrieben hatte) praktisch auf mich gefallen war.

Zum Glück ist Freitag galt nicht für Lehrerinnen, nicht einmal in der Sommerschule, da sie ihre Arbeit – und angesichts des Gewichts von Tinas Rucksack vielleicht auch ein paar der Kinder – mit nach Hause nahmen.

»Ich hasse Kinder. Sie treiben meine Wasserrechnung in die Höhe«, murmelte Paige, als sie zu ihrem allgegenwärtigen Laptop auf der Frühstückstheke zurückkehrte, um E-Mails zu beantworten.

Sie hatte den Tag im Homeoffice verbracht, um bei mir zu sein, mir morgens Geburtstagspfannkuchen zubereitet – das Einzige, was sie wirklich wie eine professionelle Köchin hinbekam – und mir den restlichen Tag das Vergnügen ihrer Gesellschaft zuteilwerden lassen. Mein Geschenk bestand aus einem komplett neuen Outfit (das sie aber offenbar nicht gekauft, sondern aus den verschiedenen Schränken in ihrem Bürogebäude zusammengesucht hatte). Es war ein ausgesprochen schmeichelhaftes Geschenk, und ich kam mir darin an meinem ersten Mädelsabend seit der Trennung von David megaheiß vor.

Ich saß gerade auf dem Sofa (sicher ist sicher!) und versuchte, mir die hinreißenden, aber verdammt kompliziert zu schließenden Stiefel anzuziehen, als ich ihr die Frage stellte: »Möchtest du denn nicht irgendwann mal Kinder haben?«

Sie stieß ein so lautes, spöttisches Lachen aus, dass ich zusammenzuckte und dabei beinahe das Gitterwerk um meine Wade zerstört hätte.

»Nein danke. Da scheiß ich mir lieber in die Hand und klatsche.«

Ich lachte, während sie ihre Erklärung nachlieferte. »Das sind alles kleine Alien-Biester ohne Taktgefühl und Geschmack. Die wollen bloß immer über Kacka reden und fragen ständig *Warum*, als würde sie das interessanter machen.« Sie verzog das Gesicht und dachte einen Moment lang nach. »Im Grunde eine kleinere Version von Tina.«

»Hey!« Tina hämmerte gegen die Badezimmertür. »Das hab ich gehört.«

Paige lächelte verschmitzt und zwinkerte mir zu.

»Die sind eh viel größer als sie«, sagte ich. Tinas Spitzname lautete ziemlich einfallslos »Tiny Tina«, da sie mit Absätzen gerade mal 1,57 Meter groß war.

»Das habe ich auch gehört!«, brüllte Tina.

»Wenn du da drinnen mithörst, dann kannst du verdammt nochmal auch rauskommen«, gab Paige zurück, und kaum hatte sie ausgesprochen, flog auch schon die Badezimmertür auf, und wo vor einer Stunde noch die Lehrerin gewesen war, stand nun Partygirl-Tina vor uns, bereit, die Korken knallen zu lassen. Der Unterschied war wirklich erstaunlich, und es waren eine Menge Parfüm (Jean Paul Gaultier) und Eyeliner (Claudia Winkleman) daran beteiligt.

»Kommt schon. Los geht's. Seid ihr denn immer noch nicht fertig?«, fragte sie, griff sich ihre Clutch vom Tisch und steuerte auf die Tür zu.

Paige und ich schauten uns an, verdrehten die Augen und schnappten uns den Rest von unserem Ausgehzeug.

Während sich Tina und Paige an der Wohnungstür mit kleinen Sticheleien traktierten, holte ich noch schnell mein Smartphone. Dabei fiel mir das Versprechen ein, das ich mir selbst und den drei Leserinnen gemacht hatte, die bisher ZodiActually online entdeckt hatten, und ich öffnete meine Horoskop-App. Es war die gleiche App, die Tina benutzte und die sie mir an meinem Geburtstag gezeigt hatte. Was auch der Grund war, weshalb ich mich entschieden hatte, dem darin für mich zutreffenden Horoskop zu folgen.

Es enthielt eine Menge nützlicher Informationen für den Tag, von Ratschlägen bis zu Zitaten, nach denen man leben konnte. Es gab auch Hinweise auf die Leute, mit denen ich an diesem Tag besonders gut auskommen würde. Heute waren es die in einem Wasserzeichen Geborenen, das heißt Krebs, Skorpion oder Fische. Aber am besten war, dass es einen täglichen Horoskop-Einzeiler gab, nach dem man sich richten konnte.

Kleine Freuden verschaffen Ihnen heute die größte Zufriedenheit. Bleiben Sie zu Hause, genießen Sie die Ruhe und nutzen Sie die Zeit zur Selbstbesinnung.

Nicht wirklich nützlich für einen alkohollastigen Abend mit den Mädels in der City. Aber man wird ja schließlich nicht jeden Tag neunundzwanzig, und es wäre gelogen, wenn ich behauptete, dass ich mich nicht auf die kleine Unterbrechung in dem eintönigen Einerlei von Pitchen und Schreiben und Über-das-Leben-Stöhnen freuen würde.

Ich schaltete mein Smartphone aus, ließ es in die zu meinem Outfit passende Clutch fallen, die Tina freundlicherweise beigesteuert hatte, und zog mit lautem Geschrei los.

Paige hatte uns in den angesagtesten Club in Soho reingebracht: *The Bronze*. Drinnen war alles makellos sauber, und die Einrichtung gaukelte einem vor, im Opernviertel von Paris zu sein. Kein Vergleich zum *Slug and Lettuce* in St. Albans, an den ich gewöhnt war. Es gab einen prunkvollen Kronleuchter über einer kreisförmigen, endlosen Bar in der Mitte des Raums, die bereits überfüllt war.

»Holy Shit!«, rief Tina, starrte angesichts der extravaganten, schillernden Einrichtung und der Atmosphäre in dem Laden mit offenem Mund um sich.

»Ist das ein Club,oder sind wir hier, um *Das Phantom der Oper* zu sehen?«

»Sei nicht albern«, entgegnete Paige, die dem Barkeeper mit einer schwungvollen Armbewegung ihre Kreditkarte präsentierte, um eine Rechnung zu eröffnen. »Wenn schon, dann mindestens *Die Hochzeit des Figaro.*«

Tina und ich riefen einander lautlos *O mein Gott* zu, während Paige fortfuhr, den Barkeeper herumzukommandieren, als wäre er ihr persönlicher Laufbursche.

»Was hast du bestellt?«, fragte ich sie. Die Geräuschkulisse im Club wurde lauter, da immer mehr Leute hereinkamen. Sie spielten keine typische Clubmusik oder sonst irgendetwas, das wir kannten. Der unsichtbare DJ hatte stattdessen eine Art schwungvolle Aufzugsmusik ausgewählt. Es kam einem gar nicht wirklich so vor, als wäre man in einem Nachtclub, es war eher wie ein Mini-Rave bei *Selfridges*.

»Das *House Special*. Soll dich angeblich beim Betrinken rehydrieren oder irgend so ein Bullshit.«

»Ist das überhaupt möglich?«, fragte Tina und lehnte sich auf den Tresen, als sich eine Gruppe von Anzugträgern ohne Entschuldigung an ihr vorbeidrängelte. »*Charmant!*«, rief sie ihnen hinterher und dann an uns gewandt: »Ich habe heute Französischunterricht gegeben.«

»Oh, très bien«, erwiderte ich.

»Merci.«

»Et voilà!«, rief Paige mit einigen kunstvoll schnörkeligen Handbewegungen in Richtung der Drinks, die man ihr gerade serviert hatte. »Das *House Special.*« Aus jedem Glas ragte ein Möhrenstick heraus.

Um sicherzugehen, rührte ich mit dem Stick in meinem grünen Drink herum, der die Konsistenz eines Smoothies hatte. Ja, das hier war definitiv eine Möhre.

»Ich hatte schon mal einen Selleriestick in meinem Drink und auch eine Olive, sogar eine Zwiebel«, sagte Tina, »aber noch nie eine Möhre.« Sie zog den Stick aus dem klebrigen Glasinhalt hervor und beäugte ihn misstrauisch. Sie versuchte gar nicht erst, das grüne Gebräu, das davon herabtropfte, abzulecken, und ich war mit dieser Entscheidung sehr einverstanden.

Paige – wie immer der ruhende Pol – quittierte unsere Geringschätzung mit einem Achselzucken und sagte: »Dann scheiden sich daran eben die Geister. Sie versuchen, sich nun einmal abzuheben.«

»Das sieht aber nicht sehr appetitlich aus«, sagte ich zu ihr, immer noch etwas unsicher, ob ich das grüne Zeug nun trinken oder damit ein Baby füttern sollte.

»Was soll's, wird schon schiefgehen. *Happy Birthday,* Krystal!«, trällerte Paige in meine Richtung.

»*Happy Birthday,* Krystal!«, stimmte Tina begeistert mit ein, und wir hoben unsere Gläser, um uns euphorisch zuzuprosten.

Gestärkt durch die gegenseitige Unterstützung, nahmen wir alle einen Schluck. Tinas Gesicht nahm augenblicklich die Farbe des Drinks an, und ich war eine Nanosekunde davon entfernt, ihn in den Fischgrätenzopf der Frau neben mir zu spucken.

»O Gott, ist das schrecklich«, murmelte Paige mit vor Entsetzen weit aufgerissenen Augen. »Was Schlimmeres gibt's ja wohl nicht.«

»Trump?«, schlug ich vor, während ich immer noch an meinem armseligen Schluck herumwürgte.

»Schlimmer.«

»Mundpilz?«, beteiligte sich Tina.

»Schlimmer.«

»Mundpilz von Trump?«

»O Gott.« Paige setzte ihr Glas mit einer Härte auf dem Tresen ab, die auf der gesamten Oberfläche nachzuhallen schien. »Barkeeper!«, kreischte sie.

»Wow«, sagte ich, weil mir einfach die Worte fehlten. Aber ich musste dafür sorgen, dass Luft in meinen Mund strömte, um den ranzigen Geschmack in Schach zu halten. »Was auch immer für Gemüse sie benutzt haben, es war definitiv verdorben.«

»Das ist so, als hätte man verfaulte Tequila-Kotze mit verschimmelten Avocados gemixt«, sagte Tina, die immer noch finster dreinblickte. »Und dann zum Abschluss noch eine Prise Zimt dazugegeben.«

Wir folgten Paiges Beispiel und stellten unsere Gläser auf dem Tresen ab. Wenn das schon das *House Special* war, würden wir hier im *Bronze* heute Abend mit ziemlicher Sicherheit keine anständigen Cocktails nach unserem Geschmack bekommen. Paige schloss die Rechnung so schnell wieder, wie sie sie eröffnet hatte,und weigerte sich, für die Getränke zu zahlen, wobei sie dem Barkeeper allerdings mit einer kleinen Flirteinlage ein Trinkgeld gab, damit er uns ohne Drama gehen ließ.

»*World of Pop*?«, schlug Tina vor, die uns ein Uber-Taxi rief.

»O Gott, ja«, sagte Paige. »Ich hasse solche Protzläden.«

Tina und ich warfen einander einen kurzen ironischen Blick zu. Keine von uns wollte Paige daran erinnern, dass sie es gewesen war, die die Bar ausgesucht hatte, denn sie würde den Spieß letztendlich bloß so lange umdrehen, bis wir uns einig waren, dass ganz allein wir Schuld daran hatten.

»Auf zu *World of Pop*«, stimmte ich zu.

Wo *The Bronze* protzig war, war *World of Pop* billig.

Alles roch dort billig – von der Toilettenseife bis zum Alkohol, den sie servierten. Und es sah auch alles billig aus – das Neunzigerjahre-Dekor ebenso wie die zu engen Kleider, die die weibliche Klientel trug, um ihre Kurven zu betonen. Es war einfach perfekt.

»Halleluja, hier gehöre ich hin«, sagte ich und tanzte zu einem ohrenbetäubend lauten Remix von *Reach*, von *S Club 7*, in den Raum hinein.

Wir fanden uns beinahe sofort auf der Tanzfläche wieder, auch wenn es bloß eine Minute dauerte, ehe Paige erklärte, dass sie *unbedingt* einen Drink benötigte. Mit zehn Zentimeter hohen Absätzen zu tanzen, erfordere erst mal was Schmerzstillendes. Tina und ich begnügten uns damit, weiter abzurocken, während sie wie immer ihre Kreditkarte an der Bar hinterlegte. Wir hatten unsere Tanznummer zu *5, 6, 7, 8* von *Steps* im zweiten Jahr an der Uni perfektioniert, und das war eine Lektion fürs Leben, die wirklich jeden Penny der unverschämt hohen Studiengebühren wert gewesen war.

Der Schweiß rann uns über die Gesichter, während Schultern, Titten und Brustkörbe in der Menge aneinanderstießen und wir bei der Lassobewegung fast umgefallen wären. Paige kehrte mit vier Flaschen Bier zurück und reichte Tina und mir je eine, während sie ihr Leben mit einer Flasche in jeder Hand ins Gleichgewicht brachte.

Wir prosteten uns ein weiteres Mal auf meinen Geburtstag zu und exten quasi das sprudelnde Gebräu, um dann vor Vergnügen zu kreischen, weil wir ein Getränk gefunden hatten, das nicht schon so früh am Abend Erbrechen auslöste.

Innerhalb weniger Minuten fanden wir uns am Tresen wieder, wo wir einen Shot nach dem anderen kippten. Der Club schenkte nur die allerschlimmsten Getränke unserer Teenie-Zeit aus, allen voran WKD und Apple Sour, sodass wir schon bald nicht nur angesäuselt waren, sondern auch noch einen Zuckerrausch hatten.

Wir kehrten mit frischem Schwung auf die Tanzfläche zurück, als mit *Movin' on Up* von *Five* gerade der nächste Klassiker begann. Paige und Tina schmetterten sofort los, da sie offenbar den ganzen Text kannten, aber ich war noch nie ein großer Five-Fan gewesen. Ich beschränkte mich darauf zu tanzen, meinen Wodka zu trinken und andere Tanzende aus dem Weg zu schubsen, damit meine Freundinnen ihren nostalgischen Moment genießen konnten.

Allerdings schubste ich einen Tänzer zu viel zur Seite.

Während ich den Weg für uns drei frei machte, um näher ans DJ-Pult zu kommen und unsere Wünsche loszuwerden – mehr von den *Spice Girls* und ein bisschen was von *Boyzone* –, bot sich mir ein Anblick, bei dem ich am liebsten noch was von diesem schrecklichen Gesöff aus dem *Bronze* gekippt hätte, um mich zu übergeben.

Es war David.

Und ein anderes Mädel.

David mit der Zunge eines anderen Mädels im Mund.

David mit der Zunge eines anderen Mädels im Mund und die Hände fest um das Hinterteil des besagten Mädels gelegt, das praktisch aus ihrem Cameltoe-Style-Playsuit raushing.

Es war unglaublich voll in dem Club und die Musik echt laut, aber dennoch hörte ich, wie Tina hinter mir ein vernehmliches »Fuck!« ausstieß.

Und dann übergab ich mich tatsächlich. Kotzte den Rücken des Typen vor mir voll, sodass sein weißes Muskelshirt ein ungewollt farbenfrohes Batikmuster bekam.

8

Löwe: Finden Sie die Balance zwischen alles geben und zu viel tun. Vorsicht vor Uranus im zwölften Haus!

»Mir ist noch nie jemand begegnet, der so viel Pech hat wie du«, sagte Paige von der Rückbank des Uber-Taxis aus, was nicht gerade hilfreich war.

Natürlich hatten mich Tina und Paige, nachdem ich mich übergeben hatte, gleich mit der Effizienz zweier geübter Flugbegleiterinnen, die ihre Passagiere evakuieren, aus dem Club hinausbefördert. Ich übergab mich gleich noch einmal, als ich in die kalte Luft hinaustrat, obwohl ich kaum noch genug Alkohol in mir hatte, um eine Straßenpizza zu belegen.

Die Mitclubber in der Schlange draußen jubelten mir zu oder verzogen mit einem »Igitt« die Gesichter, während Tina und Paige beide gleichzeitig den Stinkefinger hoben.

»Es ist ja noch nicht mal elf«, rief der Türsteher angewidert.

Tina kümmerte sich wieder einmal um ein Taxi, wobei sie mir dieses Mal zustimmte, dass mein ursprünglicher Plan – Käsebrett und Prosecco in der Wohnung – eine bessere Möglichkeit gewesen wäre, meinen Geburtstag zu feiern.

»Ich hätte nicht ausgehen sollen«, jammerte ich und wischte mir die Spuren meiner Wimperntusche unter den Augen weg.

Der Uber-Fahrer war sehr nett. Bot mir direkt eine Box mit Taschentüchern an, nachdem wir drei uns in den Wagen gedrängt hatten, ich eingequetscht zwischen den beiden Mädels, die mich umarmten. Außerdem war er klug genug, sich Ohrstöpsel reinzustecken und das Radio auszuschalten, sodass wir drei uns unterhalten konnten.

»Dieser blöde Wichser. Ich hätte ihm die Zunge rausschneiden sollen. Ich hätte ihm auf die Schuhe pinkeln sollen. Ich hätte ...«

»Keine vier Paracetamol nehmen sollen, um zu versuchen, einen Kater zu verhindern«, beendete ich den Satz für Tina, die vor Wut schäumte, aber auch unbedingt putzmunter aufwachen wollte, da sie an diesem Wochenende nicht schlapp machen konnte und einen Haufen Klassenarbeiten zu korrigieren hatte.

»Ich bin nicht high«, sagte sie, obwohl Paige und mich der leise Verdacht beschlichen hatte, dass sie log, als sie behauptete, bloß Paracetamol genommen zu haben. Tina hatte immer irgendwelche verdächtig klingenden Energy-Pillen, die sie von irgendeinem zwielichtigen Apotheker bekommen hatte, und wir waren uns zu neunzig Prozent sicher, dass einige davon Marihuana enthielten.

»Ich bin so was von stinksauer auf diesen miesen Arsch. Dieser blöde Kackstiefel!«

»Eines Tages wird mal jemand ihr Gehirn untersuchen«, flüsterte Paige mir zu, um mich zum Lachen zu bringen, was ihr beinahe gelang. Ich war wütend und durcheinander,und mir war immer noch ziemlich übel (was wir dem Fahrer aber nicht verrieten).

»Wie viele Tage ist es her?«, fragte ich, obwohl ich die Antwort bereits kannte. Acht Tage.

Acht Tage, seit ich herausgefunden hatte, dass er mich betrog, und ich ihn rausgeschmissen hatte. Sieben Tage, seit die Wohnung überschwemmt worden war und buchstäblich unser beider ganzes Leben fortgespült hatte. Und trotzdem hatte er bereits eine Neue gefunden und knutschte mit ihr auf der Tanzfläche vom *World of Pop* herum.

»Clubbing ist noch nicht mal sein Ding!«, schrie ich und schlug mir mit den Händen auf meine nackten Oberschenkel, was rote Flecken hinterließ.

»Hey, tu dir nicht selbst weh«, sagte Tina und packte eine meiner Hände, während sich Paige die andere griff.

Warum musste er bei all den Nachtclubs, die es in London gab, und all den möglichen Freitagabenden im Monat ausgerechnet an meinem Geburtstag in meinem *Lieblingsclub* auftauchen? Hatte er etwa erwartet, dass ich nach seinem Rausschmiss heulend zu Hause sitzen würde, statt mein Leben zu leben? Hatte er das hier geplant? Wollte er, dass ich mich schlecht fühlte? Hatte er sich etwa erhofft, dass ich ihn erwischte, damit ich sah, was ich verpasste?

»Den werde ich killen«, stieß ich hervor. »Entschuldigung«, sagte ich und lehnte mich vor, um den Fahrer zu bitten umzukehren.

»Ignorieren Sie sie einfach«, wies ihn Paige an. »Nein, wir fahren in meine Wohnung zurück. Wir werden weitertrinken und uns was zu essen bestellen …«

»Jede Menge Essen«, warf Tina ein.

»Und wir werden übers Leben und die Männer lästern und dass Demi Moore immer noch in Bruce Willis verliebt ist, und wie schockierend es ist mitanzusehen, wie Brad Pitt altert.«

»Wieso versuchen all diese Hollywoodschauspieler über fünfzig eigentlich immer, auf Hipster und cooler Surfertyp zu machen? Das lässt sie bloß noch älter aussehen«, rief Tina. »Johnny Depp hat's gemacht und George Clooney auch.«

»Und jetzt Brad«, stimmte ihr Paige zu, und die beiden klatschten sich ab. »Dadurch macht er's nur schlimmer. Total abtörnend.«

»Vielleicht sollte ich das mal versuchen«, schlug ich vor.

»Was denn?« Tina lachte.

»Ich könnte eine hipsterstylemäßige Surferbraut werden und mich nicht mehr waschen. Ein wandelnder Männerschreck. Ganz ehrlich, ich will in meinem ganzen Leben keinen Mann mehr sehen.« Ich ließ mich gegen die Kopfstütze des Autos zurückfallen und bemerkte, dass mich der Fahrer im Rückspiegel entschuldigend ansah. »Das bezieht sich nicht auf Taxifahrer. Die mag ich«, sagte ich rasch.

»Arme Maus«, sagte Tina und beugte sich zu mir herüber, um mich von der Seite zu umarmen. »Nicht alle Männer sind so, bloß David. Preislich lag er auf Marks & Spencer-Niveau, aber qualitätsmäßig eher Ein-Euro-Shop.«

»Ich bin mir ziemlich sicher, dass alle Männer so sind«, beharrte ich.

»O nein, so fangen wir gar nicht erst an«, knurrte Paige missmutig und gab Tina einen Klaps auf die Schulter, damit sie von mir abließ, und lehnte sich dann nach vorn, um mir besser ins Gesicht sehen zu können. »Wir kehren nicht zu dieser Arme-Krystal-Phase zurück, das haben wir schon hinter uns, und wenn David so schnell über dich hinweg ist, dann …«

»Dieser Salat fressende Schwachkopf«, fügte Tina hinzu. Sie hatte es als persönlichen Affront betrachtet, als wir bei ihr zum Essen waren und sie erfuhr, dass David Vegetarier war.

»Dann solltest du dein Leben auch voranbringen. Also hör auf, Trübsal zu blasen.«

»Und was soll ich stattdessen tun?«, fragte ich und unterdrückte mein Bedürfnis, wieder in Tränen auszubrechen. »Nichts scheint zu funktionieren.«

»Das liegt daran, dass du immer noch über keinen wirklichen Plan verfügst. Ohne die Richtung zu kennen, wirst du kein Ziel erreichen.«

»Nein!«, schrie ich. »Hör auf mit diesem ganzen Firmenmist. Sag's mir offen und ehrlich.«

»Also schön«, erwiderte Paige mit einem grimmigen Lächeln. »Es ist an der Zeit, dass du dich zusammenreißt und aufhörst, dich aufzuführen, als wärst du dreizehn und hättest zum ersten Mal Liebeskummer. David ist ein Arsch, und wir schauen nach vorn. Deine Wohnung ist ruiniert, du brauchst eine neue. Du hast keinen Job mehr, also sei proaktiv.«

»Oh, ich liebe To-do-Listen«, sagte Tina, deren Arme zitterten – Gott weiß, was für »Pillen« sie da genommen hatte.

Beide hielten immer noch meine Hände. Es kam mir vor, als wäre ich an sie gekettet. Ich hatte mich noch nie sicherer gefühlt.

»Also komm, legen wir los. Was muss auf die Liste drauf? Du bist hier die Journalistin, also schreib es auf.«

»Womit denn?«, fragte ich – wir waren in einem Uber, nicht in einem Paperchase. Der Taxifahrer, der sich durch seine Ohrhörer offenbar keine Musik angehört hatte, reichte uns zwischen den Vordersitzen einen Stift nach hinten.

»Sie sind ein Engel«, erklärte Tina übertrieben, während Paige den Stift nahm und damit auf meinen Arm zielte.

»Erstens«, sagte sie und begann, auf meiner Haut zu schreiben. »Finde eine bezahlbare Wohnung.«

»In London«, setzte Tina mit Nachdruck hinzu. »Du lässt mich in dieser Stadt nicht allein.«

Ich legte meinen Kopf auf ihre Schulter, um ihr zu signalisieren, dass ich nicht vorhatte, London zu verlassen.

»Zweitens«, fuhr Paige fort. »Such dir einen neuen und vor allem *sicheren* Job.«

»Ich werde beim nächsten Mal vorab ganz genau die Unternehmensgeschichte und die Finanzen checken«, versprach ich ihr.

»Drittens – und das ist der wichtigste Punkt von allen«, erklärte Paige. »Lass David los.«

»Mit einer feierlichen Verbrennung seiner sämtlichen Besitztümer«, fügte Tina zornig hinzu. Ich fragte mich manchmal, ob sie bei all ihrer leidenschaftlichen, männerfeindlichen Begeisterung für die Zerstörung des Patriarchats eine Nachfahrin von Boudicca oder Kleopatra war.

»Oder«, fügte Paige hinzu, »indem du dich wieder zurücktraust. Und damit meine ich zurück in die Londoner Dating-Szene und nicht etwa in Davids Wäschekorb, damit du wieder die ganze Hausarbeit erledigst und sein Leben organisierst.«

»Willst du damit etwa sagen, dass es in dieser Stadt noch Männer gibt, mit denen Tina noch nicht gevögelt hat?«

»Das ist jetzt aber nicht fair«, erwiderte Tina. »Ich habe auch mit Frauen gevögelt.«

»Und außerdem«, fuhr ich fort, »bin ich mir nicht sicher, ob ich Dating-Tipps von einer Frau annehmen sollte, die schon *zweimal* von *Tinder* gesperrt wurde.«

Paige verdrehte die Augen und knurrte. »Schwanzfotos zu schicken, ist also okay, aber Screenshots von schlechten Bewertungen über sie zu verschicken, rechtfertigt, gesperrt zu werden. Also wirklich!«

Paige und Tina kicherten beide, während ich einmal tief Luft holte und mir die Punkte ansah, die mir Paige quasi in die Haut eingraviert hatte. Es schien mir vom Rücksitz des Taxis aus betrachtet eine ziemlich verbindliche To-do-Liste zu sein angesichts meiner zwei besten Freundinnen als Zeuginnen und zudem einem lauschenden Zaungast.

»Also schön«, sagte ich und atmete vernehmlich aus. »Es ist an der Zeit, mich zusammenzureißen.«

»Braves Mädchen«, sagte Paige herzlich, wenn auch ein wenig von oben herab.

»Aber wir könnten Davids Kram immer noch verbrennen, wenn du möchtest«, flüsterte mir Tina ins Haar, und ich lachte.

Wir waren jetzt fast an Paiges Wohnung angelangt, wo es jede Menge Alkohol gab, den ich in mich hineinschütten konnte, um meinen Schwips aufzubessern, der durch mein Göbeln beim Anblick von David auf der Tanzfläche gelitten hatte. Außerdem war es ein bisschen näher an Mitternacht dran, wenn mein nächstes Horoskop verfügbar war und ich sehen konnte, was der nächste Tag für mich bereithielt.

Ich hätte wirklich besser auf mein Horoskop gehört und wäre zu Hause geblieben, um einmal in aller Ruhe über mich selbst nachzudenken. Auszugehen hatte mir nicht viel gebracht (außer mir in Erinnerung zu rufen, dass ich zwei tolle Freundinnen hatte und dass ich mein Horoskop ernster nehmen sollte, wenn ich die Sterne wirklich besänftigen wollte).

Meine Saturn-Rückkehr war nur noch sechs Monate entfernt, und die Zeit drängte. Ich entschied mich, ohne es den Mädels auf der Rückfahrt zu sagen, einen vierten Punkt auf meine To-do-Liste zu setzen: Sei emotional und mental bereit für deine Saturn-Rückkehr im Februar.

9

Löwe: Heute gibt es jede Menge Luft,
um Ihr Feuer anzuheizen.
Löwemond steht im sechsten Haus.

Meine To-do-Liste bewirkte im Hinblick auf meine Energie und Eigeninitiative in den nächsten Wochen wahre Wunder.

Ich übertrug die Liste von meinem Arm in ein Word-Dokument (denn ich wollte nicht, dass meine Ziele für die nächsten sechs Monate meines Lebens beim Duschen verloren gingen). Außerdem musste ich sie mir als etwas Handfesteres als bloß Tinte vorstellen, wenn ich Taten folgen lassen und alle Punkte innerhalb des von mir gesetzten Zeitrahmens erledigen wollte. Sie waren mein Schlüssel zum Erfolg und die Anleitungen, die ich benötigte, um wieder auf den rechten Weg zurückzufinden. Zumindest wenn man Paige Glauben schenkte.

Ich tat alles, was ich tun sollte, um wieder in die Spur zu kommen. Ich bewarb mich um zwei Jobs, für die ich mir eigentlich »zu schade« gewesen war, und erhielt von beiden Parteien sehr nette Absagen. Ich verdoppelte meine Anstrengungen beim Pitching und erhöhte meine Posts auf ZodiActually von dreimal die Woche auf täglich.

In den letzten Wochen war es mir gelungen, ein paar Redigier-Aufträge von einem Business-to-Business-Unternehmen zu ergattern, und bekam von einer Zeitschrift für psychische Gesundheit sogar die Gelegenheit, einen Artikel über Hanf zu schreiben – wirkt Wunder bei Angstzuständen! Mit Letzterem verdiente ich genug Geld, um damit zu beginnen, meinen Überziehungskredit abzubezahlen und ein paar Take-aways für Paige und mich zu kaufen.

Meine Wohnungssuche verlief nicht so gut.

Die meisten angebotenen WG-Zimmer waren unerschwinglich für mich, und die, die ich mir leisten konnte, waren mit Sicherheit die beschissensten der ganzen Stadt: eine Wohnung im äußersten Randgebiet von London, die ich mir mit fünf Mädels hätte teilen können – mit nur einem Badezimmer. Ein Einzimmerappartement, das in einer Garage untergebracht war und statt einer Innentoilette ein Campingklo zu bieten hatte. Oder – mein persönlicher Favorit – ein Einzelbett in einem Lagerhaus ohne Zwischenwände mit sechzehn anderen Mitbewohnern, das auch noch weit, weit weg vom Zentrum mitten in Tottenham lag. Und das waren noch meine besten Optionen. Selbst Paige musste zugeben, dass keine davon tatsächlich zur Wahl stand.

Was die Dating-Szene betraf, so war ich eindeutig noch nicht bereit dafür.

Während ich mich von meinem Geburtstagsabend erholte, hatte ich Tina erlaubt, mir *Hinge* auf mein Smartphone zu laden, aber sie war der erste und letzte Mensch, der sich genauer mit der App beschäftigt und es auf sage und schreibe ein einziges Match gebracht hatte. Vermutlich weil sie viel zu viel Zeit damit verplemperte, die dort benutzten Zitate auseinanderzunehmen, die Fotos zu kritisieren – »Das ist hundertpro kein Schnappschuss« – und jedes Mal vor Rührung zu zerfließen, wenn jemand das Foto eines Hundes beigefügt hatte.

Der einzige Punkt auf meiner To-do-Liste, bei dem ich das Gefühl hatte, wirklich voranzukommen, war der, öfter auf mein Horoskop zu hören. Anfangs war es schwieriger, als ich erwartet hatte.

Manchmal waren meine Horoskope sehr konkret:

Falls heute ein Vertrag oder ein anderes Rechtsdokument auf Ihrem Schreibtisch landet, unterschreiben Sie erst, wenn Sie sich absolut sicher sind, nicht ins Verderben zu rennen.

Und manchmal waren sie so unverständlich wie die Aufbauanleitungen von Ikea.

Es besteht ein zunehmendes Ungleichgewicht zwischen Ihrem Herzen und Ihrem Verstand, um das Sie sich unbedingt kümmern sollten.

Ach was? Und wie sollte ich das anstellen? Das war doch wohl die große Frage.

Im Großen und Ganzen bewältigte ich alles, indem ich an einer Routine festhielt. Ganz offensichtlich färbte Paige auf mich ab. Sie hatte immer noch keine Ahnung von meinem Astrologiekurs am Donnerstagabend. Sie glaubte, ich würde allein essen gehen, um einmal aus der Wohnung herauszukommen, oder einfach in der Stadt herumstreifen und mich nach Inspirationen für Artikel umsehen. So wie Paige gestrickt war, schaffte sie es nie wirklich, »Kreativität« zu begreifen und was es bedeutete, in den kreativen Flow zu kommen, aber sie stellte es auch nicht infrage.

Manchmal wurde der Astrologiekurs im letzten Moment abgesagt, was meist damit zu tun hatte, dass es Aoife nicht gut ging, aber wann immer er stattfand, waren die Ladys – Millie, Jane und Zelda – und ich dabei.

Glücklicherweise war mir der unverschämte Ire auf meinem Weg zum Gemeindezentrum nicht mehr begegnet. Sollte ich ihn im Laufe meiner Bemühungen, mein Leben wieder auf die Reihe zu bekommen, noch einmal sehen, würde ich ihm gründlich die Meinung zu sagen – und sei es auch nur als Vorwand, um all meinen Frust loszuwerden.

Während ich mich darauf konzentrierte, nach vorn zu blicken und wieder zu mir zu finden, kam ein Teil meines alten Selbstvertrauens und meiner »Ich lass mir nichts gefallen«-Persönlichkeit zum Vorschein. Erst nach einigen Tagen, in denen ich mich unbeschwerter fühlte und mehr Vertrauen in meine Entscheidungen hatte, wurde mir bewusst, dass ich schon lange nicht mehr so zufrieden mit mir gewesen war. Und mir wurde ebenfalls bewusst, dass ich schon eine sehr lange Zeit nicht mehr wirklich glücklich gewesen war. Dies hatte sich erst mit dem Beginn meiner astrologischen Reise geändert.

Aoife war wirklich sehr geduldig mit uns vieren. Beim ersten Mal, als wir versuchten, unsere Geburtshoroskope in den Vordrucken, die sie uns mitgebracht hatte, darzustellen, vermasselten wir es völlig. Wir mussten eigentlich nur in einem Buch, das sie uns zur Verfügung gestellt hatte, nachschlagen, in welchen Häusern und Zeichen sich die Planeten am Tag unserer Geburt befanden und in welcher Beziehung sie zueinander standen. Aber keine von uns schaffte es auf Anhieb, das Ganze richtig hinzubekommen.

»Ich verwechsele andauernd Häuser und Zeichen«, sagte Zelda mit einem theatralischen Seufzen und zog die Kekse aus Millies Reichweite. Millie war wie Pac-Man und schien sich durch den ganzen Haufen hindurchzumampfen, bevor eine von uns überhaupt die Gelegenheit hatte, auch einmal zuzulangen.

»Kann man mehr als ein Zeichen in einem Haus haben?«, erkundigte sich Jane und rückte ihre getönte Brille zurecht.

»Was bedeuten die einzelnen Häuser?«, fragte ich, nachdem Aoife den beiden anderen geantwortet hatte. Sie war definitiv unsicherer auf den Beinen als bei unserem letzten Kursabend vor zwei Wochen. Umklammerte den Griff ihres Stocks derartig fest, dass die Knöchel weiß hervortraten. Daher ging ich mit meinem Blatt zu ihr.

Ich zog meinen Stuhl neben sie und zeigte ihr mein Horoskop. Sie sagte nichts, lächelte aber dankbar.

»Das ist beeindruckend«, sagte sie, und dabei kam ihr leichter irischer Akzent wieder durch. »Eine Menge Ihrer Planeten sind unter demselben Zeichen.«

Ich nickte. »Steinbock, Löwe und Stier tauchen alle mindestens zweimal auf.«

»Nun, Löwe taucht dreimal auf. Das ist definitiv Ihr dominantes Zeichen.«

»Aber was bedeuten die einzelnen Häuser? Ich denke immer, wenn sie dasselbe astrologische Zeichen haben, dann müssen sie auch gleich sein, oder?«

Aoife schüttelte den Kopf. »Nein, jedes Haus hat eine andere Bedeutung, genauso wie Ihre Sonne, Ihr Mond und Ihr Aszendent verschiedene Teile Ihrer Persönlichkeit darstellen. Das erste Haus gibt das Bild wieder, das Sie nach außen hin präsentieren. Das zweite Haus betrifft Geld und Dinge, die Ihnen wichtig sind. Beim dritten Haus dreht sich alles um Kommunikation, einschließlich Ihrer Beziehungen zu Geschwistern und Nachbarn. Jedes widmet sich einem bestimmten Bereich im Leben, aber in jedem Haus gibt es auch ganz verschiedene Dinge. Beim fünften Haus geht es beispielsweise um Ihr Liebesleben, aber auch um Ihre Kinder und Dinge wie Erholung und Kreativität. Erkennen Sie die losen Verbindungen untereinander?«

»Irgendwie schon …«, erwiderte ich und wiederholte in Gedanken, was sie gesagt hatte, um mir zu merken, wofür die einzelnen Häuser standen und auf welche Weise sich ein jedes einer Vielzahl von Bereichen in meinem Leben widmete.

»Also, was bedeutet es, wenn man …«, ich blickte auf mein Geburtshoroskop und deutete auf Neptun, » … Neptun im Steinbock im vierten Haus hat?«

Aoife nahm mir mit sichtlich zitternden Händen das Blatt weg und legte es sich auf den Schoß.

»Alles in Ordnung?«, fragte ich leise, als sie sich die Fingerknöchel rieb. Sie schüttelte ihre Hände aus, ignorierte meine Frage und lächelte mich an.

»Könnten Sie mir das Buch reichen?«, bat sie mich.

Die anderen Frauen unterhielten sich immer noch angeregt miteinander, stellten Stück für Stück ihre Geburtshoroskope zusammen und kicherten dabei manchmal wie Schulmädchen.

Aoife schlug nach kurzem Blättern ein Kapitel im Buch auf, um Neptun im Steinbock nachzusehen, ohne dabei ihre Unterhaltung mit mir zu unterbrechen.

»Also, aus dem Kopf weiß ich, dass Neptun ungefähr vierzehn bis fünfzehn Jahre in jedem Zeichen verweilt, daher beherrscht er eher eine Generation als eine einzelne Person. Er bestimmt unsere Träume, Vorstellungen und das allgemeine Unbewusste. Aber wenn Neptun im Steinbock ist …« Sie tippte auf den Absatz im Buch, nach dem sie gesucht hatte, und zeigte ihn mir. » … Neptun im Steinbock bedeutet, dass für Ihre ganze Generation harte Arbeit, Ernsthaftigkeit, Verantwortungsbewusstsein und Ehrgeiz eine wichtige Rolle spielen.«

»Wenn die Medien das doch auch nur begreifen und aufhören würden, uns Millennials als nervig und lebensuntüchtig zu bezeichnen«, erwiderte ich.

Aoife lachte und nahm mir das Buch aus der Hand. »Und Sie sagten, er sei im vierten Haus?«

Ich nickte.

»Wenn Neptun im Steinbock im vierten Haus ist, dann müssen Sie die Eigenschaften von Neptun zu denen des Steinbocks und dann zu der Bedeutung des Hauses hinzufügen, um ein Ergebnis zu erhalten. Also, wenn Neptun Träume und das Unbewusste bestimmt, dann fügen Sie harte Arbeit und Ehrgeiz vom Steinbock zum vierten Haus hinzu, bei dem der Schwerpunkt auf Heim, Wurzeln und Sicherheit liegt, und heraus kommt dann tendenziell ein Mensch mit einer Manifestation des Ideals, insbesondere in Bezug auf Heim und Familie.«

»Manifestation des Ideals?«, wiederholte ich, da ich ihr an dieser Stelle nicht mehr folgen konnte.

Aoife nickte, aber ihr Gesichtsausdruck hatte sich ein wenig verändert, schien fast schon mitleidig.

»Aufgrund der Stellung der Planeten werden Sie wahrscheinlich eine ideale Vorstellung davon haben, wie Ihr Zuhause und Ihr Familienleben aussehen sollten, meist eine unrealistische oder unmögliche.«

»Oh«, sagte ich, etwas geschockt von der Tatsache, dass meinem Geburtshoroskop zufolge meine Vorstellung vom Leben im Grunde ein falsches und unerreichbares Ziel darstellte.

Zuerst kam es mir so vor, als würde jemand auf meinen Träumen herumtrampeln, doch dann begriff ich, dass das bereits geschehen war. Ich hatte David als meine Familie betrachtet, und deshalb hatte ich mir auch so sehnlich gewünscht, mich mit ihm zu verloben. Aber wie sich herausstellte, war er nicht einmal an Monogamie interessiert, von Familie ganz zu schweigen. Es war eine völlig unrealistische Vorstellung, die ich ihm aufzudrängen versucht hatte.

»Woah, das ist echt unheimlich«, stieß ich hervor.

»Passt das?«, erkundigte sich Aoife, die ein wenig ihr Gesicht verzog, als hätte sie Angst, mich zu beleidigen.

»Und wie das passt«, entgegnete ich mit einem beruhigenden Lächeln. »Bei meinem letzten Freund dachte ich, dass er der Richtige wäre und ich die Richtige für ihn – die Eine, die Einzige. Aber wie sich herausstellte, glaubte *er* nicht daran. O nein, er glaubte an eine von vielen. Eine von sehr, sehr vielen. Natürlich ist nichts falsch daran, wenn jemand dieser Auffassung ist«, setzte ich rasch hinzu, denn ich wollte nicht voreingenommen erscheinen, was die Entscheidungen anderer anging. »Aber dann sollte dieser Jemand auch offen darüber reden, aber Männer – oder zumindest all die Männer, mit denen ich zusammen gewesen bin – sind total mies darin, über Dinge zu reden.«

»So was von mies!«, hörte ich Zelda laut von ihrem Tisch aus sagen.

Jane und Millie nickten zustimmend, auch wenn Millie nicht in der Lage war, sich an der Unterhaltung, die folgte, zu beteiligen, da sie den Mund wieder einmal mit Malzmilchkeksen voll hatte.

»Ich bin immer wieder überrascht, wie genau mein Geburtshoroskop ins Schwarze trifft«, sagte ich zu Aoife und lehnte mich auf meinem Stuhl zurück, um diese letzte Erkenntnis zu verdauen und darüber nachzudenken, wie ich das heute Abend in meinen Blogpost auf ZodiActually einbauen konnte. Sie nickte und versuchte sich an einem Schulterzucken, verzog jedoch vor Schmerz das Gesicht. Ich litt mit ihr, spürte, wie meine Schultern aus Solidarität wehtaten.

»Das sind die meisten Menschen. Nur wenigen ist wirklich bewusst, dass es einen ganzen Astrologieführer gibt, der darauf wartet, zusammengefügt zu werden, um ihre Entscheidungen und Bedürfnisse zu erklären. Wenn wir alle bei unserer Geburt ein Horoskop erhielten, hätten wir beim Älterwerden ein besseres Urteilsvermögen. Vielleicht nicht unbedingt ein *sehr viel* besseres«, setzte sie mit einem trockenen Lachen hinzu. »In der Astrologie ist nun einmal alles Auslegungssache. Aber es würde uns dennoch ein sichereres Gefühl geben.«

»Wenn sie uns nur sagen könnte, was einen hinter der nächsten Ecke erwartet. Das würde mir schon sehr helfen.«

Aber die Planeten amüsierten sich offensichtlich gern, ganz besonders über mich, denn gerade als ich mich wieder erholt hatte, ging plötzlich die Tür auf, und dieser verdammte Ire platzte herein.

»Hallo, Tantchen«, sagte er, ohne auch nur für einen Moment innezuhalten oder zur Kenntnis zu nehmen, wer sonst noch im Raum war. Ich war allerdings nur schwer zu übersehen, da ich neben der Frau saß, die er so salopp mit *Tantchen* angesprochen hatte.

»Hallo, mein Junge«, sagte Aoife und griff rasch nach ihrem Stock, um sich beim Aufstehen darauf abzustützen. Doch sie hatte ganz offensichtlich mit Schmerzen zu kämpfen, und als sie unwillkürlich ein lautes Stöhnen von sich gab, sprang ich auf, um ihr zu helfen. Im selben Moment stürzte der Ire auf sie zu, und unsere Hände berührten sich für einen kurzen Moment, weil wir beide Aoifes Arm an derselben Stelle packten. Erst da erkannte er mich.

»Sieht so aus, als hättest du den Kurs gefunden«, sagte er und grinste mich über Aoifes Schulter an. Ich hätte am liebsten geantwortet: *Kümmere dich lieber um sie*, aber Aoife hatte sich bereits wieder gefangen und schritt mithilfe ihres Stocks auf einen nahe stehenden Tisch zu, auf dem eine Handtasche und eine Stofftasche von Sainsbury's lagen.

»Dauert nur einen Augenblick«, rief sie dem Iren zu, der vermutlich ihr Neffe war.

»Ja, das habe ich. Aber nicht allein dank dir«, erwiderte ich hastig.

Ich nahm meinen Stuhl und begab mich damit zu meinem Platz am Tisch neben Zelda. Die drei Ladys waren beim Erscheinen des Iren verstummt und folgten nun unserem

Wortwechsel mit dem gleichen Eifer wie die Zuschauer bei Gogglebox dem Fernsehprogramm.

»Wenn ich mich recht erinnere, habe ich dir gezeigt, wo's langgeht.«

»Haha. Du hast lediglich dafür gesorgt, dass ich nicht in die falsche Richtung gehe.«

»Nachdem du in mich reingelaufen bist.«

»Du hättest ja auch deinerseits darauf achten können, wo du hinläufst!«

»Ich war nicht derjenige, der mit der Nase im Handy um die Ecke kam.«

»Du bist aber auch nicht stehen geblieben und hast nachgeschaut, ob jemand kommt!«

»Ich bin Fußgänger, kein Auto.«

»Das spielt doch keine Rolle. Du bist in mich reingelaufen.« Ich sprach jedes einzelne Wort des letzten Satzes sehr klar und deutlich aus, wobei mir etwas Spucke auf die mit Holzlaminat belegte Tischplatte fiel. Ich wischte sie rasch mit dem Ärmelrand weg in der Hoffnung, dass es niemand mitbekommen hatte.

Ohne ein weiteres Wort zu verlieren, legte ich mein Geburtshoroskop auf den Tisch und begann, darin herumzukritzeln in der Hoffnung, dem Iren damit zu vermitteln, wie beschäftigt ich war und dass er mich besser in Ruhe ließ. Aber leider kapieren Männer so was ja nicht.

»Na, dann schulden wir einander wohl eine Entschuldigung. Es tut mir wirklich sehr leid, dass ich dich vor dem Hinfallen bewahrt habe, als du in mich reingelaufen bist. Ich verspreche, dass ich das in Zukunft nicht mehr tun werde.«

Ich blickte auf und starrte ihn wütend an. Da war wieder dieses amüsierte Lächeln in seinem Gesicht, und ich hätte ihm am liebsten eine geknallt, damit es aufhörte.

»Musst du denn nicht zu deinem Kunstkurs?«, fragte ich.

»Ja, aber ich gehe erst, wenn ich eine Entschuldigung von dir gehört habe.«

»Na, da wirst du dich aber verdammt verspäten«, erwiderte ich und widmete mich wieder meinem Horoskop.

Ehe ich michs versah, hatte er eine Hand daraufgelegt und mir das Blatt weggezogen. Er hatte Glück, dass ich nicht gerade etwas mit dem Kuli daraufschrieb, denn sonst hätte ich einen fetten langen Strich durch die Mitte gezogen. Und wenn er mir damit die Arbeit eines ganzen Abends versaut hätte, würde ich beim nächsten Mal nicht nur in ihn reinlaufen, sondern mir vorher ein Auto besorgen und ihn über den Haufen fahren.

»He!«, schrie ich (nicht sehr damenhaft, aber er benahm sich ja auch nicht gerade wie ein Gentleman). Mein Stuhl schrammte nach hinten, als ich aufsprang und um den Tisch herumrannte, um ihm das Blatt wieder abzunehmen. Er war zwar nicht sehr viel größer als ich, aber seine Arme waren länger als meine.

»Das ist ein sehr interessantes Horoskop«, teilte er mir mit, obwohl ich inständig hoffte, dass er nichts davon verstand. Das hier war etwas sehr Persönliches, und ich wollte nicht, dass jemand, der praktisch ein Fremder war, meine ganze Persönlichkeit von einem einzigen Blatt abzulesen vermochte. Möglicherweise hatte ich es ja gar nicht richtig gemacht – dies war schließlich erst mein zweiter Versuch, ein Horoskop zu erstellen. Möglicherweise hatte ich statt

Saturn im Krebs fälschlicherweise Saturn im Wassermann notiert.

»Gib das wieder her!«, rief ich, wedelte mit den Armen und sprang in die Höhe, um nach dem Blatt zu greifen.

»Du bist also Löwe. Ich bin Widder.«

»Ich sagte, gib das wieder her!«

»Ryan. Was machst du denn da?«, meldete sich Aoife plötzlich mit scharfer Stimme zu Wort, die deutlich irischer klang als zuvor. Sie lebte offensichtlich schon eine Weile nicht mehr in Irland, aber sobald sie mit einem Familienmitglied sprach (oder besser gesagt, mit diesem Familienmitglied schimpfte), kam der Akzent wieder viel stärker durch – ungefähr so wie bei Graham Norton, als die O'Donovan-Brüder in seiner Show zu Gast waren.

Ryan lächelte frech, aber offenbar hatte man ihm Respekt vor älteren Leuten beigebracht – wenn auch leider nicht vor Leuten, die mehr draufhatten als er –, und er gab mir das Horoskop zurück. Ich konnte einfach nicht glauben, dass er mich wegen eines Stücks Papier dazu gebracht hatte, wie eine Anfängerin in Barry's Bootcamp in die Luft zu springen. Himmel noch mal, ich war neunundzwanzig! Und trotzdem hatte ich gerade dieses überwältigende Bedürfnis, ihn einfach wegzuschubsen – aber ich war kein Kind, und das hier war kein Spielplatz, auch wenn er es zu einem machte.

»Ist doch nur Spaß, Tantchen.« Er hielt die Hände in die Höhe und wandte sich von ihr ab und mir zu. »Ich entschuldige mich, dass ich deine Privatsphäre verletzt habe.« Er grinste wieder. »Verstehst du? Privat*sphäre*?« Er deutete zur Decke hinauf.

»Keine Ahnung, was du meinst«, erwiderte ich.

»Na ja, *Sphäre*. Wie All und Kosmos. Planeten und Sterne. Die sind doch alle da oben. Du machst eine Karte davon und zeichnest die Positionen ein. Oder etwa nicht?« Er blickte Hilfe suchend zu den Ladys hinüber, und alle drei schüttelten die Köpfe. Ich hätte sie knutschen können. Stattdessen entschied ich mich, meine Schadenfreude in ein herablassendes Lächeln zu verpacken.

Er sah mich spöttisch an, fand das Ganze offenbar witzig, aber das war vorbei, als ihm Aoife, die herübergekommen war, auf die Schulter tippte.

»Hier ist der Papierkram, den du noch ausfüllen musst. Die Rechtsanwälte wollen ihn bis Ende des Monats vorliegen haben.«

»Bis Ende des Jahres, alles klar.«

»Ryan …«, sagte Aoife, die ganz offensichtlich wollte, dass ihr Möchtegernkomiker von einem Neffen ihr ernsthaft zuhörte. Er lächelte bloß und beugte sich vor, um ihr einen Kuss auf die Stirn zu geben.

»Ende des Monats, versprochen.«

»Jetzt verschwinde schon«, sagte sie, gab ihm einen Klaps auf den Arm und ließ sich langsam wieder auf ihren Stuhl herab. Auch ich kehrte auf meinen Platz zurück und glättete mein Geburtshoroskop, das Ryan zerknittert hatte. Wie kam es nur, dass in letzter Zeit alle Männer so ätzend waren?

»Meine Damen«, sagte Ryan, faltete die Papiere, die Aoife ihm gegeben hatte, und schob sie in seine Gesäßtasche. »War nett, Sie kennenzulernen.«

Die Ladys gaben ein paar kichernde Laute von sich, die klangen wie »Ganz unsererseits« und »Bis zum nächsten Mal«. Während ich stumm blieb.

»Man sieht sich, Leo.«

Leo??? So viel wusste er also doch über Astrologie, dass Löwe im Lateinischen »Leo« heißt! Ich verdrehte die Augen, weigerte mich, ihn anzusehen, als er sich auf den Weg zur Tür machte. Erst als sie hinter ihm ins Schloss fiel, stieß ich einen erleichterten Seufzer aus und ließ die Schultern sinken.

»Na, na«, sagte Zelda und griff hinüber, um mir den Arm zu tätscheln. »Da muss man nicht erst einen Blick in die Sterne werfen, um herauszufinden, dass er an Ihnen interessiert ist, Kindchen.«

»Was?« Es klang fast wie ein Schrei.

»O ja, da hat aber jemand ganz schön geschäkert«, fügte Millie hinzu. Sie war ganz offenbar derartig in meine kleine Szene mit Ryan vertieft gewesen, dass sie nicht einmal den Versuch unternommen hatte, sich den letzten Keks vom Teller zu nehmen.

»Geschäkert?«, wiederholte ich.

»Gebaggert«, fügte Jane mit todernstem Gesichtsausdruck hinzu. Als hätte es einer Erklärung bedurft.

»Was?!«, schrie ich wieder und sah Aoife an, die nichts sagte und lediglich versuchte, kurz mit den Schultern zu zucken. Ganz offensichtlich war sie nicht die Art von Tante, die sich ins Liebesleben ihrer Verwandtschaft einmischte. Eine echte Seltenheit!

»Hm-hm«, summte Zelda, bevor sie sich zu den anderen Damen hinüberlehnte und leise sagte: »Und dieser Akzent. *Oh.* Ich hätte fast ein feuchtes Höschen bekommen.«

O. Mein. Gott.

10

Löwe: Vermitteln Sie den Eindruck,
die wahre Meisterin Ihres Schicksals zu sein.
Mars tritt ein ins elfte Haus.

»Hat sie nicht!« Das Kichern meiner Mutter drang über Zoom aus den Lautsprechern meines Laptops. Ich erzählte ihr gerade alles über die anderen Kursteilnehmerinnen meines neuesten Hobbys.

»Doch, hat sie!« Ich schauderte selbst im Nachhinein. »Ich wusste nicht, ob ich mich übergeben oder ihr ein Taschentuch anbieten sollte.«

Mum lachte nur noch lauter, und Tränen stiegen ihr in die Augen.

Als ich nach Hause kam, hatte ich die Gelegenheit genutzt, sie anzurufen, da Paige erst spät zurück sein würde. Den Grund dafür hatte sie in ihrer Textnachricht nicht genannt, aber ich nahm an, dass es mit der Arbeit zu tun hatte, also beließ ich es dabei. Nach einer solchen Erfahrung musste ich unbedingt mit jemandem reden, und ich war meiner Mum ohnehin ein richtiges Gespräch schuldig.

Sie wusste, dass ich von David getrennt war, und hatte mir sogar eine Beileidszahlung von hundert Pfund geschickt –

entweder als Anreiz, das Geld für ein Bahnticket nach Hause zu verwenden, oder als Belohnung dafür, dass ich ihn losgeworden war. Sie hatte ihn nie gemocht. Aber andererseits konnte sie niemanden leiden. Der einzige Mann in ihrem (und jetzt auch in meinem) Leben war Grandad Harold.

Er lebte zusammen mit Mum in St. Albans, und das schon, seit ich noch ein kleines Mädchen war. In meiner Kindheit war er der einzige echte männliche Einfluss gewesen, da mein Vater eher durch Abwesenheit glänzte. Er war zwar nett und erinnerte sich daran, Weihnachtskarten zu schicken, aber er lebte mit seiner neuen Frau in Cornwall, und ich hatte ihn zuletzt mit sechzehn besucht. Es hatte mir allerdings nie etwas ausgemacht, dass meine Mutter alleinerziehend war. Wie ich erst kürzlich entdeckt hatte, war sie Zwilling, was bedeutete, dass sie im Grunde zwei Persönlichkeiten in sich trug. Das musste dazu geführt haben, dass ihre Erziehung irgendwie ausgeglichen gewesen war.

Wenn Mum nicht »väterlich« genug für mich war, gab es da immer noch Grandad Harold, auf den ich zurückgreifen konnte. Mum hatte mir versprochen, dass er in Kürze zu unserem Gespräch dazustoßen würde. Im Augenblick beendete er im Esszimmer gerade sein neuestes Hobbyprojekt: eine von Hand genähte Seidenbrokatweste.

Grandad war mein Lieblingsmensch. Er kam kurz vor Paige und Tina, wenn auch nur um Haaresbreite. Obwohl er auf die neunzig zuging, sah er aus wie siebzig und schien sich zu jeder Jahreszeit ein neues Hobby zuzulegen. Seit dem Tod meiner Großmutter, an die ich mich gar nicht mehr erinnern konnte, weil ich noch so klein gewesen war, verbrachte er seine Zeit damit, ständig etwas Neues auszuprobieren.

Er hatte Klavierstunden genommen, Line Dance gelernt, war Mitglied in einer Sherlock-Holmes-Gesellschaft, die sich der Wertschätzung des berühmten Detektivs verschrieben hatte, und ehrenamtlich als Stellwerkswärter bei der örtlichen Museumsbahn tätig gewesen. Aber in den letzten fünf Jahren waren seine Hobbys immer ausgefallener geworden. Erst hatte er Fallschirmspringen gelernt und sich dann mit rüstigen sechsundachtzig Jahren noch zum Instructor ausbilden lassen. Danach nahm er sich Körperkunst aus Gips vor – ein Hobby, das weder Mum noch ich jemals erwähnten, während er damit beschäftigt war. Im Frühjahr hatte er ein Profil bei TikTok erstellt und inzwischen dort fünfzehntausend Follower! Und sein neuestes Hobby waren alte Handarbeiten.

Er werkelte gemeinsam mit einer pensionierten Kostümbildnerin an Kleidungstücken aus der Regency-Epoche und hatte inzwischen beinahe eine komplette Garderobe zusammen. Er war nur noch ein Halstuch weit davon entfernt, als »King George III«-Imitator auf Partys aufzutreten.

»Es sei ihr gegönnt«, sagte meine Mutter, die sich endlich wieder eingekriegt hatte, und wischte sich eine Lachträne aus dem Auge. »Oh, das Lachen hat mir gutgetan.«

»Ich glaube, danach hat keine von uns mehr an ihrem Horoskop weitergearbeitet. Das lag aber hauptsächlich daran, dass Aoife uns nicht mehr in die Augen blicken konnte, nachdem Zelda *das* über ihren Neffen gesagt hatte. Es war schon schwer genug, sich nach Ryans unverschämter Störung noch zu konzentrieren, aber als Zelda auch noch so was gesagt hatte, da war es ganz vorbei.«

»Ach, ich freue mich, dass du so gut drauf bist, Schätzchen.«

Schätzchen. Und los ging's. Die typischen »Ich mache mir solche Sorgen um dich«-Mutterkommentare.

»Es ist schon so lange her, dass du glücklich gewesen bist.«

»*Mum*«, stöhnte ich und zog das Wort dabei in die Länge. »Es geht mir gut, es ging mir immer gut. Na ja, nicht gerade, als die ganze Sache mit David diese unglaubliche Mega-Pechsträhne in Gang gesetzt hat, aber ich schwöre dir, dass es mir jetzt viel besser geht. Ich fühle mich gut.«

»Du siehst auch gut aus. Du strahlst viel mehr. Das passiert, wenn man Verbindung zu seiner spirituellen Seite aufnimmt. Hast du es schon mit Kristallen versucht?«

Ich schüttelte den Kopf. »Ich experimentiere im Moment nur mit Horoskopen und Geburtshoroskopen. Ich möchte dem Ganzen noch nicht allzu viel Bedeutung beimessen, sondern erst einmal etwas mehr darüber erfahren.«

»Ja, ich weiß, Schätzchen, aber warum willst du nicht auch etwas über andere Formen der Astrologie erfahren? Als ich in deinem Alter war, habe ich meditiert und Yoga gemacht. Das hat mir wirklich dabei geholfen, meine Chakren auszurichten, als du noch ein Zwerg warst.«

»Du meinst, als ich dich dazu gebracht habe, dir die Haare zu raufen«, stichelte ich.

»O nein, du warst diejenige, die sich die Haare gerauft hat, und das hat dich so manches Haar gekostet. Ich habe nur im Schneidersitz auf dem Boden gegessen und versucht, dich mit meiner Willenskraft dazu zu bringen, dich für eine Weile zu verziehen.«

»Dann hättest du dich aber nicht zu einem so leichten Ziel machen dürfen«, sagte ich und streckte ihr ausgelassen die Zunge heraus.

Unsere Familie war berüchtigt für ihre Sticheleien, und es brachte uns oft Ärger ein. Wenn wir uns unterhielten, dachten Nachbarn und Freunde oft, dass wir uns alle hassen würden, weil wir uns gegenseitig beschimpften und lauthals Sachen riefen wie »Du kleiner Scheißhaufen!«, wenn jemand vergessen hatte, seine dunkle Wäsche auszusortieren oder die Spülmaschine über Nacht anzustellen. Das war so ein Familiending. Oder *unser* Familiending.

Allem Anschein nach bin ich nicht gerade ein pflegeleichtes Kind gewesen. In der einen Minute war ich noch laut und anhänglich, und in der nächsten blickte ich finster drein, war mürrisch und zog mich zurück. Mum behauptete, dass ich jeden Morgen aufgewacht sei wie Drew Barrymore in *50 erste Dates*, jedes Mal mit einer anderen Persönlichkeit, dabei aber jedes Mal so getan hatte, als hätte sich nichts verändert. Meiner Ansicht nach bin ich nur auf der Suche nach meinem besten Ich gewesen.

»Was stand denn heute in deinem Horoskop? Nicht zufällig *Sie werden einem gut aussehenden Fremden begegnen*?«

»Nein«, brummte ich, immer noch sauer auf Ryan, den Iren. »Er war so kindisch.«

»Kindisch oder kindlich? Das ist ein Unterschied.«

»Egal, es ist beides negativ«, erklärte ich mit Nachdruck und öffnete dabei die Horoskop-App auf meinem Smartphone, um ihr mein Tageshoroskop vorzulesen.«

»Hier steht: *Nähren Sie sich in jeder Hinsicht von guten Dingen.*«

»Ooh, also sagt es dir, dass du ausnahmsweise einmal Gemüse essen sollst.« Typisch Mutter.

»Möglicherweise. Das ist Auslegungssache.« Ich steckte mein Smartphone wieder in die Tasche. »Ich habe es so verstanden, dass ich meinen Verstand füttern soll. Also habe ich einen Artikel über den Klimawandel gelesen und ein paar Kapitel über das *Think-Like-a-Monk-Prinzip* aus dem Buch von Jay Shetty.«

»Klingt interessant«, sagte meine Mutter, aber ihr Tonfall sagte mir, dass es ihrer Ansicht nach furchtbar klang. »Na, dann drücke ich mal die Daumen, dass da schon bald *Die Liebe steht vor der Tür* zu lesen sein wird.«

»Was das angeht, habe ich gerade null Interesse, Mum. Ich bin erst seit einem knappen Monat Single.«

»Ich sage nur eins, mein Spatz: Rebound-Romanze. Macht immer mehr Spaß als Beziehungen.«

»Ach ja?«, erwiderte ich. Meine Vorstellungen von Spaß unterschieden sich ganz augenscheinlich von denen meiner Mutter. Sie hatte Spaß daran, in einem Gartencenter zu arbeiten, während es für mich todlangweilig gewesen war, als ich dort im Sommer vor der Uni gejobbt hatte. Wer in meiner Generation musste schon den Unterschied zwischen einer Hacke und einer Harke kennen? Klingt eh gleich!

Ausgehen bedeutete für meine Mutter ein gemütliches Essen bei Pizza Express und dann ein langer Spaziergang zurück zum Auto. Und nicht etwa mit den besten Freundinnen in einem Spielecafé abhängen, wo man sich bei billigem Merlot und Brettspielen einen anschickert.

»Ist das meine kleine Krissy?«, ertönte eine melodische Stimme aus dem Hintergrund. Sogleich verzog sich mein Gesicht zu einem Lächeln. Die Stimme meines Großvaters war so warm und einladend. Jedes Mal, wenn er sprach, war es wie eine Umarmung.

»Hallo!«, erklang es vom Bildschirm. Mum hatte ihm bereits vor zwanzig Minuten gesagt, dass wir miteinander zoomten, dennoch tat er so, als sei das alles eine große Überraschung.

»Hallo, Grandad, wie geht's?«, fragte ich ihn.

»Prima, mein Schatz. Hat dir deine Mutter erzählt, dass Rita morgen vorbeikommt, um mir das Sticken beizubringen?« Er blickte Mum an, deren gequältes Lächeln besagte: »Jetzt geht das schon wieder los«.

»Nein, aber das ist cool. Rita, die Kostümbildnerin?«

Grandad nickte, und seine Augen funkelten, während sein grauer, wilder Schnäuzer über seinem Lächeln tanzte. Er war ein freier Mann und flirtete gern, und die Damen liebten ihn dafür. Er sagte immer, es gebe keine andere Frau für ihn als meine Großmutter, aber nur weil er schon bestellt hatte, hieß das ja nicht, dass er keinen Blick mehr auf die Karte werfen konnte.

»Und was führst du gerade so im Schilde? Deine Mutter sagte etwas von wegen Sternen. Warst du in der Sternwarte? Ich wollte auch schon immer mal ins Royal Observatory.«

»Nein, ich habe nicht mit Sternguckerei angefangen, aber wenn du mal Lust dazu hast, lass es mich wissen. Du weißt ja, wie gern ich Tagesausflüge mache.«

»Da müsstet ihr aber vermutlich eine Übernachtung einplanen«, warf Mum ein.

»Ich habe angefangen, mich mit Astrologie zu beschäftigen, Grandad«, sagte ich und ignorierte das Gewitzel meiner Mutter. »Sternzeichen und dergleichen.«

»Oh.« Er verzog das Gesicht, als hätte er in eine Zitrone gebissen. »Wieso willst du dich denn mit so was abgeben?«

»Wieso? Weil ich etwas Neues lernen will. Du probierst doch auch gern neue Sachen aus«, erwiderte ich, ein wenig überrascht angesichts seiner mangelnden Begeisterung. Er war die Art von Großvater, der einen Freudensprung machen würde, wenn ich ihm erzählte, dass ich die Damenbinden in der Drogerie im Sonderangebot bekommen hatte (und ja, wir sind vielleicht ein wenig zu mitteilungsbedürftig in unserer Familie), aber offenbar nicht, wenn es um ein neues Hobby wie die Astrologie ging.

Er schüttelte den Kopf. »Ich bin nicht daran interessiert, was die Sterne angeblich über mein Leben zu sagen haben. Ich habe bereits den größten Teil davon hinter mich gebracht. Da kann ich es wohl besser beurteilen, nicht wahr?«

»Aber so läuft das nicht!«, erwiderte ich mit einem etwas gezwungenen Lachen. »Ich versuche nicht, meine Zukunft vorherzusagen oder aus meiner Hand zu lesen. Es geht vielmehr um die Stellung der Planeten zum Zeitpunkt meiner Geburt und wie das möglicherweise zu einem bestimmten Persönlichkeitsmerkmal bei mir geführt hat. Ich schreibe darüber auf meiner neuen Website.«

»Hast du etwa einen neuen Job?«, fragte er. Offenbar schien ihn die Aussicht darauf mehr zu begeistern als mein neues Hobby.

»Es ist nicht wirklich ein neuer Job, aber ich nutze es als Chance, mein Portfolio zu erweitern. Ich habe schon mehrfach etwas über den Astrologiekurs geschrieben, den ich belegt habe, und über all die Dinge, die ich lerne. Beispielsweise was es bedeutet, unter einem rückläufigen Planeten geboren zu sein, und wofür die einzelnen Häuser in einem Geburtshoroskop stehen. Es ist wirklich interessant, wenn man sich genauer damit befasst.« Nicht zu vergessen ein hilfreicher Weg, um die Planeten vor einer Saturn-Rückkehr zu besänftigen, sodass einem die eigenen Dreißiger nicht völlig versaut werden!

Mum nickte zustimmend, aber Grandad wirkte immer noch verwirrt – selbst mit diesem gefilterten, verwirrten Ausdruck, den das grisselige Bild der Zoom-Verpixelung den Leuten automatisch verleiht.

»Ich habe ihr geraten, es mit Kristallen zu versuchen«, sagte Mum und deutete dabei auf den Bildschirm, als wisse Grandad nicht, wen sie meinte. »Nicht nur wegen der Verbindung zu ihrem Namen – der gefiel mir einfach, es hatte damals überhaupt nichts mit realen Kristallen zu tun –, aber wäre es nicht lustig, wenn jemand, der Krystal heißt, auch Kristalle benutzt?«

»Klar«, erwiderte ich und verdrehte dabei die Augen.

Eine Leserin meiner Website hatte einen Kommentar zu meinem Post über die Mondphasen geschrieben, in dem es hieß, dass Kristalle eine gewisse Verbindung zu Energie und Planeten haben. Und dass sie ihre Kristalle bei Vollmond in einem umgedrehten Pflanztopf draußen vor ihrem Gartenhäuschen auflud. Ab der Stelle war ich dann raus. Aber wer wusste schon, was die Zukunft noch bringen würde. Falls es jemals in den täglichen Dos and Don'ts meiner Horoskop-App auftauchte, würde ich den Kristallen vielleicht eine Chance geben.

»Nun«, sagte Grandad immer noch lächelnd, aber mit einem kleinen Schnauben, als hätte er aufgegeben. »Ich kann dir nur raten, dein Geld nicht zu verschwenden. Wo wir gerade davon sprechen, wie sieht es bei dir damit aus? Soll ich dir etwas schicken? Ich kann dir auch schon dein Erbe auszahlen, wenn du möchtest.«

»Ach, sieh mal einer an!«, sagte Mum und wandte sich ihm zu. »Sie kann ihres haben, aber ich kriege meins nicht? Ich bin diejenige, die hier die Miete zahlt, mein Herr.«

»Na ja, du hast nur noch dein halbes Leben vor dir, sie ihr ganzes. Sie braucht es dringender als du.«

»Halbes Leben«, wiederholte Mum und schüttelte scherzhaft den Kopf. Sie ähnelte Grandad zu sehr, um beleidigt zu sein. Frechsein war Bestandteil seiner DNA, und dafür liebten wir ihn.

Mum war genauso. Als sie heranwuchs, hatte sie Grandad nie mit Dad angesprochen, sondern immer nur mit »Alter Mann«, und er hatte sie nur Pippi genannt, denn das hatte sie immer gesagt, als sie sich als kleines Kind in die Hose gemacht hatte (was laut ihm ziemlich oft der Fall gewesen war).

Ach, diese grenzenlose Liebe in unserer Familie …

»Weißt du, was«, sagte Mum und schob ihren Vater ein Stückchen aus dem Bild, um mit mir zu sprechen. Die Art und Weise, wie Grandad sich bereits die Hände an einem Stofflappen abwischte, den er für Momente wie diesen immer in seiner Tasche trug, um beschäftigt zu wirken, sagte mir, dass es ihn in den Fingern juckte, sich wieder seiner Stickerei zu widmen. »Ich habe mir mal auf dem Weihnachtsmarkt an der Kathedrale die Karten legen lassen.«

»Da kommt mal wieder die Heidin durch«, unterbrach ich sie.

»Jetzt hör mir doch mal zu!«, quengelte meine Mutter.

»Bis demnächst, mein Schatz«, sagte Grandad, der offensichtlich der Ansicht war, genug gehört zu haben.

»Okay, bis bald, Grandad.«

»Don't worry …«, trällerte er, warf mir eine Kusshand zu und vollführte einen kleinen Wechselschritt auf dem Weg in sein Arbeitszimmer.

»… *be happy«,* beendete ich den Satz für ihn. Es war so unser Ding nach jedem Anruf, Besuch und Ovomaltine-Schlaftrunk. Wir hatten noch niemals eine Unterhaltung ohne *»Don't worry, be happy«* beendet, egal wie alt wir beide auch waren.

»Hallo!«, unterbrach meine Mutter. »Ich versuche, dir gerade etwas zu erzählen.«

»Tut mir leid, Mum. Sprich weiter«, sagte ich und stützte mein Kinn in eine Handfläche, um es mir bequem zu machen. So wie ich meine Mutter kannte, konnte das jetzt eine Weile dauern.

»Ich hatte mir auf dem Weihnachtsmarkt die Karten legen lassen. Tarotkarten, meine ich. Ist schon Jahre her. Da ging ich noch mit deinem Vater, *so* lange also schon her.« Im Grunde wollte sie mir damit bloß sagen, dass es vor meiner Geburt gewesen war. »Diese Frau winkte mich zu sich herüber. Ich glaube, sie war Deutsche. Oder vielleicht Armenierin? Sie klang auf jeden Fall ausländisch.«

»Na, das grenzt es ja dann ein«, bemerkte ich mit sarkastischem Unterton, aber sie erzählte unbeirrt weiter.

»Sie wollte mir unbedingt die Karten legen und sagte, sie verlange nichts dafür. Also ließ ich mich darauf ein. Ich hatte die Herrscherin, die fünf Kelche und den Turm.« Mum verstummte, als wäre das alles hochdramatisch, aber ich hatte ganz ehrlich gesagt nicht den leisesten Schimmer, was das zu bedeuten hatte, und wartete auf ihre Erklärung. Sie atmete vernehmlich aus, offensichtlich enttäuscht über meine Reaktion.

»Sie sagte mir, dass ich eine sehr fruchtbare junge Frau mit einem guten Überlebensinstinkt sei, aber dass mir eine Veränderung bevorstehe, ein Verlust irgendeiner Art und dass dieser Verlust sehr schwer sein und Kummer bringen werde. Der Turm ist wohl eine der am meisten gefürchteten Tarotkarten, weil Veränderung große Unruhe und großen Stress in das Leben eines Menschen bringt.«

»Klingt ja irgendwie toll ... und dann auch wieder nicht«, bemerkte ich. »Aber was bedeutete es denn nun konkret?«

»Na ja, das ist es ja gerade – sie hat mir klipp und klar gesagt, dass ich schwanger werden würde.«

»Häh?« Das war nicht gerade das, was man von einem so schlechten Blatt, wie sie es geschildert hatte, erwarten konnte.

»Richtig gehört. Sie hat mir gesagt, dass ich schwanger werden und mich das vor diesem großen Verlust und Schmerz bewahren würde.«

»Oh, also hat sie dich im Grunde gewarnt, dass ihr euch trennen werdet, nur um es dann auf dem Rücksitz von Dads Escort zu treiben und ich am Ende dabei herauskomme?«

»Genau!« Mum schnipste mit den Fingern und grinste, ganz offenbar sehr beeindruckt. »Ist das nicht verblüffend?«

»Da bin ich mir nicht so sicher. Hat sie wirklich gesagt, dass du schwanger werden würdest?«

»Sie sagte mir aufgrund der Herrscherinnenkarte, ich sei eine fruchtbare Myrte. Und dass der Mann, mit dem ich zusammen sei, nichts tauge.«

Ich schloss die Augen und seufzte. »Sie hat dir zu sagen versucht, dass du ein Kondom benutzen sollst, Mum.«

»Na, dann ist es ja gut, dass ich nicht auf sie gehört habe«, erwiderte Mum zwinkernd. »Du solltest dir auch einmal die Karten legen lassen. In London muss es da doch jede Menge Möglichkeiten geben.«

»Mag sein«, sagte ich schulterzuckend, während ich versuchte, das Bild aus meinem Kopf zu bekommen, wie es meine Eltern im Auto miteinander trieben. Was unmöglich war, weil mir Mum schon früher sehr detailliert über diesen Moment in ihrem Leben berichtet hatte. Sie sagte, es sei der entscheidendste Moment in ihrem Leben gewesen – allerdings nicht, weil ich dabei gezeugt wurde, sondern weil es der Abend war, an dem sie ihren G-Punkt entdeckte.

Das ist ein Detail, das eine Tochter einfach nie vergisst.

»Meinst du, wenn ich zu einer Kartenleserin gehe, könnte sie mich vorwarnen, was Unterhaltungen dieser Art angeht?«, stichelte ich, aber Mum war auf den Tarotzug aufgesprungen und wild entschlossen, mich an Bord zu holen.

»Ach, komm schon. Was kann schon Schlimmes passieren? Du hast selbst gesagt, dass du dir nicht einmal sicher bist, ob es sich überhaupt lohnen würde, sich irgendetwas von diesem Zeug anzuhören. Also warum nicht einfach mal losziehen und es ausprobieren?«

Da hatte sie nicht ganz unrecht.Und mein Astrologiekurs machte mir wirklich Spaß. Es wäre noch etwas, das ich beim nächsten Mal einbringen und mit Aoife diskutieren könnte. Vielleicht hätte sie selbst eine Meinung dazu, ob es der Mühe wert war oder nicht. Außerdem wäre eine kleine Vorwarnung in Bezug auf das Leben im Moment gar nicht so übel.

Insbesondere da ich keine Ahnung hatte, wo der nächste Gehaltsscheck herkommen sollte und ob ich noch mit dreißig eine jämmerliche, arbeitslose Couchsurferin sein würde mit Hausverbot im *World of Pop*, weil ich dort einen anderen Gast vollgekotzt hatte. Was konnte es schon schaden, wenn man um eine kleine Vorschau auf das, was einem bevorstand, bat? Ganz besonders im Hinblick auf die verhängnisvolle Saturn-Rückkehr am Horizont. Wenn sie auf Turbulenzen in meinem Leben hindeutete, wollte ich zumindest eine ungefähre Vorstellung davon haben, wie ich diese bewältigen konnte.

11

Löwe: Halten Sie alle Kommunikationswege offen, dann könnten Sie heute wichtige Kontakte knüpfen. Abnehmender Mond im Löwen.

Ausnahmsweise entschloss ich mich, den Rat meiner Mutter zu befolgen, und vereinbarte am nächsten Tag einen Termin für eine Tarotkartenlegung in einem Buchladen auf der Cecil Street. Ich hielt es für ein gutes Zeichen, dass ich gerade dort einen Buchladen dafür gefunden hatte, da die Cecil Street angeblich J.K. Rowling zu der Winkelgasse in *Harry Potter* inspiriert haben soll. Und weil es in der Astrologie immer um Zeichen ging, betrachtete ich dieses als ein gutes.

Ich vereinbarte einen Termin für die kommende Woche und war fest entschlossen, Aoife um ihre Meinung zu diesem Thema zu bitten, bekam aber nicht die Gelegenheit dazu. Sie musste wieder einmal eine Kursstunde wegen ihres schlechten Gesundheitszustands absagen, und ich fragte mich, was mit ihr los war und ob es irgendetwas gab, was ich für sie tun konnte.

Keine der anderen Teilnehmerinnen hatte jemals Aoifes Gesundheitszustand angesprochen – dieses ständige Zusammenzucken vor Schmerz bei der kleinsten Bewegung. Es gab nie den richtigen Zeitpunkt, um darüber zu reden, und außerdem war es ihre Privatangelegenheit, und sie hatte nie einen Grund dafür genannt, also warum sollten wir neugierig sein?

Aoife war ganz offensichtlich viel älter, als sie aussah, selbst wenn ihr Teint so jugendlich wirkte wie der von Back-Show-Jurorin Prue Leith (wie diese Frau es schaffte, mit über achtzig noch so toll auszusehen, war mir ein Rätsel). Aber vielleicht war Biskuitkuchen ja gut für den Teint. Das wäre mal ein Hautpflegeprogramm, das ich nur zu gern befolgen würde!

Bevor ich mich entschied, den Termin im Buchladen tatsächlich wahrzunehmen, zog ich an dem Tag meine Horoskop-App zurate. Dort hieß es: *Es wird Ihnen morgen zugutekommen, wenn Sie sich heute einfach mal treiben lassen.*

Na, das klang doch nicht schlecht. Dann würde ich das tun und mir dabei eine Tarotkartenlegung gönnen!

Es war ein Mittagstermin, und bis dahin hatte ich noch jede Menge Zeit totzuschlagen.

Ich schloss die App, griff nach meiner Handtasche und suchte all das zusammen, was ich für den Tag benötigte: Smartphone, Paiges Ersatzschlüssel, einen Notizblock, Kugelschreiber und eine Flasche Wasser. Dann machte ich mich auf den Weg.

Cecil Street war eine Seitenstraße der Charing Cross Road, eine meiner Lieblingsstraßen in London. Mit ihrer Vielzahl an Buchantiquariaten und ihrer Nähe zu Chinatown und der National Portrait Gallery gab es genügend Möglichkeiten, den Morgen rumzubringen.

Ich konnte mich gar nicht mehr daran erinnern, wann ich das letzte Mal ohne einen festen Plan einfach losgezogen war und einen ganzen Tag Zeit für mich gehabt hatte.

Mit David war immer alles – durch mich – aufeinander abgestimmt. Ich war zu einer bestimmten Zeit zu Hause, um das Abendessen vorzubereiten. An den Wochenenden, wenn wir länger schliefen und zusammen ins Fitnessstudio gingen, joggte er hinterher noch, und ich machte mich auf den Nachhauseweg, um die Hausarbeit zu erledigen und in Ruhe noch etwas zu schreiben. Wenn er nach Hause kam, zog er allerhöchstens noch das Bett ab oder erledigte gelegentlich eine handwerkliche Sache, um die ich ihn wochenlang gebeten hatte. Aber meistens blieben wir zu Hause und sahen fern oder liefen einmal die Hauptstraße des Viertels entlang, um uns eine kleine Shoppingtherapie zu gönnen.

Wir waren einfach ein durchschnittliches, langweiliges Paar mit einem unterdurchschnittlichen Lebensstil. Nachdem David einen Vollzeitjob in der City angenommen hatte, unternahmen wir nichts mehr spontan, und ich konnte als Freiberuflerin kaum noch einen Moment erübrigen, um auszugehen und einfach mal das Leben ganz alleine zu genießen. Ich war immer zu erschöpft, weil ich versuchte, genügend Aufträge zu akquirieren, um sicherzustellen, dass ich auch jeden Monat genug Geld für meinen Anteil an der Miete zur Verfügung hatte.

Aber heute war ich eine Touristin in meiner eigenen Stadt.

Der oberirdische Teil meiner Fahrt verlief ruhig, da die freitägliche Rushhour vorbei war, und als ich an der Station Highbury & Islington in die Victoria Line umstieg, eilten auch dort nur wenige Passagiere an mir vorbei. Ich trug meine Ohrhörer und lauschte mit geschlossenen Augen Klavierversionen bekannter Filmmusik, die auf einer sehr beruhigenden Spotify-Playlist zu finden waren, und ich fühlte mich eins mit meiner Umgebung.

Die U-Bahn der Victoria Line war praktisch leer, daher war es mir egal, ob mich jemand hörte, als ich die Melodie von *Shallow* aus *A Star is Born* mitsummte.

Doch kaum dass wir uns richtig in Bewegung gesetzt hatten und in meinen Ohrhörern der mitreißende Refrain einsetzte, hielt die Bahn wieder an. Das hier konnte unmöglich schon die Station King's Cross St. Pancras sein, daher öffnete ich die Augen und entfernte einen Ohrhörer, um mir die Durchsage anzuhören.

»... aufgrund einer liegen gebliebenen Bahn vor uns. Wir werden die Fahrt fortsetzen, sobald wir ein grünes Signal erhalten. Entschuldigen Sie die dadurch entstandene Verzögerung. Ich werde Sie in Kürze über die weitere Entwicklung informieren.« Okay, nichts Ernstes. Das war eine typische Durchsage auf der Victoria Line, wo es ständig zu irgendwelchen Störungen kam.

Anstatt jetzt verärgert zu reagieren und mir Sorgen zu machen, dass ich meinen Termin versäumen könnte, entspannte ich mich einfach. Ich hatte noch jede Menge Zeit. Ich musste erst in zwei Stunden im Buchladen sein, und der war nicht mehr allzu weit entfernt. Selbst wenn ich schon an King's Cross aussteigen und zu Fuß gehen müsste, würde ich es noch locker vor der vereinbarten Zeit bis dorthin schaffen. Eigentlich klang das nach einer tollen Idee. Ich wäre an der frischen Luft, könnte durch die Stadt spazieren und mir ansehen, wie ihre Sommerfarben langsam den Herbsttönen wichen.

Ich drückte die Play-Taste auf meinem Handydisplay, um mir weiter Musik anzuhören, doch als ich wieder aufschaute, erblickte ich etwas, das mir zu denken gab. Eine

Frau in einem hellroten Mantel mit einem riesigen Rucksack, den sie zwischen ihren Beinen eingezwängt auf dem Boden stehen hatte, fächelte sich mit einer alarmierenden Geschwindigkeit Luft zu. Ihr Gesicht war so rot wie ihr Mantel, und sie hatte ganz offensichtlich Atembeschwerden. Die verräterischen Anzeichen einer Panikattacke. Etwas, das ich selbst sehr häufig an der Uni erlebt hatte.

Ob der Grund der war, dass ich damals zum ersten Mal in meinem Leben das sichere Nest verlassen hatte, oder die Tatsache, dass ich einfach grundsätzlich nicht sehr gut darin war, mit einem gehörigem Maß an Stress umzugehen, ich weiß es nicht. Dieser Stress entsteht ja meist dann, wenn man während der Klausurzeit viel zu oft verkatert ist und dazu neigt, mit Typen im Bett zu landen, von denen sich mit ziemlicher Sicherheit sagen lässt, dass sie positiv auf Chlamydien getestet sind … jedenfalls hatte ich des Öfteren selbst mit einer ziemlichen Regelmäßigkeit unter Panikattacken gelitten.

Tina hatte mich damals immer gerettet. Sie wurde mehrmals von meinem persönlichen Tutor aus Vorlesungen geholt, um mich zu beruhigen. Und sie hat sich niemals darüber beschwert, wofür ich ihr heute noch dankbar bin. Sie hatte wirklich eine Engelsgeduld und ihre Stimme eine so betäubende Wirkung auf mich, dass ich mich schon eine Minute nach ihrem Auftauchen beruhigte, weil sie mir bloß einen blöden Witz erzählt hatte.

Daher hatte ich das Gefühl, die hyperventilierende Frau nicht einfach sich selbst überlassen zu können. Obwohl die Londonerin in mir dazu riet, mich nicht einzumischen, stand ich auf und nahm auf dem Sitz gegenüber von ihr Platz. Sie war derartig in Panik, dass sie mich kaum wahrzunehmen schien, bis ich meine Wasserflasche herausholte und sie ihr hinhielt.

»Hier«, sagte ich, berührte dabei ganz leicht ihre Hand und hielt die Flasche so, dass sie sie sehen konnte. »Das hilft. Es kann hier unten sehr heiß werden.«

Zuerst sagte sie nichts. Vermutlich hatte sie dafür gar nicht genug Luft in der Lunge, aber sie lächelte und griff dankbar nach dem Wasser. Es war ein Wunder, dass sie angesichts der Geschwindigkeit, mit der sie es in sich hineinschüttete, nicht ertrank. Als sie endlich Luft holte, keuchte sie, aber wenigstens waren es ganze Atemzüge.

»Danke«, sagte sie mühsam lächelnd.

Ich erwiderte ihr Lächeln. »Gern geschehen.« Sie hielt mir die Flasche hin, um sie zurückzugeben, aber ich schüttelte den Kopf. »O nein, behalten Sie sie nur.«

»Ich habe völlig vergessen, mir etwas zu trinken mitzunehmen«, sagte sie, zerrte an ihrem Kragen und lachte verlegen. »Ich hasse die U-Bahn.«

»Sie sind nicht von hier«, stellte ich lächelnd fest, denn ihr ausgeprägter Dialekt war unverkennbar.

»Nein, aus Liverpool. Das sieht man doch!« Sie deutete auf ihren flammend roten Mantel.

»Ah, also kein Everton-Fan.«

»Hüten Sie Ihre Zunge!«, entgegnete sie mit gespieltem Entsetzen und trank den letzten Rest des Wassers aus. »Vielen Dank noch mal. Das ist heute einer dieser Tage, an denen einfach alles schiefgeht.« Sie begann, die Flasche in ihren ohnehin schon viel zu vollen Rucksack zu stopfen.

»Erst hatte mein Zug Verspätung, jetzt diese verflixte U-Bahn. Und obendrein hasse ich geschlossene Räume.« Sie schüttelte sich. Ich hatte den Eindruck, dass sie eine Frau war, die einen in Grund und Boden reden konnte. Was nicht unbedingt mein Fall war, aber da mir mein Horoskop geraten hatte, mich heute einfach mal treiben zu lassen, ließ ich mich darauf ein.

»Keine Ahnung, wie meine Granny all die Jahre hier überleben konnte.«

Ganz offenbar spiegelte mein Gesicht die Frage »Granny?« wider, denn sie ließ eine Erklärung folgen.

»Meine Großmutter lebt – lebte – in London. Sie ist kürzlich verstorben.«

»Das tut mir leid«, setzte ich an, aber die Frau hatte bereits mit einem ansteckenden Lächeln, das mich mitgrinsen ließ, über mich hinweggeredet. »O Gott, sie war uralt! Beinahe hundertzwei, als sie gestorben ist.«

»Tatsache?«

»Tatsache. Ich bin fest davon überzeugt, dass sich das alte Mädchen mit Whisky und Wein so prima gehalten hat, aber in unserer Familie haben wir schon sehr gute Gene. Meine Mutter lebt auch noch, aber sie ist viel zu alt, um mal eben nach London zu düsen und sich um die Sachen ihrer Mutter zu kümmern. Diese wunderbare Aufgabe ist mir zugefallen.« Sie schwenkte den Arm vor ihrem Körper in einer pantomimischen »Was soll's«-Geste.

»Ich bin übrigens Clare«, sagte sie.

»Und ich heiße Krystal.«

»Krystal«, wiederholte sie, und ihr Lächeln wurde noch breiter – falls das überhaupt möglich war. »Toller Name!«

»Meine Mum hat ihn ausgesucht. Sie ist ziemlich hippiemäßig unterwegs.«

»Also, ich finde ihn toll«, bekräftigte sie noch einmal mit einem aufrichtigen Lächeln.

»Aber jeder nennt mich Kris«, fügte ich hinzu. Eigentlich nannten mich nur Freunde so, aber sich von ihr mit Krystal ansprechen zu lassen, kam mir in diesem Augenblick viel zu förmlich vor. »Und es schreibt sich mit einem K, nicht mit einem C.«

»Oh, das ist ja noch besser. Sehr ungewöhnlich. Bei mir hat's nur zur guten, alten, langweiligen Clare gereicht. Nicht mal eine Abkürzung gibt's davon! Es ist ein so schrecklich spießiger Name.« Sie schüttelte sich nachdrücklich.

Ich versuchte, nicht zu lachen, aber Clare wirkte so energiegeladen – selbst nach ihrem Beinahe-Nervenzusammenbruch in der U-Bahn.

Wir bewegten uns immer noch nicht von der Stelle, und laut der neuerlichen Durchsage des Fahrers würde es auch noch ein paar Minuten dauern.

»Alles in Ordnung?«, fragte ich und musterte sie, um sicherzugehen, dass sie nach dieser Info keine Papiertüte zum Reinatmen benötigte oder ich sie in die stabile Seitenlage bringen musste.

»O ja, Liebes. Mir geht's gut. Ich hasse nur diese verdammten U-Bahnen. Es ist so furchtbar stickig.«

»Wo soll's denn hingehen?«, erkundigte ich mich, denn ich hoffte, sie mit einem Themenwechsel ablenken zu können, da sie trotz ihrer Beteuerung, dass es ihr gut gehe, wieder begonnen hatte, sich Luft zuzufächeln.

»Kentish Town. Obwohl ich mir ziemlich sicher bin, dass ich mich verfranst habe. Also ganz ehrlich, im Grunde habe ich keinen blassen Schimmer, wo ich gerade bin.« Ihr selbstironisches Lachen hallte in der Bahn wider. »Mein Nachbar hat mir gesagt, ich solle die Victoria Line bis Euston nehmen, aber irgendwie habe ich das verpasst. Bin bis nach Tottenham Hale gefahren, bevor ich gemerkt habe, dass die Pläne die ganze Zeit über meinem Kopf waren. Ich musste aussteigen und zurückfahren.«

»Eigentlich haben Sie es nicht mehr weit, wenn Sie nach Kentish Town wollen. Sie müssen in Euston aussteigen und die Northern Line über Bank nehmen, und dann sind es nur noch zwei Haltestellen, glaube ich.«

»Oh, Sie sind ein Schatz.« Sie lehnte sich vor, um mein Knie zu tätscheln. »Das ist aber nur der erste Teil meiner heutigen Reise. Wenn ich in Kentish Town aus der U-Bahn steige, muss ich mich an die Wegbeschreibung der Anwälte halten, damit ich die verflixte Wohnung finde. Ich bin noch nie dort gewesen, wissen Sie. Es hat sich einfach nie ergeben.« Sie senkte den Blick ein wenig – ganz offenbar empfand sie Schuldgefühle, schüttelte diese aber rasch ab. »Ich bin heute nur hergekommen, um die Schlüssel abzuholen und den Papierkram zu erledigen. Offenbar muss man so etwas persönlich tun. Die haben wohl Angst, dass ich eine Hochstaplerin bin! Damit vertrödelt man nur Zeit, wenn Sie mich fragen. Und das ist erst der Anfang!«

Ich lehnte mich auf meinem Sitz zurück und verkniff es mir, auf die Uhr zu schauen. Hoffentlich fuhr die Bahn bald weiter. Ich hatte die Befürchtung, dass das hier in eine langatmige Unterhaltung über Wohnkosten und die Lächerlichkeit zu mieten ausarten würde – ein Thema, das alle Leute in den Zwanzigern fast genauso scheuten wie Textnachrichten mit Trainingserinnerungen vom Fitnesscenter.

»Ich habe keine Ahnung, wie zum Teufel ich das mit der Wohnung hinkriegen soll. Meine Großmutter war eine Sammlerin – und das ist noch nett ausgedrückt. Meiner Ansicht nach war sie ein Messie, und das, solange ich mich erinnern kann. Sie hat in dieser winzigen Wohnung gelebt, seit sie die Sozialarbeiter gezwungen hatten, aus ihrem kleinen Haus auszuziehen, in dem mein Großvater gestorben ist. Und das ist schon eine Ewigkeit her. Seitdem hatte sie die Kaufwut gepackt. Frustshoppen, würde ich sagen. Das letzte Mal, als ihre Pflegerin mit uns gefacetimed hat, konnte sich die Ärmste nirgendwo hinsetzen, weil es keinen Platz mehr gab, um sich einen Stuhl heranzuziehen.«

Clare vergrub ihren Kopf melodramatisch in den Händen. Begann, sich in die Sache hineinzusteigern. Glücklicherweise hatten die U-Bahn-Götter meine Gebete erhört, und die Bahn begann, sich mit einem Ruckeln und einem schaurigen Quietschen von Metall auf Metall in Bewegung zu setzen.

»Oh, Gott sei Dank«, sagte Clare und gab ein erleichtertes Lachen von sich. »Ich wette, Sie hatten schon langsam die Nase voll von mir und meinem ganzen Gerede!«

Ich schüttelte den Kopf und versuchte mich an einem strahlenden Lächeln. Ehrlich gesagt, war sie gar nicht so übel. Wahrscheinlich würde ich in einem Stündchen auf dieses Erlebnis zurückblicken und mich darüber amüsieren, so eine nette Bekanntschaft in der U-Bahn gemacht zu haben. Und das zum ersten Mal in den acht Jahren, die ich nun schon in London lebte.

»Ich hoffe, dass der Rest Ihres Aufenthalts problemloser über die Bühne geht«, sagte ich.

»Das hoffe ich auch. Jetzt brauche ich erst mal einen guten Entrümpler. Sie kennen da nicht zufällig eine verlässliche Firma? Oder jemanden, der in einem solchen Saustall wohnen würde?«, fragte sie mit einem glucksenden Lachen, amüsiert über ihre eigenen Worte. »Also, wenn sich jemand bereit erklären würde, dort einzuziehen und die Wohnung für mich auszuräumen, dann würde ich sie ihm mietfrei überlassen. Zumindest so lange, bis sie wieder bewohnbar wäre. Anschließend müsste ich vermutlich zusehen, dass ich sie verkauft bekomme.«

»Mietfrei?«, wiederholte ich gedehnt. Hatte mein Horoskop das hier gemeint mit: Es würde mir morgen zugutekommen, wenn ich mich heute einfach mal treiben ließe? Ich wollte angesichts dessen, was sie mit ihren Worten in Aussicht stellte, nicht übereifrig wirken und mich blamieren, falls sie dies – wie ich es eher vermutete – scherzhaft meinte. Doch bei der Vorstellung, dass dieses Treffen von den Planeten gewollt gewesen war, setzte mein Herzschlag für einen Moment aus.

»Aber klar, Herzchen. Es würde mich doch eine Stange Geld kosten, das Ganze von einer Firma erledigen zu lassen – ganz besonders in dieser Stadt! Und dann noch dieses ganze Hin und Her, um die Spreu vom Weizen zu trennen. Das würde vermutlich mehr kosten, als es die Sachen wert sind. Obwohl ich glaube, dass meine Mum gern einige Dinge verwahren würde und, na ja, meine Großmutter hat hier halt ihre letzten guten Jahre verbracht.«

Sie gab einen tiefen Seufzer von sich und blickte auf. Da musste wohl etwas in meinem Gesichtsausdruck gewesen sein, das sie erkennen ließ, dass ich nicht nur aus Höflichkeit fragte, sondern dass mehr dahintersteckte.

Die Bahn hielt an der Station King's Cross St. Pancras, aber ich stieg nicht aus. Etwas in mir – vielleicht sogar die Anziehungskraft von Jupiter im vierten Haus – ließ mich sitzen bleiben und noch etwas weiter mit Clare plaudern.

»Sind Sie auf der Suche nach einer Wohnung?«, fragte sie und beugte sich etwas vor, um ihren Rucksack zwischen ihren Beinen zurechtzurücken, da einige Fahrgäste ausstiegen und ein paar Neuzugänge an Pendlern und Touristen einstiegen.

»Ja, das bin ich tatsächlich. Ich habe mich vor Kurzem von meinem Verlobten getrennt …« Das war das erste Mal, dass ich David in aller Öffentlichkeit als meinen Verlobten bezeichnet hatte, aber eine solche Trennung klang irgendwie gleich viel ernster als die von einem Freund. »Außerdem hatte unsere Wohnung einen Wasserschaden, daher ist zurzeit Couchsurfen bei meiner Freundin angesagt.«

»Oh, tut mir leid, das zu hören. Er muss ein Everton-Fan gewesen sein – ein kluger Mann hätte ein Mädel wie Sie doch niemals gehen lassen.«

Ich kicherte. Das war ausgesprochen freundlich von ihr, wenn man bedachte, dass sie mich erst seit ein paar Minuten kannte.

»Wissen Sie, was«, sagte sie. »Wenn Sie wirklich auf der Suche nach einer Wohnung sein sollten … Also, ich sitze hier echt in der Klemme und würde vorschlagen, dass wir unsere Telefonnummern austauschen und Sie sich die Wohnung einfach anschauen, wenn ich das nächste Mal in London bin. Vielleicht schlägt Sie das ja dann schon in die Flucht.«

»Ist das Ihr Ernst?«, fragte ich, und die Londonerin in mir fragte sich, ob das wirklich eine so gute Idee wäre. Ich hatte diese Frau gerade erst kennengelernt. Und das auch noch in der U-Bahn! Traf man da nicht eher Perverse und Alkoholiker anstelle von potenziellen Vermietern?

»Absolut!«, sagte sie und grinste über das ganze Gesicht. Wie es kam, dass ihr dabei nicht die Wangen wehtaten, war mir ein Rätsel.

»Super!«, sagte ich, ignorierte die Stimme in meinem Kopf und griff nach meinem Smartphone. Auf dem Homescreen war eine Benachrichtigung von meiner Horoskop-App mit dem Zitat des Tages, das wie dafür gemacht schien, meiner Zufallsbekanntschaft Rückendeckung zu geben: *Ein Freund kann hinter dem Gesicht eines Fremden warten – Maya Angelou.*

12

Löwe: Wenn Sie auf Widerstand treffen,
bleiben Sie standhaft.
Venus bildet mit Mars ein spannungsreiches Quadrat.

Ich war von Euston aus zu Fuß gegangen, um unterwegs meine neu geknüpfte Freundschaft mit einer Liverpoolerin und die mögliche Veränderung meiner Wohnsituation zu verdauen, und als ich schließlich zu meiner Kartenlegung am Buchladen in der Cecil Street eintraf, zitterte ich vor Nervosität.

Hatte ich da eben wirklich zugestimmt, eine Wohnung zu besichtigen, in die ich vorher noch nie einen Blick geworfen hatte? Die außerdem von einem Messie bewohnt worden war und die auszuräumen vermutlich Wochen in Anspruch nehmen würde? Oder hatte ich möglicherweise gerade die Traumgelegenheit schlechthin aufgetan, in dieser Stadt eine Wohnung zu finden? Entweder das, oder ich hatte mich als unbezahlte Putzkraft angeboten. All dies wollte ich die Kartenlegerin unbedingt direkt bei meiner Ankunft fragen.

Als ich den Termin vereinbart hatte, war mir nicht klar gewesen, dass die Kartenlegung unmittelbar hinter der schmalen Schaufensterauslage des Buchantiquariats stattfinden würde, ohne einen Vorhang zur Straße mit der großen

Scheibe hin, der Privatsphäre geboten hätte. Jeder, der vorüberging, konnte stehen bleiben und zusehen, vermutlich sogar erkennen, welche Karten die Kartenlegerin für mich gezogen hatte.

Ich stand draußen vor besagtem Fenster und starrte die Frau an, die dahinter auf einem Stuhl saß. Sie sah ziemlich normal aus. Sie trug zwar ein mit Quastenborte versehenes Kopftuch, das ihr bis auf den Rücken hinabfiel, und eine klobige Perlenhalskette, aber abgesehen von diesen klischeehaften Elementen war sie bloß eine Frau in einem weißen T-Shirt und einer Jeans. An ihr war nichts Furcht einflößend oder einschüchternd.

Ich war nur nervös, weil ich so etwas zum ersten Mal machte. Genauso, wie man nervös war, wenn man sich zum ersten Mal im öffentlichen Umkleidebereich eines Spa auszog oder zum ersten Mal bei einem neuen Lover übernachtete und spürte, dass man das Klo zum Explodieren bringen würde. Ein paar tiefe Atemzüge (und im Falle des Darmalarms ein paar strategisch platzierte Blätter Toilettenpapier) brachten in solchen Fällen auf jeden Fall etwas.

Bevor ich meinem Bedürfnis nachgab, auf dem Absatz kehrtzumachen und davonzulaufen, öffnete ich rasch die Tür zum Laden. Mein Sonnenzeichen war Löwe, also sollte ich entschlossen, lebhaft und wagemutig sein. Es war an der Zeit, das unter Beweis zu stellen und sagen zu können: Gut gebrüllt, Löwe!

Mir wurde klar, dass ich mich durch diesen motivierenden inneren Monolog von Tag zu Tag mehr und mehr in meine Mutter verwandelte. Ob das etwa ein weiteres Anzeichen für die Saturn-Wiederkehr war?

Der Name der Kartenlegerin, die mich »bediente« – nicht meine eigenen Worte, sondern die des Buchhändlers –, war Violet. Sie war sehr freundlich, als ich ihre kleine Nische betrat, und sie schien zu spüren, dass ich nervös war und mich sehr unwohl in dem beengten Raum fühlte, als ich am Tisch Platz nahm.

Ich konnte einfach nicht damit aufhören, durch das Fenster nach draußen zu schauen und mir vorzustellen, ein bekanntes Gesicht zu sehen. Es war mir im Vorfeld überhaupt nicht in den Sinn gekommen, Sorge haben zu müssen, dass jemand vorbeigehen und mich erkennen könnte. Da hatte ich mich nur davor gefürchtet, dass ein fremder Mensch meine Zukunft in den Karten sehen und entdecken würde, dass etwas Schreckliches auf mich zukam.

»Keine Sorge, es bleibt nie jemand stehen und schaut herein. So unhöflich sind die Leute nicht«, versicherte mir Violet und begann, vor ihrem Körper ein Päckchen Tarotkarten zu mischen, die sich in einem tadellosen Zustand befanden.

Sie mischte sie mit solchem Geschick, dass sie damit in einem Kasino als Croupier eine Menge Geld hätte verdienen können. Ich vermochte den Blick kaum abzuwenden, als sie die Karten zwischen ihren Fingern hindurchgleiten ließ – es sah so gekonnt und verdammt sexy aus.

»Wenn man den ganzen Tag hier sitzt, hat man viel Zeit zum Üben«, sagte sie lächelnd, obwohl ich sie gar nicht laut gelobt hatte. Vielleicht besaß sie wirklich hellseherische Fähigkeiten.

Dieser Gedanke riss mich aus meiner Benommenheit und machte mir bewusst, dass ich eigentlich eine Zynikerin war und diese Kartenlegung nur *für alle Fälle* machte und nicht etwa, weil ich *unbedingt wissen* wollte, wie die Zukunft aussah. Das war ein Unterschied.

»Wie funktioniert das?«, fragte ich mit etwas zittriger Stimme. Ich wollte einen Artikel über meine Taroterfahrung für ZodiActually schreiben, aber ich hatte nicht die geringste Ahnung, wie das Prozedere vonstattenging, und wollte auf keinen Fall wie eine Anfängerin erscheinen. Auch wenn ich genau das war.

Violet zuckte mit den Schultern und schob die Karten zu einem kompakten, ästhetisch ansprechenden Stapel zusammen.

»Ist das Ihr erstes Mal?«, erkundigte sie sich, und ich nickte.

»Dann gebe ich Ihnen einen kleinen Überblick über das Tarot. In seiner einfachsten Form ist es ein uraltes Geschichtensystem, und die Geschichte wird auf eine Vielzahl von Arten erzählt, die von der Anordnung der Karten abhängen. Es gibt insgesamt achtundsiebzig Karten, verteilt auf drei Gruppen: zum einen die großen Arkana und zum anderen die in zwei Gruppen unterteilten kleinen Arkana. Zu den großen Arkana gehören Karten wie ›der Narr‹ und ›die Herrscherin‹ und zu den kleinen Arkana beispielsweise ›die Stäbe‹„ ›die Münzen‹ und ›die Schwerter‹ etc.«

Sie legte den Kartenstapel in eine Hand und klopfte sieben Mal darauf. »Damit aktiviere ich die Energie der Karten. Gleich werde ich Sie bitten, die Karten auszuwählen, zu denen Sie sich am meisten hingezogen fühlen.« Sie teilte das Kartendeck in drei Haufen und verharrte für einen Moment, um sie anzusehen, wobei sie sie anstarrte wie ein Schuldirektor einen Schüler, der während des Morgenappells stört.

Sie legte die drei Stapel aufeinander, bis das Deck wieder komplett war, und fächerte die Karten mit einem kurzen, schnellen Schwenk ihres Handgelenks mit der Bildseite nach unten in einem Halbkreis vor mir auf.

»Wow!«, sagte ich spontan beeindruckt. Sie zuckte mit den Schultern, und ein kleines Lächeln erschien auf ihrem Gesicht. Ganz offenbar war sie erfreut über das Lob, mit dem ich sie überhäufte. Ich brauchte keine Karten, um zu erkennen, dass Violet sich mehr als nur ein kleines bisschen auf ihre Fähigkeiten als Kartenlegerin einbildete.

»Wählen Sie jetzt also drei Karten aus, zu denen Sie sich am meisten hingezogen fühlen«, wies sie mich an.

»Irgendwelche?«, fragte ich in der Hoffnung auf eine mystische Orientierungshilfe, während meine Hände über den aufgefächerten Karten schwebten. Aber da war nichts. Ich sollte mir einfach Karten aussuchen und hoffte das Beste – etwas, was ich mir für gewöhnlich für den ersten Weihnachtstag aufhob, wenn Grandad drei Rubbelkarten für fünf Pfund kaufte, um uns eine Freude zu machen, und Mum und ich uns nach dem Dessert mit vollgeschlagenem Bauch eine aussuchen mussten.

»Irgendwelche«, sagte Violet mit Nachdruck.

Ich nahm mir einen Moment Zeit, um mich zu konzentrieren und herauszufinden, ob ich irgendetwas spürte. Keine der Karten zeigte besondere Motive, die einem ins Auge fielen. Sie waren alle blau und weiß mit unzähligen Kreisen und unscharfen Rändern.

Ich entschied mich, es einfach so zu versuchen, wählte eine Karte am Rande des Halbkreises aus, eine in der Mitte und eine weitere, die ich aus Versehen mit dem kleinen

Finger berührte. Ich deutete das als Zeichen, dass sie zu meinem Trio dazugehörte.

»Okay«, sagte Violet, zog die drei zu sich herüber und beförderte die übrig gebliebenen Karten mit einem weiteren Schwenk ihres Handgelenks elegant zur Seite.

Dann drehte sie jede einzelne Karte mit einer dramatischen Geste vor mir um.

»Der Eremit«, verkündete sie laut, als sie die erste Karte umdrehte.

»Die Drei der Kelche.«

Und schließlich …

»Der Tod.«

»Der Tod?!«, wiederholte ich mit brechender Stimme. Ich hörte, wie die schlurfenden Schritte in der Nähe befindlicher Kundschaft abrupt verstummten, aber Violet blickte mich unter ihren langen Wimpern selig an.

»Es ist nicht das, was Sie möglicherweise denken«, sagte sie ohne eine weitere Erklärung und bewegte ihre Hände zur Karte des Eremiten hinüber. Ich hätte es vorgezogen, wenn wir uns zunächst auf die Karte des Todes konzentriert hätten, aber ganz offenbar mussten wir eine Reihenfolge einhalten.

»Der Eremit. Das bedeutet, dass Sie allein sind.«

Wundervoll.

»Allein sein und einsam sein sind zwei völlig unterschiedliche Dinge«, erklärte Violet. »Aber Sie werden bis zu Ihrer nächsten Kartenlesung beides durchleben. Das Alleinsein ermöglicht uns, zu einer höheren Erkenntnis zu gelangen, und es nimmt uns mit auf eine persönliche Reise. Geistige Dinge und Fokussierung stehen im Vordergrund. Es wird

Ihre Angst, etwas zu verpassen, lindern, aber Ihren Kummer verschlimmern.«

»Okay«, erwiderte ich, nicht gerade begeistert, dass ich dafür fünfzig Pfund hinblättern sollte.

»Die Drei der Kelche. Eine mächtige Liebeskarte – aber nicht im Sinne der romantischen Liebe, sondern der Freundschaft. Drei junge Frauen toasten einander zu. Sie werden die Früchte Ihrer Bemühungen ernten und erhalten Unterstützung. Aber Vorsicht bei der Drei der Kelche und dem Eremit! Es könnten Ihnen Chancen entgehen, wenn Sie sich nicht beteiligen.«

»Und der Tod?«, fragte ich. Ehrlich gesagt, dachte ich in diesem Moment nur an die Todeskarte. Es war eine unwillkommene Rückblende in meine frühen Teenagerjahre. In die Zeit, als ich *My Chemical Romance* gehört und über junge A-Promis gelesen hatte, die unbeabsichtigt dem Klub 27 beigetreten waren. Wenigstens hatten die sich nie irgendwelche Gedanken über ihre Saturn-Rückkehr machen müssen. O Gott, bei der Todeskarte benahm ich mich gleich wieder wie ein Teenager aus der Emo-Szene.

»Tod bedeutet nicht Tod«, sagte Violet lachend. Ganz offenbar begegnete ihr diese Reaktion des Öfteren, und natürlich hatte sie recht – wie albern von mir zu glauben, dass Tod wirklich Tod bedeutet! »Tod bedeutet Veränderung. Eine Übergangsphase, die bereits im Gange ist oder bevorsteht. Sie läutet eine neue Zeit ein, die Sie akzeptieren oder der Sie sich verweigern können. Aber sich ihr zu verweigern wird nur zu Schwierigkeiten führen.«

»Wenn man all dies zusammenfügt, heißt es doch im Grunde Folgendes«, sagte ich und deutete dabei auf die drei

Karten, über denen Violets Hand mit ihren burgunderroten Nägeln schwebte, die im gelblichen Licht der Wandleuchten schimmerten. »Ich erleide einen Verlust, der zu einer Veränderung führt, die ich entweder akzeptiere, um mit meinen Freundinnen zu feiern, oder ablehne, um allein vor mich hinzuleiden, richtig?« Warum klang mein Leben bloß plötzlich wie *P.S. Ich liebe Dich*?

»Nein«, erwiderte Violet geradeheraus. »All das ist subjektiv und themenbezogen. Diese Karten werden Ihnen nicht eindeutig sagen, was kommt oder gewesen ist.« *Superhilfreich, Violet. Wirklich ganz toll!* »Sie müssen das, was sie Ihnen sagen, als eine Form von Orientierungshilfe betrachten, wie Sie mit einem früheren, gegenwärtigen oder zukünftigen Ereignis umgehen.«

Ich schüttelte leicht den Kopf, war mir immer noch nicht sicher, was genau ich hier verstehen sollte und ob es überhaupt stimmte. Sich auf sein Horoskop zu verlassen, war so eine Sache, aber zumindest gab es das täglich und war für gewöhnlich mit einer Orientierungshilfe verbunden, mit der ich etwas anfangen konnte, auch wenn es bloß *Das Glück ist heute nicht auf Ihrer Seite* war. Aber mit diesen Karten – oder besser gesagt, Violets Interpretationen davon – konnte ich nicht das Geringste anfangen.

Wieso sagte sie nicht einfach: *Ihre Karten haben mir verraten, dass Sie ein paar beschissene Wochen hinter sich haben, aber in ein paar Tagen wird alles wieder gut, und Sie werden über Indeed.com einen neuen Traumjob finden, bei dem man Sie ohne Bewerbungsgespräch sofort einstellt. Anschließend ziehen Sie in eine perfekte Wohnung mit einem Vermieter, der Ihnen einen Mietnachlass gewährt, weil Sie so hübsch sind, was Sie anfangs ablehnen werden, weil Sie sich zum Sexobjekt herabgewürdigt fühlen, aber ein paar Tage später akzeptieren, da es sich um einen wirklich guten Deal handelt und es Ihnen, ehrlich gesagt, egal ist. In drei Jahren wird Ihnen dann die große Liebe vor einem Fitnessstudio begegnen (ohne dass Sie überhaupt hineingehen und ins Schwitzen geraten müssen), Sie bekommen 2,5 Kinder und ziehen in die Cotswolds, wo Tom Hiddleston Ihr nächster Nachbar sein wird und mit nacktem Oberkörper seinen Rasen mäht.*

Aber das wäre viel zu einfach. Und zu paradiesisch.

»Lassen Sie es mich Ihnen erklären«, sagte Violet mit scharfer Stimme.

Vermutlich war sie nicht sehr glücklich über meine wenig spirituell anmutende Reaktion und meine fehlende Wertschätzung ihrer Fähigkeiten als Kartenleserin. Aus irgendeinem Grund fühlte ich mich zu Karten nicht ebenso hingezogen wie zu Kristallen oder Horoskopen. Ich hatte in den letzten Minuten nicht ein einziges Mal gedacht: »Wow! Die Frau ist richtig gut!« Und so, wie es klang, gab es ganz offenbar auch nichts, worauf ich mich freuen konnte.

»Meiner Ansicht nach weisen die Karten auf eine mögliche Änderung in einer Beziehung hin, auf eine Suche nach Wahrhaftigkeit und Gemeinschaft und auf eine Reise, um inneres Glück zu finden.«

All das vermochte sie aus drei Karten über Kelche und Tod und einer Gandalf-ähnlichen Zeichnung herauszulesen? Verdammt. Keine Ahnung, ob's am PMS lag oder ob ich den größten Teil der Zeit wirklich bloß eine unausstehliche Zicke war.

»Also gut«, sagte ich und fragte mich, ob Paige nicht doch ziemlich richtiggelegen hatte, als sie bei der Erwähnung von Tarotkartenlegung die Augen verdrehte.

Ich hätte wohl weiter in diese Richtung gedacht und mich höflich – wenn auch ein wenig höhnisch – für ihre Mühe bedankt, wenn sich das Universum nicht genau in diesem Augenblick entschieden hätte, Schicksal zu spielen und mir thorhammermäßig eins überzubraten, denn Ryan kam in einer stinknormalen Jogginghose und einem T-Shirt die Cecil Street heruntergerannt. Er hatte AirPods im Ohr, und ein perfekt aus Schweiß geformtes V presste sein weißes T-Shirt gegen seinen muskulösen Oberkörper.

»Scheiße!«, rief ich, nachdem ich erst zweimal hingucken musste, ehe mir klar wurde, dass mir mein Verstand keinen Streich spielte und es wirklich Ryan war, der da entlangjoggte.

Aus Angst, dass er mich sehen könnte, schmiss ich mich einfach zu Boden und riss dabei den Samtvorhang herunter, der den Alkoven vom Rest des Ladens trennte.

Wie ist es bloß möglich, immer und immer wieder demselben Menschen zu begegnen? Das hier war London, verdammt nochmal. Für gewöhnlich benötigte ich bei einer Verabredung mit den Mädels mindestens zehn Minuten, bloß um sie in einem Pub ausfindig zu machen. Und jetzt tauchte überall, wohin ich gerade ging, auf wundersame Weise dieser Ryan auf wie ein Pickel oder meine Periode.

War es etwa das, was die Karten zu sagen versuchten?

Es kam mir so vor, als würde mir das Schicksal hier gerade eine schallende Ohrfeige verpassen, um zu signalisieren: *Pass auf! Ich versuche, dir was mitzuteilen!*

Wieder einmal kam ich mir vor wie in einem Kokon, denn ich lag auf dem Boden des Ladens und vermochte mich nicht zu rühren. Nur mein Gesicht schaute aus dem Vorhang hervor, der Rest von mir war unter dem offenbar kilometerlangen Stoff begraben. Die greisenhaft und gebrechlich aussehende Kundschaft hielt in ihrer Büchersuche inne und starrte mich voller Geringschätzung an. Einige kicherten in ihre Ausgaben von *Gedankenlesen für Anfänger* und *Handliniendeutung für Unschlüssige*, während andere peinlich berührt die Augen schlossen.

Der einzige Vorteil, unter all dem schweren Stoff beinahe erdrückt zu werden, bestand darin, dass Ryan mich nicht sehen konnte, als ich mit knallrotem Kopf und erschrockenem Blick mit matter Stimme sagte: »Könnte mir vielleicht mal jemand helfen?«

13

Löwe: Vertrauen ist der Treibstoff,
um Ihr Ziel zu erreichen.
Venus und Pluto vereint im achten Haus.

»Dieser Raum könnte schon ein paar Akzente gebrauchen«, stellte Tina fest, die mit Schulbüchern auf dem Schoß auf meinem zum Bett umgewandelten Sofa in Paiges Wohnzimmer saß.

»Was denn für Akzente? Australisch? Russisch? Liverpoolisch?«, fragte Paige, die im Schlafzimmer Wäsche faltete.

»Ha, ha«, erwiderte Tina lakonisch.

Ich stand am Herd in der Küche und rührte in der Carbonarasoße aus der Packung, die Teil des Abendessens war, das ich großzügigerweise nach meinem höllischen Tag in der City noch kochte.

»Wo wir gerade von Liverpool reden«, sagte ich und ergriff die Gelegenheit, meine neue Bekanntschaft zur Sprache zu bringen. »Ich bin heute mit einer Frau in der U-Bahn ins Gespräch gekommen.«

»In der U-Bahn? Ins Gespräch gekommen?«, wiederholte Paige.

»Ich dachte, das sei verboten«, sagte Tina mit finsterem Blick.

»Sollte es jedenfalls«, stimmte ihr Paige zu.

Ich zuckte mit den Schultern und ignorierte ihre albernen Bemerkungen, während ich die fertig gekochten Tagliatelle in der Spüle abgoss.

»Sie war aus Liverpool, deshalb bringe ich es zur Sprache. Und sie war wirklich nett.«

»Ich bin immer noch etwas verwirrt, wie einem so was in der U-Bahn passieren kann«, sagte Paige, die die verbliebene Wäsche ins Wohnzimmer mitbrachte und sie auf ihren selten genutzten Esstisch fallen ließ.

»Wir hingen in einem Tunnel fest, und es ist eine lange Geschichte. Wichtig ist eigentlich nur, dass sie gerade von Liverpool hergekommen war, um die Wohnung ihrer Großmutter zu entrümpeln. Und sie braucht jemanden, der ihr dabei hilft. Tja, und da hat sie mir gewissermaßen angeboten, mietfrei dort zu wohnen, solange ich den ganzen Krempel ausräume.«

»Was?«, sagte Tina total verblüfft.

»Als ob so was im wahren Leben vorkäme!«, fügte Paige lachend hinzu.

Sie benötigte eine geschlagene Minute, um zu begreifen, dass ich es wirklich ernst meinte. »Das ist doch wohl ein Witz. Sie ist bestimmt eine Schwindlerin.«

»Kein Witz«, erwiderte ich und goss die Soße vorsichtig über die Nudeln. »Wir haben unsere Telefonnummern und den ganzen Kram ausgetauscht.«

»Telefonnummern auszutauschen gilt noch nicht als Abmachung«, betonte Paige.

»Nein, aber wir haben bereits sichergestellt, dass wir wirklich die sind, die wir behaupten zu sein.«

»Und wie habt ihr das gemacht?«, wollte Tina wissen.

»Stell dir vor, sie hat mich angerufen, nachdem ich ihr eine Textnachricht geschickt hatte. Und sie klang genauso wie in der U-Bahn.« Wenn auch etwas weniger panisch als bei unserem Kennenlernen. Sie saß bereits im Zug nach Hause, und ich war nach meinem katastrophalen Taroterlebnis auf dem Weg zu Paiges Wohnung. Da war eine spürbare Erleichterung in ihrer Stimme, als ich mich meldete und ihr versicherte, dass ich immer noch interessiert sei. »Man sollte glauben, ich würde ihr einen riesigen Gefallen tun, wenn ich ihr das mit der Wohnung abnehme.«

»Jetzt warte mal«, sagte Paige, ließ ihre Klamotten auf dem Tisch liegen und setzte sich neben Tina auf das Sofa. »Das Ganze kommt mir wirklich nicht astrein vor, und ich will bloß sichergehen, dass du dich nicht in irgendeine dumme Sache stürzt.«

»Paige, du bist doch diejenige, die mir diese To-do-Liste auf den Arm geschrieben hat«, sagte ich genervt. »Und ich finde, es hört sich gut an. Vielleicht ein bisschen zu schön, um wahr zu sein, aber nach allem, was in den letzten Wochen passiert ist, nehme ich, was mir das Universum zu bieten hat.« Und da es in meinem Horoskop heute um Vertrauen ging, kam es mir so vor, als würde ich die richtige Entscheidung treffen.

»O Shit«, murmelte Tina, als ich die mit Nudeln gefüllten Teller verteilte. »Du nimmst diese Horoskopsache echt ernst.«

»Siehst du, hättest du besser mal nichts gesagt«, murmelte ihr Paige zu, als wäre das Ganze ein großer gemeinsamer Plan von den beiden gewesen.

»Das hat überhaupt nichts mit Tina zu tun, Paige. Ich packe mein Leben an und lasse mich darauf ein. Bloß weil du glaubst, dass du immer alles planen musst, heißt das doch nicht, dass ich nicht spontan sein darf.«

»Es klingt aber trotzdem nicht astrein«, sagte Tina und lehnte sich von ihrer Benotung zurück, um sich die Carbonara schmecken zu lassen. Paige dagegen hatte sich nicht einen Millimeter bewegt und hielt ihre Schüssel in der einen Hand, während sie mich anstarrte.

»Wie kommt's, dass du so chillig bist?«, fragte sie.

Aber ich zuckte bloß mit den Schultern. Ich hatte schon geahnt, dass eine solche Unterhaltung herauskommen würde, wenn ich den Mädels von Clare und der Wohnung erzählte – mein Horoskop hatte mich gewarnt, dass ich heute mit Konflikten zu rechnen hatte, da sich Mars im elften Haus befand, dem Haus der Freundschaften und des Krieges.

»Iss«, sagte ich und bohrte meine Gabel in die Tagliatelle.

Am nächsten Morgen wachte ich erst spät auf. Paige war bereits verschwunden – wohin hatte sie nicht gesagt –, und Tina war auch schon weg, nachdem sie sich in der letzten Minute entschieden hatte, doch über Nacht zu bleiben. Es war ein Samstag, daher musste Paige nicht arbeiten, aber ich nahm an, dass sie nur mal kurz vor die Tür gegangen war, um sich die Beine zu vertreten oder etwas aus der Bäckerei zu holen. Doch dann sah ich, dass ihre alten Sportschuhe, die normalerweise neben der Wohnungstür standen, fehlten.

Nach einer Tasse Kaffee und dem letzten der leckeren Bagels aus der französischen Bäckerei im Viertel öffnete ich mein Horoskop.

Heute dürfen Sie nach Herzenslust shoppen. Wichtige Entscheidungen unterliegen keinerlei Beschränkungen. Die Sterne stehen günstig für ein Schnäppchen.

Ooh!, dachte ich. Es war schon eine Weile her, seit ich das letzte Mal eine kleine Shoppingtherapie gemacht hatte. Hauptsächlich, weil kein Geld dafür da gewesen war. Aber nach einer Vielzahl kleinerer Projekte in der letzten Zeit hatte ich zumindest genug auf dem Konto für einen angstfreien Schaufensterbummel.

Innerhalb einer Stunde war ich angezogen und durch die Tür und auf dem Weg zum Brick Lane Market. Wieso sollte ich mir die Mühe machen, in ein stinknormales Einkaufszentrum zu gehen, wenn es etwas gab, das wesentlich ansprechender für das Auge war? Ich verfolgte gleich zwei Ziele: Shoppen, bis mir langweilig wurde – da ich ohnehin nicht allzu viel Geld riskieren konnte –, und einige Schnappschüsse für meinen wiederinstallierten Instagram-Account zu machen, um alle (David) daran zu erinnern, dass ich eine stylische, moderne Londonerin war, die keinen Partner benötigte, um ein Leben zu führen, das diverser Instagram-Fotos würdig war.

Als ich ankam, war der Markt brechend voll. Ich trottete von einer Seite zur anderen, schob mich an Menschen vorbei und krabbelte unter ausgestreckten Armen durch, um die verschiedenen Waren in die Hand zunehmen. Für gewöhnlich hätte ich eine ganze Weile am Stand mit den Vintage-Ringen verbracht oder an den Ständen der Buchverkäufer nach vergilbten Penguin-Ausgaben meiner Lieblingsklassiker Ausschau gehalten, aber es gab kaum genug Platz, um einmal tief durchzuatmen, ganz zu schweigen davon, nahe genug heranzukommen, um sich irgendetwas näher anzusehen.

Ich nahm mir vor, nie wieder an einem Samstag herzukommen, selbst wenn mein Horoskop es mir vorschlagen sollte. Vielleicht hätte ich doch an meiner ursprünglichen Idee festhalten und die Einkaufsstraße ansteuern sollen.

Erst als ich meine Handtasche über den Kopf einer Frau hievte, damit sie an mir vorbeikam, entdeckte ich vor einem Stand in der Nähe eine Lücke, in der ich zumindest die Chance hätte, einmal wieder richtig Luft zu holen.

Ohne einen Moment zu zögern, hechtete ich hinüber und versetzte dem Tisch bei meiner Ankunft versehentlich einen kleinen Stoß, der die Glaswaren und Steine darauf zum Klirren brachte.

»Tut mir leid«, entschuldigte ich mich sogleich bei dem Standbesitzer, der die Windspiele und rappelnden Steine auf seinem Tisch wieder zurechtrückte und am Herumkippeln zu hindern versuchte.

Ich ließ meinen Blick mit etwas schlechtem Gewissen über sein Sortiment wandern und bemerkte, dass er eine große Auswahl an Kristallen anbot. Rosenquarz, Tigerauge, Citrin und Obsidian. Reflektierende Mondsteine, die die Größe meiner Handfläche hatten, und kleine und große Amethyst-Splitter, die ganz weit vorn auf dem Tisch platziert waren, um ins Auge zu stechen. Wäre ich gestolpert und mit mehr Schwung gegen den Tisch gekippt, hätte ich mich glatt aufspießen können. Jetzt konnte ich auch verstehen, warum die Leute einen so großen Bogen um diesen Stand machten.

»Wow«, sagte ich und wich den Amethysten aus, um meine Finger über einige der anderen, kleineren Steine gleiten zu lassen.

»Sie mögen Kristalle?«, fragte mich der Mann mit einem leichten slawischen Akzent ohne ein Lächeln.

Ich nickte verhalten. »Ich weiß nicht besonders viel über sie.«

»Ah«, sagte er und wurde gleich lebhafter. »Welcher zieht Ihren Blick auf sich?«, fragte er und rieb sich die Hände.

Ich ließ meinen Blick über die Auswahl wandern und zeigte auf einen glitzernden, hellgrünen Stein, der vollkommen rund war. Der Standbesitzer griff danach und hielt ihn mir hin, damit ich ihn genauer betrachten konnte.

»Jade«, sagte er. »Echter Stein. Eine Menge gute Energie, besonders, um das Herz zu heilen.«

»Das Herz zu heilen?«

»Jade beruhigt die Seele und entfernt negative Gedanken, um das Gute durch Sie hindurchfließen zu lassen. Jade schützt vor Verletzungen.« Er lächelte, legte den Stein zur Seite und deutete mit der Hand auf den Rest. »Was sonst noch?«

Ich griff nach einem weiteren Stein und reichte ihn zu ihm hinüber. Er war violett und goldgelb, und ich hatte so etwas noch niemals zuvor gesehen.

»Ametrin«, sagte er und bewunderte die wechselnden Farben im Stein, als er ihn hinauf ins Licht hielt. Er ermutigte mich, mich über den Tisch zu lehnen, damit ich besser sehen konnte, wie sich die Farben aus dem Inneren heraus veränderten.

»Und welche Bedeutung hat Ametrin?«

»Ist gut für Astralreise. Eine außerkörperliche Erfahrung, die man beim Träumen oder Meditieren haben kann. Gut für die Seele und um den Geist zu konzentrieren.«

Klang für mich eher, um dem Geist zu entfliehen, aber dennoch vermochte ich meinen Blick nicht von dem Stein abzuwenden.

»Wählen Sie noch einmal«, forderte er mich auf und wiederholte seine vorherige Bewegung, wobei er dieses Mal den Ametrin zur Seite legte und seine Hände für einen Moment über den Steinen schweben ließ. Es kam mir so vor, als würden seine Augen vor wachsender Begeisterung funkeln, während ich meine Auswahl traf.

Dieses Mal entschied ich mich für das Tigerauge, ein Stein, den ich aus *Zauberhafte Schwestern* kannte, dem Pyjamaparty-Film aus Kindertagen. Dieses Mal hielt ich den Stein selbst in die Höhe und bewunderte die Kreise darin. Es kam mir so vor, als läge ein Planet auf meiner Handfläche.

»Ah, der Löwe-Stein«, sagte er freudig.

»Löwe? Wie das Sternzeichen?«, erkundigte ich mich, überrascht, dass ich mir meinen eigenen Geburtsstein ausgesucht hatte. Der Standbesitzer nickte.

»Ein leidenschaftlicher und kreativer Edelstein. Gut für Durchhaltevermögen und Selbstvertrauen, aber auch um dem bösen Blick zu entkommen.« Er gab ein paar »Wuuh-Huuh«-Laute von sich wie ein Vater an Halloween, der versuchte, kleine Kinder zu erschrecken, lachte dann und streckte eine Hand nach dem Stein aus.

Ich reichte ihn hinüber – überraschenderweise nicht ganz so bereitwillig wie bei den anderen Steinen, zu denen er ihn legte.

»Glauben Sie wirklich, dass Kristalle all das vermögen, was man ihnen nachsagt?«, fragte ich ihn mit aufrichtiger Neugierde. Er nickte überschwänglich, hielt dann aber inne und lehnte sich mit einem ernsten Gesichtsausdruck über den Tisch zu mir herüber.

»Es kommt nicht darauf an, ob sie es vermögen oder ob Sie einfach nur daran glauben, dass es sich so verhält. Kristalle sind Kanäle, sind Absichten und Ziele in Form von Gesteinsbildungen. Es sind keine Medikamente, die man einnimmt, um eine Krankheit zu heilen, oder ein Teil, das man handhabt, um eine Maschine zu reparieren. Die Wirkung, die sie auf Ihr Leben haben, hängt von der Kraft Ihres Glaubens daran ab, dass sie helfen werden. Deren Stärke liegt in Ihrer Geisteskraft«, sagte er, tippte sich gegen die Stirn und blickte mir dabei geradewegs in die Augen.

Für gewöhnlich nervte mich so etwas total. Aber das, was der Mann da sagte, faszinierte mich. Kristalle, die als ständige Mahner fungierten, worauf man hinarbeitete, als eine Möglichkeit, sich und die eigene Energie zu fokussieren, um Ziele zu verwirklichen. Es kam mir so vor, als wäre ich zur richtigen Zeit am richtigen Ort.

»Was kosten diese drei Kristalle?«, erkundigte ich mich bei ihm.

»Also, die hier wären zwei Pfund fünfzig pro Stück«, erwiderte er auf die Steine verweisend, die auf dem Tisch lagen. Mir war klar, dass jeder vermutlich nicht mehr als fünfzig Pence wert war, wenn überhaupt, aber das waren nun einmal Londoner Preise. »Aber Sie brauchen noch etwas anderes.«

Ich blickte auf und schaute überrascht zu, wie er auf der Suche nach etwas, das sich unter dem Stand befand, Papier und Stoffstücke durch die Gegend warf. Als er wieder auftauchte, hielt er einen vergoldeten Kasten in der Hand und gab ein zufriedenes »Aha« von sich.

»Sie brauchen etwas, das Sie tragen können, etwas, das Sie auf Ihrer Reise begleitet.«

Er öffnete den Kasten und zeigte mir Kristalle und Steine, aus denen einzelne Anhänger gefertigt worden waren. »Die hier kosten einzeln fünfzehn Pfund. Aber ich lasse Ihnen drei für dreißig.«

»Drei für dreißig«, wiederholte ich, während ich in den Kasten schaute. Die Anhänger waren wunderschön, aber keiner von ihnen schien aus den Steinen gefertigt worden zu sein, die ich mir ausgesucht hatte.

»Was sind denn das für Steine?«, fragte ich. Seine Hand schnellte sogleich hervor, und er zeigte der Reihe nach darauf.

»Amethyst für Astralreisen wie beim Ametrin. Rosenquarz, um das Herz zu öffnen und Selbstliebe zu entwickeln. Mondstein beruhigend bei Ängsten. Lapislazuli, um Energien freizusetzen. Türkis als Glücksbringer. Schwarzer Obsidian zum Schutz. Und grüner Aventurin hilft, Entscheidungen zu treffen.«

Er hielt mir den Kasten hin, damit ich sie mir alle näher anschauen konnte, und ich spürte, dass ich mich zu dem Set hingezogen fühlte. Ich hatte nicht genug Geld, um alle zu kaufen, selbst drei Stück wäre hart am Limit. Aber einige der Anhänger sprachen mich auf eine Weise an, wie es die Tarotkarten in keinem Moment getan hatten. Und (keine Ahnung, ob es an meiner lebhaften Fantasie lag oder an der offensichtlichen Begeisterung des Standbesitzers) ich verspürte eine Energie in mir. Es kam mir so vor, als würden sich meine Augen auf bestimmte Steine konzentrieren, wie man es manchmal in Filmen sah. Vielleicht lag es nur an der üblichen Hochstimmung, die eine solche Shoppingtherapie bei mir auslöste, oder vielleicht sprachen mich diese Kristalle auch als Kanäle für meine Reise an, wie es der Verkäufer vorschlug.

»Wenn ich drei Anhänger kaufe, bekomme ich dann das Tigerauge noch dazu? Mein Sternzeichen ist nämlich Löwe. Und es scheint mir vom Schicksal bestimmt, dass ich ihn unter all den anderen ausgesucht habe.«

Ich schenkte ihm ein zuckersüßes Lächeln in der Hoffnung, ihn umzustimmen. Er schürzte die Lippen und gab ein nachdenkliches »Hmm« von sich. Ich habe noch nie etwas von dieser Feilscherei gehalten. Habe nie wirklich den Sinn verstanden. Mum sagte immer, wenn du etwas unbedingt haben willst, dann solltest du bereit sein wegzugehen, aber meiner Ansicht nach war dies das genaue Gegenteil von dem, was man tun sollte. Ich dachte immer, wenn man etwas unbedingt haben wollte, dann sollte man zusehen, dass man es auch bekam, und wenn nicht, dann sollte man weggehen. Wenn man etwas unbedingt haben wollte, warum sollte man weggehen?

»Drei Anhänger und das Tigerauge für dreißig Pfund«, wiederholte der Standbesitzer, und ich nickte mit dem strahlendsten Lächeln, das ich zustande brachte. Diese dreißig Pfund waren mehr, als ich heute hatte ausgeben wollen, und das hatte ursprünglich noch mein Mittagessen miteingeschlossen, aber ich hatte ein Geschäft ausgehandelt.

»In Ordnung. Abgemacht.«

Er stellte den Kasten ab und hielt mir die Hand hin, um den Deal zu besiegeln. Ich schüttelte sie und suchte mir dann die drei Steine aus, die ich haben wollte, reichte ihm meine Bankkarte und bezahlte mit dem wenigen Geld, das noch auf meinem Konto war.

»Du hast was gekauft?«, fragte Paige, als ich meine neue Kette mit den drei glänzenden Kristallanhängern hochhielt, damit sie sie betrachten konnte.

Paige war kurz nach drei am Nachmittag in die Wohnung zurückgekehrt, ohne dass etwas darauf hindeutete, wo sie den ganzen Tag über gewesen war. Eine lange Zeit, um allein durch die Gegend zu laufen, und es schien unwahrscheinlich, dass sie shoppen gewesen war, denn sonst wäre sie von einem Haufen Tüten umgeben gewesen und hätte nicht so ausgesehen, wie sie aussah – so als wäre sie gerade vom Fitnessstudio zurückgekommen.

Sie war ungeschminkt, ihr Haar zu einem losen Ananasdutt gebunden, und sie trug Sportschuhe, die sie sonst nur anzog, um den Abfall rauszubringen. Das hier war Paige an einem Schlumpftag, nicht Paige an einem Ich-bin-dann-mal-für-heute-weg-Tag.

»Das sind Kristallanhänger!«, sagte ich, verkniff mir die Frage, wo sie den ganzen Tag gesteckt hatte, und zeigte ihr stattdessen stolz meine letzte Neuanschaffung.

»Jeder einzelne davon hat eine andere astrologische Bedeutung, die mir dabei helfen soll, mein Leben wieder auf die Reihe zu kriegen. So hat es mir der Standbesitzer zumindest erklärt.«

»Ernsthaft? Jetzt fängst du auch noch mit Kristallen an?« Paige schüttelte den Kopf wie eine verärgerte Mutter, die ihr dreckiges Kind von der Schule abholt.

»Ja.«

Sie verschränkte die Arme. »Und wie hast du diese Wunderkristalle bezahlt?«

»Mit dem Geld, das ich für meinen letzten Auftrag bekommen habe«, erwiderte ich und verdrehte dabei die Augen, ignorierte aber ihre herablassende Bemerkung. »Möchtest du denn gar nicht wissen, was jedes einzelne bedeutet?«, erkundigte ich mich in dem Versuch, sie davon abzubringen, auf mich sauer zu sein, und sie stattdessen für mein neuestes Projekt zu interessieren. Ich hatte gerade den Türkis von dem Mondstein getrennt, als sie die Arme hochriss.

»Paige?«, sagte ich fragend, als sie Richtung Küche davonstürmte, um sich etwas zu trinken aus dem Kühlschrank zu holen.

»Ich glaub's einfach nicht«, sagte sie und wich dabei meinem Blick aus.

»Was glaubst du nicht?«, erkundigte ich mich mit einem kleinen, nervösen Lachen. Was hatte ich nur getan, dass sie so sauer auf mich war?

»Ich bin einfach ...« Sie verstummte, um die Limodose zu öffnen. »Hast du eine Ahnung, wie viel du seit deinem Einzug für Essen und Trinken beigesteuert hast?«

»Also, ich bin doch nicht eingezogen ...«, setzte ich an, doch sobald die Worte aus meinem Mund heraus waren, bedauerte ich sie auch schon. Der Tag, an dem ich mich von David getrennt hatte, lag nun beinahe zwei Monate zurück. »Und gestern Abend habe ich das Abendessen gemacht.«

»Oh, wow!«, sagte Paige sarkastisch. »Ein einziges Abendessen. Wirklich ein großzügiger Beitrag«, spottete sie und wandte sich Richtung Schlafzimmer.

»Okay, reg dich ab. Was ist mit dir los?«

»Gar nichts ist mit mir los. Wie auch? Ich hatte ja kaum Gelegenheit, irgendwas zu machen, weil ich mich nur um dich gekümmert habe.«

»Das ist nicht fair.« Ich versuchte mich an einem Lachen, damit die Stimmung nicht noch düsterer wurde. »Ich habe dir doch deinen Freiraum gelassen.«

»Wie denn? Du hockst doch mittendrin«, sagte sie. »Jeden Tag. Mit deiner Astrologie, deinen Geburtshoroskopen und jetzt mit deinen Kristallen. Was kommt als Nächstes, ein Geisttier?«

Ich seufzte. Ich ließ mich nicht dazu herab, eine Antwort darauf zu geben, während ich mich wieder zu meinem Rückzugsort, dem Sofa, begab. Die Tatsache, dass ich es als meinen Rückzugsort betrachtete, war vermutlich ein Hinweis darauf, dass sie gar nicht so falschlag, wenn sie verärgert war über meinen Daueraufenthalt in ihrem Wohnzimmer.

»Mir war nicht klar, dass du von mir erwartest, mehr beizusteuern. Wenn du möchtest, dass ich mich an der Miete beteilige, dann ist das in Ordnung.«

Paige schloss für einen Moment die Augen. Für jemanden, der ein nettes Sümmchen sein Eigen nannte, schien es ihr manchmal schrecklich peinlich zu sein, darüber zu reden.

»Ich will doch gar nicht, dass du jeden Penny zweimal umdrehen musst, ich ... ich will nur nicht, dass du in ein astrologisches schwarzes Loch fällst, weil du glaubst, dass es all deine Probleme lösen wird.«

»Das tue ich doch nicht«, erwiderte ich lachend. »Planeten und Kristalle würden niemals etwas *für* mich tun, es ist einfach eine Möglichkeit, mich darauf zu konzentrieren, mein Leben wieder auf die Reihe zu kriegen. Es sind bloß Kanäle, die ich nutze. So wie einen Plan oder eine To-do-Liste.«

Paige sagte nichts, schaukelte aber leicht hin und her und nippte an ihrer Limo, die geräuschvoll in der Dose sprudelte.

»Also schön«, sagte sie nicht gerade glücklich, sondern eher resigniert. »Vielleicht solltest einfach damit aufhören, diese Kristalle zu kaufen – zumindest, bis du die neue Wohnung gesehen hast. Du weißt ja nicht, was für Scheiß du in dem Kram dieser Messie-Oma finden wirst.«

»Ja, ja«, erwiderte ich lachend. An meine neue Wohnung hatte ich überhaupt nicht mehr gedacht. »Ich werde dir schon bald nicht mehr auf die Nerven gehen«, fügte ich auf eine, wie ich hoffte, tröstliche Art und Weise hinzu. Aber Paige sagte nichts mehr, als sie Richtung Schlafzimmer verschwand und die Tür hinter sich schloss. Ich ließ mich ernüchtert aufs Sofa fallen.

Ich hatte die Steine alle auf eine Halskette gezogen, da ich sie täglich tragen wollte. Ich hielt sie über mein Gesicht und ließ sie dort schweben. Während ich ein- und ausatmete, konzentrierte ich mich nacheinander auf die einzelnen Maserungen und rief mir in Erinnerung, welche Bedeutung die Steine jeweils hatten. Ich war froh, dass ich mich neben dem Türkis und dem Rosenquarz auch noch für den Mondstein entschieden hatte, da ich nach einer solchen Auseinandersetzung sonst in eine totale Panik geraten wäre. Und dieses Mal gab's nicht die geringste Spur davon. Ich fand, dass das für gerade einmal dreißig Pfund ein ziemlich guter Deal war.

14

Löwe: Nehmen Sie die Schönheit um sich wahr und tragen Sie sie in Ihrem Herzen. Sonne tritt ein in Wassermann.

Als Clare mir zwei Wochen nach unserer ersten Begegnung eine Textnachricht schickte, dass sie wieder nach London kommen würde, war ich wie in einem Rausch. Die Aufregung war vergleichbar mit der, die ich in der Nacht verspürt hatte, bevor Mum und ich anlässlich meines zehnten Geburtstags nach Disneyland gefahren waren. Alle meine Wünsche wurden endlich wahr.

Seit Paige und ich diese kleine Auseinandersetzung wegen der Wohnung und des nötigen Freiraums gehabt hatten, zeigten wir uns beide von unserer besten Seite, und das fühlte sich irgendwie schräg an.

Es stimmt offenbar, dass man einen Menschen erst wirklich richtig kennenlernt, wenn man mit ihm zusammenlebt. Paige war wählerisch, hatte ihre festen Gewohnheiten, wollte immer, dass Dinge auf ihre Art erledigt wurden, während ich, wie sich herausstellte, ein kleiner Freigeist war, wenn ich mich gehen ließ und keine Regeln befolgte. Es war keine ideale Kombination.

Tina begann, öfter nach der Arbeit vorbeizukommen, um als Vermittlerin zu fungieren, führte die Gespräche zwischen uns dreien, anstatt es Paige und mir zu überlassen, uns etwas auszudenken, was wir zueinander sagen konnten. Ich hatte mich immer schon gefragt, wie es sein würde, nicht die Vermittlerin zwischen Tina und Paige zu sein, aber das hier war nicht die Dynamik, die ich mir erhofft hatte.

Beim Abendessen saßen wir nun meistens zusammen, und ich hatte Paige sogar als Überraschung Lebensmittel von Tesco liefern lassen, um meinen fehlenden Beitrag in den letzten beiden Monaten wiedergutzumachen. In dieser Hinsicht war ich zugegebenermaßen im Unrecht, und da es mir bewusst war, versuchte ich, es wieder in Ordnung zu bringen.

Ich erzählte weder ihr noch Tina, dass ich mich mit Clare in Kentish Town traf, und hatte dabei ein komisches Gefühl. Für gewöhnlich schickte ich ihnen detaillierte Textnachrichten, wenn ich mich mit einem potenziellen Arbeitgeber zu einem Vorstellungsgespräch traf, teilte ihnen sogar mit, welche U-Bahn ich nahm und um wie viel Uhr sie gegebenenfalls die Polizei informieren mussten, weil ich nicht nach Hause gekommen war und vermisst wurde.

Mein Horoskop riet mir am Morgen der Besichtigung, mich darauf zu konzentrieren, Dinge anzunehmen, wie sie sind, was ich in diesem Fall so interpretierte, dass ich Clares großzügiges Angebot annehmen sollte.

Die Fahrt von Dalston nach Kentish Town verlief ohne besondere Vorkommnisse und relativ ruhig für ein Londoner Wochenende. Clare schickte mir pausenlos Textnachrichten, um mir mitzuteilen, dass sie eingetroffen sei und es kaum erwarten könne, mich wiederzusehen. Angesichts der zahllosen Emojis, die sie verwendete, hätte man annehmen können, dass wir alte Freundinnen waren, die sich nach Jahren zum ersten Mal wiedersahen, und nicht etwa zufällige Bekannte, die kurz davor waren, einen Immobiliendeal zu machen.

Als ich mich der Straße näherte, die ich laut Google Maps nehmen sollte, erblickte ich sie, wie sie an einem Straßenschild lehnte, einen Coffee to go in der einen Hand und ein Smartphone in der anderen.

»Clare!«, rief ich und ging auf sie zu.

»Hallo!«, schmetterte sie mir erfreut entgegen und zog mich in eine Umarmung, die ich erwiderte – sie war ganz offenbar viel zu herzlich und aufrichtig gemeint, um sich ihr zu verweigern. »Ich bin so froh, dass Sie gekommen sind«, quietschte sie in mein Gesicht. »Ich hatte schon befürchtet, dass Sie Ihre Meinung ändern würden.«

Ich schüttelte den Kopf. »Ganz und gar nicht. Ich bin total aufgeregt«, versicherte ich ihr und schaute erwartungsvoll die Straße hinunter.

»Kommen Sie. Hier geht's lang. Die Wohnung befindet sich in der kleinen Gasse dort hinten. Früher waren dort die Stallungen eines Herrenhauses, die jetzt zu Wohnungen umgebaut sind.«

Und ich hatte immer gedacht, so etwas wäre nur etwas für reiche Leute und Filmfiguren aus *Tatsächlich … Liebe* und nichts für betagte Messies oder jemanden wie mich. Ganz offenbar hatte ich mich getäuscht.

»Sie befindet sich im dritten Haus von unten. Sie hat ein Schlafzimmer, ein Bad, eine Küche und einen wunderbaren kleinen Garten, der nur ein bisschen zugewuchert ist.«

»Einen Garten?«, wiederholte ich. Ich überlegte sogleich, wie ich meine Mutter nach London locken könnte, damit sie mit ihrem Know-how aus dem Gartencenter dem Unkraut und der unvermeidlichen Überwucherung zu Leibe rückte. Oder mir wenigstens einen Preisnachlass auf eine Gartenschere und Gartenhandschuhe verschaffen konnte.

»Es gibt noch eine Wohnung darüber, die hat aber einen separaten Eingang«, sagte Clare, als wir die mit Pflastersteinen gedeckte Gasse betraten. Es war umwerfend. Die kleinen zweistöckigen Häuser standen in einer Reihe wie Barbie-Traumhäuser, alle weiß getüncht mit Blumenkästen an den Fensterbänken. Der Zugang lag direkt an einer Anliegerstraße, aber hier war es unglaublich ruhig. Wir befanden uns bloß anderthalb Kilometer von Camden und seinem lärmenden Markttreiben entfernt, was diesen Ort hier nur noch traumhafter machte.

»Wow«, sagte ich, während mein Blick über die gepflegten Haustüren und die von Goldfruchtpalmen und Sommerflieder flankierten Willkommen-Fußmatten meiner potenziellen Nachbarn wanderte. »Ich fühle mich wie einer von diesen Sloane-Ranger-Sprösslingen aus der Upperclass.«

»Stimmt«, sagte Clare etwas zögerlich. »Es ist wunderschön hier. Ich bin nur ein wenig besorgt wegen der Situation drinnen. Ich hatte wirklich nicht damit gerechnet, dass die Wohnung in einem solchen Zustand sein würde.« Sie wandte sich mir zu, spielte dabei mit einem Schlüsselbund, den sie in der Hand hielt. »Fühlen Sie sich bitte auf keinen Fall verpflichtet, sie zu nehmen. Ich könnte es Ihnen ehrlich nicht verdenken, wenn Sie sich umdrehen und davonrennen würden.«

Wie schlimm war es denn nur?

»Das heißt, wenn man etwas Arbeit hineinstecken würde, wäre sie wirklich bezaubernd, aber während der letzten Jahre …« Sie blickte erneut über ihre Schulter und biss sich auf die Lippe. »Am besten zeige ich sie Ihnen einfach.« Ihr Lächeln kehrte zurück – wenn auch ein wenig gezwungen –, und sie steuerte auf eine gelbe Haustür zu, auf der die Nummer 13 prangte. Ich fragte mich, ob dreizehn in diesem Falle wohl Glück oder Unglück bedeutete.

Sobald Clare die Tür aufdrückte – wobei sie darauf achtete, nicht über die Schwelle zu treten –, hallte der Lärm fallender Zeitungen im Flur wider.

»Oje, das fängt ja schon gut an«, sagte sie mit einem leisen Lachen. »Ich glaube, Grandma hat auch nie eine Zeitung weggeworfen.« Sie betrat zögernd die Wohnung, und ich folgte ihr.

Das Erste, was ich wahrnahm, war der Geruch von warmem Staub. Zeitungen, Take-away-Speisekarten und Prospekte bedeckten den Eingangsbereich, Türme aus inzwischen eingestellten Zeitschriften und dem *Evening Standard* erhoben sich wie vorgehängte Wände auf beiden Seiten. Ich drehte mich zur Seite, um daran vorbeizukommen. Diese Türme müsste ich zuerst wegräumen, denn sonst liefe ich Gefahr, dass ein Windstoß von der Tür sie umwerfen und mich in meiner neuen Wohnung einsperren würde, wo Schäferhunde meine verwesende Leiche dann Monate später aufspürten wie eine schlechte Kopie von *Bridget Jones*.

»Der Neffe meiner Freundin kommt vorbei, um am Anfang mitzuhelfen. Er hat einen Transporter und kann den größten Teil des Krempels zur Mülldeponie bringen oder zur

Recyclinganlage oder wo auch immer man solche Sachen in London hinbringen sollte. Keine Ahnung, ob London überhaupt Mülldeponien hat«, plapperte Clare vor sich hin, während ich fortfuhr, meine potenziellen Wohnräume zu besichtigen – soweit man überhaupt etwas erkennen konnte.

Hinter all dem gehorteten Kram versteckten sich Wände in einem typischen Mietwohnungsbeige. »Tittenleuchten« (wie ich sie liebevoll nannte, da diese Deckenleuchten runde Kuppeln mit einem Punkt in der Mitte hatten, der an einen Nippel erinnerte) erhellten den Raum mit einem schummrig gelblichen Schein, und die Möbel, die sichtbar waren, trugen eine Staubschicht so dick wie eine Scheibe Brot.

»Das hier ist das Wohnzimmer«, erklärte Clare, die mich aus dem Eingangsbereich führte. Dies musste der Raum sein, in dem ihre Großmutter den größten Teil der Zeit verbracht hatte, da noch ein wenig Bodenfläche sichtbar war, auch wenn hier ebenfalls zahllose Türme im ganzen Raum aufragten. Diese hier bestanden allerdings aus Büchern und Pappkartons, die mit »Backzubehör«, »Weihnachten« und »Putzzeug« (ha!) beschriftet waren.

»Meine Güte«, sagte Clare und trat einen Schritt zur Seite, damit ich mich um sie herumschieben und mir den Raum von dem begrenzten Platz aus näher ansehen konnte. »Keine Ahnung, wie ich in diesem Chaos jemals Grandmas Teeservice finden soll.« Ich glaube, was sie damit sagen wollte, war: Wie *Sie* es jemals finden sollen, da ich diejenige war, die unter Umständen hier wohnen würde.

Könnte ich überhaupt hier wohnen?

Es war schon ein verdammter Saustall. Ich war auf Mülldeponien gewesen, die sauberer waren als diese Bude hier – und die waren wenigstens in Bereiche eingeteilt! Dieses Haus war eine Granate aus Überbleibseln, die jede Sekunde hochgehen und jeden hier drin unter sich begraben würde.

Wohin ich auch schaute, überall entdeckte ich potenzielle Todesfallen. Ersticken durch Zierdeckchen, aufgespießt von einer losen Gardinenstange, zerquetscht von Stapeln nicht mehr gültiger Take-away-Gutscheine, vergiftet von Alte-Dame-Parfüm.

Ich atmete vernehmlich aus und drehte mich beim Versuch, meine wilde Fantasie zu zügeln, auf der Stelle, um mich umzusehen, und erinnerte dabei vermutlich an einen Hund, der seinen eigenen Schwanz jagt.

»Es ist schon eine Menge«, sagte Clare mit gesenkter Stimme. »Wenn ich das gewusst hätte ...« Sie verstummte, wie es Enkelkinder mit schlechtem Gewissen nach dem Tod eines Großelternteils zu tun pflegen.

Ich nickte verständnisvoll. »Und all das kann einfach weggeworfen werden?«

»O ja!« Clare nickte hektisch. »Natürlich sollten Dinge wie Schmuck und Porzellan und gegebenenfalls auch Möbel erst einmal aufbewahrt werden, bis ich das nächste Mal wieder in London bin und entscheiden kann, was ich davon noch für meine Mutter behalte. Aber alles andere muss weg.«

»Und wie sieht's mit Renovieren aus?«, erkundigte ich mich und betrachtete nochmals die Wände. Unter all den bedrohlich schwankenden Kartontürmen schien der Unterbau in Ordnung zu sein. Es gab freiliegende Balken auf beiden Seiten des stillgelegten Kamins, und ein Bogengang führte zu einer Küche aus den 1950er-Jahren, bei der man sich vorkam, als hätte man einen Zeitsprung gemacht. Mit ein bisschen

Farbe und angesagter Tapete im Dschungellook könnte ich die Wohnung ins einundzwanzigste Jahrhundert holen.

»Oh, was das angeht, ist alles möglich«, sagte Clare. »Sie können anstreichen, Löcher in die Wände machen ... toben Sie sich aus. Die Wohnung ist ruiniert – verschlimmern könnten Sie es eh nicht.«

Ich lachte, widersprach ihr nicht. Ruiniert war noch höflich ausgedrückt. Das hier war das Tschernobyl unter den möblierten Wohnungen.

»Ich weiß, dass es viel verlangt ist«, schob Clare hinterher. »Ich bin mir nicht einmal sicher, ob diese Bude von Rechts wegen als bewohnbar gilt.«

»Ich bin mir sicher, dass das in Ordnung geht«, versicherte ich ihr rasch, denn ich wollte verhindern, dass Clare ihre Meinung in Bezug auf die Vermietung änderte. Noch eine weitere Woche bei Paige zu wohnen und diese Eiertänze aufzuführen, und ich würde mir wahrscheinlich einen Splitter von dieser Freundschaft einziehen, den ich niemals wieder rausbekäme. »Die Bausubstanz scheint in Ordnung zu sein, es ist bloß chaotisch.«

Clare gab wieder einen Hmm-Laut von sich und seufzte. »Also, wenn Sie sich sicher sind und damit klarkommen ... Wie ich schon sagte, ich wäre total dankbar, wenn mir jemand bei der Räumung helfen würde. Selbstverständlich sind Sie für mich nicht nur die Person, die hier alles ausräumt. Ich habe mithilfe des Anwalts einen Vertrag aufsetzen lassen, sodass Sie hier für eine Weile mietfrei wohnen können und anschließend dann zu einer stark herabgesetzten Miete. Wissen Sie, er sagte mir, dass ich hier gut und gerne tausendfünfhundert Pfund im Monat nehmen könnte.«

Bei dem Betrag musste ich schlucken. Das war mehr, als David und ich jemals zusammen an Miete gezahlt hatten, ganz zu schweigen von mir als alleiniger Mieterin mit dem Einkommen einer Freiberuflerin.

»Aber ich habe einfach nichts für Immobilien übrig. Das ist mir zu viel Mühe und zu weit weg von zu Hause. Ich würde einfach verkaufen, sobald die Wohnung leer ist. Obwohl, wenn Sie sie ausräumen würden, dann könnten Sie sie gern so lange mieten, bis Sie wieder ausziehen wollen. Zu der herabgesetzten Miete, versteht sich, und ich würde sie auch nicht erhöhen. Und wir können das alles gern schriftlich festhalten.« Ganz offensichtlich wollte Clare wirklich nichts mit Immobilien zu tun haben, wenn sie bereit war, möglicherweise auf einen Haufen Geld zu verzichten. Mit dieser Wohnung könnte sie sich ihre Rente finanzieren, und doch schien sie sie unbedingt loswerden zu wollen.

Wie gut, dass ich ein hilfsbereiter Mensch war.

»Ich kriege das schon hin«, versicherte ich ihr mit einem Lächeln. »Ich bin Freiberuflerin und arbeite von zu Hause, daher könnte ich schon im Laufe des Tages einiges entrümpeln. Und do it yourself ist total mein Ding. Außerdem gibt's nichts, was man sich nicht auf YouTube ansehen könnte.«

»Sind Sie sich wirklich sicher?«, bedrängte sie mich erneut.

Ich blickte mich noch einmal um, zwang mich dabei, an den aufgetürmten Todesfallen vorbeizusehen und mir vorzustellen, wie ich damit angab, nicht nur im angesagten Camden zu wohnen, sondern dazu auch noch in einem dieser heiß begehrten Häuser aus umgebauten Stallungen. »Ja«, sagte ich mit Nachdruck und hielt ihr die Hand hin.

Sie schenkte ihr einen kurzen Blick und sagte: »Sie sollten sich vielleicht erst noch das Badezimmer ansehen. Es ist in Avocadogrün gehalten.«

»Perfekt«, erwiderte ich. Avocado gehörte für meine Generation zu den Grundnahrungsmitteln. »Solange das Klo funktioniert, habe ich mit Avocado kein Problem.«

Clare strahlte mich an und betrachtete erneut meine Hand, um sie dann endlich kräftig zu schütteln.

Ich hatte entweder gerade den besten Deal meines Lebens abgeschlossen oder mich total in die Scheiße geritten. Und das nicht nur im übertragenen Sinne.

15

Löwe: Die Aufdeckung der Wahrheit dient der Erhaltung des Friedens. Heute ist Neumond.

»Ich hab's getan!« Ich stürmte kreischend in Paiges Wohnung und wedelte mit nur einem Arm in der Luft herum, weil ich mit dem anderen Bratfisch mit Pommes hielt, den ich auf dem Rückweg von Camden besorgt hatte.

Tina und Paige saßen nebeneinander auf dem Sofa.

»O Mann!«, rief Paige und presste sich die Hand aufs Herz. »Hast du mich erschreckt.«

»Tut mir leid«, trällerte ich, während ich ins Zimmer hüpfte. »Hallo, Tina. Schon so früh wieder hier?«

Sie war erst gestern Abend noch auf ein paar Drinks nach der Arbeit hier gewesen. Und heute war Samstag, früher Nachmittag, da lag sie normalerweise noch im Bett, knabberte Shreddies und schickte WhatsApp-Nachrichten an unsere »Kammer des Schreckens«-Gruppe, um ihren aktuellen Serienmarathon zu kommentieren. Sie nutzte den Samstag, um sich tagsüber von der Arbeit zu befreien. Samstagabend war in der Regel der früheste Zeitpunkt, zu dem man wieder mit ihr rechnen konnte.

Sie sah mich schulterzuckend an und spielte dabei mit ihrem Pferdeschwanz.

»Was hast du getan?«, fragte Paige, die um den Couchtisch herumging, um ein paar Teller für den Imbiss zu holen, den ich zur Feier des Tages mitgebracht hatte.

»Ich habe mir mit Clare die Wohnung angesehen.«

»Die Frau, die du in der U-Bahn kennengelernt hast?«, hakte Tina nach.

Ich nickte grinsend. »Es war nicht gelogen. Sie hat tatsächlich eine Wohnung, und die muss definitiv entrümpelt werden, aber sie ist bereit, mich mietfrei dort wohnen zu lassen. Und am allerbesten ist, dass ich später zu einer ermäßigten Miete weiterwohnen darf, die sich nicht erhöhen wird, bis ich beschließe, wieder auszuziehen. Es sei denn, ich lerne jemanden kennen, und der zieht bei mir ein, dann würde sie es noch einmal überdenken. Aber das habe ich gleich mit einem Lachen abgetan!«

Wenn ich eine Wohnung ausräumte und renovierte, dann nach meinem Geschmack und meinen Vorstellungen. Dazu hatte ich mit David nie die Gelegenheit gehabt, und das nicht zuletzt wegen all der vielen blöden Mietvertragsvereinbarungen, die es fast unmöglich machten, eine Umgebung zu schaffen, in der es sich wohnen ließ.

Es ist untersagt, neu zu streichen. Es ist untersagt, Bilder aufzuhängen. Es ist untersagt, Kerzen abzubrennen. Es ist untersagt, ein Leben oder guten Geschmack zu haben.

Aber jetzt hatte ich die Möglichkeit, mir eine Wohnung nach eigenen Wünschen zu schaffen. Und das zu einem in London eigentlich unmöglichen Preis. Also, wenn das kein Beweis war, dass es sich lohnte, seinem Horoskop zu folgen und auf die Sterne zu hören, dann wusste ich es auch nicht!

Während ich weitererzählte und dabei an der Frühstückstheke Bratfisch und Pommes aus der fettigen, braunen Verpackung befreite, blieben Paige und Tina stumm.

Paige stellte die Teller im Schneckentempo auf den Tisch und gab sich dabei übertrieben große Mühe, leise zu sein, während Tina bloß mit rotem Kopf dasaß.

»Was ist denn los mit euch?«, fragte ich.

»Nichts«, sagten beide wie aus einem Munde und drehten die Köpfe sogleich in meine Richtung.

»Wir sind nur dabei, die Neuigkeit zu verarbeiten«, sagte Tina mit einem verlegenen Lachen. »Sie kommt ziemlich unerwartet.«

»Nicht wirklich«, erwiderte ich ein wenig schnippisch. »Ich habe euch doch davon erzählt.«

»Ja, schon, aber wir hatten nicht damit gerechnet, dass es tatsächlich klappen würde«, erwiderte Paige. »Mietfrei in *London*? Ich bitte dich.«

Ich zuckte mit den Schultern. »Die Sterne stehen offenbar günstig für mich.« Das sollten sie verdammt nochmal auch bei all den Regeln, die ich bei meinen Tageshoroskopen, den Dos and Dont's und beim Erstellen meines Geburtshoroskops befolgte.

Paige wandte sich ab, aber ich hörte, wie sie leise »O Gott« murmelte. Ich entschied mich, es zu ignorieren und nicht zuzulassen, dass sie mir die gute Laune verdarb.

»Wir freuen uns für dich«, sagte Tina, lächelte und erhob sich mit einiger Mühe vom Sofa. »Das tun wir wirklich. Und wenn du unsere Hilfe brauchen solltest …«

Ich sah, wie Paiges Kopf zu Tina herumfuhr und sie ihr mit Sicherheit einen finsteren Blick zuwarf, weil Tina mir auch in ihrem Namen Hilfe anbot, aber ich schüttelte den Kopf.

»Ich komme schon klar. Der Neffe von Clares Freundin wird auch vorbeikommen, um mir am Anfang mit dem Ausräumen zu helfen. Und wenn der ganze Kram raus ist, muss ich im Grunde nur noch Staub wischen und saugen. So ein Projekt wird mir guttun.«

Tina lehnte auf der Frühstückstheke und grinste mich an. »Du liebst ja Projekte«, sagte sie und stibitzte eine Fritte aus der Verpackung, die ich gerade geöffnet hatte.

»Und wie ich Projekte liebe!«, stimmte ich ihr zu und begann, wie sie die Fritten direkt mit der Hand aus dem fettigen Papier zu essen, ohne Paiges hingestellte Teller zu beachten.

Am nächsten Tag war ich schon vor Sonnenaufgang wach. Die wenigen Sachen, die ich zu Paige mitgebracht hatte, packte ich in Plastiktüten (wer behauptet, ich hätte keinen Stil?), damit ich sie in die Wohnung in Kentish Town mitnehmen konnte. Ich würde Clare (die mir im Überschwang der Gefühle das »Du« angeboten hatte) für die Schlüsselübergabe dort treffen, und sie wollte mir dabei auch gleich den Mann vorstellen, den sie irgendwie überredet hatte, mir beim Ausräumen zu helfen. Es würde zwar noch einige Tage dauern, bevor der Vertrag zur Unterschrift bereit war, aber das konnte alles per E-Mail erledigt werden, und ich vertraute Clare, dass sie Wort hielt.

Natürlich war ich es, die die Rechnungen und die Kosten für Materialien wie Farbe und Schraubenzieher bezahlen musste. Aber das war im Vergleich zu einer üblichen Londoner Miete ein Klacks. Das sah selbst meine Mum so!

Ich hatte sie am Abend zuvor angerufen, um sie auf den neuesten Stand zu bringen. Grandad war mit Rita auf irgendeiner Kunsthandwerksmesse in der Nähe, wo er seine selbst genähten Kreationen zeigte, und Mum schaute sich gerade *Let's Dance* an und ließ sich dabei ein Fertiggericht schmecken.

»Was auch immer du gerade tust, um die Planeten zu besänftigen, mach so weiter«, sagte sie, und ich konnte ihr Lächeln durchs Telefon spüren.

»Das werde ich, Mum«, versprach ich ihr, bevor wir über die Kandidaten weiterlästerten.

»Hast du schon fertig gepackt?«, erkundigte sich Paige, die in ihrem stylischen Oliver-Bonas-Pyjama in der Schlafzimmertür auftauchte. Sie steuerte direkt auf den Wasserkocher zu, um sich einen Kaffee zu machen, ohne mich zu fragen, ob ich einen mittrank.

»Jawohl! Ich konnte nicht schlafen.«

Sie nickte. »Wie kommst du hin?«

»Mit dem Taxi. Ich bestelle mir aber erst gleich eins. Ich will nicht schon vor Clare dort sein.«

»Kannst du ihr nicht mitteilen, dass du unterwegs bist?«

Ich zuckte mit den Schultern. »Die Fahrt dauert ja höchstens eine halbe Stunde, und ich weiß nicht, wo sie übernachtet.«

»Wenn sie vernünftig wäre, irgendwo in der Nähe.«

Ich hörte den passiv-aggressiven Ton bei dem Wort »vernünftig« aus Paiges Stimme heraus, entschied mich aber, es nicht zu kommentieren. Ich hatte keine Lust, die Wohnung im Streit zu verlassen.

»Du weißt schon, dass du in den letzten Monaten meine Lebensretterin gewesen bist?«

Paige zuckte nur mit den Schultern, während sie das Wasser in ihre Tasse goss.

»Ich mein's ernst. Es war nicht selbstverständlich, dass ich hier wohnen durfte und du mich durchgefüttert hast und ich dein Bad benutzen konnte!«

»Na ja, ich konnte dich wohl kaum in die Ecke pinkeln lassen wie eine Katze«, erwiderte sie grinsend.

»Das bezog sich eigentlich auf deine tolle Dusche.«

Sie nickte. »Die ist wirklich toll.«

»Es ist ein Wunder, in London eine Mietwohnung mit einer so guten Dusche zu finden.«

»Ich weiß!«, sagte sie und riss die Hände hoch. »In der Hälfte der Wohnungen, in denen ich gelebt habe, kam ich mir vor dem Duschen sauberer vor als hinterher.«

Und ganz einfach so waren wir wieder die relaxten Freundinnen, die wir eigentlich sein sollten.

»Die ganze Wohnung ist toll. Und ich glaube, ich habe endlich dein Sofa eingelegen.«

Sie lachte.

»Tatsache! Die Blasen auf meinem Rücken sind der Beweis.«

»Ich werde dich vermissen«, sagte sie und lehnte dabei so elegant an der Frühstückstheke wie Audrey Hepburn mit ihrer berühmten Zigarette in *Frühstück bei Tiffany*.

»Ich werde dich auch vermissen. Aber jetzt kannst du ja bei *mir* vorbeikommen und übernachten. Das heißt ...

vielleicht wartest du lieber noch ein paar Wochen. Ich bin mir nicht sicher, ob es dort bereits ein Bett für mich gibt, ganz zu schweigen von einem Sofa für dich.«

Paige nickte. »Ich freue mich drauf. Wäre nicht schlecht, mal rauszukommen und eine andere Wohnung von innen zu sehen. In der Hinsicht kann man ja auf Tina mit ihren nervigen Mitbewohnern nicht zählen.«

Ich nickte zustimmend. Die Tatsache, dass sie alle an Schulen unterrichteten, führte dazu, dass sie an den Wochenenden regelmäßig abfeierten und unter der Woche dauergereizt waren und ständig zu explodieren drohten.

Mein Smartphone brummte. Es war eine Nachricht von Clare.

»Aha, Clare ist auf dem Weg zur Wohnung«, sagte ich und lächelte Paige an, die sich aufrichtete und seufzte.

»Dann bestelle ich jetzt besser mal das Taxi.«

»Ja«, sagte sie und klang dabei ein bisschen traurig. »Und ich hole dir besser mal einen Koffer.«

»Ist schon okay. Ich komme mit den Plastiktüten klar«, erwiderte ich, aber sie hob die Hand, um mich zum Schweigen zu bringen.

»Du siehst damit aus wie eine obdachlose Dragqueen, Süße.«

Autsch! Das hatte gesessen.

»Ich bin so aufgeregt!«, rief Clare, als sie die Tür zur Wohnung öffnete und mich samt Koffer hineinzog. Sie begann sogleich, mit der für sie so typischen, ausschweifenden Art loszuplappern. »Ich muss meinen Zug kriegen, deshalb bin ich etwas durch den Wind. Aber ich habe gestern Abend mit dem Anwalt gesprochen, und alles ist völlig in Ordnung und auf dem Weg. Sie halten mich zwar für verrückt, aber daran bin ich gewöhnt. Außerdem habe ich einen Klempner beauftragt, damit er sich um die undichte Spüle in der Küche kümmert. Und er wird auch die Rohre überprüfen.«

Gott sei Dank. Es wäre wirklich typisch für mich, wenn ich in eine neue Wohnung ziehen und dort gleich wieder ein Rohr platzen würde. Und eigentlich sollte man eher in einem älteren Gebäude wie diesem hier damit rechnen als in der frisch renovierten Wohnung, in der ich mit David gewohnt hatte.

»Ich werde das natürlich alles bezahlen. Es wäre ja unfair, wenn du jetzt dafür aufkommen müsstest. Übrigens, ich habe nachgesehen, und der Kühlschrank ist sauber. Gott sei Dank hat sich meine Großmutter von Dosenpfirsichen und Kondensmilch ernährt. Stell dir vor, sie hätte frisches Obst gegessen und normale Milch getrunken! Dann würde in diesem Kühlschrank jetzt vermutlich eine neue Krankheit heranwachsen!« Clares Lachen durchdrang den ganzen Raum, und ich befürchtete schon, unter einer Lawine begraben zu werden, aber es freute mich, dass sie glücklich war.

Ich ließ meinen Kram mitten im Wohnzimmer liegen und begann sofort, meinen Tag zu verplanen. Als Erstes nahm ich mir vor, den Eingangsbereich freizuräumen und mir dann einen Platz zu suchen, an dem ich meinen Schlafsack ausrollen konnte. Den hatte ich mir bei Amazon bestellt, und er sollte heute im Laufe des Tages geliefert werden. Auf gar keinen Fall würde ich auf der Matratze einer Toten schlafen, also blieb mir nichts anderes übrig, als mich auf den Boden zu legen, bis ich mir eine neue Matratze leisten konnte. Schlimmer als auf Paiges Sofa konnte es ja nicht werden.

Draußen ertönte eine Autohupe.

»Da ist er ja!«, rief Clare. Ich vermutete, dass sie damit den Neffen ihrer Freundin meinte. »Er sollte aber lieber mit der Huperei aufhören, sonst weckt er mir noch die ganze Nachbarschaft. Es ist doch Sonntag!«, keuchte Clare mit einem übertriebenen Entsetzen und stürzte aus dem Wohnzimmer zur Haustür. Ich verweilte noch einen Moment, lächelte in mich hinein und versuchte zu verarbeiten, dass dies mein neues Zuhause war.

Dann holte ich mein Smartphone hervor, um den Mädels kurz zu texten, und machte ein paar Selfies, auf denen außer mir nur das Kaminsims zu sehen war und nichts von dem schrecklichen Sammelsurium um mich herum.

Kris: Ich bin in der Wohnung! Und sie gehört mir allein. ☺ Kann es kaum erwarten, euch demnächst mein unter dem ganzen Mistzeug verborgenes neues Zuhause zu zeigen.

Ich hörte, wie sich Clares Schritte wieder näherten, und steckte mein Smartphone rasch weg, um mich nicht bei diesem Selfie erwischen zu lassen. »Pass auf, wo du hintrittst«, hörte ich sie sagen.

»Und das hier ist Krystal, neue Mieterin und Allround-Lebensretterin in einer Person. Du wirst sie mögen!«, sagte Clare zu dem Mann, der zu grinsen begann, als ich mich umdrehte.

»Hallo, Leo.«

»Oh, scheiße.«

16

Löwe: Unternehmen Sie nichts,
ohne zuvor sorgfältig abzuwägen.
Jupiter und Saturn richten sich ein im Wassermann.

»Ich hatte ja keine Ahnung, dass ihr euch kennt!«, flüsterte Clare mir zu – obwohl ihr Flüstern eher wie ein heiseres Schreien klang.

»Tun wir auch nicht«, stöhnte ich und lud eine Papierladung in *Ryans* Transporter. »Aber wir sind uns schon mal begegnet.«

Clare hatte sich entschieden, noch ein Weilchen zu bleiben und uns beim anfänglichen Ausräumen der Zeitungen und Prospekte zu helfen, was vermutlich mit meiner alles andere als begeisterten Reaktion bei Ryans Anblick zu tun hatte.

»Ich kenne ihn schon, seit er noch ein Junge war. Er verbrachte immer die Ferien bei seiner Tante Aoife, als sie noch in Liverpool wohnte. Aoife und ich waren Nachbarinnen, bevor sie nach London gezogen ist. Ich weiß gar nicht mehr, wie viele Male er an meine Tür geklopft hat, weil sein Fußball in meinem Garten gelandet war. Irgendwann habe ich die Tür einfach für ihn offen gelassen.«

»Aoife kenne ich auch«, sagte ich mit einem ungläubigen Lachen. Das alles war eigentlich höchst unwahrscheinlich, ganz besonders für London. Ich hatte nicht nur eine mietfreie Wohnung von einer mir völlig fremden Frau bekommen, sondern jetzt kannte sie auch noch meine Astrologielehrerin und deren idiotischen Neffen, zwischen dem und mir eine gewisse – irgendwie sexuell aufgeladene – Spannung herrschte. War ich etwa in einer Hallmark-Romanze gelandet? Lebte ich in der *Truman Show*? Was ging hier vor sich?!

»Wie groß ist die Chance, dass du die einzigen Leute kennst, die ich in London kenne?« Clare stapelte einige Zeitungen neben meine und stemmte dann die Hände in die Hüften. »Diese ganze Sache war Schicksal, nicht wahr? Das heißt, wenn man an Schicksal glaubt«, lachte sie.

»Oh, ich freunde mich langsam mit der Vorstellung an«, erwiderte ich mit einem finsteren Grinsen und verschwand um die Seite des Transporters, um einen weiteren Stapel Zeitungen zu holen. In dem Moment kam Ryan aus der Wohnung, die Arme voll bepackt mit Pappkartons, in denen der ganze Schrott klirrend gegeneinanderstieß. Ich funkelte ihn an, was seinem amüsierten Grinsen aber keinen Abbruch tat.

»Nette Bude hast du hier«, stichelte er, als ich ihn im Vorbeigehen leicht streifte.

»Danke«, entgegnete ich barsch.

»Oh, schon so spät!«, ertönte Clares Stimme.

Ich drehte mich um und sah, wie sie auf ihre Uhr blickte.

»Ich muss jetzt wirklich los, sonst verpasse ich noch meinen Zug. Kommt ihr zwei zurecht?«, fragte sie, und ihr Blick wanderte zwischen Ryan und mir hin und her.

»Aber klar«, erwiderte er. »Geh nur.«

Clare schaute mit hochgezogenen Augenbrauen von ihm zu mir. Ich stieß einen Seufzer aus. Er war ja nur hier, um etwas von diesem ganzen Mist auszuräumen, danach würde er wieder aus meinem Leben verschwinden. Zumindest bis zur nächsten zufälligen Begegnung. Ich gab Venus die Schuld an dieser Sache – die drehte ganz offenbar total durch, wenn es um Ryan und seinen dämlichen irischen Akzent ging.

»Alles bestens«, versicherte ich Clare.

Sie breitete die Arme aus, und ich umarmte sie. »Falls irgendetwas sein sollte, gib mir Bescheid«, sagte sie in mein Haar hinein.

»Werde ich machen«, versicherte ich und drückte sie sanft. Auch wenn mich Ryans Auftauchen nervte, so war ich Clare dennoch unglaublich dankbar, dass sie mir diesen Neuanfang ermöglichte.

»Alles Gute, Liebes«, sagte sie, ließ mich los, tätschelte im Weggehen Ryans Schulter und war verschwunden. Aus der Gasse und aus London.

»Okay.« Ryan richtete sich auf und schloss die Türen des Transporters. »Wie geht's jetzt weiter?«

Ohne ihm eine Antwort zu geben, machte ich auf dem Absatz kehrt und betrat erneut die Wohnung. Wie ging's jetzt weiter? Wir hatten den Großteil der Zeitungen und Prospekte aus dem Eingangsbereich entfernt, sodass der Durchgang nun frei war und wir die Wohnung nicht mehr seitwärts betreten mussten.

Als Nächstes war das Wohnzimmer an der Reihe. Ich stand in der Mitte und drehte mich auf der Stelle, um herauszufinden, welcher Turm mit Krempel wohl am wenigsten riskant zu bewegen war. Alles schien aufeinandergestapelt zu sein wie bei einem überdimensionalen Geschicklichkeitsspiel.

Ich trat seufzend auf einen Turm mit Kartons zu, auf denen ZERBRECHLICH stand. Auf Zehenspitzen versuchte ich, den obersten davon zu packen.

»Den würde ich nicht als Erstes nehmen«, erklang Ryans Stimme vom Türrahmen, an dem er mit verschränkten Armen lehnte und mich beobachtete, ohne jedoch Anstalten zu machen, mir zu helfen.

»Und was macht dich zu einem Experten?«

»Na ja, vor allem bin ich größer als du. Ich würde vorschlagen, dass du diese ganze Wand mit Kartons mir überlässt, mehr nicht.«

»Ich krieg das hin«, entgegnete ich und strengte mich an, meine Fingerspitzen um den Karton zu legen. Wenn ich ihn bloß zuerst ein bisschen zu mir heranziehen könnte, wäre ich in der Lage, ihn richtig zu greifen.

»Oh-oh«, ertönte es vom Türrahmen.

Ich atmete tief durch und setzte meinen Plan in die Tat um, zog vorsichtig an den Kisten, um den Stapel etwas heranzuziehen, verlor dabei aber plötzlich den Halt, bekam die Kiste nicht mehr zu packen, fiel nach hinten, verdrehte mir dabei den Knöchel und landete im selben Moment auf meinem Steißbein, als der Karton herabpolterte.

Glücklicherweise war er falsch beschriftet. Offenbar enthielt er eine Reihe von nicht ganz so zerbrechlichen, schweren, mottenzerfressenen Strickdecken.

Wieso fand ich mich in letzter Zeit, wenn ich Ryan wiedersah, nur jedes Mal unter einem Stoffhaufen begraben wieder? Die Wolle war schwer, aber nicht schalldämpfend, daher konnte ich sein Lachen hören, als ich mich stöhnend aufzurappeln versuchte. Er war zumindest herübergekommen und hatte den Karton weggenommen und begonnen, einige der Decken von mir wegzuziehen.

»Netter Versuch«, grinste er. »Das ist auch eine Möglichkeit, einen Karton runterzuholen.« Mein Gesicht brannte ebenso wie mein Hinterteil, als ich die Decken wieder in den Karton zurückstopfte.

»Das war keine Absicht.«

»Ich weiß, ich hab doch nur Spaß gemacht.«

»Ich dachte, du wärest hier, um mir zu helfen«, rief ich ihm in Erinnerung.

Er nickte. »Bin ich ja auch. Um Clare einen Gefallen zu tun.«

»Dann hilf mir auch und lach mich nicht aus. Du musst ja nicht mal mit mir reden. Ehrlich gesagt, wäre mir das auch lieber.« Mit diesen scharfen Worten stand ich auf und widerstand dabei der Versuchung, mir über den Hintern zu reiben, wo ich einen pochenden Schmerz verspürte.

Ryan sagte nichts, so wie ich es mir ausgebeten hatte, lächelte aber weiter vor sich hin. Mir war noch nie zuvor in meinem Leben ein Mensch begegnet, der ständig wie ein Smiley durch die Gegend lief. Er wusste genau, dass mir das auf die Nerven ging. Es war ein Trick, um mich zu ärgern.

»Und hör auf zu lächeln«, wies ich ihn an, als ich versuchte, einen Schritt vorwärtszumachen, ehe mir einfiel, dass ich mir den Knöchel verdreht hatte und erst mal eine kleine Pause einlegen sollte.

»Alles klar bei dir?«, erkundigte er sich und hob den Karton mit den Decken vom Boden auf.

»Alles okay. Du sollst doch nicht reden.«

Er zuckte mit den Schultern, drehte sich um und nahm den Karton mit, ohne ein weiteres Wort zu verlieren. Sobald er weg war, verzog ich das Gesicht und griff nach unten, um mir den Knöchel zu reiben. Ich redete mir ein, dass das keinerlei Auswirkungen auf meinen Tag haben würde. Ich war kein Weichei und hatte nicht vor, mich wegen eines verdrehten Knöchels wie Kate Winslet in *Sinn und Sinnlichkeit* aufzuführen. Ich humpelte zur Tür und lehnte mich gegen den Rahmen.

Sobald Ryan wieder zurück war, zeigte ich auf einen anderen Karton.

»Ich habe mir am Knöchel wehgetan, also kannst du die schweren Sachen tragen. Aber ich werde dir sagen, was wohin kommt.«

Ryan zuckte mit den Schultern, sagte immer noch nichts. Es war einfach himmlisch.

»Du kannst als Nächstes den da drüben nehmen.« Ich zeigte auf einen Karton mit der Aufschrift »Weihnachten«, der ganz oben auf einem Stapel am stillgelegten Kamin stand.

Ryan ging auf den Stapel zu, zögerte aber. Er drehte sich um und hob die Hand. »Bitte um die Erlaubnis, sprechen zu dürfen.«

Ich verdrehte die Augen. »Was ist denn?«

»Es wäre besser, wenn ich zuerst diese Seite freiräumen würde«, sagte er und zeigte dabei auf die Kartons unter dem Bogen. »Und ich sollte die Kartons besser einzeln wegnehmen, von einem Ende zum anderen wie bei einer Schlange. Dann haben wir ein geringeres Risiko, Kartonlawinen auszulösen.«

Ich blickte mich im Zimmer um und begriff, dass er recht hatte. Die Kartons hatten einen Anfang und ein Ende wie die Schlange auf einem alten Nokia-Handy. Die Enden trafen sich nie, und deshalb gab es auch eine freie Stelle in der Mitte des Zimmers. Wenn wir zuerst die Kartons in der Mitte anrührten, würden wir den freien Platz vermutlich an herabfallende Gegenstände verlieren. Und da dies der Bereich war, wo ich schlafen wollte, durfte das nicht passieren.

»Na schön. Tu, was du willst«, sagte ich und lehnte mich mit verschränkten Armen an die Wand, während mein Knöchel weiterpochte.

Ryan zuckte mit den Schultern und machte sich an die Arbeit. In der nächsten Stunde, in der er einen Karton nach dem anderen wegschaffte, sprach er kein Wort. Nicht ein einziges Mal stellte er infrage, ob ich wirklich nicht in der Lage war, irgendetwas zu tragen, oder beschwerte sich, dass ich die meiste Zeit über nur mit dem Handy auf dem Boden herumsaß und mich mit meinem Horoskop beschäftigte.

Ironischerweise lautete die Vorhersage für den Tag: *Das Leben hat Überraschungen für Sie parat.* Ach was, echt? Also, was das anging, hatte es abgeliefert. Erst Ryan und dann noch ein Karton mit Decken.

Die »Dos« des Tages beinhalteten Tee, Unordnung und Musik. Und die »Don'ts« angespanntes Schweigen, Schuldzuweisungen und unter die Gürtellinie.

Manchmal waren die Planeten echt ätzend.

Sobald mir klar wurde, dass ich Schweigen heute vermeiden sollte, verzog ich kurz den Mund und atmete hörbar ein, ehe ich Ryan mitteilte, dass er sich jetzt gern mit mir unterhalten könne, wenn er dazu Lust hätte.

»Nein danke«, erwiderte er ein wenig atemlos und verschwitzt. »Aber ich könnte eine Tasse Tee vertragen.«

»Ich habe noch keinen neuen Wasserkocher«, sagte ich. »Und ich glaube nicht, dass du eine Tasse Tee aus dem in der Küche haben möchtest.«

»Wieso?«, fragte er neugierig, ans Kaminsims gelehnt.

»Na ja, als Clare ihn geöffnet hat, hat sie eine Spinnenfamilie entdeckt, die hier offenbar auch gern kostenfrei wohnen will.«

»Oh«, erwiderte er und schüttelte sich.

»Magst du etwa keine Spinnen?«, fragte ich lächelnd, erfreut, endlich mal einen Schwachpunkt bei ihm entdeckt zu haben.

»Ich kann die Biester nicht ausstehen. Egal wie groß oder klein sie sind. Es liegt an der Krabbelei. Alles, was krabbelt, gehört zertrampelt.«

»So übel sind sie doch gar nicht«, zog ich ihn auf. »Sehr nützlich für die kleine Schädlingsbekämpfung im Haus. Wenn man Spinnen hat, muss man sich nämlich nicht von Fliegen nerven lassen.«

»Das muss man auch nicht, wenn man sein Haus sauber hält«, entgegnete Ryan. »Ich bin allerdings überrascht, dass *du* dich nicht über die Spinnen beschwerst.«

Ich hob die Hände in die Luft, um ihm in Erinnerung zu rufen, in welchem Zustand sich das Zimmer befand, in dem wir standen.

»Glaubst du, ich könnte mir in einer solchen Wohnung den Luxus leisten, mich über Spinnen aufzuregen?« Das gab ihm zu denken.

»Ah«, sagte er.

»Genau.« Ich lachte. »Wir haben Glück, wenn wir hier nicht in jeder Ecke eine finden.«

»Sag so was nicht!«, rief er und schüttelte sich, dieses Mal noch heftiger.

»Sei nicht so ein Schisser«, erwiderte ich und stand vorsichtig vom Boden auf. Mein Fuß fühlte sich jetzt viel besser an. Zwar ein wenig steif, aber gut genug, um damit zu laufen und wenigstens ein paar leichte Sachen zu tragen. »Ich dachte, es sollte andersherum sein, eigentlich fürchten sich doch Frauen vor Spinnen, und die Männer müssen sie für sie entsorgen.«

»Das ist total sexistisch. Ich freue mich über jede Frau, die eine Spinne für mich entsorgt.« Er griff nach einem Karton und hielt ihn mir hin. »Kannst du den tragen?«

Ich spähte hinein. Es war bloß Lametta, auf dem ein blecherner Weihnachtsstern lag.

»Ich glaube, damit komme ich klar«, sagte ich und griff danach.

»Der Wagen ist beinahe voll, stopf ihn einfach irgendwo rein, wo noch Platz ist«, sagte er, als er mir aus der Wohnung hinaus auf die Straße folgte. »Was hast du als Nächstes vor?«

»Also, wenn ich den Kram nicht ausgeräumt kriege, dann lasse ich ihn wohl erst mal drin.« Ich zuckte verlegen mit den Schultern, und das Lametta im Karton rutschte dabei zur Seite. »Hilfst du nur heute aus?«

»Nein. Clare hatte mich schon vorgewarnt, dass das hier nicht an einem Tag zu schaffen ist. Und wenn ich mir die Bude so ansehe, wird es vermutlich noch nicht mal in einer Woche erledigt sein.«

Ich stellte meinen Karton auf den Rand der Ladefläche. Der Wagen war wirklich von oben bis unten vollgestopft mit Kartons und Müllsäcken voller Schrott. Aber wenn man sich das Wohnzimmer anschaute, sollte man meinen, wir – oder besser gesagt Ryan – hätten kaum etwas angerührt.

Ich stieß einen tiefen Seufzer aus.

»Hör zu«, begann er und setzte seinen Karton neben meinem ab. »Es macht mir nichts aus wiederzukommen. Sieht ganz so aus, als hättest du Hilfe nötig …« Ich wandte mich ihm ruckartig zu und funkelte ihn an. Die Vorstellung, dass er dies glaubte, gefiel mir gar nicht. Ich kam mir dabei so jämmerlich vor. »So hab ich's ja gar nicht gemeint. Ich wollte damit nur sagen, dass du einen Transporter benötigst. Kannst du fahren?«

Ich atmete kurz durch die Nase aus und schüttelte den Kopf. Da hatte er mich kalt erwischt.

»Na, dann kann ich dir ja doch helfen.«

»Und was ist mit deiner Arbeit?«, fragte ich. Ich wusste nicht einmal, was er beruflich machte. »Und der Bezahlung?«

Er zuckte mit den Schultern und schob seinen Karton in eine freie Ecke, die er noch irgendwie hinten im Wagen gefunden hatte. »Ich bin Fotograf«, sagte er. »Ich mache überwiegend Schulfotos, und das auch nur hier und da für ein paar Stunden. Ich habe viel freie Zeit. Wie sieht's bei dir aus? Kommst du nur am Wochenende dazu, zu Hause rumzubrasseln?«

»Nein«, erwiderte ich und versuchte dabei, auch meinen Karton im Transporter unterzubringen. »Ich bin Journalistin. Im Moment arbeite ich freiberuflich, werde also die ganze Zeit hier sein.«

»Gut, dann schlage ich vor, dass ich vorbeikomme, um dir zu helfen, wenn ich nicht arbeite und den Transporter nicht benötige, um meine Ausrüstung unterzubringen.«

Ich unterbrach meinen vergeblichen Versuch, das Lametta zu verstauen, drehte mich um und sah ihn an. »Ich kann dir aber nichts dafür bezahlen. Ich ziehe hier nicht ein und räume alles aus, weil mir gerade danach ist oder weil ich Clare damit einen Gefallen tue.«

Ryan zuckte mit den Schultern. »Ich weiß«, sagte er und lächelte wieder einmal.

Mit einem Mal fiel mir etwas ein. »Warum hat sie dir die Wohnung eigentlich nicht angeboten? Also, falls du es noch nicht wissen solltest, ich wohne hier mietfrei. Als Freund der Familie hättest du die Bude doch eigentlich bekommen sollen statt eine Fremde.«

Ryan nickte, und sein Lächeln wurde breiter. »Sollte man meinen, aber ich habe ja ein Dach über dem Kopf.«

»Aber du zahlst doch bestimmt Miete!« Wieso wollte er mir helfen, wenn ich ihm vielleicht gerade eine wunderbare Gelegenheit vor der Nase weggeschnappt hatte? Er kannte mich nicht und war mir auch nichts schuldig. Ich mochte ihn nicht einmal.

»Ich wohne mit Aoife zusammen«, sagte er. »Meine Miete ist auch nicht sehr hoch.«

»Aber du könntest deine eigene Wohnung haben.«

»Das will ich gar nicht.«

Ich balancierte meinen Karton immer noch gefährlich nah auf der Kante der Ladefläche. Wenn ich auch nur für eine Sekunde losließe, würde sich die kitschige Weihnachtsdeko auf dem Kopfsteinpflaster verteilen. Nicht gerade etwas, das zu dieser geschmackvollen Umgebung passen würde.

»Ich verstehe dich nicht«, sagte ich, ohne nachzudenken, und spürte, wie ich errötete, aber Ryan lächelte weiter.

»Brauchst du Hilfe dabei?«, fragte er und blickte auf den Karton, den ich immer noch unbeholfen festhielt.

»Warum nicht«, erwiderte ich und ließ zu, dass er mich zur Seite schob und den Karton in eine Lücke zwängte, die ich gar nicht gesehen hatte. »Ich glaube nicht, dass wir hier noch mehr reinkriegen«, sagte ich. Er nickte, knallte die Türen zu und klatschte in die Hände.

»Hast du Hunger?«, fragte er. »Um die Ecke ist ein Burger-Laden. Ich lade dich ein.«

»Sollte ich nicht diejenige sein, die *dich* einlädt? Schließlich hast du *mir* geholfen und nicht umgekehrt«, antwortete ich.

»Wenn du darauf bestehst.« Ich dachte an die verbliebenen 12,60 Pfund in meinem Überziehungsrahmen.

»Nein!«

Er fuhr zusammen, und ich räusperte mich.

»Nein, tue ich nicht. Ich möchte dich ja nicht um die Gelegenheit bringen, ausnahmsweise mal nett zu sein.«

Ohne ihn noch eines weiteren Blickes zu würdigen, ging ich zurück, um die Wohnungstür abzuschließen. Als ich den Schlüssel drehte, schaute ich zum Himmel hinauf und stellte mir vor, wie Venus selbstzufrieden grinsend dort in der Galaxis hockte, und ich murmelte in mich hinein: *Dafür werde ich dich noch drankriegen.*

17

Löwe: Informationsaustausch spielt eine wesentliche Rolle, um Menschen und Ideen auf konstruktive Weise zusammenzubringen.
Venus tritt ein in Steinbock.

Der Burger-Laden war wesentlich edler, als ich erwartet hatte. Ryan kam ein bisschen rüber wie ein Skaterboy, aber sein Geschmack ging offenbar eher in Richtung Indie Chic.

Der Laden war klein, hatte ungefähr zehn Tische, an denen jeweils zwei Personen Platz fanden, und die Einrichtung bestand aus aufgearbeitetem Holz und Industriebeleuchtung. Wir wurden an einen Tisch im hinteren Teil geführt, in der Nähe einer Bar, und erhielten winzige Menükarten mit lediglich drei Wahlmöglichkeiten: Burger, Steak oder Meatballs.

»Ich nehme die Meatballs«, sagte ich zum Kellner.

»Und ich nehme den Burger«, sagte Ryan. »Und könnten wir bitte eine Flasche Wasser haben?«

»Keine Lust, was Anständiges zu trinken?«, fragte ich ihn.

»Geht nicht, ich muss noch fahren«, rief er mir in Erinnerung.

»Ach ja.« Ich errötete. »Dann bleibe ich auch beim Wasser. Danke.«

Der Kellner eilte mit unserer Bestellung davon, und plötzlich wurde mir bewusst, dass ich Ryan gegenübersaß und wir uns über irgendetwas unterhalten mussten, um die Zeit rumzukriegen. Aus einem unerfindlichen Grund schien ich das vergessen zu haben, als ich beschloss, mit ihm essen zu gehen.

»Also …«, sagte er, das Kinn in die Hände gestützt.

»Also?«, wiederholte ich der Floskel folgend. Warum kam mir das hier bloß wie ein Date vor? Es war definitiv *kein* Date. Ich trug nicht einmal meinen Rosenquarzanhänger. Das hier war nicht mehr als ein Mittagessen nach der Arbeit, rief ich mir in Erinnerung. Doch dann verpasste ich mir im Geiste eine Ohrfeige, weil ich eine solche Erinnerungshilfe überhaupt benötigte.

»Du bist also Journalistin«, sagte er, und ich nickte. »Worüber schreibst du?«

»Über alles«, erwiderte ich lächelnd. »Ich habe keine spezielle Nische. Das ist gar nicht möglich, wenn du versuchst, damit deine Rechnungen zu bezahlen.«

»Aber wenn du die freie Wahl hättest, was würdest du dir aussuchen?«

»Ähm …« Ich dachte einen Moment lang nach. »Vermutlich Technik«, sagte ich.

»Technik?« Er wirkte überrascht.

»Was denn? Hattest du etwa gedacht, ich würde Mode und Kosmetik oder so was in der Art sagen?«

»Nein, nicht unbedingt, aber vielleicht … Promi-Interviews oder Meinungsartikel.«

Ich gab einen spöttischen Laut von mir. »Promi-Interviews sind nicht das, was sich die Leute so vorstellen. Die Hälfte der Zeit wartest du zusammen mit einem Haufen fremder Leute in irgendwelchen Hotelzimmern und bekommst gerade mal fünf Minuten mit irgendeinem pampigen Menschen, der entweder einen Kater hat oder unter Jetlag leidet und dem in den vergangenen zwei Stunden immer wieder die gleichen Fragen gestellt wurden, weshalb er vermutlich keine Ahnung hat, wo ihm der Kopf steht. Und Meinungsartikel sind einfach so … so persönlich«, beendete ich den Satz lahm. »Ich bin mir nicht sicher, ob ich möchte, dass die Leute *mich* kennenlernen, wenn sie meine Artikel lesen. Ich möchte sie informieren und ihnen nicht meine eigenen Gedanken und Gefühle mitteilen.«

»Warum nicht?«, wollte er von mir wissen und hob dabei für einen Moment das Kinn von seinen Händen.

»Weil sie sich ändern könnten«, entgegnete ich rasch. »Eine Meinung, die ich in meinen Zwanzigern hatte, hat sich in meinen Dreißigern vielleicht gewandelt. Vielleicht bin ich in meinen Dreißigern plötzlich für Polyamorie zu haben, während ich in meinen Zwanzigern strikt monogam war.«

»Das wäre allerdings eine sehr erstaunliche Meinungsänderung«, sagte Ryan lachend, und mir wurde klar, dass ich möglicherweise zu viel gesagt hatte.

»Also, ich habe absolut nichts übrig für Polyamorie, und ich bin mir ziemlich sicher, dass das auch immer so bleiben wird.«

David hatte vielleicht versucht, sie mir aufzuzwingen, aber ich wusste, dass ich mich niemals dafür entscheiden würde. Oder zumindest dachte ich, dass es so wäre. »Aber andererseits …« Ich hob verteidigend die Hände.

Er nickte. »Ich weiß, was du meinst. Eine Meinung öffentlich zu machen, sodass sie die ganze Welt lesen kann, ist etwas sehr Persönliches. So ist es mit der Kunst auch – zumindest bis zu einem gewissen Grad.«

»Kunst? Ich dachte, du wärst Fotograf?«

»Na ja, Fotografie ist durchaus eine Kunstform, findest du nicht?«, erwiderte er und lehnte sich auf seinem Stuhl zurück.

»Ja, vermutlich schon. Aber ich bin mir nicht sicher – und das ist jetzt nicht beleidigend gemeint –, ob man Schulfotos wirklich als Kunst bezeichnen kann. Zumindest trifft das auf meine Schulfotos mit Sicherheit nicht zu, die gehören eher verbrannt als gerahmt.«

Ryan lachte herzlich. Es war ein kehliges, tiefes Lachen und schien eine ganze Weile anzudauern. Lange genug, dass ich mit einstimmte, obwohl ich es hätte besser wissen sollen.

»Da hast du recht, mit Schulfotos werde ich so schnell keine Galerie überzeugen können. Aber ich mache das auch nur, um die Rechnungen zu bezahlen, und nicht etwa, weil ich es so toll finde.«

»Zum Glück, kann ich da nur sagen«, erklärte ich. »Denn wenn man es *toll* findet, Schulfotos zu machen, dann zeugt das von einer gewissen Ambitionslosigkeit, und das ist ein totaler Abtörner.« Ich schluckte. Wieso hatte ich Abtörner erwähnt? Wieder einmal rief ich mir in Erinnerung, dass das hier *kein Date* war! Ryan lächelte wieder.

»Du lächelst viel. Hat dir das schon mal jemand gesagt?«, fragte ich ihn rasch, um das Thema zu wechseln.

Er zuckte mit den Schultern und lächelte natürlich dabei weiter. »Du lächelst auch«, bemerkte er.

»Aber nicht so oft«, erwiderte ich, obwohl ich spürte, wie meine Mundwinkel zuckten, als ich es sagte, und er erwischte mich dabei.

»Solltest du aber. Und das wirst du auch, wenn du erst mal mehr Zeit mit mir verbracht hast.«

Ich stieß ein spöttisches Lachen aus. In dem Moment trat der Kellner mit einem Krug Wasser und Gläsern an unseren Tisch, und Ryan bedankte sich viel zu überschwänglich bei ihm und goss uns beiden ganz gentlemanlike ein Glas ein.

»Du bist nicht nur Mr. Smiley, sondern auch noch verdammt eingebildet.«

»Glaub mir, das Irische ist ansteckend. Du wirst im Laufe der Zeit verstehen, was ich damit meine.«

»Aber klar doch«, entgegnete ich höhnisch und nippte an meinem Wasser. »Ich glaube, das einzig Irische, das ich mit dir teile, ist die Tatsache, dass wir beide auf der gleichen Straßenseite fahren, die gleiche Sprache sprechen und das gemeinsame Sorgerecht für Graham Norton haben.«

»Darauf trink ich«, sagte er und stieß mit seinem Glas gegen meins.

Ehe ich es zu verhindern vermochte, verzogen sich meine Lippen, die ich zuvor noch so fest aufeinandergepresst hatte, zu einem Lächeln. Verdammt!

»Und welche Art von Technik?«

»Was?«, fragte ich verwirrt.

»Über welche Art von Technik würdest du schreiben wollen? Du sagtest, das wäre deine passende Nische, wenn du die Wahl hättest.«

»Oh.« Ich hatte bereits vergessen, dass wir uns darüber unterhalten hatten. »Ich mag CMS. Content-Management-

Systeme wie WordPress zum Beispiel. Ich würde vermutlich eine Menge darüber schreiben, wie wichtig es ist, eine eigene Website zu haben und diese auch ständig zu aktualisieren und sie nicht einfach wie eine alte Einstiegsseite zu belassen, als wären wir immer noch im Jahr 2010.«

»Wow.« Ryan nickte interessiert. »Und du kennst dich mit so was aus?«

»Ja, tue ich«, sagte ich mit einigem Stolz. »Ich habe meine Website selbst erstellt.«

»Tatsache? Du hast eine Website?«

»Ja, die habe ich«, erwiderte ich spitz, denn mir war gerade erst bewusst geworden, dass ich in eine Falle getappt war und er mich damit gnadenlos aufziehen würde. Wenn er erfuhr, dass ich einen Blog über Astrologie schrieb, um mehr über den Einfluss der Planeten auf mein Leben zu erfahren, würde er vermutlich gar nicht mehr aufhören, mir mit seiner Stichelei auf die Nerven zu gehen.

»Könntest du das auch für mich machen?«

Wie bitte?

»Eine Website erstellen?«, wiederholte ich, um sicherzugehen. Ich hatte nicht damit gerechnet, dass unsere Unterhaltung einen solchen Verlauf nehmen würde.

»Na ja, also eigentlich eher, mir die Grundlagen beibringen.«

Ich lehnte mich zurück und hielt mir das Glas Wasser vor die Brust. »Wofür brauchst du denn eine Website?«

»Für pornografische Kunst«, erwiderte er, ohne eine Miene zu verziehen. Ich zog meine Augenbrauen in die Höhe wie eine – so hoffte ich zumindest – arrogante Schullehrerin aus den Sechzigern.

»Und wofür wirklich?«

Er lachte. »Ich brauche etwas, wo ich meine Kunst präsentieren kann. Meine *richtigen* Fotos, nicht meine Schulfotos – und auch keine Pornografie, bloß um das klarzustellen.«

»Das ist auch gut so«, erwiderte ich lächelnd. »Ich könnte dir eine Website aufbauen. Das wäre sehr viel leichter, als dir zu erklären, wie's geht.«

»Ja, aber ich kann's mir nicht …« Er verstummte allmählich, hatte aber offenbar sagen wollen, dass er es sich nicht leisten konnte. Ich hätte ihm ohnehin nicht viel dafür abgeknöpft. Ich war ehrlich gewesen, als ich ihm gesagt hatte, dass ich gern über Technik schreiben würde, weil es mir Spaß machte. Ich fand es toll, Websites zu bauen, Inhalte zu erstellen, sie zu bearbeiten und zu verwalten. Das war zum Teil der Grund gewesen, warum ich die Stelle bei *Craze* bekommen hatte, da ich – wenn man mich nicht entlassen hätte – dafür verantwortlich gewesen wäre, einen Großteil der Artikel online zu stellen.

»Ich würde dafür natürlich kein Geld verlangen«, sagte ich, als verstehe sich dies von selbst. »Du hilfst mir dabei, meine Wohnung auszuräumen. Schon allein die Kosten für einen Miettransporter würden mich momentan bankrott machen, also tust du *mir* einen Gefallen. Das mindeste, was ich machen kann, ist, mich auf irgendeine Weise zu revanchieren.«

Zum ersten Mal, seit wir uns begegnet waren, schwieg Ryan. Weder verzogen sich seine Lippen zu einem amüsierten Lächeln, noch machte er sich über mich lustig. Ich vermochte nicht zu sagen, ob ihn der Schock zum Schweigen gebracht hatte oder ob sein Verstand aussetzte und er nicht wusste, was er sagen sollte. Auf jeden Fall starrte er mich nur an.

»Du würdest natürlich weiterhin all die schweren Sachen tragen, wenn ich dir eine Website aufbaue«, sagte ich, um diese Stille zu füllen, die ich nur schwer ertrug. »Es ist also eine Win-win-win-Situation für mich und auch ein Gewinn für dich.«

»Wieso dreimal?«, fragte er.

»Na ja, du hilfst mir«, erwiderte ich, als sei das offensichtlich.

»Okay, ich helfe dir, und du kämst drumherum, den ganzen schweren Krempel zu tragen – glaub nur nicht, dass mir dieser Hinweis entgangen ist –, aber wobei gewinnst du ein drittes Mal?«

Ja, das fragte ich mich auch. Ich hatte gar nicht nachgedacht, sondern es war mir einfach so über die Lippen gekommen.

»Weil mir so was eben Spaß macht«, lautete meine lahme Antwort, nachdem ich einen Moment nachgedacht hatte.

Falls Ryan mir nicht glaubte oder dachte, dass ich etwas verbergen würde – worüber ich mir selbst nicht ganz im Klaren war –, bekam er nicht mehr die Chance, es mir zu sagen. Glücklicherweise traf in diesem Moment unser Essen ein, und wir hatten eine Entschuldigung, das Thema zu wechseln und von unserem neuen Geschäftsdeal zu der Diskussion überzugehen, warum ich meine Fritten lieber mit Pfeffer statt mit Salz aß.

»Das ist wirklich schräg, selbst für dich«, spottete er.

»Ich stehe eben auf scharfe Sachen.«

Das brachte ihn schnell zum Schweigen.

18

Löwe: Einfach mal nachzugeben könnte sich als der leichtere Weg erweisen. Sonne im Steinbock und im sechsten Haus.

In dem alten Haus eines Messies zu schlafen, umgeben von all den Möbeln und Habseligkeiten, war ziemlich merkwürdig.

Ich lag zusammengerollt auf dem Boden in dem billigsten Schlafsack, den ich online hatte finden können – definitiv ein Fehlkauf, da das Material hauchdünn war und die Kälte durchließ –, und meine Gedanken wollten einfach nicht aufhören zu kreisen, was verhinderte, dass ich mich entspannte und einschlief.

Was wäre, wenn diese Spinnen im Schlaf über mich hinwegkrabbeln?

Was wäre, wenn ich mich in der Nacht zu sehr strecke und dadurch eine Lawine aus Häkeldeckchen auslöse, die mich ersticken?

Was wäre, wenn ich vergessen hatte, die Wohnungstür abzuschließen? Oder ich es getan hatte, aber der Mechanismus so alt war, dass ein leichtes Antippen genügte, um in die Wohnung zu gelangen?

Was wäre, wenn dieses komische Rauschen, das ich dauernd hörte, gar nicht der Wind draußen war, sondern etwas Edgar-Allan-Poe-Mäßiges? Was wäre, wenn sich etwa ein Herz unter den Dielen befand?

Dabei gab es nicht einmal Dielen! Mein Verstand war einfach darauf versessen sicherzustellen, dass ich keine Ruhe fand. Nach zwei Stunden sinnloser Atem- und Zählübungen gab ich auf. Ich schaltete das Deckenlicht ein und betrachtete noch einmal meine Lebensentscheidungen.

Vor drei Monaten dachte ich, ich hätte ein tolles Leben. Dann hatte ich plötzlich dieses hier, und es war genau so, wie es aussah: total chaotisch und unmöglich zu bewältigen. In dieser Wohnung war noch nicht einmal WiFi installiert, was mir zumindest ermöglicht hätte, Wiederholungen von *Aufräumen mit Marie Kondo* anzusehen, um das Vertrauen in meine Fähigkeiten zu stärken, alles doch noch irgendwie hinzubekommen. Nichts hier machte mich glücklich. *Weg damit*, hörte ich sie mit ihrer sanften Stimme sagen.

Aber noch viel schlimmer war, dass ich um ein Uhr in der Früh niemanden hatte, mit dem ich darüber reden konnte. Mir wurde mit einem flauen Gefühl klar, dass ich zum allerersten Mal in meinem Leben ganz allein auf mich gestellt war. Als ich heranwuchs, war meine Mutter immer da gewesen. An der Uni hatte ich mir ein Zimmer im Wohnheim geteilt und später ein Haus mit sechs anderen. Anschließend zog ich mit Tina nach London und begegnete achtzehn Monate später David. Anfangs lebten wir in schäbigen Wohngemeinschaften und überteuerten Einzimmerwohnungen, bis wir zusammen in unsere erste richtige gemeinsame

Wohnung zogen. Und danach hatte ich bei Paige Unterschlupf gefunden.

Das hier war das erste Mal, dass ich ganz allein war.

Dabei hatte ich mir doch alles so toll vorgestellt. Doch dieses rosarote Bild von meiner eigenen Wohnung, das ich mir vorgegaukelt hatte, war rasch verblasst und erinnerte mich daran, dass ich auf mich gestellt war.

Genau wie Violet es in der Cecil Street gesagt hatte: Es war ein großer Unterschied, ob man einsam war oder allein. Und gerade empfand ich beides.

Mein Smartphone gab ein »Ping« von sich – die Ankündigung, dass mein neuestes Horoskop eingetroffen war. Ich schaute sogleich in der App nach, und meine Knöchel knackten, als ich meine Finger in der Kälte über die Tasten bewegte.

Heute haben Sie Gelegenheit, kreativ zu sein. Sollten Sie zur richtigen Zeit am richtigen Ort sein, könnte sich dies als echter Glücksfall erweisen. Sie werden vermutlich Nutzen daraus ziehen, da Sie im Augenblick von Inspiration erfüllt sind. Merken Sie sich Ihre Ideen, schreiben Sie sie auf.

Alles, was jetzt noch fehlte, war ein *Sie schaffen das!* am Ende, und es wäre so, als hätte mich ein Lebensberater aufgefordert, mit dem Stöhnen aufzuhören und endlich loszulegen.

»Shit«, sagte ich laut, zwang meine Beine aus dem Schlafsack – der wirklich nutzlos war und nur als Abdecktuch zu verwenden – und stand auf.

Ich zog eine Jogginghose und eine dicke Strickjacke über meinen Pyjama an und machte mich an die Arbeit.

Natürlich konnte ich ohne Ryans Hilfe nichts Schweres heben oder klobige Sachen rausschmeißen, aber ich war imstande, einige Dinge auf meine Weise zu regeln und damit zu beginnen, die Bude wohnlicher zu gestalten. Ich hatte zwar nur einen Koffer mit meinem Kram darin, aber ich konnte mir etwas Platz in einem Kleiderschrank schaffen, um meine Klamotten aufzuhängen, oder ein Regalbrett leeren, um dort meine Astrologiebücher aus der Bibliothek aufzureihen.

Ich entschied mich, mein Selbstmitleid zu ignorieren, und machte mich daran, Sachen in Haufen zu sortieren. Dabei ließ ich über Spotify eine Playlist mit Umzugsmusik laufen und hatte schon bald ein Regalfach für meine Bücher geleert. Doch dann beschwerte sich mein Nachbar über mir – der ganz offenbar kein Ed-Sheeran-Fan war – lauthals über den Krach, und ich entschloss mich, es noch einmal mit Schlafen zu versuchen.

Drei Tage später, nachdem mir ein ziemlich verstört wirkender Techniker von Virgin endlich meinen Internetzugang eingerichtet hatte und schon beeindruckend viel Platz für mich im Wohnzimmer frei war, gönnte ich mir ein paar kleine Belohnungen.

Mein Konto hatte sich durch eine sehr pünktlich gezahlte Rechnung ein wenig gefüllt, und das gab mir die Chance, mich nach ein paar Haushaltsartikeln umzusehen. Auch wenn alles in mir schrie, bei TK Maxx vorbeizugehen, um Sofakissen und Makramee-Wandbehänge zu kaufen, schaffte ich es dennoch, mich zu beherrschen.

Stattdessen suchte ich auf Online-Marktplätzen und in den Läden diverser Wohltätigkeitsorganisationen nach all den Dingen, die ich benötigte und dort zu günstigen Preisen bekam.

Mein bestes Schnäppchen – über das Paige mit Sicherheit entsetzt sein würde – war eine kaum benutzte Matratze, die ich über Facebook Marketplace für nur fünfundsiebzig Pence gefunden hatte. Lieferung natürlich nicht inbegriffen, aber ich wusste, dass ich Ryan bitten konnte, sie in den nächsten Tagen für mich abzuholen und hereinzuschleppen. Ich hatte ihm getextet – ja, wir hatten Telefonnummern ausgetauscht –, um ihn zu fragen, ob das okay wäre, und er hatte mir mit einem Daumen-hoch-Emoji geantwortet. (Später hatte er dann allerdings noch in Worten hinzugefügt, dass meine Matratze weniger koste als zwei Schokoeier mit Cremefüllung, und ob er nicht erst den Kammerjäger dranlassen sollte, bevor er sie in seinen Transporter legte. Aber ich ignorierte ihn.)

Ich war überrascht über die gute Qualität der Dinge, die ich in all diesen Secondhandläden entdeckte. Ich hatte ihnen schon vor meinem Umzug hierher nicht ablehnend gegenübergestanden, aber mit zwei Einkommen und dem übergroßen Verlangen, Eindruck zu schinden, hatte ich sie vermutlich gemieden und mich stattdessen für bekanntere Marken entschieden, um einer Instagram-Fantasie nachzujagen.

Auf einem Trödelmarkt in Hackney, zu dem ich an einem Samstag eine verkaterte Tina gezerrt hatte, entdeckte ich eine pinkfarbene Pendelleuchte mit Quasten, die ich unbedingt anstelle der hässlichen Tittenleuchte ins Wohnzimmer hängen wollte. Und als ich mich einmal mit Paige zu einem Morgenkaffee in Dalston traf, kam ich einfach nicht umhin, bei einem Vintage-Laden haltzumachen, der im Schaufenster eine Sammlung von Depressionsgläsern aus den Dreißigerjahren zum halben Preis anbot. Ich konnte es gar nicht erwarten, sie in der ganzen Wohnung zu verteilen und mit Kristallen, Kleingeld und Ohrsteckern zu füllen. Außerdem gab es dort noch angelaufene, vergoldete Kerzenleuchter, die auf dem Kaminsims toll aussehen würden, und nicht zu vergessen ein Bücherregal mit fünf Brettern für nur zehn Pfund, das ich tapfer allein zur Wohnung trug. Glücklicherweise war der Laden nur ein paar Minuten entfernt, ansonsten wäre mir bei der Anstrengung wahrscheinlich die Lunge geplatzt. Ganz zu schweigen von meinen Armen, die, abgesehen vom Schleppen all der Kartons, die mit alten Schuhen und Handtaschen gefüllt waren und zu den Secondhandläden weiter unten auf der Straße getragen werden mussten, kein Gewichtstraining mehr gehabt hatten.

Aber es waren nicht nur die Fundstücke aus den Läden der Wohltätigkeitsorganisationen und der Onlineshops, für die ich Verwendung fand. Auch einige Sachen von Clares Großmutter entpuppten sich als gar nicht so schrecklich, wie auf den ersten Blick vermutet. Die gruselige Weihnachtskrippe und der ganze andere Weihnachtskram – von dem sie eine Menge hatte – flogen ebenso raus wie die zahllosen Schuhe und all die Wörterbücher, die sie besaß. Aber die Stehlampe mit dem angelaufenen Affen, der sich unten an den Fuß klammerte, die ausgerechnet in einem Schrank versteckt gewesen war, behielt ich ebenso wie ihre hübschen Jugendstilvasen. Ich fragte jedes Mal bei Clare nach, wenn ich etwas Neues fand, das brauchbar war oder vielleicht auch etwas wert, und jedes Mal versicherte sie mir, dass ich es behalten oder wegwerfen könne. Ich war überrascht, wie viel ich dann doch behielt, und Ryan erging es offenbar ebenso, als er ein paar Tage später mit meiner Matratze auftauchte.

»Eins muss man dir lassen, Leo, das Ding hier ist wirklich einwandfrei. Wo soll's denn hin?«, fragte er, als er die Matratze in den Flur zerrte.

»Ins Wohnzimmer.«

»Auf den Boden?«

»Ja«, erwiderte ich, während ich darauf wartete, dass das Wasser kochte – ich hatte um seinetwillen extra einen neuen Wasserkocher gekauft. »Solange das Schlafzimmer noch nicht ausgeräumt ist, bleibe ich im Wohnzimmer.«

»Sie ist größer als manche Wohnung, die ich von innen gesehen habe«, zog er mich auf, als er die Matratze hereinzerrte und sie zu Boden fallen ließ. »Hast du auch Bettwäsche besorgt?«, fragte er.

Ich verdrehte die Augen und brachte ihm einen Becher frisch gebrühten Tee.

»Natürlich«, sagte ich. Obwohl ich das, ehrlich gesagt, komplett vergessen hatte. Wieder etwas, das ich auf meine immer länger werdende Einkaufsliste setzen konnte. Mein Horoskop hatte einmal mehr recht behalten: Ich benötigte definitiv eine Liste.

»Wow«, sagte Ryan, nahm den Becher und blickte sich um. »Du bist ja ganz schön vorangekommen.«

»Ah, wie ich sehe, hast du den verhängnisvollen Fehler begangen, an mir zu zweifeln.«

»O nein, das stimmt nicht. Ich ... ich hätte bloß nicht gedacht, dass es so schnell gehen würde.«

Ich zuckte mit den Schultern und setzte mich wieder hin. Ich hatte mir mithilfe eines gefährlich schiefen Kissenstapels und eines Knietabletts eine kleine Büroecke geschaffen, damit ich etwas an Arbeit erledigen konnte, wenn ich einmal gerade nicht die Wohnung sauber machte oder neu einrichtete.

»Ich bin eine sehr ungeduldige Frau«, erklärte ich ihm, aktualisierte die Seite, an der ich gerade arbeitete, und fuhr fort, meinem neuen Blog-Beitrag den letzten Schliff zu verleihen.

Bei meiner letzten Stunde im Astrologiekurs mit Aoife, die wusste, dass Ryan mir beim Umzug in die Wohnung der Großmutter ihrer alten Freundin half, hatten wir die gesellschaftlichen Planeten Jupiter und Saturn besprochen.

Ich war fasziniert von allem, was mit Saturn zusammenhing, da alles, was in meinem Leben passierte, mit meiner Saturn-Rückkehr zu tun hatte. Während es bei Jupiter um die höheren Werte wie Moral und Ethik zum Zusammenhalt der Gesellschaft ging, waren es beim Saturn die Gesetze, die dem Einzelnen Grenzen setzten und Halt boten.

Als ich mir mein Geburtshoroskop ansah, hatte ich entdeckt, dass die Jupiter-Stellung zum Zeitpunkt meiner Geburt bedeutete, dass ich mir sehr gern Ziele setzte, aber auch erfolgreich war, wenn ich den Blick nach innen richtete. Das erklärte wohl, warum ich so viele Selbstgespräche führte! Für einen gesellschaftsbezogenen Planeten wollte er ironischerweise, dass ich in mich gekehrt war, wie es schien. Wohingegen die Saturn-Stellung bei meiner Geburt offenbar zu einem Überlegenheitskomplex und Schwierigkeiten in der Liebe geführt hatte.

Kris: Findet ihr, dass ich an einem Überlegenheitskomplex leide?
Paige: Kein Kommentar.

Damit hatte ich wohl meine Antwort.

Es machte mir einen Riesenspaß, diese neuen Erkenntnisse in meinen Blog-Beitrag über das Ausräumen der Wohnung und mein neues Singledasein einfließen zu lassen.

Die Tatsache, dass mein Geburtshoroskop erst in den letzten drei Monaten an Einfluss gewonnen hatte, schien mir vorherbestimmt. Hätte ich es gelesen, bevor meine Saturn-Rückkehr mein Leben zerstörte, wäre es mir völlig falsch erschienen, doch genau dann hatte es haargenau gestimmt.

»Worum geht's hier?«, fragte Ryan, der sich hinter mich hockte, um einen Blick auf meinen Bildschirm zu werfen. Ich machte Anstalten, mein Laptop zu schließen, doch dann dachte ich: *Nein. Das hier ist mein sicherer Ort, und warum sollte er nicht wissen, dass ich im Netz über meine Erfahrungen mit der Astrologie berichte?*

»Du wirst es eh für Unsinn halten«, erwiderte ich und tippte weiter, während er mir mit neugierigen Blicken über die Schulter schaute.

»Ich halte alles, das nicht auf Fakten beruht, für Unsinn. Damit habe ich mich an meiner katholischen Schule nicht sehr beliebt gemacht.«

Ich unterdrückte ein Lachen, und er richtete sich mit einem Seufzen auf, ohne einen weiteren Kommentar abzugeben, worüber ich froh war.

»Okay, womit soll ich loslegen?«, fragte er, rieb sich die Hände und ging zu einer Sammlung von Müllsäcken hinüber, die ich dort abgestellt hatte, damit er sie zur Mülldeponie brachte.

»Eigentlich wollte ich mit dir über deine Website sprechen«, sagte ich über meinen Laptop-Bildschirm gelehnt, ehe Ryan weglaufen konnte.

»Oh«, erwiderte er, und seine Augenbrauen verzogen sich ein wenig, als hätte er erwartet, dass ich mein Angebot zurückziehen würde.

»Wenn ich eine Website für dich erstellen soll, dann muss ich mehr über deine Kunst und das, was du präsentieren möchtest, erfahren. Möchtest du eine ›Über mich‹-Seite? Oder einen Shop, ein Portfolio, das sich downloaden lässt? Hast du JPEGs von deinen Arbeiten?«

»Na ja, es sind Fotografien, also ja, ich habe JPEGs«, zog er mich auf.

»Ha ha, sehr lustig, komm her und …« Ich verstummte und tätschelte den Boden neben mir. »Ich habe eine grobe Planung gemacht.«

Ryan vollführte eine kleine, ruckartige Bewegung, gab ein leises »Hmm« von sich und kam herüber, um sich im Schneidersitz neben mir auf dem Boden niederzulassen. Ich neigte den Bildschirm ein wenig und zeigte ihm den Entwurf der Seite.

»Das ist nur eine einfache Orientierungshilfe. Solange ich nicht weiß, was du genau haben willst, kann ich nicht einpflegen oder einbauen.« Ich beobachtete, wie er alles in sich aufnahm und seine Mundwinkel nach oben zuckten. Immer ein gutes Zeichen. »Welche Schwerpunkte möchtest du setzen? Was sollen die Leute sehen, wenn sie auf der Homepage landen?«

»Ehrlich gesagt, habe ich unter diesem Gesichtspunkt noch gar nicht darüber nachgedacht. Ich wollte einfach eine Möglichkeit haben, meine Kunst zu präsentieren, damit mich die Leute finden und nicht umgekehrt. Mir war nicht klar, wie schwer es sein würde, in London an einen Job zu kommen. Ich dachte eigentlich, dass man hier immer noch nach guter alter Dick-Whittington-Manier sein Glück finden kann.«

Ich verdrehte die Augen. Gesegnet seien all die naiven Menschen, die in der Hoffnung auf ein besseres Leben nach London kamen. Es war eine der teuersten Städte der Welt, und alle waren hier, um zu arbeiten oder Party zu machen. Niemand zog aus einem anderen Land nach London, weil es hier die besten Schulen gab oder die Stadt bekannt war für ausgezeichnetes Wohlbefinden und attraktive Wohngebiete. Für so etwas zogen die Menschen aus London weg und nicht her. Die ganze Stadt war eine einzige Wettbewerbszone. Ein Kriegsgebiet der Geschäftemacherei, errichtet auf den Knochen anderer. So lief das mit der Gentrifizierung. In London eine neue Firma aus dem Boden zu stampfen, war so, als würde man beim Enten-Angelspiel eine Papierschnur verwenden.

»Das ist echt süß, aber damit wirst du nicht weit kommen«, sagte ich ihm ganz offen.

»Oh, du findest mich also süß?«

»Das ist nur meine höfliche Umschreibung für ›naiv‹«, erwiderte ich schnippisch.

Ryan zuckte mit den Schultern, blieb offenbar bei seinem Glauben, dass ich ihn süß fand.

»Ich kenne dich ja nicht einmal«, sagte ich. Laut meinem Horoskop war heute kein Tag, an dem man um den heißen Brei herumreden sollte. »Also, ich weiß, dass du Aoifes Neffe bist und Fotograf und dass du aus Irland kommst. Und ich weiß auch, dass du unglaublich rechthaberisch bist und nervst.«

»Ich glaube, das ist das Netteste, was du jemals zu mir gesagt hast, Leo.« Er lehnte sich grinsend nach hinten und stützte sich dabei auf seine Hände.

Ich atmete vernehmlich aus und drehte mich mit dem Laptop auf meinen Knien zu ihm um.

»Das ist mein Ernst. Wenn ich dir eine Website bauen soll, dann muss ich etwas über dich wissen. Über deinen Geschmack, deine Wünsche bezüglich der Gestaltung, sei es bloß deine Lieblingsfarbe.«

»Marineblau.«

»Marineblau ist deine Lieblingsfarbe?«

Er nickte. Ich öffnete ein neues Word-Dokument auf meinem Computer.

»Marineblau«, wiederholte ich.

»Und deine?«

»Meine was?«

»Deine Lieblingsfarbe?«

»Wieso willst du wissen, was meine Lieblingsfarbe ist?«, fragte ich lachend. Er hatte ja nicht vor, eine Website für *mich* zu entwerfen, also was spielte das für eine Rolle?

»Weil so eine einseitige Unterhaltung ziemlich merkwürdig ist.«

»Aber ich muss diese Dinge für deine Website wissen, während du einfach nur fragst, um …«

»Um die Info für kriminelle Zwecke zu verwenden«, beendete er den Satz und verdrehte dabei die Augen. »Du glaubst ja gar nicht, welchen Schaden ich mit dem Wissen um deine Lieblingsfarbe anrichten könnte. Also, mein Masterplan sieht folgendermaßen …«

»*Grün*! Meine Lieblingsfarbe ist Grün. Und jetzt halt die Klappe«, rief ich, und er lachte und stützte sich wieder auf seine Hände. Ich seufzte. »Hast du noch irgendwelche anderen Vorlieben?«

»Geht es auch etwas genauer?«

»Nein, geht es nicht. Du wirst bloß wieder versuchen, dass sich alles um mich dreht.«

Er kicherte, blickte nachdenklich zur Decke und begann dann, langsam alle aufzuzählen. »Ich mag abstrakte Kunst, besonders in Verbindung mit Metall. Ich habe Kunst studiert und sogar einen Abschluss hinbekommen, auch wenn ich ständig einen Kater hatte – oder vielleicht gerade deswegen. Mein Lieblingsbier ist Guinness – furchtbar, wenn man zum Klischee wird, ich hoffe, du nimmst es mir nicht übel. Ich habe mir sogar die Harfe auf die Schulter tätowieren lassen.« Er tippte sich auf die Rückseite seiner Schulter, um es zu verdeutlichen. »Ich mag klassische Musik, wer hätte das gedacht, nicht wahr? Ich höre sie am liebsten, wenn ich Fotos bearbeite und wenn ich mal rauswill aus meinem Kopf. Ähm, was sonst noch …«

»Erzähl mehr von deinen Fotos. Ich habe noch keine gesehen. Was fotografierst du?«

»Eigentlich alles und jedes«, erwiderte er. »Ich bin kein großer Fan von Porträtfotos, was angesichts meines Hauptberufs ein etwas unglücklicher Umstand ist. Es ist fast unmöglich, jemanden dazu zu bringen, in einer Pose zu verharren, die man einfangen will. Jedes gute Foto wurde unbemerkt aufgenommen, was bedeutet, dass du ständig auf der Suche nach einem Moment bist und darauf hoffst, dass er genau an dem Tag geschieht, an dem du deine Kamera bei dir hast. Während man bei Landschaften und Motiven im Voraus planen kann. Wenn du weißt, dass du einen Sonnuntergang aufnehmen möchtest, kannst du nachsehen, wann die Sonne untergeht, und deine Kamera aufstellen. Wenn du ein Motiv aufnehmen willst, dann musst du es nur wie gewünscht in Szene setzen, und es wird genau so bleiben, wie du es haben willst. Das ist Kontrolle.«

»Du hast also gern alles im Griff?«, bemerkte ich und kam mir dabei fast wie eine Therapeutin vor, während ich mir im Geiste Notizen über Ryan und seine Vorstellung von seiner Arbeit machte.

Er zuckte mit den Schultern. »Das ist eine Art, es zu sehen. Meiner Ansicht nach ist es eher so, dass ich Verlässlichkeit den Vorzug gebe. Ich habe keine Zeit für Unberechenbarkeiten oder irgendwelche Wunschträume.«

»Warum bist du dann nach London gekommen? Wenn es darum geht, hier eine Firma zu gründen oder eine Karriere zu starten, dreht sich doch alles nur um Unberechenbarkeiten und Wunschträume. Da gibt es nicht viel, worauf du dich verlassen kannst. Ich als Freiberuflerin sollte das besser wissen als jeder andere.«

»Aoife hat mich gebraucht«, sagte er nur. Da war kein Zögern in seiner Stimme, es war nichts weiter als eine Tatsache für ihn.

»Oh«, erwiderte ich, und plötzlich wurde mir klar, was er vor ein paar Tagen damit gemeint hatte, als er mir erklärte, dass er mit Aoife zusammenwohnte und keine eigene

Wohnung benötigte. Es lag also nicht daran, dass er keine brauchte oder wollte, sondern dass er aus einem bestimmten Grund in London war, und dieser Grund hieß Aoife.

»Sie hat dir nie etwas über ihre Muskelschwäche erzählt, stimmt's?«, sagte er und beugte sich wieder nach vorn.

»Nein, das hat sie nicht. Wir haben es im Kurs natürlich alle bemerkt, aber wir wollten nicht unhöflich sein und haben deshalb nie nachgefragt.«

»Sie leidet an Muskeldystrophie. Muskelschwund. Eine degenerative Erkrankung. Was bedeutet, dass ihre Muskeln mit der Zeit einfach immer schwächer werden und abbauen, und das ist leider sehr schmerzhaft. Aber sie lässt sich nicht unterkriegen.«

Ein anderes Lächeln als das, das ich von ihm kannte, erschien auf seinem Gesicht: ein stolzes Lächeln. Bisher hatte ich einen solchen Gesichtsausdruck immer als ein Zeichen von Traurigkeit gedeutet. So wie mein Großvater lächelte, wann immer er von seiner Hochzeit mit meiner Großmutter erzählte.

»Das tut mir wirklich leid«, sagte ich und empfand echtes Mitgefühl für Aoife (und überraschenderweise auch für Ryan). »Das ist gewiss nicht leicht.«

»Nein, das ist es wirklich nicht«, bestätigte er, aber sein Lächeln verwandelte sich schon wieder in die gewohnte Version, bei der ich das Gefühl hatte, dass er sich über mich lustig machte. »Aber so ist es nun einmal, und ich helfe gern. Ich liebe Aoife, ich stehe ihr sehr nah.«

»Was ist mit deiner Familie?«

Er zuckte wieder mit den Schultern. »Ich bin das mittlere Kind von fünf, und meine Eltern sind geschieden. Im

Gegensatz zu meinen Geschwistern habe ich mich nicht entschieden, permanent bei einem Elternteil zu leben, und bin seit meiner Kindheit immer zwischen beiden hin- und hergependelt. Aus diesem Grund habe ich zu niemandem aus meiner Familie eine enge Bindung. Ich armer Tropf«, spottete er. »Außerdem heißt das ja nicht, dass ich mit ihnen klarkommen muss, bloß weil wir eine Familie sind. Aoife war die einzige Konstante für mich. Deshalb habe ich meine Ferien immer bei ihr verbracht. Und was ist mit dir?«

Ich merkte ihm an, dass er das Thema »Familie« – sofern es ihn betraf – so rasch wie möglich beenden wollte, und so schluckte ich den Köder, wobei ich das mit Aoife und seiner Entscheidung, herzukommen und offenbar ohne weitere Verbindungen zu anderen Leuten bei ihr in einer fremden Stadt zu leben, immer noch als merkwürdig empfand.

»Also, ich hatte eine schöne Kindheit.«

»O ja, streu nur Salz in die Wunde.«

»Das war nicht meine Absicht …«, begann ich, merkte aber, dass er mich auslachte. Ich stieß einen Seufzer aus. »Ich bin bei meiner Mutter und meinem Großvater aufgewachsen. Mein Vater und meine Mutter hatten sich schon vor meiner Geburt getrennt, und es ist ganz okay, aber es war wirklich toll, bei meiner Mutter aufzuwachsen. Ich bin wie Rory aus *Gilmore Girls,* aber ohne diese mit Defiziten belasteten Boyfriends.« Nun ja … äh … vielleicht war ich Rory doch ähnlicher, als ich dachte …

»Prima. Wie ist deine Mutter denn so?«

»Oh, sie tanzt nach keiner Pfeife und tut meist das, was ihr gefällt. Schließlich hat sie mich Krystal genannt«, sagte ich, als wäre das nicht schon eine offensichtlich merkwürdige

Wahl. Meine erste Wahl war es auf jeden Fall nicht. Ich sah mich eher als eine Katie oder Charlotte und nicht als eine verdammte Krystal Baker.

»Steht sie auch auf diesen ganzen Quatsch?«, fragte Ryan grinsend.

»Irgendwie schon. Aber ich bin nicht etwa nach Heilkristallen benannt, auch wenn sich mein Name mit K schreibt.« Er gab ein gedehntes »*Ooh*« von sich. »Es musste eben etwas Besonderes sein. Schließlich waren es die Neunziger, und meine Mutter wollte sich nicht anpassen.« Ich hielt meine Finger zum Friedensgruß in die Höhe, um die Persönlichkeit meiner Mutter als »Feministin der dritten Welle mit einer schlechten Meinung von der Gesellschaft« auf den Punkt zu bringen. Ich schmunzelte in mich hinein. »Mein Grandad ist toll. Er ist irgendwie süchtig danach, so viele Versionen seiner selbst wie nur eben möglich zu verkörpern.«

»All das klingt, als ob du eine sehr abwechslungsreiche Kindheit gehabt hättest«, bemerkte Ryan. Ich sah ihm an, dass er ein wenig überrascht war zu erfahren, dass ich nicht in einem schicken Viertel in einem Häuschen mit weißem Gartenzaun und mit einem niedlichen Hund in der perfekten Kleinfamilie groß geworden war. Aber wer tut das heutzutage schon noch?

»Wann bist du von zu Hause ausgezogen?«

»Sollte ich nicht eigentlich *dich* besser kennenlernen?«, fragte ich.

»Funktioniert es nicht auch in beide Richtungen? Es ist wie dieses Spiel, das aus zwanzig Fragen besteht.«

»Ist es nicht.«

Er grinste. »Komm schon, Leo. Tu mir den Gefallen.«

Ich stieß einen Seufzer aus und versuchte, mich nicht von diesem süßen Lächeln einwickeln zu lassen. Es war einfach so leicht, sich mit ihm zu unterhalten, selbst wenn er sich über mich lustig machte und mich Leo nannte. Seit ich Tina zum ersten Mal begegnet war, hatte ich mich in der Gegenwart eines anderen Menschen nicht mehr so wohlgefühlt.

»Ich bin zur Uni gegangen und habe Kommunikationswissenschaften studiert.«

»Ich wette, du hast mit Auszeichnung abgeschlossen.«

»Allerdings«, erwiderte ich mit einem gewissen Stolz. Er spendete mir kurz Beifall, und ich musste mich beherrschen, um ihm keinen Klaps zu verpassen. »Dann bin ich mit meiner Freundin Tina nach London gezogen und habe Praktika gemacht und Berufserfahrung gesammelt und all diese lustigen Sachen. Das war, bevor ich David begegnet bin.«

Bei der Erwähnung von David gab ich ein ausdrucksloses Lachen von mir. Ryan runzelte verwirrt die Stirn. Natürlich hatte er keine Ahnung, wer David war. Wenn ich *David* sagte, war es so, als würde ich *Alkohol* oder *Universität* sagen: Ich war erwachsen geworden, und er war einfach aufgetaucht.

»Mein Ex«, erklärte ich bedrückt und versuchte, dabei unbeschwert zu wirken.

»Verstehe.« Ryan rieb sich die Stirn. »Ich habe das Gefühl, dass ich gerade in ein kürzlich stattgefundenes Drama geraten bin.«

»Ich würde eher sagen, du bist mit all deinen nervigen Fragen mit dem Bulldozer reingeprescht.«

Er zuckte mit den Schultern. »Wie war David denn so? Ich muss zugeben, ich stelle mir einen in Kaki gekleideten Hipster mit Tattoos und Man Bun vor.«

Ich gab einen spöttischen Laut von mir. »Voll daneben. Er ist ein verfluchter Buchhalter. Ging in Anzug und Krawatte zur Arbeit, an den Wochenenden ins Fitnessstudio, und er hatte alle Bücher von Clive Cussler im Regal stehen. Wir sind zusammen zur Driving Range gefahren, an unserem Ausgehabend in einem der drei ewig selben Restaurants essen gegangen und haben Netflix und Chillen buchstäblich zu einer Lebensart gemacht.«

»Klingt ...« Ryan schüttelte den Kopf, und ich sah ihm an, dass er ein Lachen zu unterdrücken versuchte.

»Was? Todlangweilig?«, sagte ich lachend, auch wenn ich keine Ahnung hatte, warum. Es kam mir plötzlich so vor, als müsste ich mein bequemes Normalo-Leben rechtfertigen, obwohl es bereits vorbei war – und, wie sich herausstellte, alles andere als Normalo gewesen war. »Am Ende ist alles total in die Brüche gegangen«, begann ich, ohne es wirklich beabsichtigt zu haben. »Wie sich herausstellte, wollte er nie eine monogame Beziehung, und während ich glaubte, dass wir nicht ohne einander leben konnten, stellte sich heraus, dass ich bloß eine von vielen gewesen bin. Eine von *sehr, sehr* vielen.«

»Scheiße.« Ryan sog die Luft durch seine Zähne ein. »Also, der Typ klingt wie ein totaler Idiot.« Sein irischer Akzent verlieh dem Ganzen einen so wundervollen Klang, dass ich mich bewusst daran erinnern musste, es zu ignorieren.

»Ich möchte mich bei allen Hipstern entschuldigen, die ich zuvor beleidigt habe. Typen wie er sind eins der schlimmsten Übel der Menschheit, und als ein Angehöriger der männlichen Spezies kann ich mich nur entschuldigen.«

Er legte sich die Hand aufs Herz und lehnte sich unterwürfig nach vorn, und ich versetzte ihm einen spielerischen Schubser.

»Genug von mir«, sagte ich mit strenger Stimme und wandte mich wieder meinen Notizen über ihn im Word-Dokument zu.

»Ich glaube, ich habe jetzt erst einmal genug, um weiterzumachen. Aber ich könnte einige Fotos von dir gebrauchen, und das so bald wie möglich, um mir ein wirklich gutes Gestaltungskonzept einfallen zu lassen.«

Er nickte, fand sich damit ab, dass ich zum Thema David nichts weiter mehr sagen wollte, was er zu respektieren schien. Er griff nach dem Smartphone in seiner Gesäßtasche. »Okay, ich werde mir eine Erinnerung einstellen. Gibt es sonst noch etwas, was du benötigst?«

»Einen Lebenslauf, die Kontaktdaten, unter denen du am besten zu erreichen bist ... Also die Basics jedes Unternehmens.«

»Wo machst du all das?«, fragte er plötzlich, legte sein Smartphone zur Seite und blickte sich im Zimmer um.

»Wie meinst du das? Ich mache es natürlich auf meinem Laptop«, erwiderte ich und deutete mit einer trägen Handbewegung auf das MacBook auf meinem Schoß.

»Nein, ich meine, wo ist dein Schreibtisch und dein ganzer Bürokram?«

Mit einer schwungvollen, ausholenden Geste verwies ich auf die Sofakissen und das Knietablett.

»Du siehst es vor dir.«

»Hier?«, fragte er und zeigte auf den Boden. »Du machst all das hier auf dem Boden?«

»Na ja, ich habe noch nicht wirklich die Mittel, um mir einen Schreibtisch zu kaufen. Darf ich dich an meine Matratze für fünfundsiebzig Pence erinnern?« Wir lachten beide.

»Ich verstehe«, sagte er und stand mit einem Stöhnen auf, das so gar nicht zu einem Mann seines Alters passte. »Na schön, dann werde ich mal zusehen, dass ich dir noch etwas mehr Platz verschaffe. Ich kann ja nicht zulassen, dass du inmitten von diesem Chaos an meiner Website arbeitest, auf die die Welt gewartet hat. Was für eine Inspiration wäre das denn?«

»Wie überaus großzügig von dir«, erwiderte ich mit einem sarkastischen Tonfall und lehnte mich wieder an die Kissen, um die Gestaltung seiner Website voranzubringen.

Am nächsten Tag schob ich im Supermarkt einen Einkaufswagen durch die Gänge, der bis zum Rand mit Artikeln der Hausmarke und Sonderangeboten gefüllt war. Wenn das so weiterging, würden meine Mahlzeiten hauptsächlich aus Reis und Bohnen, Orangeade und Frühstücksriegeln bestehen. Ich betrachtete sehnsüchtig den Instantkaffee meiner Lieblingsmarke, als mein Smartphone brummte und ich sah, dass ich eine Nachricht von Ryan hatte.

Ryan: *Du warst nicht zu Hause, aber ich habe dir etwas vor die Tür gestellt, das du gebrauchen kannst.*

Was? Ich hatte ihn um nichts gebeten, und ich war mir ziemlich sicher, dass ich eine Menge Dinge *gebrauchen konnte.* Also was hatte Ryan mir wohl dagelassen?

Ich war so neugierig darauf, es herauszufinden, dass ich unverzüglich die Kasse ansteuerte, um nach Hause zu kommen.

Als ich beladen mit schweren Einkaufstaschen in meine Gasse einbog, sah ich schon von Weitem, was Ryan dort für mich hingestellt hatte.

Es war ein schlichter weißer Schreibtisch mit aufgemalten marineblauen Sternen und Halbmonden an den Seiten. Und auf der kleinen Schublade vorn klebte ein Post-it, auf dem *Öffne mich* stand. Ich stellte die Einkaufstaschen rasch auf dem Boden ab und folgte der Aufforderung. In der Schublade lag ein gefalteter Zettel.

> Leo, wenn du eine halbwegs vernünftige Website zustande bringen willst, dann benötigst du einen halbwegs vernünftigen Schreibtisch, an dem du arbeiten kannst. Ich hoffe, er gefällt dir.

Ich lachte ungläubig. Ich hatte ja keine Ahnung, dass Ryan ein solcher Künstler in Sachen Upcycling war, aber meine Vermutung, dass die Malereien sein Werk waren, bestätigte sich, als ich in einem der Halbmonde seine Markensignatur RM entdeckte. Ich strahlte von einem Ohr zum anderen. Der Schreibtisch war einfach toll.

19

Löwe: Sie werden feststellen, dass es leichter ist, in einer Partnerschaft Sie selbst zu sein. Vollmond im Widder.

Der Oktober verging wie im Flug. Tina und Paige kamen am ersten Samstag im Monat vorbei, um sich meine tolle neue Wohnung anzusehen. Davon waren sie zumindest ausgegangen. Stattdessen wurden sie im Flur von Müllbeuteln begrüßt und mussten im Wohnzimmer mit Bodenkissen vorliebnehmen, die Staubwolken ausstießen, als sie sich auf ihnen niederließen.

Es war Paige, die vorschlug, zum Essen auszugehen, anstatt uns etwas in die Wohnung liefern zu lassen, und Tina griff sogleich ohne jede weitere Diskussion nach ihrer Jacke. Da wusste ich, wie wenig sie von der Wohnung hielten. Aber mir war nicht klar gewesen, wie sehr es mich verletzen würde.

Ryan und ich hatten wirklich hart gearbeitet, um das ganze Durcheinander zu beseitigen. Er war bereits fünfmal mit einer vollen Wagenladung zur Mülldeponie gefahren, und der Boden war nun endlich frei. Lediglich ein paar Kartons mit einigen Sachen für Clare und ein paar Abfallsäcke standen herum, die noch vom Ausräumen des Gerümpels im Bad stammten. Clares Großmutter hatte in ihrem ganzen Leben offenbar nicht eine einzige Flasche Pantene weggeworfen. Das Badezimmer war eine wahre Hommage an diese Marke.

Nach Tinas und Paiges eher enttäuschendem Besuch entschied ich mich, lieber noch eine Weile für mich zu bleiben.

Außer Ryan und den Ladys vom Astrologiekurs traf ich kaum jemanden, da ich die Wohnung nur verließ, um mir etwas zu essen zu besorgen, zum Kurs zu fahren oder meine Runde durch die Secondhandläden und über die Flohmärkte zu drehen. Ich konnte meine Beinhaare langsam flechten, weil ich nicht das Bedürfnis verspürte, sie abzurasieren. Und ich schlief stundenlang auf meiner überraschend bequemen Matratze.

Mit Ryans Hilfe schaffte ich es, den Abladeplatz – genannt Schlafzimmer – auszuräumen und mir mit einem billigen Bambusrahmen von Amazon ein richtiges Bett hineinzustellen.

Das Wohnzimmer wurde von Tag zu Tag geräumiger. Ich hatte zwar außer einem billigen Bürostuhl an meinem Schreibtisch immer noch keine andere Sitzmöglichkeit, aber mir kam es trotzdem gemütlich vor. Durch all die kleinen persönlichen Noten wie die goldfarben schimmernden Kerzenleuchter und die alten Rahmen, die ich an einem Vintage-Stand in der Brick Lane erstanden hatte, kam ich mir inmitten meiner billigen Habseligkeiten fast schon ein wenig dekadent vor. Die Küche erschien allerdings von Tag zu Tag mehr in ihrer Zeit stehen geblieben, und die gelben Schränke schrien förmlich nach einem Anstrich. Ryan verbrachte viel

Zeit auf den Knien, um Schrauben an Regalböden festzuziehen, und flippte jedes Mal aus, wenn er dabei ein Spinnennetz entdeckte.

Wir teilten die Tage, an denen er vorbeikam, um die letzten Reste der unerwünschten Haushaltswaren zu entrümpeln, in Fahrten zur Müllhalde, dem Reinigen der Oberflächen und einfache Heimwerkeraufgaben auf, bevor wir Zeit damit verbrachten, über die Website zu diskutieren, bei der sich alles immer besser zusammenfügte.

Ryan schickte mir eines Abends seine Fotos, als ich es mir im Bett gemütlich gemacht hatte und mir gerade zum tausendsten Mal *Das Damengambit* auf meinem Smartphone anschaute. Ich war fasziniert von den Aufnahmen und verstand auf Anhieb, was er damit gemeint hatte, einen Moment festzuhalten, den man darstellen und beeinflussen kann.

Seine Fotos waren eine Kombination aus den üblichen Landschaftsfotos, die Verwendung als Desktop-Hintergrund fanden, aus Lifestyle-Fotos, wie man sie in den Archiven der Bildagenturen fand, und Aufnahmen, die in eine Galerie auf der King's Road gepasst hätten. Er fotografierte Produkte, malerische Momente und auch den gelegentlichen Schnappschuss, der ein Lebensgefühl auf Londons Straßen widerspiegelte, oder ungestellte Aufnahmen von irgendwelchen Leuten.

Mein Lieblingsfoto zeigte eine schlichte Silberhalskette mit einem Kristallanhänger, die an einem Holzspiegel herabhing und darunter – leicht unscharf – ein brennendes Räucherbündel aus Salbei. Der aufsteigende Rauch vom Salbei, dazu die Art und Weise, wie der Spiegel das Licht reflektierte und es durch den Kristall schien, ließ das Ganze so lebendig wirken. Das Bild fing einen Moment ein, der in seiner

Schlichtheit wunderschön war, und am Ende nahm ich dies als Grundlage für die Gestaltung der Einstiegsseite der Website. Ich benutzte seine Fotos sogar für meine Traumcollage auf ZodiActually und machte mir jeden Tag Gedanken darüber, wo ich ein paar Vintage-Fotorahmen finden könnte, um sie in meiner Wohnung für eine Galeriewand zu verwenden. Wieder etwas für meine Liste der Dinge, die ich kaufen wollte, wenn ich mal wieder Geld hatte.

Mit Ryans neuer Website ging es gut voran, auch wenn sie für eine Weile in den Hintergrund geraten war, da meine freiberufliche Arbeit Vorrang hatte.

»Was machst du an Halloween?«, fragte ich ihn eines Tages, als er gerade am Kamin kniete und die Fußleisten strich. Diese Arbeit ging weit über seine Lieferwagen-Vereinbarung mit Clare hinaus, aber er hatte mir sehr deutlich gemacht, dass er es keinesfalls zulassen würde, dass ich seine ganze harte Arbeit während der Entrümpelungsaktion womöglich durch einen schlampigen Anstrich ruinierte.

»Farbe ist etwas Heiliges, Leo. Also lass die Finger davon!«, hatte er zu mir gesagt und dabei die Dose Dulux an seine Brust gedrückt wie ein Pirat seine Beute. Ich sah keinen Grund, mich zu beschweren. Wenn er umsonst weiterarbeiten wollte, würde ich ihn ganz bestimmt nicht davon abhalten.

Er zuckte bei meiner Frage mit den Schultern, ohne aufzublicken. »An Halloween? Nichts.«

»Kein Süßes oder Saures?«, zog ich ihn auf, und er schnaubte nur verächtlich.

»Ich gehe mit den Mädels in einen unserer Lieblingsclubs«, sagte ich. Das war Tradition bei uns, und die würde auch nicht durch mein Abtauchen in den letzten Wochen gebrochen. Tina hatte eine Nachricht in unsere Gruppe gestellt und um meine Anwesenheit gebeten.

Tina: Verwandle Hocus Focus in Hocus Pocus! Es ist Zeit für Halloween!!!
Tina: Entweder du gehst mit uns aus, oder ich werde deine neue Wohnung mit Mehlbomben bewerfen!
Tina: So oder so: Ich werde meine Halloweenfantasie ausleben. Ich sage nur »Heimweh nach St. Louis«.
Paige: Diese Anspielung ist …
Tina: GENIAL!

Ich musste *Heimweh nach St. Louis* erst googeln, um zu verstehen, dass sich die Anspielung auf eine Halloween-Episode in dem Musicalfilm bezog. Und dabei fiel ich in ein Judy-Garland-Loch und kam erst wieder weinend daraus hervorgekrochen, nachdem ich Renée Zellweger in *Judy* gesehen hatte.

Kris: Du hattest mich schon bei Hocus Focus!

Wir hatten das Ganze gemeinsam geplant und Kostüme bestellt – glücklicherweise war meins verblüffend einfach und daher unglaublich günstig.

»Wieso unternimmst du nichts mit deinen Freunden?«, fragte ich.

»Ich glaube nicht, dass Clubbing für Aoife machbar ist«, witzelte er.

»Und was ist mit anderen Freunden?«

Als keine Antwort kam, begriff ich, was sein Schweigen bedeutete. Kein Wunder, dass er so scharf darauf war, mir zu helfen, und immer wieder vorbeikam, als wäre er mein ganz eigener *Queer Eye* Bobby Berk.

»Also, wenn du Lust hast, kannst du gern mitkommen«, sagte ich zu ihm, auch wenn ich eigentlich besser vorher mal mit Tina und Paige gesprochen hätte, da dies normalerweise ein reiner Mädelsabend war. David war nie mitgekommen und hatte sich – zumindest am Anfang unserer Beziehung – zu Halloween immer darüber beschwert, dass wir nie Partnerkostüme hatten, aber doch als Morticia und Gomez von der Addams Family oder als Salz und Pfeffer gehen konnten.

Eigentlich waren mir meine Mädelsabende heilig, und ich wollte nie eine Frau sein, die immer bloß über ihre »bessere« Hälfte oder Zukunftspläne sprach. Welch eine Ironie im Nachhinein!

»Ich war hier in London noch nie in einem Club«, bemerkte Ryan beiläufig.

»Noch *nie*???«

»Na ja, es ist ziemlich deprimierend, allein hinzugehen, findest du nicht?«

Da konnte ich schlecht widersprechen.

»Ich gehe sowieso lieber in den Pub. In Irland gibt's eigentlich viel mehr Pub Discos als Clubs.«

»O ja, die finde ich auch toll«, rief ich und dachte dabei an meine Lieblingshotspots in London mit ihren klebrigen, rechteckigen Tanzflächen auf der einen Seite und den herrlich glitzernd geschminkten Shot Girls auf der anderen, die Club Tropicana im Angebot hatten. »Der Laden, in den wir gehen, ist so eine Art Mittelding. Er nennt sich *Cheese Club.*«

»*Cheese Club*?«, wiederholte er mit einem Gesichtsausdruck, der fasziniert und entsetzt zugleich schien.

»Ja. Meine Freundin Tina steht auf schrottige Popmusik. Und die läuft dort rauf und runter. Du solltest mal sehen, wenn sie die Tanzfläche stürmt und loslegt, egal welcher Song gerade läuft. Und dabei muss sie nicht mal betrunken sein. Sie beherrscht den Macarena, den Wurm, die Moves zu *Oops Upside Your Head*! Einfach alles!«

»Ich habe schon seit Jahren niemanden mehr zu *Oops Upside Your Head* tanzen sehen, es sei denn, auf irgendeiner Hochzeitsfeier!«

»Für Tina ist das obligatorisch. Ich habe Videos, die das beweisen.«

»Klingt beeindruckend«, sagte er und wandte seine Aufmerksamkeit wieder den Fußleisten zu.

»Du solltest mitkommen«, sagte ich bestimmter als zuvor, was mich selbst überraschte. »Das wird lustig. Betrachte es als eine kleine Auszeit von deinem Job hier als Maler und Innenarchitekt. Ich gebe auch die erste Runde aus.«

»Eine ganze Runde? Da hat aber offenbar jemand Glück mit seinem aktuellen Horoskop ...«

Ich loggte mich rasch über mein Laptop in die Horoskop-App ein, um sicherzugehen, dass ich nicht soeben die falsche Entscheidung getroffen hatte. Aber glücklicherweise beinhalteten die Empfehlungen des Tages, die Hand zu reichen, auf Flüssigkeitszufuhr zu achten und Dinge zuzulassen. Meiner Ansicht nach fand sich all dies in meiner Einladung, uns zu begleiten, wieder.

Einige Tage später ermutigte mich mein Horoskop, meinen Gesundheitshorizont zu erweitern und in sportlicher Hinsicht einmal etwas Neues auszuprobieren. Da ich – nicht zuletzt wegen ihrer Assoziationen mit David – gegen Fitnessstudios allergisch war, fand ich Yoga reizvoller.

Ich meldete mich für einen Kurs an, der sich darauf konzentrierte, die Chakren auszurichten, was meiner Ansicht nach auch astrologisch passte. Außerdem fand er nicht weit von meiner neuen Wohnung in einem heruntergekommenen Saal hinter einer Kirche in Camden statt.

Der Kurs kostete fünfzehn Pfund pro Stunde und sollte eigentlich für Anfänger sein, aber als ich eintraf, fand ich mich inmitten von Männern und Frauen mit Sixpacks und eigenen Yogamatten wieder. Ich war eine von zwei Teilnehmerinnen, die die Kursleiterin um eine Matte bitten musste, und die andere Frau verkündete derweil lautstark, dass sie nur deshalb keine dabeihabe, weil die extra für den Kurs von ihr bestellte versehentlich in Mintblau und nicht in Kobaltblau geliefert worden sei.

Ich hätte wissen müssen, dass das hier vermutlich nicht der richtige Kurs für mich war. Aber ich hielt mich an das, was mein Horoskop mir aufgetragen hatte, und schaffte es im hinteren Teil der Kurses in die Position des Schmetterlings. Mein Smartphone hatte ich dreisterweise neben mich gelegt, damit ich mitbekam, was an diesem Abend in unserem Gruppenchat »Kammer des Schreckens« vor sich ging.

Paige und Tina hatten sich in den letzten Tagen, seit ich begonnen hatte, ihre Textnachrichten regelmäßiger zu beantworten, wieder häufiger gemeldet. Mir war gar nicht bewusst gewesen, wie sehr ich mich zurückgezogen hatte, bis ich drei ungelesene Nachrichten von Tina über ihren katastrophalen Elternabend entdeckte. Ein Elternteil war betrunken aufgetaucht und hatte ihr Willkommensschild vollgekotzt, an dem sie fast einen ganzen Tag gebastelt hatte. Böse Krystal, schimpfte ich mit mir und gelobte, wieder öfter zu antworten.

»Und wir atmen«, sagte die Yogalehrerin, die nach einigem leeren Gerede endlich mit dem Kurs begann.

Und wir atmeten … und atmeten … und atmeten.

Ich atmete schon mein ganzes Leben, daher verstand ich nicht, warum mir diese Frau fünfzehn Pfund in der Stunde dafür abknöpfte.

Kris: Wie kann man so was als Übung bezeichnen?

Ich textete den Mädels heimlich, während alle um mich herum ihre Augen geschlossen hatten und laut durch die Nase pfiffen.

Ich war wirklich gewillt, meine Chakren auszurichten, aber irgendwie kamen mir die Kristalle um meinen Hals dabei nützlicher vor als meine Lunge.

Tina: Warte nur, bis du zum herabsausenden Hund kommst.
Tina: VERDAMMT! Herabschauenden Hund.
Tina: Blöde Autokorrektur.
Paige: Du hast immer eine Ausrede …

Ich biss mir auf die Lippe, um nicht laut zu lachen, aus Furcht, damit die Atmosphäre im Raum zu stören, sodass wir alle mit dem Atmen wieder von vorn anfangen mussten. Glücklicherweise gelang es mir, mich zu beherrschen. Mit einem gehauchten Seufzer ermutigte uns die Yogalehrerin, die Position der Kobra einzunehmen.

»Das Becken bleibt dabei auf dem Boden«, hauchte sie. Ich zog mein Smartphone nach vorn, damit ich verfolgen konnte, wie es mit Paiges und Tinas sarkastischer Unterhaltung weiterging.

Kris: Ich mach grad die Kobra!

Nachdem ich ein oder zwei Minuten in der Pose verharrt hatte, wurde es mir langweilig, und ich blickte auf mein Display.

Paige: Die einzige Stellung, die ich einnehmen würde, ist der dreibeinige Hund.

Ich gab ein Schnauben von mir, legte rasch meine Hand auf die Nase und flüsterte *»Sorry, musste niesen«* zu den Yogis neben mir, die mich anfunkelten.

Tina: Ein Klassiker.
Tina: Habe es auch mal mit Yoga versucht. Dann wurde mir klar, dass es billiger ist, auf meinem eigenen Boden zu liegen.

Ich kicherte in mich hinein, aber sie hatte im Grunde recht. Wieso hatte ich mich angemeldet und bezahlte für diese Stunde? YouTube war umsonst, und ich war mir ziemlich sicher, dass ich genug Willenskraft besaß, es zu Hause durchzuziehen. Außerdem musste ich nicht einmal irgendwelche Möbel zur Seite rücken. Dafür hatte Ryan gesorgt.

Paige: Ich finde, das einzig Nützliche an Yoga ist, dass man als Single danach selbst den Reißverschluss vom Kleid schließen kann.

Und genau aus dem Grund waren Paige und ich Freundinnen. Wir tickten gleich.

Paige: Komm doch vorbei und spiel Twister mit uns. Da hast du die gleiche Wirkung.
Kris: Würde ich gern. Aber für £15 will ich etwas von der Stunde haben.

Gerade als ich meine Antwort gesendet hatte, wies uns die Yogalehrerin an, zur Eidechse überzugehen, was im Grunde nur ein tiefer Ausfallschritt nach vorn war, in dem wir verharren sollten, was es mir sehr viel leichter machte zu texten.

Kris: Ich habe übrigens Ryan gefragt, ob er an Halloween mit uns in den Cheese Club gehen will. Hoffe, das ist okay.
Tina: Was???
Kris: Ist unser Mädelsabend, ich weiß. Aber er hat keine Freunde.
Kris: Ist noch keinmal in London ausgegangen.
Kris: Er hat mir leidgetan.

Paige: Pech für ihn, aber das ist nicht ohne Grund ein Mädelsabend!
Kris: Aber jetzt, wo wir alle Singles sind, warum machen wir nicht einen Singlesabend daraus?
Kris: Ihr werdet ihn mögen.
Tina: Ich würde ihn schon gern kennenlernen …
Tina: Deinen umwerfenden Bastler.
Kris: Er ist nicht mein Bastler.
Tina: Also gibst du zu, dass er umwerfend ist.

Ich verdrehte umständlich mein vorn stehendes Bein, um in die halbe Taube zu kommen. Also wirklich, wer auch immer die Bezeichnungen für diese Posen erfunden hatte, gehörte im Interesse der Menschheit in den Kerker geworfen.

Kris: Tue ich nicht!
Kris: Es ist ein Wunder, dass wir überhaupt höflich miteinander umgehen.
Tina: Du hast ihn gerade zu unserem Mädelsabend eingeladen. Das hast du nicht mal für »den, dessen Name nicht genannt werden darf« getan!
Paige: Das geht ein bisschen über Höflichkeit hinaus …

Ich verdrehte die Augen und konzentrierte mich wieder auf meine Taubenpose, die, ehrlich gesagt, ziemlich schmerzhaft war. Ich hatte den Verdacht, dass ich dabei etwas falsch machte, da mich der Yogi neben mir angrinste, als kenne er ein Geheimnis, das mir verborgen blieb.

Tina: Wäre es furchtbar unhöflich, ihn wieder auszuladen?
Paige: Scheiß auf Höflichkeit, sag ihm, es gibt eine Planänderung.
Paige: Mädelsabend! Schon vergessen???

Ich saugte an meiner Unterlippe. Normalerweise wäre ich bereit gewesen, das zu tun, was die Mädels wünschten, und einfach Spaß zu dritt zu haben. Aber ich vermochte das Gefühl nicht abzuschütteln, dass ich ihn dabeihaben wollte. Ich glaubte sogar, ich würde ihn den Mädels gern vorstellen – und das nicht nur, weil er keine Freunde in der Stadt hatte.

Oh, Shit.

Ich spürte, wie mein Bein nachgab und ich zur Seite kippte. Die Yogalehrerin blickte – zunächst verständnisvoll – zu mir herüber, doch als sie mein Smartphone mit den eintreffenden Nachrichten der Mädels entdeckte, starrte sie mich stattdessen wütend an.

Kris: Kann er bitte mitkommen?

Ich schrieb weiter, nachdem ich mich gerade noch rechtzeitig wieder aufgerappelt hatte, um mit den anderen in die Schmetterlingspose zurückzukehren.

Kris: Er ist stubenrein und Ire. Ich wette, er wird euch um den kleinen Finger wickeln.

So wie er mich um den kleinen Finger gewickelt hatte?

Tina: Er ist Ire!!!
Tina: Warum hast du das nicht gleich gesagt?!

Und wie der Munchkin an den Toren zur Smaragdstadt, völlig aus dem Häuschen bei der Erwähnung des Zauberers, gelangte der Ire in unseren Gruppenausflug. Sogar Paige ließ sich erweichen.

Paige: Mal sehen, wie viel er verträgt.

20

Löwe: Heute steht eine Menge auf dem Spiel,
und die geringste Regung hat eine um ein Vielfaches
vergrößerte Wirkung.
Sonne und Saturn vereinen sich in der Beziehungszone.

Halloween kam überraschend schnell. Bei all den freiberuflichen Projekten, auf die ich mich konzentrieren musste, dazu noch Ryans Website und die Entrümpelung der Wohnung, schien die Zeit, die ich für mich selbst zu Verfügung hatte, ebenso rasch zu schwinden wie die Tagesstunden.

Schon bald saß ich in einem Taxi auf dem Weg zum *Cheese Club* im Südosten Londons und trug dabei nichts weiter als einen schwarzen Trenchcoat am Leib und eine goldfarbene Venusbüste in der Hand: Damit war ich unverkennbar *Fleabag* aus der gleichnamigen TV-Serie.

Unser Thema für das diesjährige Halloween-Event waren Filmfiguren von Phoebe Waller-Bridge. Paige hatte es ausgesucht, da ihrer Behauptung nach Sandra Ohs Figur in *Killing Eve* die Einzige war, als die sie sich glaubhaft verkleiden konnte, und außerdem war Sandra Oh in jeder Hinsicht ihre Heldin in allen Lebenslagen. Tina trug natürlich als Villanelle ihr voluminöses pinkfarbenes Tüllkleid. Ich entdeckte sie schon, bevor ich überhaupt aus dem Taxi ausgestiegen war, da man sie inmitten der sexy Hexen und niedlichen Wednesday-Addams-Kostümierungen nicht übersehen konnte.

»Hey!«, kreischte sie bei meinem Eintreffen und streckte die Arme aus, um mich zu umarmen. »Lange nicht gesehen!«, schrie sie in mein Haar, und ihr Tonfall ließ darauf schließen, dass sie bereits betrunken war. Paige hatte den Arm um Tinas Taille geschlungen und versuchte offenbar, sie aufrecht zu halten, damit sie nicht ihren Platz in der Schlange verloren.

»Wo ist der Ire?«, fragte sie mich, als ich sie etwas umständlich von der Seite umarmte, damit Tina dabei nicht umkippte.

»Wir treffen ihn hier. Ich texte ihm mal eben, um zu fragen, wo er steckt.«

Ich hörte das »Ping« von Ryans Smartphone direkt hinter mir, sobald ich die Nachricht verschickt hatte.

»Hast mich gefunden«, stellte er fest und trat mit den Händen in den Taschen auf uns zu. Er trug eine marineblaue Jeans und ein schickes dunkelgraues Hemd.

»Du stehst wohl nicht so auf Verkleiden?«, stichelte ich. Um ehrlich zu sein, hatte ich ihm gar nicht erzählt, dass Paige, Tina und ich uns für den Anlass zu einem bestimmten Thema verkleideten, da ich einfach davon ausgegangen war, dass Ryan sein eigenes Ding machen wollte. Aber ganz offensichtlich war diese unausgesprochene Botschaft nicht bei ihm angekommen.

»So nehmen wir dich nicht mit rein!«, begrüßte ihn Paige und hielt ihm die Hand hin. »Ich bin Paige, und das hier ist

Tina«, sagte sie und ließ seine Hand rasch wieder los, um auf Tina zu deuten, die ihm mit einem seligen Lächeln zuwinkte.

»Haaallo!«

»Hallo«, erwiderte Ryan lachend.

»Hier, halt sie mal fest«, forderte mich Paige auf und schob sie in meine Richtung.

»Wohin gehst du?«, fragte ich und schlang meinen Arm um Tina, deren Kopf sogleich in meine Schulterbeuge sank.

»Der Ire braucht ein Kostüm. Gib mir zwei Sekunden.« Und damit war sie verschwunden.

Ryan sah mich an und nickte. »Der Ire?«, wiederholte er.

»Na ja, entweder das oder Krystals Bastler.«

»Verstehe«, lachte Ryan.

»Oooh!«, schrie mir Tina urplötzlich ins Ohr. »Erinnerst du dich noch an die Diskussion, die wir neulich über Blowjobs hatten?«

O Gott. Keine Ahnung, wie sie ausgerechnet jetzt darauf kam. Ryan blickte mich mit hochgezogenen Augenbrauen an.

»Hm-hm«, brummte ich und biss mir auf die Lippe.

»Ich habe mich darüber in der Schule unterhalten …«, fuhr Tina fort.

»Ich hoffe inständig, du hast mit einer Lehrerin gesprochen und nicht mit einer Schülerin«, sagte ich, da ich wusste, dass sie hauptsächlich Achtjährige unterrichtete.

»Haha! Witzig«, rief sie und verdrehte dabei die Augen. »Ich hab die Englischlehrerin nach dem korrekten Verb gefragt!«

»Du hast *was?*«, erwiderte ich und verzog mein Gesicht zu einem amüsierten Grinsen.

»Dem korrekten Verb?«, wiederholte Ryan, der sich vermutlich fragte, wieso Verben und Blowjobs in einen Satz gehörten.

Ich schaute ihn an und sah, dass er bei dieser bescheuerten Unterhaltung verzweifelt versuchte, ein Lachen zu unterdrücken. Es war zwar eine seltsame Art, ihn den Mädels vorzustellen, aber offenbar blieb mir nichts anderes übrig, als mitzumachen, bis Paige mit ihren organisatorischen Superkräften ein Kostüm für Ryan aufgetrieben hatte und wieder auftauchte.

»Ja«, sagte ich. »Wir waren uns nicht sicher, wie das korrekte Verb für Blowjob lautet«, erklärte ich trocken, obwohl ich bei seinem Gesichtsausdruck beinahe einen Lachanfall bekommen hätte.

»Heißt es wirklich …?«, begann Tina und legte eine dramatische Pause ein. »… blowjobben? Und wenn ich blowjobbe, bin ich dann eine Blowjobberin? Und was sagt der Geblowjobbte wohl dazu?« Tina konnte sich vor Lachen kaum noch halten.

Worauf drei Frauen eben so kommen, wenn sie sich auf ein paar Drinks treffen.

Ryan stand mit offenem Mund da, und zum ersten Mal, seit wir uns begegnet waren, hatte es ihm die Sprache verschlagen.

»Das hätten wir!«, ertönte in diesem Moment Gott sei Dank Paiges triumphierende Stimme, als sie zu uns in die Schlange zurückkehrte. Wir drehten uns alle um und sahen, dass sie nichts weiter als ein gefaltetes Blatt Papier schwenkte.

»Was willst du denn damit?«, fragte ich, aber statt einer Erklärung zog Paige Ryan zu sicher herunter und steckte ihm das gefaltete Papier in den Button-down-Kragen seines Hemds.

»Ohhh«, kreischte Tina. »Er ist der Priester!«

Der sexy Priester aus *Fleabag*. Die Figur, in die sich meine Figur in der Serie verliebt. O Gott. Ryan und ich hatten ein Paarkostüm.

»Na also«, sagte Paige stolz und tätschelte seine Brust. »Perfekt. Du siehst sehr gut aus. Könntest glatt als der Echte durchgehen.«

Ryan spielte mit seinem Kragen und strich mit einem gewissen Stolz darüber hinweg.

»Der Priester«, sagte er und unterdrückte dabei ganz offensichtlich mit einiger Mühe ein Lachen.

»O mein Gott!«, schrie Tina schon wieder. Ich war mir sicher, dass ich morgen früh allein von ihrer Schreierei Kopfschmerzen haben würde, egal, ob ich heute Abend Alkohol trinken würde. »Du hast *Fleabag* gesehen!«

Ryan lachte. »Ich muss doch sehr bitten! Glaubt ihr etwa, ich bin unter einem Stein hervorgekrochen?«

»Oh, dein Akzent.« Tina schmolz in meinen Armen förmlich dahin. Sie machte es mir nicht leicht, sie aufrecht zu halten. »Sag noch was.«

»Was denn?«, fragte Ryan ein wenig verwirrt, aber augenscheinlich nicht wirklich überrascht von Tinas Reaktion.

»Egal was. Zimmerpflanze, Rote Bete, Moschusduft!«

Ryan wiederholte alle drei Worte für sie und verlieh seiner Stimme dabei jedes Mal einen rauchigeren Klang, sodass ich dringend Paiges Hilfe benötigte, um Tina festzuhalten und vor allem dafür zu sorgen, dass sie ihre Hände bei sich behielt.

»O ja«, stöhnte sie, und Ryan trat einen Schritt zurück und lachte sich kaputt. Nachdem er sich wieder erholt hatte, tätschelte er seinen Kragen, wandte sich Paige zu und wechselte rasch das Thema.

»Vielen Dank hierfür«, sagte er. »Das war wirklich sehr kreativ.«

»Ja, manchmal sprühe ich förmlich vor Kreativität, auch wenn man mir das als Juristin gar nicht zutraut«, sagte sie zu ihm, kehrte zurück an ihren Platz in der Schlange und packte Tina um die Taille, damit ich eine Auszeit von ihren fuchtelnden und strampelnden Gliedmaßen nehmen konnte.

»Oh, du bist Juristin.« Ryan lächelte. »Sehr beeindruckend. Dann sollte ich mich wohl besser auf keinen Streit mit dir einlassen.«

»Ein Streit kann manchmal ganz wundervoll enden«, erwiderte Paige in einem Tonfall, der irgendwie klang, als würde sie mit ihm flirten.

»Ja, mit Scheidung und Unterhaltszahlungen«, entgegnete Ryan lapidar.

»Aber auch mit unglaublichem Versöhnungssex. Oder Trennungssex, was auch immer du bevorzugst.«

Ich kam mir vor, als würde ich mir ein Tennismatch in Wimbledon ansehen. Die beiden schäkerten miteinander, hätte Zelda aus dem Astrologiekurs vermutlich gesagt, und es versetzte mich in Rage. Paige hatte nicht einmal gewollt, dass Ryan mitkam – und jetzt flirtete sie plötzlich mit ihm!

»Haben wir Tickets?«, fragte ich und unterbrach damit ihren Gesprächsfluss.

Paige nickte immer noch kichernd. »Ja, der Türsteher hat gesagt, dass es bloß noch ein paar Minuten dauert, dann können wir rein. Habt ihr auch gehört, dass Idris Elba heute den DJ spielen soll und auflegt?«

»O mein Gott! Ich liebe ihn. Er hätte James Bond werden sollen«, stöhnte Tina und sackte völlig überwältigt gegen Paige. Eine verständliche Reaktion – wer liebte Idris Elba nicht?

»Er hätte einen umwerfenden James Bond abgegeben«, stimmte Ryan zu.

»O mein Gott, dich liebe ich auch!«, schrie Tina, packte seine Handgelenke und schüttelte sie. Ich löste ihre Umklammerung mit sanfter Gewalt und flüsterte ihm zu, dass das Vortrinken immer Tinas Lieblingsteil des Abends war, woraufhin Ryan überschwänglich nickte.

»Heute auch schon vorgeglüht?«, fragte er Paige, die mit einem Schulterzucken, das einer Prinzessin Diana würdig gewesen wäre, mit schüchterner Stimme »möglicherweise« antwortete.

Sie war heute Abend definitiv in Flirtstimmung, und ich wollte, dass sie damit aufhörte. Ryan war *mein* Gast und nicht ihrer. Aber mehr als ein Gast war er auch nicht. Weder mein Date noch wirklich ein Freund.

Als die Leute hineinzugehen begannen, zog ich rasch mein Smartphone hervor, um noch einen weiteren Blick auf mein Tageshoroskop zu werfen. Ich hatte bereits überprüft, ob es (nach dem Desaster beim letzten Mal) heute in Ordnung für mich war auszugehen, und nach meiner Interpretation von *Loslassen ist gut für die Seele* war es völlig okay. Aber als ich mir die Dos and Don'ts ansah, warf ich auch einen Blick auf den aktuellen Stand der Venus in meinem Diagramm. Dieses Zeichen übersprang ich meistens, da ich momentan kein

Interesse an Romantik hatte, aber wie es schien, befand sich Venus nun im sechsten Haus, dem Haus der Heilung. Im Horoskop hieß es: *»Dies ist der richtige Zeitpunkt, um Veränderungen im Liebesleben anzunehmen.«*

Als wir den Club betraten – jeder versehen mit einem orangefarbenen Kürbisstempel auf dem Handrücken – und ich das neonfarbene Innere des *Cheese Club* erblickte, wurde mir etwas klar.

Es war an der Zeit, mich auf den nächsten Punkt meiner To-do-Liste des Lebens zu konzentrieren und mich endlich wieder rauszutrauen und mit Männern zu treffen.

21

Löwe: Sie wissen, was Sie wollen –
vertrauen Sie Ihrer Intuition.
Venus im fünften Haus.

Ich hatte die Halloweenparty im Club ohne Paige, Tina oder Ryan im Schlepptau verlassen. Ryan hatte meine singenden Freundinnen, ganz gentlemanlike, jeweils in ein Uber-Taxi verfrachtet, um anschließend selbst den Nachtbus zu nehmen, da wir beide in verschiedene Richtungen mussten. Auf dem Nachhauseweg hatte ich im Taxi die Zeit genutzt, mir jede Dating-App aus dem App Store auf mein Smartphone zu laden.

In den folgenden Tagen kam ich zu dem Schluss, dass es sich bei *Hinge*, *Tinder*, *Bumble* und *Jigsaw* um Apps handelte, die der psychischen Folter dienten und offenbar vom KGB erfunden worden waren.

Eine Woche nachdem ich meine Profile erstellt und begonnen hatte, verschiedene Männer zu *liken*, stellte ich fest, dass ich diese Apps immer wieder wie eine Besessene öffnete und die Nachrichten durchging, die ich mit zahllosen Männern zwischen achtundzwanzig und vierunddreißig ausgetauscht hatte.

Einige der Nachrichten waren zurückhaltend und nett, führten aber zu nichts. Andere dagegen waren fordernd und so unverhohlen sexuell, dass ich sie total abtörnend fand. Und bei einigen hätte ich meinen Kopf am liebsten gegen eine Backsteinwand geschlagen.

Nein, ich brauche keinen verdammten Gigolo. Ich habe einen Vibrator, der dieses Bedürfnis schneller und hygienischer befriedigt als jeder fremde Mann.

Nein, ich bin nicht auf der Suche nach einem Reisegefährten oder jemandem, dem ich in seinem Auslandsjahr Englisch beibringen kann.

Nein, ich stehe nicht auf Welpen oder lange Spaziergänge im Richmond Park.

Nein, *Netflix und Chillen* finde ich nicht mehr so sexy.

Nein, es macht mich nicht an, dass du überrascht bist, weil jemand, der so geil aussieht wie ich, noch Single ist.

Nein danke, ich verzichte auf ein Dick-Pic von dir.

Bislang hatten meine Dating-Erfahrungen lediglich zu der Befürchtung geführt, dass jeder Mann in London nichts weiter war als ein an einem Skelett befestigter Schwanz mit ein paar Muskeln als Klebemasse.

Ich hatte bisher noch nicht einmal ein Date gehabt, weil mir keiner der Typen interessant genug oder auch nur annähernd passend schien. Ich hatte keine Ahnung, wonach ich bei einem Mann suchte, aber vielleicht war genau das mein Problem. Ich wollte keinen One-Night-Stand und auch keinen Mann fürs Leben. Ich steckte irgendwo dazwischen fest, war mir aber nicht sicher, wie ich es anstellen sollte, einfach nur Spaß zu haben, wie Paige es mir aufgetragen hatte.

Paige wusste, wie man so was anstellte. Sie war sich ihrer selbst und ihrer Bedürfnisse sehr bewusst. Ein Beispiel waren Ryan und sie an Halloween. Es gab kaum einen Moment, in dem sie nicht zusammen auf der Tanzfläche gewesen oder sich ein Bier an der Bar geholt hatten. Es kam mir so vor, als hätte ich den größten Teil des Abends den Babysitter für Tina gespielt, mich für sie entschuldigt, wenn sie jemanden mit einer Jacke, die sie gefunden – oder, so wie ich sie kannte, gestohlen – hatte, auf den Kopf schlug oder versuchte, zur Mitte der Tanzfläche vorzudringen, während sie sie über dem Kopf herumschwang. Oder, am allerschlimmsten, als sie sich den Slip ausgezogen hatte, um ihn in Idris Elbas Richtung zu werfen. Das war etwas, von dem ich geglaubt hatte, dass es nur die Generation unserer Mütter Mitgliedern von Take That antat, aber doch nicht Leute wie wir!

Beim ersten Mal gelang es mir noch, sie davon abzuhalten, aber nicht beim zweiten Mal. Sie war so betrunken, dass ihr Slip nicht einmal die Bühne erreichte, sondern auf dem lächerlich hohen Pferdeschwanz eines armen Mädels landete und dort eine halbe Ewigkeit hängen blieb.

Ich sah zu, wie sich dieser Slip über die Tanzfläche bewegte, und jedes Mal, wenn ich nahe genug herankam, um der Trägerin mitzuteilen, dass sie den Tanga meiner Freundin im Haar hatte, wurde ich auf die andere Seite der Tanzfläche gedrängt, oder sie vollführte einen Slutdrop, und ich verlor sie wieder in der Menge. Schließlich gab ich auf und konzentrierte mich lieber darauf, Tina davon abzuhalten, sich auf der Tanzfläche zu drehen, damit ihr Kleid nicht hochflog.

Es war nicht gerade ein toller Abend, und er führte dazu, dass ich panisch tinderte, was das Zeug hielt, und das eine ganze Woche lang. Ich umklammerte den Türkisanhänger an meinem Hals, damit er mir Glück brachte, und sandte ein nörglerisches Gebet an den Dating-Gott, damit er mir half. Als nichts geschah, tat ich das, was ich in letzter Zeit an einem solchen Punkt immer tat: Ich warf einen Blick in mein Horoskop.

Sport ist der Wegbereiter des Erfolges.

Verflucht nochmal! Selbst mein Horoskop war gegen mich. Wie sollte mir Sport zu einem Liebesleben verhelfen? Um dieses Rätsel zu lösen, bräuchte ich wohl Agatha Christie!

Während ich so in Selbstmitleid zerfließend im Bett saß und die Mary-Berry-Stimme in meinem Kopf mir sagte, dass ich etwas tun sollte, statt im Bett herumzulümmeln, entschied ich mich auszugehen.

Es gab eine Sportbar in King's Cross, und näher würde ich dem Thema Sport ganz bestimmt nicht kommen, so viel war sicher. Ein Spaziergang würde mir guttun, um den Kopf freizubekommen, und ein Drink, um ihn mir wieder zu vernebeln. Alles in allem eine perfekte Lösung.

Die Bar war fast leer, obwohl auf einem der großen Fernsehbildschirme ein Fußballspiel lief. Ich ging direkt zum Tresen und lehnte mich darüber auf der Suche nach dem Barkeeper. Ich hatte mich entschieden, wegen meiner Sünden ein Riesenglas Chardonnay zu bestellen. Zum Teufel mit tagsüber wird nicht getrunken – mein Leben gehörte mir, und ich wollte ein Glas Wein.

»Hey, Süße, du stehst im Bild«, ertönte plötzlich eine Stimme hinter mir. Ich schaute über meine Schulter und erblickte eine Gruppe von drei Männern, die eng beisammensaßen und mich anstarrten.

»Der Bildschirm ist hinter dir«, sagte einer von ihnen und zeigte auf mich. Ich schaute nach hinten und sah, was er meinte.

»Warum sitzt ihr auch da?«, fragte ich, kam mir wohl tapferer vor, weil ich so genervt war. »Warum nicht da drüben?«, fügte ich hinzu und zeigte auf einen leeren Tisch gegenüber dem Bildschirm. »Dann müsst ihr euch keine Gedanken über Leute machen, die was zu trinken bestellen wollen.«

»Nicht viele Leute bestellen was am Tresen, wenn nur am Tisch bedient wird«, sagte ein blonder Typ in Jeans und weißem Hemd mit einem Lächeln.

Ich blickte wieder zum Tresen und entdeckte ein Schild, auf dem *Nur Tischservice* zu lesen war. Mit einem QR-Code den man scannen musste, um sich die App für die Bestellungen herunterzuladen.

Diese modernen Bars, dachte ich, trat zur Seite und blickte zu den drei Typen hinüber. »Sorry«, sagte ich, obwohl es mir ganz und gar nicht leidtat. Ich ging in den hinteren Teil der Bar. Wollte so weit weg wie möglich von anderen Leuten sein. Ganz offenbar führte mein Aufenthalt in der Wohnung zu einer fortschreitenden Introvertiertheit und übertriebenen Vorsicht vor Fremden.

Dabei waren im Sternzeichen Löwe Geborene doch angeblich total selbstbewusst und echte Stimmungskanonen, aber im Moment war mir einfach danach, allein zu sein. Vielleicht bekam ich ja meine Periode.

Nachdem ich die App auf dem Smartphone hatte, bestellte ich mir endlich das Glas Wein.

»Darf ich mich zu dir setzen?«, fragte eine Stimme, und ich blickte auf. Es war der blonde Typ.

»Möchtest du denn nicht das Spiel sehen?«, fragte ich.

Er schüttelte den Kopf und setzte sich unaufgefordert hin. Er sah ziemlich gut aus und hatte so eine lockere Art, bei der ich mich wohlfühlte.

»Ich bin eher Rugby-Fan«, sagte er. »Fußball ist ein Spiel für Gentlemen, wird aber von Rowdys gespielt, und Rugby …«

»Ist ein Spiel für Rowdys, wird aber von Gentlemen gespielt«, beendete ich den Satz für ihn. »Ich kenne das Sprichwort.«

»Ich würde gern glauben, dass ich ein Gentleman bin. Zumindest meistens.«

In dem Moment, als ich lachte, tauchte die Kellnerin auf und stellte, ohne auch nur eine Miene zu verziehen, ein kühles Glas Wein vor mich auf den Tisch. Der blonde Typ betrachtete es.

»So ein Tag also.«

»So ein Jahr, besser gesagt«, erwiderte ich und stieß mit meinem Weinglas gegen sein fast leeres Bierglas. »Aber ehrlich gesagt stehe ich gerade drauf, Regeln zu brechen, und tagsüber Alkohol zu trinken, ist eine davon.«

»Amen«, sagte er und stieß sein Glas nun gegen meins, bevor wir beide einen Schluck nahmen. »Tut mir leid, wenn meine Freunde da eben ein bisschen Stress gemacht haben.«

Ich zuckte mit den Schultern – welche Rolle spielte das schon?

»Ich würde ja viel lieber dich anstarren als den blöden Fernseher …« Ganz schön dreist, der Typ.

Aber irgendwie stand ich drauf.

Ich musste wirklich mehr an das glauben, was die Planetenbewegungen zu sagen hatten, statt einfach nur so mitzumachen. Mein Horoskop hatte bei allem, was ich getan hatte, größtenteils recht gehabt. Und da offenbar mit etwas Romantik zu rechnen war, warum dann nicht mit ihm? Wenn auch vielleicht nur für eine Nacht (oder einen Tag, je nachdem). Ich hatte noch nie einen One-Night-Stand gehabt. Zumindest keinen echten. An der Uni hatte ich in den drei Jahren meines Studiums immer mal wieder mit denselben Männern geschlafen. Manchmal landeten wir nach dem Ausgehen im Bett und gingen dann am nächsten Tag mittags gemeinsam in die Mensa oder unterhielten uns über unsere Seminarnotizen oder wie betrunken wir beide gewesen waren, bevor es dann irgendwann wieder geschah.

Das hier wäre etwas anderes. Das hier wäre ein Fremder, den ich in einer Bar abgeschleppt hätte – so als wäre dies der Anfang eines Katherine-Heigl-Films. Aber was war schon schlimm daran, solange ich nicht schwanger wurde?

»Was machst du denn so?«, fragte ich den Typen. »Und wie heißt du?«

»Connor«, erwiderte er, lehnte sich nach vorn und sagte leise: »Und ich glaube nicht, dass du daran interessiert bist, was ich so mache. Aber ich bin für heute mit der Arbeit fertig, wenn es das ist, was du wissen willst.«

Perfekt.

22

Löwe: Überall drohen Spannungen.
Sonne bildet verwirrenden Winkel zu Saturn.

Ich hatte ja keine Ahnung, dass man durch einen One-Night-Stand so aufblühen kann. Ich kam mir vor wie Bridget Jones auf dem Weg über die Tower Bridge, nachdem sie mit Daniel Cleaver zusammengezogen war. Connor war zärtlich gewesen, aber wir hatten auch wilden Sex gehabt, als ich ihn dazu aufforderte. Meine Wohnsituation war ihm egal, und er gab auch keinen Kommentar dazu ab, dass ich die Kondome in einer Schublade im Badezimmer zusammen mit meinen Rasierern und Tampons aufbewahrte. Und als ich ihn nach unserer zweiten Runde bat zu gehen, weil ich mir Abendessen machen und *Casualty* schauen wollte, äußerte er sich nicht dazu.

Er hinterließ seine Telefonnummer und sagte mir mit unmissverständlichen Worten: *Ich bin nicht auf der Suche nach einer Beziehung, aber das hier hat Spaß gemacht. Und wenn du es irgendwann mal wiederholen willst, lass es mich wissen.* ☺

Wenn ich nur geahnt hätte, dass mich ein guter Fick aus meinem Stimmungstief, in das ich ganz offenbar unbemerkt betäubend tief gesunken war, herausholen und wieder in den produktiven Krystal-Modus versetzen würde, hätte ich es schon früher getan. Es kam mir so vor, als hätte ich mein Leben gerade wieder eingeschaltet, und plötzlich war alles wie neu und arbeitete auf Hochtouren.

Am nächsten Tag haute ich einen Pitch nach dem anderen raus, und fast alle Redaktionen, die ich angeschrieben hatte, baten mich darum, die Ideen auszuarbeiten, was für mich als Freiberuflerin in meiner Branche fast an ein Wunder grenzte. Und als wäre das nicht schon genug, wurden auch noch zwei Rechnungen gleichzeitig bezahlt.

Damit hatte ich genug Geld, um in die Brick Lane zurückzukehren und an meinem neuen Lieblingsstand – der von Andrik betrieben wurde, wie ich inzwischen wusste – weitere Kristalle zu kaufen. Völlig unbemerkt von mir war die Erweiterung meiner Kristallsammlung, die nun einen Ehrenplatz auf meinem frisch gestrichenen Kaminsims hatte, zu einer kleinen Besessenheit geworden.

Dieses Mal schlug ich richtig zu. Ich ließ zwar den Amethyst, der in meinen Augen immer noch beängstigend einer Waffe ähnelte, links liegen, entschied mich aber für einen Selenit-Turm, den ich in Papier eingeschlagen wie ein Baby bis zur U-Bahn trug. Außerdem gönnte ich mir noch einen Bergkristall, einen grünen Aventurin und einige Stäbe aus rotem Jaspis, die ich in der Hand halten konnte, wenn ich Klarheit, Stabilität und geistige Heilung benötigte, da es mir an allen dreien immer noch mangelte.

Wäre Paige dabei gewesen, hätte sie mir mit Sicherheit dringend geraten, mein Geld lieber für ein Sofa oder einen besseren Bürostuhl zu sparen. Aber ich war der Ansicht, dass mich mein Horoskop schon darauf hinweisen würde, wenn ich solche Dinge benötigte. Momentan gab es keine Hinweise, die darauf schließen ließen, dass ich mich um mein körperliches Wohl kümmern sollte. Stattdessen riet es mir, mich auf spirituelles Wachstum und Selbstverständnis zu konzentrieren.

In der ersten Novemberwoche hatten mir Paige und Tina einige Male getextet, ob ich Lust hätte, essen zu gehen oder den Abend bei Paige zu verbringen, aber mir war nicht danach gewesen. Ich brauchte einfach Zeit für mich, um meine Mitte zu finden und herauszubekommen, was ich mir mit Blick nach vorn vom Leben erhoffte. Ich buddelte mich langsam wieder aus dem Drecksloch heraus, in das mich mein neunundzwanzigster Geburtstag gestürzt hatte, aber angesichts meiner bevorstehenden Saturn-Rückkehr musste ich mir überlegen, was ich in meinem neuen Lebensabschnitt anfangen wollte. Ich konnte nicht weiter so durchs Leben segeln.

Während ich mich anfangs einfach nur mies gefühlt hatte, während ich die sozialen Medien und die Dating-Apps auf der Suche nach dem neuen »Einen« durchkämmte, kam es mir jetzt nach Connor und meiner sexuellen Befriedigung so vor, als ob ich mich besser im Griff hätte.

Selbst Ryan fiel der Unterschied auf, als er vorbeikam. Nach Halloween hatte er tagsüber seltener vorbeigeschaut, da er in dieser Zeit viel mit Schulfotos beschäftigt gewesen war, aber er kam immer noch hin und wieder her, um ein paar Elektroarbeiten zu erledigen.

Meine antiquierte Lebensweise, bei der Kerzen die Lampen ersetzten, erschien mir bei all den losen Zeitungsseiten, die noch in der Wohnung herumlagen, doch ein wenig riskant. Ganz zu schweigen von den Auswirkungen, die das Ganze auf mein Augenlicht hatte.

Ryan sagte, ich käme ihm strahlender vor, gab sogar einen Kommentar ab, als ich beim Zubereiten der Rühreier auf Toast – das einzige Gericht, das ich wirklich gut hinbekam – zu summen begann.

Allen fiel meine Veränderung auf. Mum behauptete über FaceTime, dass ich ganz offensichtlich im Einklang mit mir selbst sei, und sogar Grandad vermochte die positive Veränderung nicht abzustreiten. Wobei er mir allerdings die Zustimmung verweigerte, es darauf zurückzuführen, dass ich den Anweisungen der Planeten folgte. Und er gab einen spöttischen Laut von sich, den er durch ein Husten zu überspielen versuchte, als ich mit meiner Kristallsammlung angab. Aber Mum war sehr happy darüber und überhäufte mich mit ihren *Oohs* und *Ahhs*.

Grandad hatte sich offenbar inzwischen von alten Handarbeiten und seiner Freundin Rita auf das Anfertigen von Collagen mit seiner neuen Freundin Beryl verlegt. Mum war total sauer gewesen, als sie von der Arbeit nach Hause kam und entdeckte, dass in der neuesten Ausgabe ihres abonnierten Frauenmagazins Seiten herausgerissen und die Pinnwände in Grandads Arbeitszimmer damit zugepflastert waren. Er hatte sogar einen eigenen Instagram-Feed gestartet, um seine späteren Kunstwerke zu präsentieren: #NeverWentToCollage.

Ich unterstützte ihn und seine exzentrischen Aktionen eigentlich immer – sogar diese hier –, daher konnte ich nicht verstehen, warum er mich nicht auch bei meinen unterstützte.

»Hast du eigentlich mal etwas von David gehört?«, fragte meine Mutter eines Abends nach einer angeregten Plauderei über die letzte Folge von *Ich bin ein Star – Holt mich hier raus!*

»Nein«, erwiderte ich mit Nachdruck. »Warum sollte ich?«

Ich hatte seine Nummer nach dem Vorfall im *World of Pop* gleich gelöscht, als wir in Paiges Wohnung angekommen waren, und mir geschworen, niemals wieder ein Wort mit ihm zu reden. Ich war sogar so weit gegangen, dass ich mithilfe einer von Paiges sündhaft teuren Kerzen und Tinas lauten Anfeuerungsrufen feierlich ein Foto von ihm verbrannt hatte.

Ich war definitiv durch mit ihm.

»Er hat mir vor Kurzem eine Nachricht auf Facebook geschickt«, sagte Mum.

»Er hat was?«

»Ich wollte sie eigentlich ignorieren, aber er hat nach dir gefragt.«

Ich saß mit offenem Mund an meinem Schreibtisch und hielt mein Smartphone so weit weg von mir wie nur eben möglich. »Du hast doch hoffentlich nicht geantwortet, oder?«

»Na ja ...«, begann sie kleinlaut.

»Mum!«, schrie ich, weil ich wütend war, dass sie sich in meine Beziehungen einmischte. Sie hätte ihn blockieren sollen, so wie ich es getan hatte. Warum wollte sie überhaupt mit ihm kommunizieren?

»Er schien aufrichtig besorgt, und da ihr zwei so lange zusammen gewesen seid, dachte ich, das Mindeste, was ich tun kann, ist, ihm zu antworten, dass es dir gut geht.«

»Es geht mir gut, weil ich nicht mit ihm rede, Mum. Und das solltest du genauso halten«, knurrte ich. »Wenn er dir noch mal schreibt, ignoriere ihn einfach. Oder besser noch, blockiere ihn. Ich muss jetzt los.« Ich beendete das Gespräch mit einem Seufzer, obwohl sie den Mund geöffnet hatte, um noch etwas zu sagen.

Ich wollte nicht über David reden. Soweit es mich betraf, war er für alle Zeiten aus meinem Leben raus. Ich knallte mein Smartphone auf den Schreibtisch, ärgerte mich, dass ich immer noch so unglaublich wütend wurde, wann immer jemand ihn erwähnte, und vergrub den Kopf in den Händen.

Bei allem, was ich tat, ging es darum, mich auf die Zukunft zu konzentrieren, nicht auf die Vergangenheit. Dass meine eigene Mutter David wieder in mein Leben zurückbrachte, konnte nicht von den Karten für mich vorgesehen sein. Ich weigerte mich, mich damit zu befassen.

Schnaufend und sauer, dass meine Stimmung von einem wundervollen Hochgefühl so rasch auf einen solchen Tiefstand gerutscht war, entschied ich mich für meine Lieblingsdroge, um sie wieder nach oben zu bringen.

»Hey!«, sagte Connor, als er sich am Telefon meldete. »Ich hätte nicht gedacht, dass es eine ganze Woche dauern würde, bevor ich wieder von dir höre.«

»Hast du heute Abend Zeit?«, fragte ich rasch.

»Ja«, erwiderte er. »Möchtest du, dass ich zu dir komme?«

»Ja, das möchte ich.«

»Gut«, erwiderte er und zog das Wort mit gesenkter Stimme etwas in die Länge, was sexy klang und mir für gewöhnlich vor Verlegenheit einen Schauer über den Rücken gejagt hätte. Doch dieses Mal genoss ich das Gänsehautgefühl, denn dieses Mal stand ich zu mir und wusste, was ich wollte: David vergessen und einfach nur Spaß haben.

Connor blieb über Nacht. Das war zwar nicht so geplant gewesen, aber wir sehnten uns beide nach menschlicher Nähe, und unser Termin – in Ermangelung eines besseren Wortes – dauerte länger als erwartet. Da wäre es doch wirklich unfreundlich von mir gewesen, ihn nach allem, was er für mich getan hatte, sofort rauszuschmeißen.

Er hatte kein Problem damit zu bleiben, machte aber klar, dass Kuscheln für ihn nicht infrage kam. Im Gegensatz zu manch anderen Freunden mit gewissen Vorzügen wusste ich bei ihm, dass er zu hundert Prozent ehrlich gewesen war, als er mir sagte, dass es hierbei nur um Sex ging. Ich zog ihm ohne schlechtes Gewissen die Bettdecke weg, wickelte mich darin ein, wie ich es immer tat, und teilte ihm mit, dass er die Decke aus dem Wohnzimmer nehmen könne, wenn ihm kalt werden sollte.

Ich sank in einen traumlosen, herrlichen Schlaf. Die Art von Schlaf, bei dem man sich wünscht, er möge niemals enden, so voller Wärme und wunderbar kuschelig. Was natürlich bedeutete, dass ein solcher Schlaf mit großer Wahrscheinlichkeit ein abruptes Ende nehmen würde. In meinem Fall geschah dies durch ein Hämmern an meiner Tür.

Ich wurde mit einem Ruck wach, mein Herz wummerte. Seit meinem Einzug hatte noch nie irgendjemand vor elf Uhr an meine Tür geklopft. Nur eine Handvoll Leute wussten, dass ich hier wohnte, und selbst der Briefträger kam nicht vor zwei Uhr nachmittags.

Ich drehte mich mit einiger Mühe in meinem Kokon und stellte fest, dass Connor immer noch bäuchlings und schnarchend auf seiner Seite des Bettes lag. Er hatte auf eine Decke verzichtet, und sein von Babyflaum bedeckter Hintern lag wie auf dem Präsentierteller für jeden sichtbar da. Nicht gerade ein Anblick, den ich morgens als Erstes sehen wollte – insbesondere dann nicht, wenn ich überraschend aus dem Schlaf gerissen wurde.

Ich befreite mich aus meiner Bettdecke und griff nach dem in der Nähe liegenden Morgenmantel, während das Hämmern an der Tür weiterging.

»Ich komme ja!«, zischte ich, während ich den Flur hinunterging (obwohl mir klar war, dass man mich nicht hören konnte). Ich hoffte nur, dass die Person erkennen würde, wie giftig ich war, wenn ich die Tür öffnete und ihr gründlich die Meinung sagte.

»Was ist denn los?«, rief ich und riss die Tür auf, ehe ich den Knoten an meinem Morgenmantel richtig zugezogen hatte. »David?«

»Tut mir leid, dass ich so früh dran bin«, sagte er und blickte mit verschränkten Armen verlegen drein, während er mich von oben bis unten betrachtete. Ich stand stockstill da, viel zu geschockt, um irgendetwas zu sagen. »Nette Bude«, sagte er und schaukelte dabei auf den Fersen vor und zurück.

»Was machst du hier?«, murmelte ich und versuchte, mich wieder in den Griff zu bekommen. Ich hoffte, er würde meiner zerzausten Frisur nicht ansehen, dass ich Sex gehabt hatte.

»Ich möchte mit dir reden«, sagte er mit einer etwas weinerlichen Stimme.

»Und da hast du dir gedacht, du tauchst hier einfach mal auf um … um …« Ich blickte auf der Suche nach einer Uhr erst auf mein leeres Handgelenk und dann vergeblich in der Gegend herum. Wieder etwas, das ich auf meine Haushaltswaren-Wunschliste setzen konnte. Er warf einen Blick auf seine Fitbit.

»Zehn Uhr dreißig«, sagte er, und ich biss mir gerade noch rechtzeitig auf die Lippe, um mich nicht dafür zu bedanken. »Du hast nie auf meine Anrufe reagiert. Ich bin immer gleich auf der Mailbox gelandet.«

»Das passiert, wenn dich jemand blockt.«

»Hast du dir denn meine Nachrichten nicht angehört?«

»Ich habe sie sofort gelöscht«, sagte ich verächtlich. War das nicht offensichtlich? »Hätte ich mit dir reden wollen, hätte ich dich nicht geblockt.«

»Hör zu, es tut mir leid«, sagte er und hob beide Hände zu einer für ihn untypischen Geste, dass er sich geschlagen gab. »Ich habe mich noch nie so mies gefühlt, und ich möchte gern mit dir über alles reden.«

»Nach über drei Monaten tauchst du einfach hier auf und willst dich *jetzt* entschuldigen?« Ich zog den Morgenmantel enger um meinen Körper und die Tür weiter in meine Richtung. Am liebsten hätte ich sie ihm vor der Nase zugeschlagen, aber etwas in mir wollte hören, was er zu sagen hatte.

»Ich weiß, ich weiß«, antwortete er, schaukelte dabei heftiger vor und zurück und fuhr sich vor Verlegenheit mit der Hand durchs Haar. »Ich bin ein totaler Idiot und ein Riesenarschloch.«

»Fahr fort«, sagte ich, und er lächelte, schien sich ein wenig zu entspannen.

»Mir ist inzwischen klar geworden, dass ich ... dass ich das Beste verloren habe, was mir je passiert ist.« Mir rutschte das Herz in die Hose. »Und es war alles meine Schuld. Ich war egoistisch und habe nicht vernünftig mit dir darüber gesprochen und ...«

» ... du hast mich betrogen und angelogen«, beendete ich den Satz für ihn.

»Ich war ein Scheißkerl.«

»Das bist du immer noch.«

»Aber ich bin dabei, mich zu ändern«, beteuerte er, und ich verdrehte die Augen. Wie konnte sich mein Leben nur in eine Folge von *Tatsächlich ... Liebe* verwandeln?

»Bist du nicht«, erwiderte ich und schüttelte mit glühenden Wangen den Kopf. »Ich habe dich an meinem Geburtstag gesehen, wie du im *World of Pop* mit irgendeiner Schnecke rumgeknutscht hast, als wäre nichts geschehen. Dabei hattest du mir eine Woche vorher noch einen Heiratsantrag gemacht!«

»Ich war durcheinander und ...«

»Nein!«, schrie ich ihm ins Gesicht und packte den Türgriff so fest, dass meine Knöchel knackten. »Du hast hier nicht das geringste Recht, durcheinander zu sein. Ich bin diejenige, die betrogen wurde und verletzt und mit nichts dastand. Du hast dein Leben gelebt und dich einen Dreck um alle anderen geschert, und ganz besonders um die einzige Person, von der du jetzt behauptest, du könntest nicht ohne sie leben.«

»Du bist wirklich das Beste, was mir jemals passiert ist.«

»Warum? Weil ich deine Wäsche gewaschen habe, die Hälfte zur Miete beigesteuert habe, dafür gesorgt habe, dass unsere Fernsehgebühren gezahlt waren, und mich um all den Bullshit gekümmert habe, auf den du so gar keinen Bock hattest?«

»Nein, weil du mich zum Lachen bringst wie niemand sonst.«

»Wohl eher, weil du *über* mich lachst«, fuhr ich ihn an.

»Nein!«, schrie er zurück, offenbar frustriert, weil ich ihn seine kleine Rede nicht zu Ende bringen ließ, die er vermutlich in der Hoffnung vorbereitet hatte, dass ich sogleich dahinschmelzen würde.

»Wie hast du herausgefunden, wo ich wohne?«, brüllte ich, bedauerte es aber sogleich aus Angst, dass jemand in meiner neuen Nachbarschaft den Lärm gehört hatte und heimlich aus dem Fenster sah, um sich die neue Verrückte anzusehen, die in Nummer 13 eingezogen war.

»Ich habe deiner Mutter eine Nachricht geschickt und …«

»Mum hat es dir gesagt?« Ich würde sie umbringen.

»Anfangs wollte sie es nicht, aber ich habe ihr gesagt, dass ich dir schreiben möchte und dann …«

»Herrgott nochmal.« Meine Mutter war im Grunde eine Romantikerin à la Jane Austen und hielt einen Brief vermutlich für die romantischste Form einer Entschuldigung, ohne sich dabei bewusst zu sein, dass niemand in meiner Generation noch Briefe schrieb – es sei denn, er oder sie saß im Gefängnis.

»Ich wollte dich doch bloß sehen und es dir erklären«, sagte er mit sanfter Stimme. »Ich vermisse dich.«

»Krystal, wo hast du …« Connor kam den Flur entlang, und ich drehte mich dummerweise instinktiv um und öffnete dabei die Tür ein Stück, sodass David volle Sicht auf Connor hatte, der in seinen Boxershorts auf uns zukam. »Oh, sorry, Kumpel«, sagte er zu David und hob lässig die Hand als so etwas wie eine Entschuldigung für seinen halb bekleideten Zustand.

»Oh«, sagte David laut, und ihm fielen dabei fast die Augen aus dem Kopf. »*Du* darfst also Sex haben?«

»Was?«, kläffte ich ihn an.

»Ich kriege eins auf die Nase, weil ich nach unserer Trennung mit jemandem geschlafen habe, dabei tust du doch genau das Gleiche.«

»Wie bitte? Was zum – wie kannst du *das* überhaupt vergleichen?«, schrie ich. »Seit unserer Trennung sind drei Monate vergangen. Hast du etwa geglaubt, dass ich rumsitze und darauf warte, dass du zurückkommst? Ich habe mit dir Schluss gemacht, verdammt nochmal!«

»Alles okay?«, fragte Connor von der Wohnzimmertür.

»Das hier geht dich überhaupt nichts an«, schrie David.

»Jetzt beruhige dich mal«, sagte ich zu David. Wie zum Teufel war ich nur zwischen ihn und Connor geraten? Aber Connor war im Gegensatz zu uns beiden total relaxed. Er zuckte bloß mit den Schultern und ging den Flur hinauf zum Schlafzimmer.

»Hätte nicht gedacht, dass du auf so einen Pisser stehst.«

»Was zum ... Er hat gerade mal zwei Worte gesagt, und du ... Was soll das Ganze überhaupt?« Ich war mit der Situation total überfordert, wusste gar nicht, was ich sagen oder wie ich damit umgehen sollte. Wieso bringen sie einem in der Schule nicht bei, wie man solchen Kram bewältigt? Sie stopfen einem den Kopf mit sinnlosem Zeug voll, das man nie mehr im Leben braucht, aber wie man eine Steuerklärung ausfüllt oder mit einem wahnsinnigen, sexbesessenen Ex klarkommt, darauf bereiten sie einen nicht vor. »Könntest du bitte einfach verschwinden, David?«

»Krystal?«

Ich schaute nach links und erblickte Ryan, der mit großen Schritten auf uns zukam und den Streit offenbar mitbekommen hatte. Ich schwor mir, dass mein nächster Morgenmantel keine Pinguinmotive mehr haben würde.

»Alles okay bei dir?«, sagte er an mich gewandt, sah dabei aber David an.

»Oh«, rief David und schlug sich mit der Handfläche klatschend auf den Oberschenkel. »Hier geht's ja zu wie im Taubenschlag.«

Ich machte Anstalten, auf ihn zuzugehen, um ihm eine zu verpassen, aber Ryan war rasch zwischen uns getreten, sodass ich mit dem Kopf gegen seinen Rücken prallte und mich an seinem Arm festhalten musste, um nicht umzufallen.

»Sieht so aus, als wäre deine Anwesenheit hier nicht erwünscht«, sagte er zu David.

»Ach wirklich? Und wer bist du?«

»Der Innenarchitekt«, erwiderte er prompt.

»Klar«, erwiderte David lahm, offenbar ratlos, wie er nach seiner Anschuldigung mit dieser Antwort umgehen sollte. Plötzlich ertönte ein Räuspern hinter mir. Ryan und ich drehten uns um und erblickten einen lächelnden Connor, der zwar seine Sachen in der Hand hielt, aber immer noch nur seine Boxershorts trug.

»Sorry, Leute, ich muss hier mal durch.«

Ryan trat wortlos zur Seite, wodurch sich Connor und David gegenüberstanden. David funkelte ihn an, aber Connor ignorierte ihn und ging mit einem kleinen Nicken an mir vorbei.

»Bis bald, Krystal«, sagte er und trat nach draußen. Es schien ihm völlig egal zu sein, dass er nur mit Boxershorts bekleidet über eine öffentliche Straße lief. Ich wünschte, er hätte sich vorher noch seine Jeans angezogen, damit er nicht ganz so aussah wie ein Callboy, der soeben mein Haus verließ.

Bei dem Gedanken daran, dass jemand beobachten könnte, wie ich hier am helllichten Vormittag mit drei Männern stand – wir alle mal mehr und mal weniger bekleidet –, wäre ich am liebsten im Boden versunken.

»Verdammt nochmal«, murmelte ich und blickte von Connor zu Ryan, um dessen Reaktion abzuschätzen. Doch Ryan starrte bloß David an, der wiederum mit einem wutentbrannten Blick Connor hinterherschaute.

»David«, sagte ich mit scharfer Stimme. »Ich will jetzt wirklich nicht mit dir reden.«

David antwortete nicht.

»Ich glaube, du solltest gehen, mein Freund«, sagte Ryan zu David, der nun seinen zornigen Blick auf ihn richtete.

»Und ich glaube, dass du das nicht zu entscheiden hast.«

»Nein, aber Krystal, und die hat es doch wohl sehr deutlich gemacht, was sie will.«

David sah mich an, und ich verschränkte die Arme.

»Verschwinde, David«, sagte ich.

Für einen Moment schien es so, als wolle er es auf eine Konfrontation ankommen lassen, doch dann machte er auf dem Absatz kehrt und stapfte in die entgegengesetzte Richtung von Connor davon. Ich wandte mich ab, vergrub das

Gesicht in meinen Händen und stieß vor lauter Wut zischend den Atem aus. »Oooh, Gott!«

»Ich mach dir mal einen Kaffee«, sagte Ryan, betrat die Wohnung, schloss die Tür hinter sich und legte mir im Vorbeigehen mit einem tröstlichen Druck kurz die Hand auf die Schulter.

23

Löwe: Dieser Tag ist von einer Leichtigkeit erfüllt, die Möglichkeiten eröffnet, der Kreativität freien Lauf zu lassen.
Venus und Pluto wirken gemeinsam im achten Haus.

»Ich werde meine Mutter umbringen«, sagte ich in meine dampfende Kaffeetasse hinein. Nachdem David gegangen war, hatte ich mich rasch ins Schlafzimmer verdrückt, um in meine gefütterten Leggings zu schlüpfen und mir ein viel zu großes Bandshirt überzuschmeißen. Anschließend zog ich noch rasch mein Bett ab, um die Geschehnisse der letzten Nacht auszulöschen.

»Irgendwann musste es ja mal zu einer unangenehmen Begegnung kommen«, sagte Ryan lächelnd zu mir, als er sich daranmachte, eine neue Gardinenstange über dem Fenster anzubringen. »Das passiert immer, wenn es bei der Trennung eine unangenehme Vorgeschichte gegeben hat. Und wenn ich dich richtig verstanden habe, gab es bei euch ja so einige Vorgeschichten.«

Ich stöhnte zustimmend, während ich an meinem sehr cremigen Kaffee nippte, in dem ich auch einen Hauch von Alkohol herausschmeckte, so wie es die Iren mögen. Ich war Ryan dankbar für diese diskrete Form der Aufmunterung.

»Du wirst das schon überstehen. Und ich bleibe bei meiner Meinung über David: Der Typ ist ein Idiot.«

Ich lachte, sagte aber: »Ich möchte nicht mehr darüber reden.« Während ich so zusammengesunken dasaß und mich in dem mittlerweile relativ leeren Wohnzimmer umblickte, fragte ich mich, was ich als Nächstes tun sollte.

»Worüber willst du nicht mehr reden?«, fragte Ryan, und ich lachte.

»Das war vielleicht doch etwas klischeeschnulzig.«

Ryan stöhnte zustimmend. »Könnte sein.« Und wir lachten beide. Ich war ihm dankbar für seinen Versuch, mich aufzumuntern und zu unterstützen. Nach allem, was er heute Vormittag selbst mitgemacht hatte, war es mehr, als ich verdiente.

»Kann ich helfen?«, fragte ich, stellte meine Tasse auf den Schreibtisch und ging zu der Stelle hinüber, wo er auf einer Trittleiter stand und Löcher in die Wand bohrte. Er blickte zu mir herunter, seine Mundwinkel wanderten in die Höhe, und er nickte.

»Okay. Du kannst mir das da geben.« Er deutete mit einer Kopfbewegung zu einem Bohreinsatz auf dem Fensterbrett, und ich reichte ihn hinauf.

Meiner Ansicht nach gab ich eine fantastische Assistentin ab. Ich war zwar schrecklich darin, Malerband exakt zu kleben oder eine Wasserwaage korrekt zu benutzen, aber wenn es darum ging, Werkzeuge anzureichen und die Ringe an der Gardine zu befestigen, damit Ryan sie über die Stange schieben und aufhängen konnte, dann war auf mich wirklich Verlass.

Um die Mittagszeit saßen wir zusammen auf dem Boden, aßen das fettige Zeug, das wir uns vom Chinesen bestellt hatten, und ich unterhielt Ryan mit den Upcycling-Projekten, die ich in Angriff nehmen wollte.

»Du weißt ja bereits, dass ich Kristalle sammele«, sagte ich und deutete auf das Kaminsims mit meiner unübersehbaren Sammlung.

Er biss sich auf die Lippe und antwortete mit einem vielsagenden »Ja«. Er fand es zwar immer noch total albern, war aber inzwischen zumindest in der Lage, seine Meinung für sich zu behalten – wenn auch ungern.

»Also, ich habe mir einige Pinnwände auf Pinterest angesehen, um Anregungen zu bekommen, wie man Kristalle zu Dekorationszwecken benutzt, aber gleichzeitig auch die Wohnung mit all dieser guten Energie versorgt.«

»Ich glaube allerdings, dass mehr nötig ist als irgendein Plastikmist von Urban Outfitters, um diese Wohnung mit guter Energie zu versorgen«, sagte er lachend, und ich warf ein Fleischbällchen nach ihm, das er mit dem Mund fing und auf dem er gleich darauf herumzukauen begann.

»Das ist eklig«, sagte ich und wich theatralisch zurück.

Es dauerte einen Moment, bis er antwortete: »Das ist ein Talent.«

»Du hast dir gerade ein ganzes Fleischbällchen in den Mund gestopft. Das ist kein Talent, das ist *Teabagging*«, sagte ich, woraufhin er ein paar gebratene Nudeln nach mir warf.

»He! Nicht auf den Teppich.«

Unsere kleine Essensschlacht endete, als ein Stück schmieriger Garnelentoast an der Decke kleben blieb. »Das machst du aber sauber«, sagte ich im Spaß. Glücklicherweise war die

Wohnung ja noch in ihren Anfängen, und ein paar Fettflecken hier und da machten mir nicht viel aus.

Trotz der morgendlichen Ereignisse verging der Nachmittag wie im Flug. Wie sich herausstellte, war Ryan sehr geschickt in Handwerkskunst und brachte mir bei, wie man Quasten herstellte, um damit Heimtextilien aufzupeppen – auch wenn ich den Verdacht hatte, dass er mich damit nur von meiner Kristalldekoration abzulenken versuchte.

»Wenn man eine Tante hat wie meine, dann flickt und repariert man in den Ferien eine Menge«, sagte er, während er geschickt ein paar rote und pinkfarbene Quasten für meine neuen Leinenvorhänge anfertigte.

»Du solltest auf deiner Website einen Shop hinzufügen«, sagte ich zu ihm und biss mir vor Konzentration auf die Zunge, als ich versuchte, ebenso kleine Meisterwerke zu erschaffen wie er. Aber meine Quasten glichen eher rasierten Barbie-Köpfen.

»Und was soll ich da verkaufen? Ich arbeite als Fotograf und habe bisher noch nicht mal meine eigenen künstlerischen Fotos verkauft, da ich keine Plattform zur Verfügung hatte, auf der ich sie zeigen konnte.«

»Aber die hast du ja jetzt. Und du könntest doch auch andere Dinge so wie die hier verkaufen.« Ich ließ eine Quaste um meinen Zeigefinger wirbeln, und er grinste. »Oder auch eigene Upcycling-Produkte anbieten. Du bist doch offenbar sehr gut darin.«

Ich deutete auf den Schreibtisch, den er für mich gemacht hatte. »Wieso nutzt du dein ›Aus Alt mach Neu‹-Talent nicht, um hier und da ein paar Kröten dazuzuverdienen?«, fragte ich.

Er antwortete nicht, aber aus seinem vielsagenden Schweigen und der Art, wie er lächelte, schloss ich, dass ihm die Idee gefiel.

»Ich werde es mal auf der Website einbauen«, murmelte ich. »Und da wäre noch was.« Eigentlich hatte ich ihn jetzt noch nicht danach fragen wollen, spielte aber mit dieser Idee, seit sich vor ein paar Wochen eine Redakteurin sehr dafür interessiert hatte, mehr über ZodiActually zu erfahren. Wie sich herausstellte, hatte ich ziemlich viele Follower für jemanden, der erst seit kurzer Zeit einen Blog betrieb. »Könnte ich dich als Fotografen für ein Projekt buchen?«

»Was für ein Projekt?«, fragte er mit vor Überraschung gerunzelter Stirn, aber offensichtlich interessiert. Mein Smartphone gab einen Summton von sich, und um ihn noch ein bisschen auf die Folter zu spannen, griff ich danach und las die Nachricht.

Tina: Hallo, Chica, bin gerade in der Gegend. Kann ich auf eine Tasse Tee vorbeikommen?

Ich entschied mich, nicht zu antworten. Es machte zu viel Spaß, einfach mit Ryan abzuhängen, ohne dass Tina mit ihrer Red-Bull-Energie hereingestürmt kam und alles an sich riss.

Stattdessen wandte ich mich wieder Ryan zu, der immer noch vor sich hin quasselte. »Ich würde gern ein paar Fotos von meiner Kristallsammlung in meinen Blog einfügen – aber nicht die üblichen iPhone-Fotos, sondern richtige Produktfotos.«

»Warum?«, fragte er.

»Es besteht ein gewisses Interesse bei Redakteuren, eine Kolumne für ihre Website daraus zu machen.«

Er ließ die Quaste sinken, sah mich an, und ein Strahlen ging über sein Gesicht. Es war so ansteckend, dass ich zurückgrinste.

»Das ist ja toll!«, sagte er, und es klang, als würde er sich aufrichtig für mich freuen.

»Ach, es ist keine große Sache.«

»Und ob das eine große Sache ist«, erwiderte er und schüttelte den Kopf über meine falsche Bescheidenheit. »Und ja, natürlich würde ich es machen«, sagte er schulterzuckend, als wäre es eine Selbstverständlichkeit, diese Fotos für mich zu schießen.

»Auch wenn das mit Kristallen alles nur dummes Zeug ist?«

Er zuckte erneut mit den Schultern. »Das ist meine Meinung, aber ganz offensichtlich gibt es einen Markt für Leute, die mehr darüber erfahren wollen. Und dein Blog ist witzig und sehr ansprechend.«

Ich hörte schlagartig auf zu quasseln. »Du liest meinen Blog?«

»Hin und wieder.« Er holte Luft und räusperte sich. »Wenn mal ein paar Kids wieder ewig brauchen, um sich in Ruhe für ihr Foto aufzustellen, oder wenn mal wieder ein Stau ist auf der M20.«

»O mein Gott, du liest meinen Blog!« Ich schüttelte lachend den Kopf. »Das hätte ich nie von dir gedacht. Im Leben nicht!«

»Ich bin zum Teil bei Aoife aufgewachsen!«, bemerkte er und tat so, als wäre er beleidigt, dass ich ihn falsch eingeschätzt hatte. »Bloß weil ich es für Schwachsinn halte, bedeutet das noch lange nicht, dass ich keine Ahnung davon habe.«

»Er liest meinen Blog, er liest meinen Blog«, trällerte ich mit meiner nervigsten Kinderstimme. Ryan verdrehte die Augen.

»Wenn ich diese Fotos für dich mache, musst du aber sicherstellen, dass mein Name und meine Website genannt werden«, sagte er in dem Versuch, das Thema zu wechseln. Ich kicherte immer noch, nickte aber.

»Klar werde ich das machen«, sagte ich. »Ich will doch auch, dass die Leute sehen, welche Wunder ich bewirken kann.«

»Angeberin«, brummte er. Ich warf eine Quaste nach ihm, die an seinem Ohr hängen blieb und wie ein Ohrring daran baumelte. »Ganz bezaubernd, aber nicht meine Farbe«, sagte er lachend.

24

Löwe: Seien Sie sich dessen bewusst, dass es heftigen Widerstand gegen Ihre Pläne geben könnte.
Mars in Konjunktion mit Jupiter.

Nachdem ich tagelang vergessen hatte, auf Paiges und Tinas zahlreiche Textnachrichten zu antworten, gab ich ihren wiederholten Bitten schließlich nach, und wir verabredeten uns zum Abendessen. Ich hatte Geld auf dem Konto, und es stimmte ja durchaus, dass schon drei Wochen vergangen waren, seit wir uns an Halloween gesehen hatten. Ich musste mal raus, und sie wollten offenbar etwas mit mir bereden.

Ich hatte sie bereits über den David-Connor-Ryan-Vorfall in Kenntnis gesetzt und war mir ziemlich sicher, dass es etwas damit zu tun haben würde. Eine kleine Intervention irgendeiner Art oder eine Singlefrauen-Selbsthilfegruppe.

In meinem Tageshoroskop hieß es: *Aus Alt mach Neu – lassen Sie sich heute etwas einfallen, um Ihre Stimmung zum Ausdruck zu bringen.* Ohne auch nur einen Moment zu zögern, schmiss ich mich in mein Schößchenkleid von 2012, ein weiteres Kleidungsstück, das ich aus der Wohnung hatte retten können und das mir immer noch passte. Dazu wählte ich einen knallroten Lippenstift, den ich vermutlich besser schon vor drei Jahren entsorgt hätte.

Das Restaurant, das Tina ausgesucht hatte, war in Soho und servierte Tapas, mein Lieblingsessen, daher freute ich mich schon darauf, all die kleinen Köstlichkeiten durchzuprobieren und mit den Mädels zu teilen.

In der U-Bahn schrieb ich sowohl Ryan als auch Connor. Connor schien kein Problem mit dem peinlichen Morgen gehabt zu haben, und als ich mich entschuldigte und für den vorausgegangenen Abend bedankte, benahm er sich so cool wie immer.

Connor: Kein Problem. Kann passieren.

Es war ja nichts weiter als Sex. Außerdem traf mich keine Schuld, und Connor scherte sich einen Dreck darum, dass er zwischen die Fronten geraten war. Für all das war ich sehr dankbar und hoffte egoistischerweise, dass er mir keinen Korb geben würde, wenn ich ihn bat, heute Abend für eine weitere kleine Session vorbeizuschauen.

Ryan, der mir die gewünschten Fotos aufgenommen hatte und an den Änderungen arbeitete, appte mir ständig wegen der Farbgebung oder Ideen für Dinge, die er in seinem neuen Upcycling-Shop verkaufen könnte. Unser neues Geschäftsprojekt, bei dem wir Schreiben und Fotografie kombinierten, erfüllte uns beide mit einer Energie, die sich nicht abschalten ließ.

Ich sprach fast jeden Tag mit ihm und traf ihn an jedem zweiten. Wenn er nicht gerade mit mir in der Wohnung herumwerkelte – was inzwischen weit über das hinausging, worum ihn Clare anfangs gebeten hatte –, arbeiteten wir gemeinsam an unseren neuen Projekten und brachten unsere Kreativität damit gegenseitig in Schwung.

Es kam mir inzwischen so vor, als könnte kein produktiver Tag beginnen, ohne dass ich mich zuerst bei Ryan meldete, um herauszufinden, welche seltsamen neuen Ideen ihm wieder eingefallen waren – wie beispielsweise 3-D-Panoramafotos von all meinen Kristallen zu machen, damit er jeden Winkel im Licht einfing. Er war mein neuer Morgenkaffee, um in die Gänge zu kommen.

Nachdem mich Paige und Tina überredet hatten, die Wohnung für einen Abend zu verlassen, informierte ich Ryan per Textnachricht darüber, und er antwortete sofort und ließ Grüße an beide ausrichten.

Als ich mit fünfzehnminütiger Verspätung das Restaurant betrat, lachte ich immer noch über seine letzte Nachricht – Aoife hatte offenbar *Gogglebox* eingeschaltet und war zu dem Schluss gelangt, dass Giles und Mary das beste Beispiel dafür abgaben, wie groß die Kluft zwischen der männlichen und der weiblichen Spezies war.

Tina und Paige hatten bereits eine halbe Flasche Wein Vorsprung.

»Wir haben schon mal die Auswahl zum Probieren und Teilen bestellt«, sagte Paige fast ein wenig abweisend, als ich mich setzte und für die Verspätung entschuldigte.

»Klasse!«, erwiderte ich in der Hoffnung, dass auch mein Lieblingsgericht, *Chopitos*, dabei war. »Ich kann's kaum erwarten, ich liebe diesen Laden.«

»Wir sind oft hier«, sagte Tina nickend mit einem merkwürdigen Lächeln.

»Erst ein Mal«, rief ich ihr in Erinnerung und goss mir ein Glas Wein ein.

»Nein, sie meinte *uns*«, sagte Paige und deutete erst auf sich und dann auf Tina.

»Oh«, sagte ich und goss vor Überraschung zu viel Wein in mein Glas, sodass es fast überlief. Ich beugte mich vor, um es abzuschlürfen wie den Schaum auf einer geschüttelten Pepsi. Nicht gerade mein bester Moment, ganz besonders nicht in der Öffentlichkeit. »Mir war nicht bewusst, dass ihr zwei …« Ich verstummte und zwang mich zu einem Lächeln.

Also hingen sie jetzt zusammen ab? War mit mir mittlerweile wirklich so wenig los? Ich hatte geglaubt, ein paar Tage, ohne Nachrichten hin und her zu schicken, wären okay, wenn man Ende zwanzig war. Dass wir diesen Punkt in unserer Freundschaft schon vor Jahren überschritten hatten, als wir noch jeden Tag miteinander reden mussten, weil unsere Freundschaft sonst nicht zählte.

»Wir unternehmen viel zusammen«, sagte Tina und errötete dabei. Tina wurde nur rot, wenn sie zu viel trank. Klar, die Weinflasche war zur Hälfte geleert gewesen, aber ihre Gläser waren noch voll, und ich ging davon aus, dass nicht einmal die beiden so verrückt waren, sich vor einem Restaurantbesuch warmzutrinken.

»Das wusste ich nicht«, antwortete ich lahm, griff nach meinem Glas und nahm einen großen Schluck.

»Es gibt eine Menge, das du nicht weißt«, sagte Paige mit leiser, aber bedeutungsschwangerer Stimme. Jetzt ging's los, jetzt kam die Intervention ins Spiel.

»Und was soll das bedeuten?«, fragte ich und versuchte, meiner Stimme einen hellen und unbeschwerten Klang zu verleihen und mir in Erinnerung zu rufen, dass das, was auch immer kommen würde, aus Liebe geschah.

»Du hast dich nicht gerade um viel gekümmert – außer natürlich um dich selbst.«

Wie bitte? Meine Augenbrauen hüpften beinahe bis zur Decke. Mit einem solchen Maß an Schärfe hatte ich nicht gerechnet, ganz besonders nicht von Tina. Selbst Paige blickte sie überrascht an.

»Wie bitte?«, sagte ich zu Tina, schaute dabei aber Paige an.

»Du beantwortest keine Textnachrichten, willst auch nicht mehr mit uns abhängen. Ein total schlechter Vibe, der da von dir rüberkommt«, fuhr Tina fort und blickte mir dabei geradewegs in die Augen, wie sie es vermutlich bei ihren Schülern machte, wenn sie ihnen ein schlechtes Zeugnis überreichte.

»Was denn für ein Vibe? Ich habe keine …«, begann ich, aber Tina hielt ihre Hand in die Höhe.

»Nein, ausnahmsweise hörst du uns einmal zu, ohne uns dabei mit irgendwelchen Entschuldigungen zu unterbrechen.«

»Keine Ahnung, wovon du redest«, keuchte ich überrascht.

»Dann werde ich es dir erklären«, erwiderte Tina, rutschte auf ihrem Stuhl nach vorn und legte die Unterarme auf den Tisch. O Gott, das hier war wirklich ernst. Sie war stinksauer auf mich, und ich hatte keine Ahnung, warum.

»Wann hast du zum letzten Mal Paige oder mich gefragt, wie wir so mit unserem Leben klarkommen?«, fragte sie.

Ich seufzte und blickte mich um, versuchte, mich zu erinnern, wann ich das wirklich zum letzten Mal getan hatte. Ich hatte nicht viele Textnachrichten beantwortet, aber wenn ich es getan hatte, dann für gewöhnlich nur, um ihnen mitzuteilen, dass ich beschäftigt war oder dass Ryan und ich zusammen an einem Projekt arbeiteten. Oder auch, dass ich eine Terminvorgabe einhalten musste, oder, erst kürzlich, dass es ein Drama mit David gegeben hatte. Vermutlich war ich in letzter Zeit nicht gerade sehr aufnahmebereit gewesen.

»Ich war abgelenkt«, räumte ich ein und wollte mich gerade entschuldigen und eingestehen, dass ich Mist gebaut hatte, aber Tina schüttelte den Kopf und gab mir keine Gelegenheit mehr dazu.

»Du bist inzwischen total auf dich selbst und deine verdammte Saturn-Rückkehr fixiert.«

»Was? Nein, wie kommst du …«

»Wir lesen deinen Blog«, sagte Paige mit mitleidiger Stimme. »Du bist besessen davon. Du schreibst jeden Tag darüber, und wir wissen, dass du durchaus mal deine Wohnung verlässt, weil du Fotos und Geschichten teilst über deinen Kurs mit Aoife und deine Shopping-Ausflüge zur Brick Lane. Aber mit uns willst du nichts mehr unternehmen.«

»Ich war mit meiner Arbeit und der Wohnung beschäftigt«, erwiderte ich.

»Ja, klar. Aber beschäftigt sein und Leute ignorieren ist ein Unterschied«, erklärte Tina. »Und ich bin es leid, von dir ignoriert zu werden.«

»Wir sind vor drei Wochen noch zusammen ausgegangen«, rief ich ihr in Erinnerung, lehnte mich auf meinem Stuhl zurück und verschränkte abwehrend die Arme. Was zum Teufel sollte das Ganze bloß? Ich war mir immer noch nicht sicher.

»Stimmt. Und du hast jemanden eingeladen mitzukommen«, sagte Paige.

»Du warst doch hin und weg von Ryan«, sagte ich spöttisch. »Du hast doch den ganzen Abend mit ihm geflirtet.«

Paige gab ein verächtliches Lachen von sich, aber bevor sie oder ich etwas sagen konnten, mischte sich Tina ein.

»Und du hast geschmollt.«

»Ich habe versucht, dich davon abzuhalten, dich total zu blamieren.«

Tina verdrehte die Augen. »Für gerade mal fünf Minuten, wenn's hochkommt. Und dann hast du mich hängen lassen. Meinst du, ich habe keine Ahnung, dass mein Slip auf irgendeinem Kopf gelandet ist?«

»Du warst einfach du selbst, und ich habe dich gelassen, weil ich weiß, wie gern du tanzt. Und außerdem warst du total abgefüllt! Was hätte ich denn tun sollen, um dich davon abzuhalten, deinen Slip durch die Gegend zu schleudern? Also, jetzt gib mir nicht die Schuld daran!«

»Na schön, ich war betrunken, aber du bist meine Freundin, und da erwarte ich von dir, dass du auf mich aufpasst. Ich konnte dich den halben Abend nicht finden, und wenn doch, dann hingst du entweder an deinem Smartphone und warst mit *Tinder* beschäftigt, oder du hast mit Ryan geflirtet.«

Jedes Mal, wenn ich bloß mal kurz nachgeschaut hatte, ob ich irgendwelche Nachrichten hatte, war Tina verschwunden. »Meine Güte, du musst aber wirklich hackebreit gewesen sein, wenn du gedacht hast, dass ich geflirtet habe.«

»*Ich* war nicht so betrunken, und du hast ganz eindeutig mit ihm geflirtet«, sagte Paige, griff nach ihrem Weinglas und nahm gelassen einen Schluck davon. »Du magst ihn, du willst es bloß nicht zugeben.«

»Geht es hierbei darum?«, fragte ich, lehnte mich nach vorn und versuchte, alles zu verarbeiten, was sie sagten. »Inszeniert ihr eine Intervention, weil ich erkennen soll, dass ich Ryan mag?«

Tina verdrehte derartig die Augen, dass sie aussah wie eine Statistin aus *Die Heimsuchung*. Sie riss die Hand hoch und schlug sie mit einem lauten Klatsch auf den Tisch.

»Entschuldige bitte, aber ist dir an irgendeinem Punkt in deinem Sternenabenteuer eigentlich aufgefallen, dass sich die Planeten nur noch um dich drehen?«, blaffte Tina und wandte sich Paige zu. »Sie hat's noch gar nicht mitgekriegt, oder?«

»Was mitgekriegt?«, fragte ich.

»Dass du nicht mehr über die eigene Nasenspitze hinaussiehst.« Tina war derart aufgewühlt, dass ihr fast die Stimme versagte.

»Also, jetzt kapiere ich gar nichts mehr«, sagte ich. Es brodelte in mir, weil ich mich angegriffen fühlte. Ich war im Kampf- oder Fluchtmodus und versuchte immer noch zu begreifen, was zum Teufel mit den beiden los war. »Wenn es hier um meine Beziehung zu Ryan geht, dann weiß ich nicht, was das Ganze soll. Auf *euer* Drängen hin bin endlich wieder da raus, obwohl ich gerade erst mit meinem langjährigen Freund Schluss gemacht hatte, der dank meiner *Mutter* plötzlich auch wieder auf der Bildfläche aufgetaucht ist! Und jetzt benehmt ihr zwei euch noch, als wäre ich ein egoistischer Vollpfosten. Also, was ist los?«

»Wir sind es leid, ignoriert zu werden«, sagte Paige seelenruhig, was mich nur noch wütender machte.

»Ich ignoriere euch nicht«, sagte ich mit lauter werdender Stimme. »Ich habe keine Ahnung, warum ihr mir hier dermaßen die Hölle heißmacht. Was habe ich euch getan?«

Paige leckte sich die Lippen und legte ihre Hand auf den Tisch. Dabei bemerkte ich, dass sie Tinas Hand hielt.

Offenbar hatte sie es ganz bewusst getan, und ich starrte auf ihre manikürten Fingernägel und fragte mich, was es daran sonst noch zu sehen gab.

»Hmmm«, brummte ich und schüttelte den Kopf. »Soll mir das sagen, dass ihr gemeinsame Sache gegen mich macht? Oder sind eure Hände zusammengeklebt? Habt ihr vielleicht eine Wette verloren? Kommt schon, worum geht's hier?«

»Ich habe Tina gebeten, bei mir einzuziehen«, sagte Paige.

»Aha«, antwortete ich. »Dann kann sie ja das Sofa haben. Ist schon länger wieder frei.«

»Nein, wir werden beide im Schlafzimmer schlafen.«

Ich sah sie überrascht an. Warum sollte Tina ihre Haus-WG verlassen, um sich ein Zimmer mit Paige zu teilen – die beiden kamen doch ohnehin nicht gut miteinander aus?

»Wir sind seit drei Monaten zusammen«, sagte Tina kopfschüttelnd, ohne mich dabei anzusehen.

»Was?« Ich lachte, blickte von einer zur anderen und dann auf ihre verbundenen Hände auf dem Tisch. »Aber du hast doch mit Ryan geflirtet, Paige!«

»Nein, habe ich nicht!« Paige lachte zum ersten Mal. »Ich habe mich mit Ryan *unterhalten. Du* hast mit ihm geflirtet.«

»Blödsinn!«, rief ich, und die Vorstellung, dass die beiden ein Paar waren, war einfach lächerlich. »Und ihr zwei kommt doch gar nicht miteinander klar.«

»Doch, wir kommen gut miteinander klar«, sagte Tina.

»Sehr gut sogar.« Paige nahm einen weiteren Schluck von ihrem Wein.

»Seit drei Monaten?«, wiederholte ich. Sie waren schon drei Monate zusammen?

»Ja.« Tina nickte. »Über drei Monate, Tendenz steigend.«

»Dann muss es ja kurz nach meiner Trennung von David passiert sein.« Tina verdrehte wieder olympiaverdächtig die Augen und stürzte den Inhalt ihres Weinglases hinunter.

»Wir haben schon seit Jahren immer wieder mal miteinander geflirtet, aber in diesen wenigen Wochen, in denen wir alle ja praktisch zusammengelebt haben, ist uns klar geworden, dass wir mehr sind als Freundinnen«, erklärte Paige. »Es hat eine Weile gedauert, bis wir uns daran gewöhnt hatten. Was glaubst du, warum ich dich unbedingt aus der Wohnung raushaben wollte?«

»Du hast mir doch vorgeworfen, dass ich nichts beitrage.«

»Stimmt, das war auch ein Grund. Und du hast auch nicht versucht, aus deinem Tief rauszukommen.«

»Tja, jetzt habe ich es geschafft. Ich bin ausgezogen, ich habe eine eigene Wohnung, und ich renoviere sie. Bei meiner Arbeit läuft's besser als jemals zuvor, und *Styler* hat mich gerade zu einem Bewerbungsgespräch eingeladen, weil ich eine regelmäßige Kolumne für sie schreiben soll. Und das habe ich nur meinem Blog zu verdanken, von dem ich eurer Meinung nach ja angeblich besessen bin. Wenn mein Blog und meine Interessen nicht gewesen wären, hätte ich keinerlei Karrierechancen!« In meinem Inneren tobte es, dass mir das Herz bis zum Hals schlug. »Alles, wovon ihr behauptet, ich hätte es falsch gemacht, wie beispielsweise mich mit mir selbst zu beschäftigen, tut meinem Leben im Moment sehr gut.«

»Dir geht es also besser, wenn du uns ignorierst«, schlussfolgerte Paige schlagfertig wie immer in ihrem Juristinnen-Modus.

»Mag sein«, erwiderte ich. »Wenn ich mir anschaue, wie ihr mich in diesen Hinterhalt gelockt habt.«

»Das ist kein Hinterhalt!« Tinas Augen füllten sich mit Tränen. »Wir vermissen die alte Krystal.«

»Ich habe keine Ahnung, welche Version von mir ihr vermisst, aber das hier bin *ich,* und so werde ich auch bleiben.«

»In dem Fall sollten wir wohl besser gehen«, erklärte Paige, trank ihr Glas in einem Zug aus und stand vom Tisch auf. »Wir sind nicht deine Babysitter, und wir sollten nicht um Beachtung betteln müssen. Offenbar interessierst du dich nicht für unser Leben und hast keine Lust, mit uns abzuhängen, sondern benutzt uns bloß als Entschuldigung, damit du einen Abend mit einem Typen verbringen kannst, auf den du stehst, oder weil du einen Platz zum Schlafen brauchst, wenn dein Leben gerade mal wieder scheiße läuft. Wir waren für dich da – das Mindeste, was du tun könntest, wäre, dich hin und wieder mal zu revanchieren.«

Paige ließ Tinas Hand los, griff sich ihre Handtasche vom Boden und verschwand ohne ein weiteres Wort.

Tina stand rasch auf, um ihr zu folgen.

»Wir vermissen dich. Aber uns gefällt diese neue Krystal nicht.«

»Diese neue Krystal ist aber glücklich«, erklärte ich zum zigsten Mal.

»Tatsache? Musstest du nicht erst in dein Horoskop für heute schauen, als ich dich um dieses Treffen gebeten habe?«

»Und wenn schon? Wer hat mich denn erst auf die Astrologie und Horoskope gebracht, Tina? Ich dachte, du würdest daran glauben.«

»Nein«, erwiderte sie und rieb sich die Hände, als wäre ihr kalt. »Ich habe lediglich versucht, eine Entschuldigung für dich zu finden, dass dein Leben plötzlich ein Trümmerhaufen war. Das tun Freundinnen, sie helfen einander. Oder zumindest die meisten Freundinnen.«

Sie hörte auf, sich die Hände zu reiben, und folgte Paige, die an der Tür auf sie wartete. Sie verschwanden, ohne sich noch einmal umzuschauen, und ein paar Sekunden später wurden die Tapas in kleinen Schüsseln serviert.

Das letzte Gericht, das am Tisch eintraf, war ein extragroßer Teller *Chopitos*.

25

Löwe: Lassen Sie sich nicht nur vom Verstand leiten, hören Sie auch auf Ihr Herz.
Rückläufiger Merkur im Wassermann.

An dem Abend konnte ich nicht einschlafen. Es kam mir vor, als würde ich mich stundenlang hin und her wälzen, obwohl es wohl nur Minuten waren.

Meine Freundinnen hassten mich. Und sie waren ein Paar! Und ich hatte es nicht einmal bemerkt. Wie konnte ich das nicht bemerken? Ich hatte mehr als zwei Monate mit der einen zusammengewohnt. Und die andere war meine älteste Freundin, von der ich geglaubt hatte, dass sie mir alles anvertrauen würde. Wie hatte ich all das nicht mitbekommen können?

Und wie zum Teufel sollte ich das, was auch immer da zwischen uns passiert war, wieder in Ordnung bringen?

Ich war so voller Energie – was wohl zum Teil an meinem überaktiven Gehirn lag, das einfach nicht zur Ruhe kommen wollte –, dass ich auf Bewährtes zurückgriff und Connor anrief. Aber er ging nicht dran. Ich warf einen Blick auf meinen neuen Radiowecker. Es war gerade erst kurz nach elf, und ich bezweifelte, dass er schon im Bett sein würde – zumindest nicht, um zu schlafen. Ich wollte im Moment einfach nicht allein sein und versuchte es noch einmal. Dieses Mal meldete er sich. Im Hintergrund waren die unverkennbaren Geräusche eines vollen Pubs an einem Samstagabend zu vernehmen.

»Hallo! Alles klar bei dir?«, schrie er über die lärmende Mischung aus schlechter House-Music und Stimmengewirr hinweg.

»Ja, alles gut. Hast du Lust vorbeizukommen?«

»Nein, heute kann ich nicht«, schrie er zurück.

»Oh«, erwiderte ich überrascht. Er hatte sich bisher nie eine Möglichkeit zum Gelegenheitssex entgehen lassen. »Dann ein anderes Mal.«

»Also, ehrlich gesagt ...«, setzte er an. »Ich bin raus. Habe jemanden kennengelernt.«

Shit.

»Oh! Das ist ja toll!«, sagte ich und klang dabei viel zu aufgedreht, obwohl es ernüchternd für mich war, plötzlich mein neues liebstes Sexspielzeug zu verlieren. Und außerdem auch noch eine angstlösende Droge in Menschengestalt. »Freut mich für dich.« Während meine Stimme mit einer panisch angehauchten Leichtigkeit in die Höhe stieg, wurde mir schwer ums Herz. Ich war allein.

»Danke«, sagte er kurz, konnte es offenbar kaum erwarten, dass ich das Gespräch beendete. Ich war wohl nur noch eine Nervensäge für ihn. Ich kniff die Lider zusammen und schlug mir mit der flachen Hand gegen die Stirn.

»Dann mach's gut.«

»Ja, du auch«, erwiderte Connor, und weg war er.

Das war's dann wohl. Der letzte Nagel zu meinem Orgasmussarg. Tolles Timing, dachte ich, als ich mein Smartphone auf meine Bettdecke warf und stöhnte. Was für ein Desaster. Zwei Dates – oder so was Ähnliches –, und schon musste es zu einer Konfrontation zwischen ihm, meinem idiotischen Ex und einem sehr attraktiven Iren kommen. Klang wie ein Flachwitz in einer Bar.

Und hier war ich nun, benötigte dringend Ablenkung, aber da war nichts, was mir dabei half, den Kopf frei zu bekommen oder zu verhindern, dass Schnipsel von Paiges und Tinas Attacke – und nicht zu vergessen die Offenbarung ihrer Beziehung – wie ein Filmtrailer über mich hinwegrollten.

Ich versuchte erneut einzuschlafen, aber es klappte einfach nicht. Mein Gehirn lief auf Hochtouren, und ich war zu aufgedreht, um mich wirklich entspannen zu können. Ich tastete im Dunkeln nach meinem Smartphone und erleuchtete den Raum mit dem Display. Da wäre immer noch Ryan, aber der würde nach elf Uhr abends nicht mehr wach sein. Und selbst wenn, dann wäre es unfair, all meine Probleme bei ihm abzuladen. Das gehörte nicht zu seinem Aufgabenbereich.

Aber ich hatte das Bedürfnis, mit ihm zu reden. Allein schon bei der Vorstellung verspürte ich so etwas wie Erleichterung. Ich war nicht völlig allein, ich hatte ihn, Aoife und die Astrologie-Ladys, auf die ich zurückgreifen konnte.

Es war nicht mehr lang hin bis zu unserer nächsten Kursstunde, die streng genommen unsere letzte wäre, aber da der Unterricht aufgrund von Aoifes angeschlagener Gesundheit so oft ausgefallen war, hinkten wir mit dem Stoff hinterher. Was aber keine von uns interessierte, denn für uns hatte Aoifes Gesundheit oberste Priorität, und außerdem machte uns der Kurs so viel Spaß, dass wir gar nicht wollten, dass er endete. Die Ladys hatten angefangen, zum Ausgleich für Millies Keksmanie Gebäck mitzubringen. Ich bekam zwar keine Malzmilchkekse mehr, aber Zeldas Schokoladen-Ganache-Kuchen entschädigte mich voll und ganz dafür.

Ohne auch nur einen weiteren Moment zu zögern, schaltete ich meine Nachttischleuchte ein und kletterte aus dem Bett. In Minutenschnelle war ich mit einer großen Auswahl von Astrologie-Büchern, die ich immer noch nicht in die Bibliothek zurückgebracht hatte, wieder im Bett. Aber ich hatte jetzt keine Lust, darüber nachzudenken, wie viel mich die Überschreitung der Leihfrist kosten würde, sondern wenn ich schon nicht schlafen konnte, wollte ich wenigstens etwas lernen.

Ganz offenbar versuchten mir die Planeten, mit dem Ausraster der Mädels im Restaurant und ihrem unerwarteten Update zu ihrem Beziehungsstatus etwas zu sagen. Gab es da möglicherweise etwas im Horoskop, das versucht hatte, mich vorzuwarnen? Hatte ich vielleicht etwas ignoriert? War ich wirklich so egoistisch, wie sie behaupteten? Ich war diese Astrologiesache viel zu halbherzig angegangen. Entweder stürzte ich mich jetzt kopfüber hinein, um diese Probleme zu klären und mein Leben wieder auf die Reihe zu kriegen, oder ich gab sie auf und ließ damit zu, dass sich mein Leben wieder in ein Desaster verwandelte.

Ich öffnete ein staubiges Buch. Wann immer ich mein Horoskop ignorierte oder abends beim Ausgehen meine Kristalle vergaß, schienen mir schlimme Dinge zu passieren. Das musste doch eine Bedeutung haben. *Also schön, Universum, du hast meine Aufmerksamkeit, was versuchst du, mir zu sagen?*

Ich las bis drei Uhr in der Früh alles über die verschiedenen Stellungen der Planeten und ihre Bedeutungen und schreckte plötzlich um zehn Uhr erfrischt aus dem Schlaf, in den ich bei der Lektüre über Merkur – ein zugegebenermaßen ziemlich langweiliger Planet – gesunken war.

Mithilfe eines Haftzettels befestigte ich einen Hinweis an meiner Eingangstür, die Wohnung niemals ohne meine Anhänger oder meine Minikristalle zu verlassen. Und dies schloss das Tigerauge zur Stärkung des Selbstbewusstseins ebenso ein wie den Jaspis und den Obsidian zur Aufnahme schlechter Energie. Dies waren die Basics, die ich immer bei mir haben sollte, wie ich fand. Mein Aventurin-Handschmeichler gegen Ängste ließ sich auch gut mitnehmen, aber da ich gern mit ihm durch die Wohnung wanderte und mit meinem Daumen darüberrieb, war mir klar, dass ich ihn früher oder später verlieren würde. Also lieber im Vorhinein akzeptieren, dass ich ein Gedächtnis wie ein Sieb hatte, als hinterher in Panik ausbrechen, wenn ich ihn verloren hatte.

Mein schlechtes Gewissen trieb mich doch dazu, meine ausgeliehenen Astrologiebücher in die Stadtbibliothek zurückzubringen. Seit meiner Ausleihe im Juli hatte ich immer und immer wieder darin gelesen, und ich fand, es sei an der Zeit für etwas Eigenes. Ich machte mich auf zu einem Buchladen in Camden, der sich auf Astrologie spezialisiert hatte, entschlossen, mich dem Buchhändler auf Gedeih und Verderb auszuliefern und mein Regal mit all den Büchern, dem Räucherwerk und den Tarotkarten zu füllen, die ich benötigte.

Natürlich führte dieses Auffüllen meiner Astrologiebestände zu einer steigenden Sorge um meine Finanzen.

Rechnungen waren fällig, und ich musste Lebensmittel kaufen, aber als ich mein Horoskop zurate zog, versprach es, dass Fortuna mir gewogen war.

Aoife war im Kurs sehr beeindruckt von meinem astrologischen Neustart.

»Sie haben so ein heliotisches Strahlen«, sagte sie (Helios ist in der griechischen Mythologie der Sonnengott).

»Das freut mich«, erwiderte ich von meinem Stuhl aus, auf dem ich im Schneidersitz saß, während ich meine neueste Mondkarte schraffierte. »Ich glaube, Jupiter ist im neunten Haus, deshalb habe ich gerade solche philosophischen Anwandlungen.«

»Oder du hast einfach zu viel Kaffee getrunken, Leo«, ertönte Ryans Stimme hinter seiner Tante. Er tauchte immer öfter zu unseren Unterrichtsstunden auf, da sein Kunstkurs inzwischen zu Ende war. Vermutlich hatte er ihn ohnehin nur belegt, um ein Auge auf Aoife zu haben, wenn es ihr gesundheitlich schlechter ging. Inzwischen war es so schlimm geworden, dass er als ihr Chauffeur und Assistent fungierte, sie hin- und herfuhr, wenn sie ihre Workshops gab, und dablieb, um sie zu unterstützen.

Im Gegensatz zu früher hatte ich nichts mehr gegen seine Anwesenheit einzuwenden. Und die Ladys waren sowieso hin und weg von ihm. Jane musste Zelda anhalten, den Mund zu schließen, und Millie bot Ryan sogar einen ihrer heiß geliebten Kekse an.

»Bist du nicht ein kleines bisschen neugierig, was dein Geburtshoroskop über dich zu sagen hätte?«, fragte ich ihn lächelnd und zog dabei zaghaft die Bücher hervor, um es durchzusehen.

»Wage es ja nicht«, sagte er.

»Er ist am 23. März 1991 geboren«, flüsterte Aoife und zwinkerte mir zu. Ich machte mich sogleich mithilfe eines ihrer vorgedruckten Diagramme an die Arbeit.

»23. März 1991«, wiederholte ich. Also war er dreißig … interessant. »Um wie viel Uhr und wo?«

»Tantchen …«, begann er, aber Aoife hielt abwehrend die Hand in die Höhe.

»Um Viertel nach eins mittags im Beaumont Hospital in Dublin.«

»Musst du so genau sein?«, stöhnte er. »Brauchst du auch noch mein Gewicht und die Wehendauer?«

»Du hast genau sieben Pfund gewogen, und es hat achtzehn Stunden gedauert, bis du da warst. Ich sollte es wissen, denn ich war jede Sekunde dabei«, sagte Aoife mit sanfter Stimme und drehte sich mit einem liebenswürdigen Lächeln zu ihm um. Er errötete, und ich genoss jeden Moment.

»Okay …«, begann ich, während ich sein Sonnenzeichen, seinen Aszendenten und sein Mondzeichen ermittelte.

»Spann uns nicht so lange auf die Folter, Leo. Was steht da?«, fragte er grinsend und ließ uns unseren Spaß. Die Ladys zogen ihre Stühle näher an mich heran, um meine flinke Diagrammerstellung zu verfolgen.

»Also, wie du ja schon vor einer Weile erwähnt hast, bist du definitiv ein Widder. Das ist dein Sonnenzeichen.«

»Und was sagt das über mich?« Er verschränkte herausfordernd die Arme.

»Offenbar bist du von Natur aus ehrgeizig, sehr unabhängig und musst lernen, andere Menschen als komplexes Ganzes zu begreifen.«

»Das steht da nicht«, sagte er verächtlich, aber ich hob das Buch in die Höhe und deutete auf die Beschreibung.

»Er befand sich zum Zeitpunkt deiner Geburt in deinem neunten Haus, was bedeutet, dass du dich durch Bildung und politische Ansichten von anderen abhebst.«

»Das möchte ich doch eher bezweifeln«, sagte er und rieb sich nachdenklich die Stirn.

»Was ist mit seinem Aszendentzeichen?«, erkundigte sich Jane neugierig.

»O ja«, sagte Zelda eifrig. »Das ist das interessanteste Zeichen von allen, weil es sozusagen das Gesicht ist, das Sie anderen Menschen zeigen.«

»Was soll das denn heißen?«, wiederholte Ryan.

»Es geht darum, wie dich andere wahrnehmen«, stellte ich klar. »Also, wenn ich mich nicht irre, dann ist dein Aszendent im Löwen.«

Ich versuchte, mein Lächeln zu verbergen, indem ich meine Lippen aufeinanderpresste, aber es funktionierte nicht.

»Das stimmt«, bestätigte Aoife. Natürlich kannte sie das Geburtshoroskop ihres Lieblingsneffen bereits, aber sie wollte uns nicht den Spaß verderben, es allein herauszufinden.

»Dann sind wir ja doch nicht so verschieden«, sagte ich zu Ryan und klimperte dabei neckend mit meinen Wimpern. Er lachte. »Du wirkst auf andere intelligent und gutmütig, fast ein wenig unwiderstehlich.«

»Ooh«, schmachteten die Ladys wie Schulmädchen.

»Durch deine Tatkraft erscheinst du wie ein Alleskönner – also das kann ich nur bestätigen«, sagte ich im Flüsterton.

»Okay, jetzt reicht's aber!« Ryan löste verlegen seine verschränkten Arme. War ihm das hier etwa peinlich? Stieß ich tatsächlich zum Kern seiner Persönlichkeit vor?

»Moment, da wäre auch noch das Mondzeichen«, unterbrach Millie, die auf ihren Keksteller verzichtete, um sich an unserem kleinen Spiel zu beteiligen.

»Dein Mondzeichen ...«, begann ich und wandte mich von Ryans Gesicht ab, das sich rötete, um meinen Blick auf das Diagramm zu richten, » ... ist im Krebs. Dein Mond beherrscht deine Emotionen und Stimmungen, wenn du allein bist oder dich rundum wohlfühlst. Deine emotionale Seite ist verständnisvoll und empathisch. Insgeheim fürchtest du, von denen verlassen zu werden, die du liebst. Dein Mondzeichen war bei deiner Geburt in deinem zwölften Haus, was bedeutet, dass du in der Zurückgezogenheit und Innenschau Sicherheit findest. Und am besten passt zu dir – ach, lassen wir's gut sein.« Ich schlug das Buch rasch zu, nachdem ich »Löwe« gelesen hatte.

Die Ladys um mich herum gaben »*Ooh*«-Töne von sich, aber ich stimmte nicht mit ein. Ich war damit beschäftigt, mein Erröten zu verbergen.

Das klang haargenau wie Ryan. Der Ryan, den ich außerhalb dieses Kurses kannte, war ruhig und liebenswürdig. Weigerte sich, über die Familie zu reden, der er sich nie nah gefühlt hatte, und half immer erst mir, bevor er an sich selbst dachte.

»Das ist ein wundervolles Geburtshoroskop«, sagte Jane zu Ryan, als hätte er eine Wahl bei der ganzen Sache gehabt. »Meins sagt mir nur, dass ich gut organisiert und rechthaberisch bin.«

»Typisch Schütze«, murmelte Zelda.

»Ich habe Ryans Geburtshoroskop gedeutet, kurz nachdem er auf die Welt gekommen war«, ließ Aoife uns beiläufig wissen, ganz so, als wäre dies eine ganz alltägliche Gewohnheit, wie sie bei den meisten Tanten vorkam, die am Bett eines Neugeborenen saßen. »Er ist eine gute Seele.«

»Das hast du mir nie erzählt«, murmelte Ryan, der zu seiner Tante hinüberging und unterwegs seine Verlegenheit abschüttelte.

»Du hast nie danach gefragt. Und es hatte auch nie den Anschein, als ob du es wissen wolltest«, fügte sie hinzu. »Manchmal lohnt es sich nicht, unsere Zukunft im Voraus zu erfahren. Bei dir war klar, dass es besser für dich wäre, deinen Weg allein zu finden. Andere benötigen dabei ein bisschen Unterstützung.«

Vielleicht bildete ich es mir nur ein, aber aus dem Augenwinkel heraus betrachtet kam es mir so vor, als hätte sie bei diesen Worten in meine Richtung geschaut.

Ich richtete meinen Blick rasch auf den Schreibkram, als konzentrierte ich mich auf die heutige Aufgabe, die Auswirkungen eines jeden Planeten auf die verschiedenen Häuser aufzulisten.

In Wahrheit beendete ich Ryans Geburtshoroskop. Oder zumindest einen Teil davon: die Stellung der Venus zum Zeitpunkt seiner Geburt.

Nach meinen Berechnungen befand sich die Venus im Stier und im zehnten Haus, als er geboren wurde. Beim Durchblättern des Buches erfuhr ich, was dies für Ryan bedeutete. Geborgenheit und Stabilität waren wichtig für ihn. Er ging Beziehungen langsam an, was ihn manchmal schüchtern oder auch einschüchternd erscheinen ließ, aber Liebe war für ihn simpel. Venus im zehnten Haus bedeutete, dass er seine Liebe oft durch Erfolg und Verantwortung zum Ausdruck brachte.

Zählte dazu etwa auch, ein erfolgreiches neues Unternehmen mithilfe einer kreativen Partnerin zu gründen, die für seinen Internetauftritt verantwortlich war? Mein Herz schlug wieder ein bisschen höher.

Ich schüttelte den Kopf. Nein, das konnte nicht wahr sein. Bei meiner neuesten Tarot-Kartenlegung – dieses Mal online – hatte nichts darauf hingedeutet, dass eine Romanze in Sicht war. Im Moment ging es darum, mich auf meine Ziele zu konzentrieren.

Nur weil Ryans Geburtshoroskop behauptete, dass Liebe zielorientiert und simpel sei, bedeutete das ja nicht, dass ich diejenige welche war, an die er sein Herz verloren hatte. Das konnte einem kein Geburtshoroskop sagen.

Aber wäre es nicht viel einfacher, wenn es so wäre?

Bedauerlicherweise lief für mich in Sachen Romantik mit Ryan zurzeit rein gar nichts. Wenn ich mich wirklich voll und ganz darauf einlassen wollte, was die Planeten zu sagen hatten, dann musste ich akzeptieren, dass Ryan und ich nichts weiter als Freunde waren. Auch wenn es sich bei diesem Gedanken so anfühlte, als wenn etwas in mir zu zerbrechen drohte.

26

Löwe: Nehmen Sie Rücksicht auf andere Menschen und deren Gefühle. Vollmond im dritten Haus heute Nacht.

Ungefähr anderthalb Wochen nachdem ich mich mit den Mädels im Restaurant getroffen hatte, deutete sich in meinem Horoskop zum ersten Mal die vage Hoffnung auf eine mögliche Versöhnung an.

Am Dienstagmorgen schlug ich die Augen auf und warf sofort einen Blick in mein Horoskop.

Vergebung wird dehnen zuteil, die darum bitten.

Es kam mir fast so vor, als würde mir Dumbledore durch meine Taschenbuchausgabe von *Harry Potter* eine Nachricht senden, aber wenn es in meinem Horoskop stand, dann erwarteten es die Planeten wohl von mir.

Ich textete Ryan, weil ich noch eine Portion Zuversicht gebrauchen konnte, bevor ich mich auf den Weg machte.

Kris: Ich werde heute mal bei den Mädels vorbeigehen.
Ryan: Prima! Wird Zeit, dass ihr wieder miteinander redet.

Ryan hatte sich jedes Mal, wenn er nach diesem Restaurantbesuch vorbeikam, von mir anhören müssen, was zwischen den Mädels und mir vorgefallen war. Egal über welches Thema wir auch sprachen – ob über die Website oder die aktuelle Folge der Back-Show mit Prue Leith –, ich schaffte es irgendwie immer, die Mädels in das Gespräch einfließen zu lassen. Paige wäre nicht Ryans Ansicht, bei seiner Website auf eine Erklärung zu verzichten, und Tina hätte dieser Brunnen aus Brotteig gefallen, immerhin war das Thema der Sendung *Ein romantisches Picknick*.

Ryan war sehr gut darin, bei seinen Äußerungen niemals Partei für eine Seite zu ergreifen. Aber bevor ich überhaupt das erste Mal mit ihm darüber gesprochen hatte, war mir bereits klar gewesen, dass er bei seinen Ansichten zur Astrologie vermutlich eher Verständnis für die Mädels haben würde als für mich. Aber aus Freundschaft zu mir sagte er nichts gegen meine Überzeugungen.

»Ich sollte vielleicht etwas als Friedensangebot mitbringen …«, schrieb ich zurück, war mir aber noch nicht sicher, was das sein sollte.

»Sie essen doch gern«, rief er mir ins Gedächtnis. Und das war tatsächlich eine Superidee. Essen war eine Leidenschaft von uns dreien. In dieser einen Hinsicht entsprachen wir dem Klischee, das die meisten Leute von London hatten, und bekannten uns als Zugezogene voll und ganz dazu, dass wir darauf standen, uns durch diese Riesenauswahl an Takeaway-Läden und Restaurants, die die Stadt zu bieten hatte, zu probieren. Und es machte uns immer Spaß, das Rad der Just-Eat-App zu drehen und herauszufinden, wo wir in dieser Woche landen würden.

»Aber ich kann es immer noch nicht glauben, dass Paige und Tina ein Paar sind«, antwortete ich, während ich auf der Suche nach Ideen durch die App scrollte.

»War doch an Halloween ziemlich offensichtlich«, erwiderte Ryan. *»So wie Paige zu Beginn des Abends den Arm um Tina gelegt hatte.«*

Und ich war der Meinung gewesen, sie habe sie nur gestützt, weil sie schon vorher so viel getrunken hatte. Aber nein, sie hatte sie schlicht und einfach im Arm gehalten.

»Unglaublich, dass ich so blind gewesen bin.«

Wenn ich nun an die Male zurückdachte, die ich Tina und Paige zusammen gesehen hatte, machte es plötzlich »klick« in meinem Kopf, und mir wurde klar, dass es wirklich ziemlich offensichtlich gewesen war und ich es bloß völlig ignoriert hatte, als wäre es total unwichtig oder hätte nichts mit mir zu tun.

Dieses eine Mal, als ich von der Wohnungsbesichtigung mit Clare zurückgekommen war, zur Tür reinplatzte und Paige sich zu Tode erschrocken hatte. Oder die Tatsache, dass sich Tina nach der Arbeit immer in Paiges Wohnung aufgehalten hatte, obwohl sie für gewöhnlich höchstens einmal in der Woche vorbeischaute. Und Paiges Lächeln, wann immer Tina gefacetimed hatte, und wie sie einfach so verschwunden war, ohne mir zu sagen, wohin sie ging und dabei ihre Alltags-Schlumpfklamotten getragen hatte.

Es war so offensichtlich, und dennoch hatte ich es nicht bemerkt. Mir drehte sich der Kopf, als mir klar wurde, dass ich wirklich so selbstsüchtig gewesen war, wie Tina und Paige behauptet hatten. War ich vorher schon so gewesen? Oder war ich bloß besessen davon, alle zufriedenzustellen, als ich noch mit David zusammen gewesen war, hatte es allen recht machen wollen?

»Ich würde Tapas empfehlen, da sie letztes Mal keine abbekommen haben«, empfahl mir Ryan, ohne mich wegen meiner Blindheit zur Rede zu stellen. Er war wirklich ein lieber Kerl, half mir dabei, die Sache wieder in Ordnung zu bringen, anstatt mich auf meine Fehler hinzuweisen.

»Ich danke dir«, antwortete ich rasch, suchte mir ein Tapas-Restaurant in der Nähe, das Essen zum Mitnehmen anbot, und verließ hastig die Wohnung – allerdings nicht, ohne auf dem Weg nach draußen noch mein Tigerauge, meinen Obsidian und meinen Jaspis einzustecken.

Ich klopfte zweimal an Paiges Tür. Beim ersten Mal so sachte, dass ich mir gar nicht sicher war, ob es überhaupt ein Geräusch gegeben hatte. Beim zweiten Mal schlug ich mit der Kante meiner Faust dagegen, um sicherzugehen.

Tina öffnete in einem Fleece-Nachthemd die Tür. Sie schien ein wenig aus der Fassung gebracht, als wäre sie gerade mit irgendetwas beschäftigt gewesen. Wahrscheinlich hatte ich sie aus dem Bett geholt. Schließlich war Sonntag.

O Gott, dachte ich, hatten sie und Paige etwa gerade Sex gehabt? Ich schüttelte energisch den Kopf. *Jetzt denk doch nicht so was,* mahnte ich mich. Dann hätte Tina niemals die Tür geöffnet. Allein schon deshalb nicht, weil sie bei all ihrem Gestöhne überhaupt nichts gehört hätte. Ich hatte in meiner ganzen Studienzeit mit ihr zusammengewohnt und wusste, wie laut sie werden konnte.

»Ich komme in friedlicher Absicht«, sagte ich und hielt zum Gruß die Tüte mit den Tapas in die Höhe. Nicht gerade die beste Art und Weise, nach einem Streit Hallo zu sagen, wie ich feststellte, als Tina ihre Arme verschränkte. Sie ließ sich nicht so leicht umstimmen.

Ich spürte, wie es mir vor Nervosität die Kehle zuschnürte – was neu für mich war, wenn ich mit Tina sprach. Wir waren Studienfreundinnen, kamen super miteinander klar, selbst wenn wir frustriert waren wegen irgendwelcher Abgabetermine oder uns mit Regelschmerzen quälten.

Ich hatte mich in den zehn Jahren, die wir befreundet waren, noch nicht ein einziges Mal vor ihr geschämt. Und ich hatte in meinem Leben schon eine Menge beschämende Dinge getan.

»Hey«, sagte ich, um meinen Mund wieder in Betrieb zu nehmen – mein Hirn war ja schon eingeschaltet. »Du hattest recht. Ich war ein egoistisches Biest.«

Immer noch nichts. Sie rührte sich keinen Millimeter, genauso wenig wie ihr Stirnrunzeln.

»Und ich hatte den Anschiss verdient. Ich brauchte wirklich ein Riesenhinweisschild, denn ich habe echt nicht gemerkt, dass Paige und du zusammen seid, und dabei ist es die ganze Zeit vor meinen Augen passiert. Ich war einfach zu benebelt von meinem eigenen Leben.«

Sie zuckte. Endlich begann das Eis zu brechen. Mit meiner freien Hand begann ich, den Obsidian in meiner Tasche zu drehen, um jegliche Negativität davon abzuhalten, sich in mein Gespräch mit Tina einzuschleichen.

»Es tut mir leid, dass ich deine Gefühle verletzt habe, deine und auch Paiges. Ihr seid für mich da gewesen, als ich euch am dringendsten gebraucht habe, aber ich habe mich nie dafür revanchiert. Schlimmer noch, ich habe drauf geschissen. Und das tut mir wirklich schrecklich leid. Kannst du mir verzeihen?«

Ich hielt ihr die Tüte mit den Tapas etwas näher unter die Nase. Ich hatte auf Chopitos verzichtet und mich stattdessen für gebratenen Tintenfisch mit extra Chili-Öl entschieden, und der Duft war wirklich sündhaft dekadent.

»Hör auf … mich … bestechen … zu wollen«, sagte sie mit zusammengebissenen Zähnen, aber ihre Augen begannen zu strahlen, als sie es sagte.

»Können wir uns bitte darauf einigen, dass ich den Preis für die mieseste Freundin des Jahres gewonnen habe, und einfach was essen?«, schlug ich vor.

»Was für ein Bild des Jammers«, sagte sie, trat zur Seite und öffnete die Tür für mich. »Ich bin schon Streunern begegnet, die verführerischer ausgesehen haben als du.«

»Na, da habe ich ja noch Glück gehabt, sonst wärst du heute mit mir zusammen und nicht mit Paige.«

»Ha!«, schnaubte Tina. »Kaum ist sie drin, erzählt sie auch schon Lesbenwitze. Da hat sich aber jemand wirklich verändert.«

»Wo ist deine bessere Hälfte? Ich will mich bei euch beiden entschuldigen.«

»Sie …«, begann Tina, nahm mir die Tüte mit den Tapas aus der Hand und steuerte damit die Küche an, die etwas unordentlicher war als früher. »Besorgt uns was zum Brunchen.«

»Ah ja.« Na toll. Da war Essen mitzubringen nicht gerade der beste Weg, um Paige für mich zu gewinnen. Sie hatte sich vermutlich gerade extra geduscht und angezogen, um in der Nobelbäckerei die Straße runter ein paar Bagels mit

Räucherlachs zu holen. »Sollte ich lieber flüchten und mich verstecken?«

»Nicht, wenn du die Tapas mitnimmst. Ich konnte das Chili-Öl schon riechen, als du aus der U-Bahn ausgestiegen bist.«

»Damit wollte ich nur meinen Angstschweiß überdecken.«

»Oh, Süße«, sagte Tina lachend und hatte den Anstand, sich über die Frühstückstheke zu lehnen und mich zu umarmen. »Jemand musste dir mal sagen, was Sache ist, aber ich hasse es, wenn wir nicht miteinander reden.«

»Du hast ja recht«, stimmte ich ihr zu, und es war eine verlockende Vorstellung, dass zwischen uns schon bald wieder alles so wie früher sein würde. »Es war scheiße, aber ich versteh's. Echte Freundinnen tun so was manchmal.«

»Manchmal? Kennst du eine gewisse Paige?«

Ich saß an der Frühstückstheke und fühlte mich erschöpft vor Erleichterung. »Das tue ich, aber ich war in letzter Zeit ein wenig abgelenkt.«

»Die Untertreibung des Jahres«, murmelte Tina. Sie stieß einen Seufzer aus und unterbrach das Auspacken des Essens für einen Moment. »Hör zu, ich werde mich nicht dafür entschuldigen, dass wir dir einen Anschiss verpasst haben. Du hast dich da in etwas hineingestürzt und dabei ganz schön unsere Gefühle verletzt.«

»Das war nie meine Absicht«, versicherte ich ihr und spürte, wie es in meinem Bauch wieder zu rumoren begann.

»Das wissen wir doch. Aber keiner mag es, wenn man ihn ignoriert, und wir wollten dir gegenüber offen sein, waren aber andererseits auch nervös, wie du auf unsere Beziehung reagieren würdest …«

»Oh, ich find's toll! Schräg, aber toll.«

»Schräg?«, wiederholte Tina und verzog im Scherz das Gesicht. »Schräg war es, mit diesem Typen auszugehen, der so braun gebrannt war, dass er aussah wie ein Oompa Loompa.« (Ein Fehlgriff meinerseits zu Studienzeiten.) »Paige und ich sind nicht schräg, das Ganze ist einfach ... unerwartet.«

»Für dich oder für mich?«, fragte ich und lehnte mich versuchsweise nach vorn, um mir ein Garnelenstück aus der dampfenden Paella zu fischen.

Tina zuckte mit den Schultern und schlug meine Hand weg. »Hauptsächlich für Paige, glaube ich. Ich bin nicht gerade die K-Pop-Traumfrau, die sie sich vorgestellt hatte.«

»Also, ich habe sie mir immer eher mit jemandem vom Typ ›schweigsamer Richard‹ vorgestellt. So ein stinknormal aussehender Kerl, der bei Dinnerpartys nie viel sagt, außer ›ja‹, ›nein‹ oder ›Bier‹.«

Wir setzten zum Lachen an, doch dann hörten wir, wie sich ein Schlüssel im Schloss der Wohnungstür drehte.

»Dieser Schwachmat hat versehentlich zweimal Frischkäse und einmal ...« Paige verstummte bei meinem Anblick. Und vermutlich auch beim Duft der fettigen Chorizo-Zwiebel-Omelettes, die Tina und ich gerade vertilgen wollten. »Was zum Geier machst du denn hier?«

»Sachte, sachte! Sie ist hier, um sich zu entschuldigen«, sagte Tina lässig und bediente sich mit bloßen Händen beim gebratenen Tintenfisch.

Paige ließ ihre Arme mit den braunen Papiertüten sinken und schaute mich erwartungsvoll an.

»Es tut mir leid«, sagte ich bloß und schämte mich ein wenig, dass dem Ganzen der nötige Pep fehlte. Aber nach meinem freundlichen Plausch mit Tina hatte ich die Lust auf ein Entschuldigungsepos verloren.

Nach einer kurzen, bedeutungsvollen Pause zuckte Paige mit den Schultern.

»Ist mir egal, was du mitgebracht hast. Wenn du einen Bagel willst, dann musst du einen Fünfer beisteuern.« Und ebenso schnell, wie sie Tina eine Gabel in die Hand drückte, als sie mitbekam, wie die sich die Finger ableckte, verzieh sie mir.

Das Wunderbare an Paige war, dass sie in ihrem Job von morgens bis abends mit Leuten diskutierte und am Wochenende keine Lust mehr darauf hatte, wenn es nicht gerade unbedingt nötig war.

Wir verbrachten den Rest des Morgens damit, uns abwechselnd Frischkäse von den Oberlippen abzulecken und zum Spaß um die letzte Garnele in der Paella zu streiten.

27

Löwe: Pflücken Sie die Blume nicht, damit die, die nach Ihnen kommen, sich auch noch an ihrer Pracht erfreuen können.
Mars wechselt in den Widder.

Nach unserer Versöhnung vermochten Paige, Tina und ich uns gar nicht mehr voneinander zu trennen – ausgenommen, als die beiden zur Arbeit gingen und ich verpennte. Manche Dinge änderten sich eben nie.

Mein kurzes Verschwinden machte ich mehr als wieder gut, indem ich sie zum Abendessen und auf ein paar Drinks in meine Wohnung einlud. Tina kochte, und Paige sorgte für den alkoholischen Teil. Ich steuerte zumindest Netflix und meine Gesellschaft bei.

»Hast du einen Innenarchitekten engagiert?«, fragte Paige, während sie im Wohnzimmer herumschlenderte und langsam ihren Wein trank. Die offene Küche und das Wohnzimmer waren beinahe fertig eingerichtet. Dank Ryans handwerklichem Geschick und meinen meisterhaften Käufen in den Secondhandläden der Stadt musste ich jetzt nur noch ein erschwingliches Sofa finden, um den Platz unter dem Fenster zu füllen, und dann wäre mein Wohnzimmer komplett. Während meiner Suche in den letzten Wochen hatte ich auf Facebook noch das eine oder andere entdeckt, was gut gepasst hätte, aber Ryan weigerte sich zuzulassen, dass ich weniger als hundert Pfund für etwas ausgab, das er als »Furzkissen« und »Rahmen« bezeichnete. Nach all dem Geld, das ich gespart hatte, weil ich mich mit Sachen aus dritter Hand von fragwürdigen eBay-Verkäufern und Flohmärkten zufriedengab, sollte ich mir seiner Meinung nach zumindest ein halbwegs vernünftiges Sofa gönnen. Insbesondere, weil ich im tiefsten Innern eine Couch-Potato war.

»Nein. Ryan und ich geben ein gutes Team ab.«

»Ryan und Krystal sitzen auf dem Baum, knutschen rum, man glaubt es kaum ...«, trällerte Tina leise.

»Hör auf, sie zu ärgern«, sagte Paige. »Oder wenn's unbedingt sein muss, dann bitte kein Kinderlied.«

»Ich kann nichts dafür. Ich arbeite jeden Tag mit Achtjährigen«, verteidigte sie sich.

»Etwas Originelleres wäre nicht schlecht«, sagte ich und goss mir von dem Rosé nach.

»Aber das ist so süß. Du und dieser Bastler, der zufällig wieder auftaucht. Klingt wie der Anfang eines guten Pornos, findet ihr nicht?« Tina blickte rasch zu Paige hinüber. »Nicht dass ich immer noch Pornos gucken würde, Babe.«

»Ich schon«, entgegnete Paige voller Stolz.

Tina lächelte und strampelte mit den Füßen in der Luft, als sie sich auf den Bauch legte.

»Wie würdest du den Einrichtungsstil denn beschreiben?«, erkundigte ich mich bei Paige. »*Shabby Chic?*«

»*Vintage Desaster?*«, schlug Paige vor, die sich im Schneidersitz bei uns auf dem Boden niederließ.

»Auch nicht schlecht«, lachte ich, während Tina ihr einen Klaps auf den Oberschenkel verpasste. Paige legte sanft eine Hand auf Tinas Rücken. »Ich mache doch bloß Spaß. Es ist vielleicht nicht ganz mein Geschmack, aber dennoch eine wundersame Wandlung.«

»Es ist hinreißend. Passt zu dir«, erklärte Tina solidarisch.

»Oh, vielen Dank.«

Ich stieß mit meinem Glas leicht gegen das ihre, als es an der Tür klopfte.

»Wer ist das denn? Ich dachte, außer uns hättest du keine Freunde«, sagte Paige und lehnte sich dabei ein bisschen zurück.

»He! Mal ein bisschen netter hier!«, erwiderte ich und stand auf, um zur Tür zu gehen. »Das wird Ryan sein.«

»Klar, wer denn sonst!«, rief Tina eindeutig begeistert. Ich hätte ihr am liebsten geraten, sich zu beruhigen, aber dabei dann mein Lächeln preisgegeben.

»Hallo«, sagte Ryan, als ich ihm die Tür öffnete. Es regnete, und er wartete geduldig unter einem Schirm mit Blumenmotiv.

»Aoifes Schirm?«, fragte ich, ohne seine Begrüßung zu erwidern.

Er ignorierte mich, lachte aber beim Eintreten und schloss ihn rasch. »Tee?«

»Sehr gern.«

»Die Mädels sind hier.« Sofort erklang im Chor ein »Hallo« aus dem Wohnzimmer.

»Alles klar bei euch?«, fragte er, während ich zum Küchenbereich hinüberging, um für ihn eine Tasse Tee zuzubereiten.

»Jetzt schon Wein? Wir haben doch noch nicht mal sechs Uhr!«, zog er sie auf.

»Es wird ja jetzt schon um drei dunkel, da gelten keine Trinkregeln für den Tag mehr«, erklärte Tina.

»Verstehe.« Ryan lachte.

»Möchtest du auch ein Glas?«, rief ich von der Küche und spitzte die Ohren, um mitzubekommen, was die drei da besprachen, denn Tina war wieder einmal angeschickert, und da rutschte ihr bekanntermaßen gern einmal etwas heraus.

»Nein, Tee reicht mir, danke. Ich bin heute den ganzen Tag gar nicht richtig zum Essen gekommen.«

»Warum?«, rief ich im selben Moment, als Paige fragte: »Was hast du denn gemacht?«

»Ich hatte ein LinkedIn-Shooting für ein Unternehmen in Vauxhall.«

»Ein LinkedIn-Shooting?«, wiederholte Tina, und ich wusste, dass ich bei dem Thema auf der sicheren Seite war und mich beruhigt auf das konzentrieren konnte, was ich tat, damit ich nicht versehentlich Milch in den Wasserkocher goss.

»Ja, bloß langweilige Profilbilder für professionelle LinkedIn-Profile. Einige Unternehmen schreiben das inzwischen verbindlich vor.«

»Damit lässt sich bestimmt gutes Geld verdienen.«

»Nicht wirklich«, erwiderte Ryan, und ich vernahm das Zögern in seiner Stimme. Das würde ihm Paige direkt austreiben. Wir drei hatten nie irgendwelche Vorbehalte, über Geld zu reden, verplemperten keine Zeit mit falscher Scham. »Ich bekomme ungefähr fünf Pfund, wenn ich sie in einer großen Anzahl mache, also …« Er verstummte.

»Da muss ich gleich mal einhaken«, rief ich von der Küche und ließ den Wasserkocher sprudelnd vor sich hin kochen. »Ich muss mit dir über deine Fotos reden. Es gibt Neuigkeiten.«

»Damit habe ich auch schwer gerechnet, schließlich bin ich deshalb extra vorbeigekommen.« Ryan lächelte. Er lehnte an der Wand und hatte sogar die Schuhe ausgezogen, damit er sich mit einem Fuß daran abstützen konnte, ohne dabei Spuren zu hinterlassen.

Ich hatte ihm früher am Tag aufgeregt eine zugegeben etwas rätselhafte Textnachricht geschickt und ihn gebeten vorbeizukommen, damit wir uns über seine Fotos auf meiner Website unterhalten konnten.

»Oh! Was gibt's denn Neues?«, fragte Tina.

»Ihr kennt doch die Fotos von meinem Blog mit den Kristallen und den Tarotkarten?«, sagte ich zu den Mädels, die beide nickten – auch wenn Paige dabei die Augen verdrehte. »Die hat Ryan für mich gemacht.«

»Die sind wirklich groooßartig!«, rief Tina, und ihre Stimme stieg um eine Oktave höher. Ich bemerkte, dass ihr Glas leer war, was mir als Erklärung ausreichte.

»Du hast genug«, flüsterte Paige und lehnte sich nach vorn, um nach Tinas Glas zu greifen. Die gab ein gackerndes Lachen von sich, das förmlich *Versuch doch, mich aufzuhalten* schrie, und griff ebenfalls danach. Doch Paige war schneller als sie. »Erzähl nur weiter«, wies sie mich an.

»Also, diese Kuratorin von einer Galerie in Bloomsbury hat sich mit mir in Verbindung gesetzt. Sie bereitet eine Ausstellung vor mit dem Titel *Das Selbst und die Sterne*. Und sie würde gern deine Fotos in die Ausstellung aufnehmen.«

»Was?«, sagte Ryan.

»Sie möchte deine Fotos in die Ausstellung aufnehmen und sie verkaufen!«, schrie ich und hüpfte auf und ab.

Wieso titschte er nicht außer sich vor Freude durch das Zimmer? Ich selbst vermochte meine Begeisterung kaum zurückzuhalten, dabei betraf mich die Sache doch gar nicht wirklich.

»O mein Gott! Das ist ja fantastisch!«, stieß Paige keuchend hervor und klatschte laut. Tina drehte sich auf den Rücken, um Ryan anzusehen, und schüttelte sich dabei wie ein Cheerleader-Pompon.

»Du hast es geschafft!«, schrie sie.

»Was?«, wiederholte Ryan, und ich verdrehte die Augen.

»Du wurdest gescoutet. Sie wollen deine Fotos ausstellen!« Ich wäre am liebsten hinübergestürmt, um ihn an den Schultern zu packen und zu schütteln, damit er endlich reagierte. »Verstehst du jetzt, warum ich es dir persönlich sagen wollte?« Ich trat zu meinem Schreibtisch hinüber, öffnete die Mail auf meinem Laptop und drehte ihn zu Ryan um. »Schau selbst.«

Ryan bewegte sich mit einem Ruck von der Stelle, als hätte gerade jemand wieder den Stecker bei ihm eingesteckt, und lehnte sich über den Schreibtisch, um auf den Bildschirm zu sehen.

»Ich habe es schon überprüft«, sagte ich, während er las. »Die Sache ist sauber. Die Ausstellung ist im Dezember, und die Karten sind bereits im Vorverkauf.«

»Ist wirklich kein Fake«, stimmte mir Ryan zu, der ganz offenbar am Ende der Mail angelangt war. »Sie möchte zehn

Fotos haben, fünf von der Website und fünf neue«, las er vom Bildschirm ab, und ein Lächeln schlich sich über seine ungläubig zuckenden Lippen in sein Gesicht.

»Genau. Und sie wird sie für die Ausstellung drucken, daher entstehen dir keine Kosten.«

»Wie verdient man denn Geld bei so was?«, fragte Paige neugierig. Sie grinste immer noch von einem Ohr zum anderen, während Tina den Kopf in ihren Schoß legte und es sich gemütlich machte.

»Die Leute können die Drucke in der Ausstellung kaufen«, sagte ich. »Oder sie auch bestellen, glaube ich. Auf der Website der Galerie heißt es, dass sie eine Fotografie in der größten Größe ausstellen und man anschließend einen Druck in verschiedenen Größen bestellen kann.«

»Für wie viel?«, erkundigte Paige sich weiter, und ich drehte mich zu ihr um und durchbohrte sie mit meinem Blick. Sie verstand den Hinweis und hörte auf, in der Richtung nachzufragen, hielt nur entschuldigend die Hände in die Höhe, solange ihr Ryan noch den Rücken zukehrte. Ich vermutete, dass er im Moment überhaupt nicht über Geld nachdenken wollte. Aus den Diskussionen, die wir über Kunst geführt hatten, wusste ich, dass es ihm bei seinen Fotos nicht um Geld oder irgendein Renommee ging – zumindest nicht am Anfang –, sondern um Stolz und den Glauben an sich selbst.

Auch wenn es eine gewisse Bestätigung für ihn war, von Schulen und Unternehmen als Fotograf Aufträge zu erhalten, so würde er sich erst als Künstler fühlen, wenn seine Arbeiten ausgestellt wurden. Das war sein Traum, und der ging endlich – durch einen reinen Zufall – in Erfüllung.

»Ist das deine erste Ausstellung?«, erkundigte sich Tina vom Boden aus.

Ryan nickte. »Ja, ich habe meine eigenen Fotos noch nie auf professioneller Ebene gezeigt. Also, die Fotos sind natürlich in deinem Blog …«, ruderte er rasch zurück, schüttelte dabei den Kopf und errötete, als hätte er mich gerade auf irgendeine Weise ganz furchtbar beleidigt. Ich hielt eine Hand in die Höhe.

»Ist schon okay, ich weiß, wie du's gemeint hast.«

»Das soll nicht heißen, dass dein Blog nicht professionell gemacht wäre, sondern dass ich noch nie …«

»Dass du noch nie in einer Galerie ausgestellt hast. Du wirst ein hundertprozentiger Künstler sein.«

Ich lächelte, und plötzlich erschien ein breites Grinsen auf seinem Gesicht. Er lachte und fuhr sich mit den Händen durchs Haar, und sein Blick sprang zwischen mir und dem Bildschirm hin und her. Ich grinste ebenfalls. Ryans Lächeln war einfach zu ansteckend.

»Wann ist die Ausstellung?«, fragte Tina.

»Die Vernissage ist am 15. Dezember. Kurz vor Weihnachten«, sagte ich, da ich bezweifelte, dass Ryan den Teil bereits verarbeitet hatte.

»O mein Gott!« Er trat zurück und stemmte die Hände in die Hüften. »Es passiert wirklich.«

Ich nickte, stand auf, und Ryan schlang seine Arme um meine Taille und begann, mich im Wohnzimmer im Kreis herumzuwirbeln.

Tinas und Paiges Lachen hallte in meinen Ohren wider, und dazwischen hörte ich auch Paiges mahnende »Lass sie nicht fallen«-Rufe.

Ich kreischte, bis er mich schließlich absetzte, die Hände immer noch um meine Taille, und er strahlte mich nur wenige Zentimeter von meinem Gesicht entfernt an.

»15. Dezember«, wiederholte er, und ich nickte.

»15. Dezember.«

»Darf ich einen Gast mitbringen?«, fragte er, und ich zuckte mit den Schultern, immer noch ganz atemlos von dem Herumwirbeln, seiner Nähe und seinem festen Griff.

»Vermutlich schon. Warum sollten sie Nein sagen?«

»Dann musst du mich unbedingt begleiten«, sagte er, und ich spürte, wie mir die Hitze in die Wangen stieg. »Ohne dich wäre das alles nicht passiert.« Also war die Einladung nur ein Dankeschön. Natürlich war sie das, wir waren ja nur Freunde, rief ich mir in Erinnerung. Wir hatten uns ja bisher nicht einmal umarmt. Und mir wurde bewusst, dass das Herumwirbeln heute unser erster Körperkontakt gewesen war, seit er mir nach Davids plötzlichem Auftauchen damals die Hand auf die Schuler gelegt hatte, um mich zu beruhigen.

»Klar komme ich mit«, erwiderte ich atemlos, verankerte den Termin in meinem Kopf und hoffte, so wie man sich wünscht, dass es beim Picknick nicht regnet, an diesem Tag ein positives Horoskop zu haben.

»Das ist ja sooo aufregend!«, schrie Tina und erinnerte mich damit daran, dass sie und Paige noch da waren. »Wir brauchen mehr Wein!«

»Nein!«, riefen Paige und ich wie aus einem Munde, aber gleichzeitig kam von Ryan ein vernehmliches »Ja!«, und mehr Ermutigung brauchte es gar nicht: Tina rappelte sich auf und nahm Kurs auf die Küche, um eine frische Flasche

Rosé zu holen. Ich blickte zu Paige hinüber, die auf die Ellenbogen gestützt dalag. Ihre Augenbrauen hoben sich einen Bruchteil, als sich unsere Blicke trafen, und meine Lippen formten unhörbar *Was ist?*, bevor sie nur mit den Schultern zuckte und fortfuhr, Tina wegen ihres schlechten Einflusses auf den armen Ryan auszuschimpfen.

28

Löwe: Ein benebelter Verstand benötigt zum Ausgleich feste Wurzeln. Mars wird im zwölften Haus mit Jupiter kollidieren.

Kris: Hallo, Mädels! Irgendwelche Pläne fürs Wochenende?
Paige: Das Übliche: Arbeit, Arbeit, Arbeit.
Kris: Darf ich euch vielleicht zu einem Abendessen oder ins Kino einladen? Stellt euch vor, die Versicherung zahlt! Ich bekomme endlich meine Kaution für die alte Wohnung zurück, und sie erstatten mir auch die Möbel.
Paige: Wird auch langsam Zeit!!!
Kris: Mein Horoskop sagt heute: Ein unerwarteter Gewinn steht ins Haus. Na, wenn das kein Zeichen ist, dass sich die Planeten endlich in meine Richtung bewegen!
Paige: Von wegen Planeten! ICH habe deinen Versicherungsanspruch im Juli gemeldet! Jetzt haben wir Dezember! Ich sollte denen einen Kalender zu Weihnachten schenken.
Kris: Wie auch immer! Mein Horoskop hatte trotzdem recht.
Paige: …

Tina: Ach lass sie doch, Babe.
Tina: Hast du Lust, nach der Arbeit shoppen zu gehen? Und etwas von deinem wohlverdienten Geld auszugeben!!!
Kris: Lass mich erst mal sehen, wie das Vorstellungsgespräch bei Styler läuft.
Tina: OMG! Ist das heute?!
Kris: Ja. Bin auf dem Weg dorthin.
Tina: Viel Glück! Nicht dass du es brauchen würdest!!! Du wirst das Ding total rocken.
Paige: Du kriegst das hin!
Paige: Um welche Funktion geht's noch mal?
Kris: Ich soll eine Kolumne für sie schreiben, die auf ZodiActually basiert.
Kris: Wer sich nach den Sternen richtet, bekommt manchmal unerwartete Geschenke …
Paige: …
Tina: WIR unterstützen dich voll und ganz.
Tina: Stimmt's, Paige?
Paige: Absolut. Du bist eine tolle Journalistin, und du hast es verdient.
Paige: VIEL GLÜCK!!!
Tina: Braves Mädchen.
Kris: Kotz.🤮
Kris: 😂
Tina: 😘😘😘😘
Paige: 💋

Mein Vorstellungsgespräch bei *Styler* sollte in den Büroräumen des Magazins stattfinden, die sich in einer Seitenstraße von The Strand befanden. Seit Wochen schon hatte ich mit der Chefredakteurin, Cameron, wegen meiner Website und einer möglichen Idee für eine Kolumne hin- und hergemailt. Ich hatte ihr Arbeitsproben geschickt, potenzielle Fragen von Leserinnen und Lesern beantwortet, meinen Lebenslauf für die Personalabteilung eingereicht und vieles mehr. Es kam mir so vor, als hätte man mich bereits über jede digitale Plattform befragt, und dies war die letzte Hürde, die ich nehmen musste, bevor es offiziell wurde.

Aus mir würde eine *Styler*-Kolumnistin werden mit einer wöchentlichen Onlinekolumne und einem monatlichen Feature im Print-Magazin!

Das war besser als der Job, den ich bei *Craze* gehabt hatte, und seit der Katastrophe waren erst gut vier Monate vergangen! Das hatte ich zweifellos den Sternen zu verdanken. Alles, was ich getan hatte, hatte ich mithilfe meines Horoskops, meiner Karten und meiner Kristalle getan. Ohne sie hätte ich niemals eine eigene Website erstellt oder mich dahintergeklemmt, Cameron mit all meinen neuesten Posts auf dem Laufenden zu halten, sobald sie begann, Interesse zu zeigen.

Als ich von Cameron zu diesem Vorstellungsgespräch eingeladen worden war, hatte ich natürlich erst einmal nachgeschaut, was die Sterne dazu zu sagen hatten. Und als sich herausstellte, dass Freitag, der 10. Dezember, der beste Tag für alles sein würde, was mit Kommunikation zu tun hatte, war für mich klar gewesen, dass ich nur an diesem Datum zur Verfügung stand, und Cameron war damit einverstanden gewesen. Eigentlich hatte sie ursprünglich einen früheren Termin vorgeschlagen, aber der lag laut meinem Horoskop in einem Zeitraum, der schlecht war, wenn es um

Kommunikation irgendwelcher Art ging, und es sollte recht behalten.

Zuerst funktionierte die WLAN-Verbindung nicht mehr, aber beim Support-Team landete ich immer nur in der Warteschleife, und wenn ich dann doch durchkam, um das Problem zu melden, verbanden sie mich mit der falschen Stelle. Ich verbrachte einen Großteil der Woche damit, mit einer Hotline nach der anderen zu telefonieren, und brauchte das ganze Datenvolumen meines Smartphones für wütende E-Mails und Tweets auf, bloß um schließlich zu erfahren, dass eine planmäßige Wartung das Problem verursacht hatte. Warum hatten sie mir das nicht im Vorhinein per E-Mail mitgeteilt? Das hätte mir eine Menge Zeit und Kummer erspart.

Die Sterne hatten es allerdings die ganze Zeit gewusst.

Als ich aus dem Bus stieg, verspürte ich keinerlei Nervosität wegen des bevorstehenden Gesprächs. Es war ein Pendelbus am Freitag in der morgendlichen Stoßzeit, und obwohl er brechend voll war und ich von allen Seiten angerempelt wurde, während ich mich an die Überkopfgriffe klammerte, fühlte ich mich entspannt.

Die Sterne waren auf meiner Seite, ich war gut vorbereitet, und ich wusste, dass dieses Gespräch lediglich eine Formalität war. Es war unglaublich einfach, das Gebäude zu finden, in dem sich die Büros befanden. Ich musste nicht einmal Google Maps zu Hilfe nehmen (Ryan wäre bestimmt stolz auf mich gewesen). Es befand sich gleich in einer Seitenstraße von The Strand in einem kleinen, schicken Bürogebäude gegenüber einem indischen Edelrestaurant, aus dessen geöffneten Türen während der Brunch Hour verführerische Düfte auf die Straße zogen. Das Wasser lief mir im

Mund zusammen, und ich hüpfte hinüber, um mir die Speisenkarte anzusehen, da ich für mein Gespräch zu früh dran war und noch ein paar Minuten erübrigen konnte, um mir die nähere Umgebung anzusehen.

Die Gerichte auf der Karte klangen köstlich, und ich sah förmlich vor mir, wie ich zusammen mit den Mädels hier aß und wir lachend mit unseren Weingläsern auf meinen neuen Job bei *Styler* anstießen.

Ich griff in meine Tasche, um mein Handy hervorzuholen und ein Foto von der Speisenkarte zu machen, um es an sie zu senden – ein wenig vorausschauende Planung war ja nie falsch –, doch ich erstarrte, als ich dabei nicht den vertrauten Klang meiner Kristalle vernahm, die gegen die Plastikhülle meines Smartphones stießen. Ich steckte mein Smartphone und die Kristalle aus Gewohnheit immer in dieselbe Jackentasche und änderte diese Routine nie.

Mir rutschte das Herz in die Hose. Ich hatte sie nicht mitgenommen. Ich steckte sie immer als Letztes ein, wenn ich das Haus verließ, und das hatte ich heute nicht getan. Ich hatte sie vollkommen vergessen.

Ausgerechnet heute, wo ich ein Bewerbungsgespräch hatte, das darüber entschied, ob ich mein sporadisches Freiberuflerinnenleben durch eine Vollzeitkarriere ersetzen konnte. Durch meinen Traumjob, der völlig unerwartet aus heiterem Himmel gekommen und der Inbegriff einer einmaligen Chance war. Und ausgerechnet an einem solchen Tag hatte ich vergessen, meine Glücksbringer, die auch mein Schutz gegen negative Energien waren, mitzunehmen.

»O Shit!« Vor meinen Augen drehte sich alles. Ich wollte mein Smartphone wieder einstecken, ließ es dabei aber fallen, und es landete mit einem lauten Krachen auf dem Gehsteig. Das Display zersplitterte vor meinen Augen, flimmerte ein bisschen, wo die Zwischenbeschichtung zerkratzt worden war. »Fuck!«, schrie ich und beugte mich hinunter, um es aufzuheben.

Der Empfangschef des Restaurants tauchte an der Tür auf und zischte mir ein »Psst« zu.

»Sie können hier nicht sitzen!«, rief er, offenbar in dem Glauben, dass ich mich dort für den Tag niederlassen wollte, weil ich mich gebückt hatte. Hielt er mich etwa für eine Obdachlose? Er schreckte auf jeden Fall ein wenig zurück, als ich mich zu ihm umdrehte.

»Aber ich …«, setzte ich kläglich an, drehte dabei das Smartphone in meinen verschwitzten Händen. Er schloss die Restauranttür wieder, ohne einen weiteren Kommentar von sich zu geben, funkelte mich nur durch das Glas an und verschwand dann im Inneren des Lokals. Offenbar schien ich etwas an mir zu haben, das ihn erschreckte.

»Shit!«, rief ich wieder, dieses Mal mit einem kaum hörbaren Zischen.

Ich begann, nach Luft zu ringen. Alles fühlte sich plötzlich so eng an. Warum hatte ich nur eine so dicke Jacke und einen Pullover zu einem Vorstellungsgespräch angezogen? Es war zwar Dezember, aber ich war gekleidet wie ein Eskimo und konnte kaum atmen. Vielleicht hatte ich meine Kristalle ja doch eingesteckt, und sie waren irgendwo in all den Schichten versteckt. Ich begann sinnloserweise, noch einmal zu suchen, obwohl ich im Grunde genau wusste, dass sie nicht da waren.

Ich zerrte an meinem Schal in der Hoffnung, ihn ohne große Probleme von meinem Hals zu ziehen, um mehr Luft zu bekommen, aber er verfing sich in meiner Kapuze. Ich ruckte den Kopf hin und her, um ihn zu lösen, aber es funktionierte nicht. Mein Smartphone fiel mir dabei noch einmal aus der Hand und prallte dieses Mal auf den Schotter, was einen weiteren widerlichen Riss hinterließ.

Super. Ich hatte meine Kristalle vergessen, mein Smartphone zertrümmert, kriegte kaum Luft und war im Begriff, mein Vorstellungsgespräch zu verpassen.

Der Schal gab endlich auf, nach einem Ruck, der sicherlich einen blauen Fleck hinterlassen würde, doch auch jetzt, da er nur lose von meiner Schulter herabhing, war mir immer noch zu heiß, obwohl ich die Kühle an meinem Hals spürte. Ich begann, an den Knöpfen meiner Jacke zu zerren, aber die waren auch gegen mich, glitten durch meine klammen Fingerspitzen, als ich versuchte, sie zu öffnen.

Mein Herz klopfte wie verrückt, und ich spürte meinen pochenden Pulsschlag im Hals. Jeder, der auf der Straße an mir vorbeiging, starrte mich an, und fast alle verschwanden sie in dem Bürogebäude, das ich gleich betreten sollte.

Aber ich konnte jetzt unmöglich dort reingehen. Was für eine lächerliche Vorstellung, es allein zu versuchen. Ich brauchte die Kristalle, damit Cameron nicht merkte, dass ich in Wahrheit eine Schwindlerin war. Kontrollsüchtig, anstrengend und eine Dramaqueen. Es lag nicht einmal daran, dass es mir momentan mit dem trockenen Kloß im Hals fast unmöglich war, nach Luft zu schnappen und ich überhaupt nicht in der Lage war zu sprechen. Oder daran, dass ich eine beigefarbene Steppjacke trug, in der ich aussah wie ein gigantischer Penis mit Beinen, wie ich gerade erst beim Blick in das Restaurantfenster bemerkt hatte.

Es lag daran, dass ich eine Betrügerin war.

Als ich mich vorbeugte, um mein Smartphone vom Boden aufzuheben, stellte ich fest, dass mir die Willenskraft fehlte, mich wieder aufzurichten. Ich schwang meine Beine herum und ließ mich auf die Bordsteinkante sinken. Ich war immer noch nicht in der Lage, richtig Atem zu holen, und musste dabei auch noch meinen Schal aus der Pfütze klauben, in die er gerade gefallen war.

Mit zitternden Fingern und angestrengtem Blinzeln, um durch das zersplitterte Display meines Smartphones etwas zu erkennen, schaffte ich es bis in meine Kontaktliste.

Mein Finger schwebte zögernd über Paiges und Tinas Namen, wohl wissend, dass sie beide jetzt bei der Arbeit waren und ich nur ein Ärgernis für sie darstellte. Sie wollten wahrscheinlich nicht mal mehr mit mir befreundet sein, so wie ich mich in den letzten paar Monaten benommen hatte. Sie hatten mich neulich abends bestimmt nur ertragen, weil ich so lange gebettelt und sie mit Alkohol bestochen hatte.

Ich blinzelte die Tränen fort, die unweigerlich zu fließen begannen, als ich mit meinen Versuchen fortfuhr, Atem zu holen.

Aber mir blieb nichts anderes übrig. Ich brauchte jemanden, der mir half. Und meiner Erfahrung nach hatte ich nur eine Wahl.

Ich tippte auf Tinas Namen.

Es klingelte fünfmal, bis sie atemlos dranging.

»Hat mich dein Hintern angerufen? Ich habe gerade Schulhofaufsicht«, flüsterte sie hektisch.

»Ti ... Tina«, sagte ich und versuchte, einen Schluchzer zu unterdrücken.

»Kris? Alles in Ordnung?«, fragte sie mit leiser Stimme.

»Ich … ich …« Ich brachte kein Wort mehr heraus, sah nur noch verschwommen, und alles um mich herum begann sich zu drehen. Ich ließ den Kopf zwischen meinen Knien herabhängen und versuchte, mich auf meine Atmung zu konzentrieren.

»Ich … kann nicht …«, keuchte ich. Und dann mit einem Mal sprudelten die Worte nur so aus mir heraus, wenn auch nicht unbedingt in einem wirklich vernünftigen Zusammenhang. »Was hab ich mir bloß dabei gedacht? Ich kann unmöglich Kolumnistin bei *Styler* werden! Ich bin eine Versagerin. Ich bin neunundzwanzig Jahre alt und habe bloß eine einzige Seite in meinem Lebenslauf. Und das hauptsächlich als Freiberuflerin. Dabei wissen wir doch alle, dass das in Wahrheit ›arbeitslos‹ bedeutet. Ich gehöre nicht hierhin. Ich kann da nicht reingehen.« Ich begann zu hyperventilieren, vermochte nicht mehr weiterzusprechen, als es mir ins Bewusstsein drang.

»O Gott. Wo bist du, Süße?«, fragte Tina, stockte für einen Moment. »Ist egal, ich werde es auf Find My rauskriegen.«

»Ich … ich kann nicht … atmen.«

»Ist schon okay. Das kriegen wir hin.« Ihre Stimme war weit weg, und ich konnte die dumpfen Geräusche ihrer Fingerspitzen hören, als sie die Tastenfelder auf dem Display drückte.

»Es tut mir so leid«, fuhr ich fort und heulte dabei immer noch in mein Knie. Was wäre, wenn mich jemand sah? Wenn Cameron aus ihrem Bürofenster schaute und mich jetzt hier unten beobachtete. »Ich muss hier weg.«

»Nein!«, rief Tina plötzlich. »Nein, bleib, wo du bist. Ich schicke dir ein Uber-Taxi vorbei, das dich nach Hause bringt. Warte einfach.«

»Tina …«, jammerte ich und vergoss jetzt noch dickere Tränen, auch wenn ich etwas leichter atmen konnte. »Ich schaff das nicht«, sagte ich.

»Ist schon okay. Alles wird wieder gut«, sagte Tina. »Ich bin hier, Süße. Paige und ich werden das schon regeln.«

»Ich kann einfach nichts richtig machen.«

»Doch, das kannst du«, sagte Tina leise. Ich konnte im Hintergrund eine andere Stimme hören. »Du kannst alles schaffen. Warte mal eine Sekunde. Meine Freundin hat eine Panikattacke …«, sagte sie zu irgendjemandem und versuchte dabei ganz offenbar, das Smartphone von sich wegzuhalten.

O Gott, ich versaute hier gerade nicht nur mein eigenes Leben. Ich ruinierte zu allem Überfluss auch noch Tinas. Warum bekam ich bloß nie etwas richtig hin?

29

Löwe: Neue Wege zu beschreiten erfordert, womöglich, Opfer zu bringen.
Mond im Krebs im vierten Haus.

Ich blieb tagelang im Bett und schenkte meinem Smartphone kaum Beachtung. Tina und Paige schauten einige Male vorbei, versorgten mich mit Essen und überzeugten mich davon, mal unter die Dusche zu hüpfen oder mir zumindest frische Sachen anzuziehen. Ich vermochte kaum genug Energie aufzubringen, um mich zu bewegen, so müde war ich die ganze Zeit, und trotzdem fand ich kaum Schlaf. Jedes Mal, wenn ich darüber nachdachte, rauszugehen oder etwas im Haus zu erledigen, fand ich nicht die Kraft, meine Muskeln zu bewegen.

Die Mädels waren die Einzigen, die ich im Moment ertrug, und selbst mit ihnen sprach ich kaum ein Wort, wenn sie vorbeikamen. Ich war einfach zu erschöpft.

Tina war an dem Morgen meines Vorstellungsgesprächs meine Rettung gewesen, hatte mir ein Uber-Taxi organisiert und bis zu seinem Eintreffen am Telefon auf mich eingeredet – selbst als ich hörte, wie die Schulleiterin sie wegen ihres unprofessionellen Verhaltens beschimpfte. Am Ende wurde sogar darüber beraten, ob disziplinarische Maßnahmen gegen sie ergriffen werden sollten, was mir ein noch schlechteres Gewissen machte. Wegen mir und meiner Blödheit hätte sie beinahe ihren Job verloren. Ich war wirklich die schlimmste Freundin, die man sich vorstellen konnte.

Glücklicherweise glaubten sie ihr, dass sie mir durch eine Panikattacke hindurchgeholfen hatte, aber das hielt sie nicht davon ab, ihr nun zu verbieten, während der Schulzeit ein Smartphone bei sich zu haben.

Paige hatte die Angelegenheit mit *Styler* geregelt und Cameron wissen lassen, warum ich nicht zum vereinbarten Termin erschienen war. Cameron hatte die Sache akzeptiert, von einem neuen Termin war allerdings keine Rede mehr gewesen.

Aber das spielte keine Rolle. Ich verdiente keinen Job bei *Styler*. Es war einfach ein Zufallstreffer gewesen. Ich hatte es ja nicht einmal fertiggebracht, daran zu denken, meine Kristalle mitzubringen, also warum sollte man mir eine wöchentliche Kolumne in einem internationalen, preisgekrönten Magazin anvertrauen? Egal was mir mein Horoskop auch zu sagen versucht hatte, ich war offenbar nicht imstande gewesen, es richtig zu interpretieren. Es war alles meine eigene Schuld.

Natürlich ließ ich weder Tina noch Paige an diesen Gedanken teilhaben, da ich wusste, dass sie nur versuchen würden, mich vom Gegenteil zu überzeugen, und mir war klar, dass der Fehler allein bei mir gelegen hatte.

Ich verwandelte mich in eine Eremitin, die in ihrem Bett lebte – wenn man es Leben nennen konnte. Ryan versuchte, mich ein paarmal über mein Smartphone zu erreichen und noch öfter über WhatsApp, aber ich antwortete nie. Meistens besaß ich gar nicht die Energie, mein Smartphone auch nur aufzuladen. Ich ignorierte sogar Mums und Grandads Bitten um einen FaceTime-Anruf und Mums Flut von Textnachrichten. Was auch immer dort draußen vor den Büros von *Styler* passiert war, hatte mich total ausgelaugt. Und ehe ich michs versah, wurde aus einer Stunde ein Tag und aus einem Tag eine Woche, und ich fuhr fort, die Nachrichten zu ignorieren – denn sie alle wuchsen lawinenartig an zu einer Zahl, die zu Furcht einflößend war, um sich ihr zu stellen.

Die einzige App, die ich täglich öffnete, war meine Horoskop-App, und es schien so, als ob die Sterne und ich wieder einmal übereinstimmten, da ihre Empfehlung lautete, mir in den bevorstehenden Weihnachtsfeiertagen Zeit für mich selbst zu nehmen.

Gibt es eine bessere Art, so etwas in die Tat umzusetzen, als im Bett zu liegen und sich Wiederholungen von *Tattoo-Sünden* auf Netflix anzusehen und dabei morgens, mittags und abends Poppadoms mit Chili-Geschmack in sich reinzustopfen? Mir fiel in dem Zusammenhang wirklich nichts ein, wie ich es hätte toppen können.

Ich hatte mir so sehr zum Ziel gesetzt, auf mein Horoskop zu hören und meine gegenwärtige Situation nicht zu verschlimmern, dass ich sogar zu der Entscheidung gelangt war, nicht an der letzten Astrologiestunde mit Aoife und den Ladys teilzunehmen. Wir wollten so eine Art Abschlussfeier veranstalten, bei der jede sogar eine Urkunde bekommen sollte, und wichteln – allerdings nur zum Spaß mit Plätzchen und Keksen, die wir einander schenken wollten. Es war wirklich schade, aber mir war einfach nicht danach. Und wenn es jemand verstehen würde, dass man auf die Sterne hören sollte, dann waren es ja wohl Aoife und die Ladys.

Vielleicht hoffte ja ein Teil von mir, dass sich die Lage bis zum 15. Dezember entspannt hätte, wenn ich nur meinem Horoskop gewissenhaft folgte. Als die Uhr am 14. um Mitternacht umsprang, griff ich mit einer Energie zu meinem Smartphone, wie ich sie seit Tagen nicht mehr gespürt hatte, und tippte auf die App. *Atmen Sie tief durch und konzentrieren sie sich wieder auf sich selbst. Eine Pause ist fällig. Gewinnen Sie Abstand, entspannen Sie sich und finden Sie wieder zu sich selbst.* Das war doch positiv. Mein erstes positives Horoskop seit Tagen. Also warum fühlte ich mich so niedergeschlagen? Ich rief meinen Chat mit Ryan auf, dem ich zuletzt am Morgen meines Vorstellungsgesprächs geschrieben hatte. Seine letzte Nachricht war erst ein paar Stunden alt.

Ryan: Ich weiß, dass du dich in der letzten Zeit nicht so toll gefühlt hast. Ich hoffe trotzdem, dass es bei morgen Abend bleibt. Würde mich freuen, von dir zu hören.

Ich hätte ihm nur zu gern geantwortet, dass ich natürlich mitkommen würde, aber das konnte ich jetzt nicht mehr.

Aus ihm würde ein Künstler werden, so wie er es sich immer erhofft hatte, und ich freute mich für ihn. Er hatte es verdient, und er war so talentiert, aber ich musste mich um seinetwillen von ihm fernhalten. Wenn ich den Sternen nicht gehorchte, würde etwas Schlimmes passieren.

Kris: Muss für morgen absagen. Tut mir leid, dass ich die Vernissage verpasse. Wird hundertpro ein voller Erfolg! x

Kurz darauf textete ich auch meiner Mum.

> Kris: Ich schaffe es dieses Jahr leider nicht, zu Weihnachten nach Hause zu kommen. Habe viel zu tun und muss in London bleiben. Wir sehen uns dann im neuen Jahr. Liebe Grüße an Grandad. Schöne Feiertage x

Nachdem das erledigt war, legte ich mein Smartphone zum Aufladen weg und drehte mich noch mal im Bett um. Genug soziale Interaktion und Poppadoms für einen Tag. Zeit zum Schlafen.

Ein lautes Klopfen an der Haustür riss mich aus meinem Mittagsschlaf. Ich wusste, dass es weder Tina noch Paige sein konnte, denn die beiden hatten einen Zweitschlüssel, weil sie ja quasi meine Nahrungsversorgung sicherten. Außerdem hatte sich Paige geweigert, mich allein zu lassen, wenn sie keinen ständigen Zugang hatte, um zwischendurch nach mir zu sehen.

War vermutlich der Briefträger, der schon bald aufgeben und verschwinden würde. Ich drehte mich noch einmal um. Aber das Klopfen hörte nicht auf. Im Gegenteil: Es wurde immer lauter und heftiger.

Ich befreite mich knurrend aus der Bettdecke, die sich um meine Beine gewickelt hatte, und machte mich auf den Weg zur Haustür. Nach so vielen Stunden im Bett war mir ein wenig schwindelig, als sich mein Körper plötzlich nicht mehr in der Horizontalen befand, doch nach einer kurzen Pause, in der ich mich an den Türrahmen lehnte, fühlte ich mich wieder besser.

»Ich komme!«, rief ich mit heiserer Stimme, da ich sie in letzter Zeit kaum gebraucht hatte.

»Was soll das?«, fragte Ryan, der im Türrahmen stand, als ich öffnete, und mir sein Smartphone vors Gesicht hielt. Es war meine Textnachricht mit der Info, dass ich nicht zu seiner Ausstellungseröffnung kommen würde. Ich verschränkte abwehrend die Arme.

»Tut mir leid, ich schaff's nicht.«

»Wieso? Bist du krank?« Er klang wütend. Mir war klar, dass er einen sanfteren Ton angeschlagen hätte, wenn er der Ansicht gewesen wäre, dass es mich womöglich wirklich erwischt hatte. Aber er wusste, dass das nicht der Fall war.

»Nein, ich …«

»Du weißt, wie wichtig diese Ausstellung für mich ist«, sagte er und steckte sein Smartphone ein. »Und wie viel es mir bedeutet hat, dass du gemeinsam mit mir zur Vernissage gehen wolltest.«

»Du brauchst mich dafür nicht.«

»Stimmt, aber ich *möchte* dich gern dabeihaben«, sagte er. »Hast du wirklich geglaubt, ich hätte dich nur zum Dank gebeten mitzukommen?« Bevor ich etwas darauf entgegnen konnte, fuhr er auch schon fort. »Ich wollte dich dabeihaben, weil man, wenn einem etwas Gutes im Leben widerfährt, es mit den Menschen teilen möchte, die einem wirklich wichtig sind.«

»Ryan …«, begann ich.

Er hob seine Hand. »Heißt das, dass du mich nicht leiden kannst?«

»Ich kann dich sehr wohl leiden«, gab ich zurück, bevor er weiterreden konnte. Ich hatte nicht vor, ihn in dem

Glauben zu lassen, dass ich ihn plötzlich nicht mehr mögen würde, wenn das genaue Gegenteil der Fall war. »Möchtest du reinkommen?«, fragte ich, weil es irgendwie seltsam war, eine solch aufgeladene Unterhaltung auf der Türschwelle zu führen, während wir beide anfingen, in der Dezemberkälte zu frieren. Meine Nachbarn mussten sich inzwischen wirklich fragen, wie viele Gespräche ich schon unpassend gekleidet an dieser Stelle geführt hatte.

»Nein«, sagte er mit zuckenden Mundwinkeln, aber dieses Mal erschien dabei nicht das Lächeln, das ich so liebte.

Wo war der Ryan, den ich kannte? Der Ryan, der mich Leo nannte und der eine beruhigende Hand auf meine Schulter legte, um sicherzustellen, dass es mir gut ging. »Als vor ein paar Tagen plötzlich nichts mehr von dir kam, dachte ich *Ich weiß, wie ich herausfinden kann, woran das liegt.* Also habe ich mir dein Horoskop heruntergeladen.« Er zog wieder sein Smartphone hervor und tippte hastig darauf herum. »Ich weiß, wann du Geburtstag hast, weil es überall in deinem Blog steht, also war es leicht herauszubekommen.«

»Ryan …«, begann ich wieder und spürte, wie ich vor Verlegenheit knallrot wurde, weil ich wusste, was jetzt kam.

Er schüttelte den Kopf und begann dann, von seinem Smartphone abzulesen, und zwar genau von der Stelle, an der ich heute Morgen aufgehört hatte: *Die Sonne bewegt sich in den Krebs und in einen sensibleren Bereich Ihres Diagramms. Nehmen Sie sich Zeit, über Ihre Gefühle nachzudenken, und vermeiden Sie soziale Kontakte, um sich in Selbstreflexion zu üben.*

Er verstummte mit einem verbitterten Nicken.

»Ryan …«, wiederholte ich leise, wusste nicht, was ich sagen sollte. Er hatte recht, das Horoskop war der Grund, warum ich ihn mied und nicht mit ihm zur Vernissage gehen wollte. Zumindest war es der Hauptgrund. Ich hatte immer noch das Gefühl, mich von einer Grippe zu erholen – selbst nur eine Tasse Tee aufzugießen, stellte eine Anstrengung dar.

Ich wäre wirklich gern aus dem Haus gegangen und hätte mir seine Fotos in der Ausstellung angeschaut, wäre gern dort gewesen, um ihn an seinem ersten Abend zu unterstützen, der, wie ich wusste, der stressigste für ihn werden würde. Aber ich konnte es nicht. Die Sterne waren eindeutig: Ich sollte im Moment meine Zeit nicht mit anderen Menschen verbringen. Wer weiß, was für Konsequenzen es hätte, wenn ich es ignorieren würde. Im besten Fall würde ich vermutlich den ganzen Abend in einer Ecke hocken und mich vor Angst nicht von der Stelle rühren, was Ryan natürlich mitkriegen und ihm dann den ganzen Abend ruinieren würde. Und im schlimmsten Fall würde er sich total über mich ärgern, weil ich mich in den Mittelpunkt stellte und ihm seinen Abend verdarb. Dann würde er vielleicht nie wieder ein Wort mit mir wechseln wollen.

Meine Saturn-Rückkehr war nur noch knapp zwei Monate entfernt, und da konnte ich mein Leben unmöglich einem solchen Risiko aussetzen, nach all der Mühe, die ich hineingesteckt hatte, um die Regeln zu befolgen, nun einfach so aufzugeben – nicht einmal für Ryan.

»Lass es«, sagte er mit etwas zittriger Stimme und steckte sein Smartphone wieder ein. »Ich hatte mich wirklich auf die Vernissage gefreut. Und nicht nur, weil es meine erste ist, sondern weil ich sie mit dir teilen würde.«

Ich biss mir auf die Lippe, wusste nicht, was ich antworten sollte.

»Weißt du, es ist eine Sache zu akzeptieren, dass eine Frau nicht auf dich steht, aber eine ganz andere, wenn die Frau, in die du bis über beide Ohren verliebt bist, offenbar mehr Interesse an einer App hat als an dir.«

Ich stand wie versteinert da, ein Gefühl wie Blei im Magen, und ich spürte, wie mein Herz in der Brust pochte.

Ich schloss die Augen. Wie viele Male hatte ich mir in meinen Tagträumen schon vorgestellt, wie er mir gestand, dass er sich in mich verliebt hatte? Wie viele Male hatte ich mir vorgestellt, wie ich mich in seine Arme warf und seinen lächelnden Mund küsste, während er mich an sich drückte.

Es war also doch ein Date. Er wollte mich nicht nur zur Unterstützung dabeihaben, sondern als sein Date. Änderte das etwas? Ich hatte mir nicht einmal die Mühe gemacht, in meinem Horoskop nachzusehen, wie es bei mir momentan um die Liebe bestellt war. Vielleicht könnte ich ja doch noch zur Vernissage mitgehen! Aber würde er das jetzt überhaupt noch wollen? Und wie könnte ich mich davon abhalten, den Abend zu ruinieren? Außerdem war Liebe seit Monaten kein Thema gewesen. Vermutlich ging es von seiner Seite aus nicht mal um romantische Gefühle oder Anziehung, sondern all das hatte bloß mit seiner Aufregung wegen der Ausstellung zu tun. Vermutlich mochte er mich gar nicht wirklich, sondern bildete es sich nur ein.

»Das ist wirklich ein Schlag für mein Selbstvertrauen.«

»Ryan, es ist nicht so, dass ich …«

»Ich will jetzt nicht darüber reden«, sagte er schroff und vermied es, mich dabei anzusehen. »Ich bin weg. Ich muss den Kopf frei kriegen.« Er trat einen Schritt zurück und holte kurz Luft. »Es ist wahrscheinlich besser, wenn wir uns eine Weile nicht sehen.«

Er machte kehrt und ging die Gasse hinauf, blieb nur noch einmal kurz stehen, um mir zuzurufen: »Und diese Entscheidung habe ich ohne eine App getroffen, die mir sagt, was ich tun soll.«

30

Löwe: Nehmen Sie sich Zeit und verlieren Sie Ihre Ziele nicht aus den Augen. Jupiter und Uranus stehen zum ersten Mal seit sieben Jahren im Quadrat.

Als Ryan ging, stand ich zitternd auf der Türschwelle im kühlen Wind, der durch die Gasse wehte, aber mir war bewusst, dass das nicht nur an der Kälte lag. Tief in meinem Inneren empfand ich Scham und Schuldgefühle. Es fühlte sich ein wenig an wie am Anfang meiner Panikattacke draußen vor den Büros von *Styler*, doch dieses Mal wog es schwerer.

Ich schloss langsam die Tür und ließ mich mit dem Rücken gegen die Wand sinken. Ryan hatte nach all der Zeit gerade eingestanden, dass er etwas für mich empfand, und ich hatte einfach nur stumm dagestanden, und das alles nur wegen einer App, genau wie er gesagt hatte.

Aber ihm war dabei völlig entgangen, dass es eben nicht nur irgendeine App war, denn es ging um die Bewegung der Planeten und der Sterne. Wenn meine Beziehung zu Ryan nicht in den Sternen stand, dann bedeutete das vielleicht, dass uns beiden nur das bestimmt war, was uns in den letzten drei Monaten verbunden hatte.

Er hatte so lange gebraucht, mir seine Gefühle einzugestehen, und mein Venus-Horoskop hatte nicht ein einziges Mal angedeutet, dass ich »dem Einen« begegnen würde. Vielleicht hatten sich unsere Wege aus einem bestimmten Grund gekreuzt, und dieser Grund hatte sich inzwischen erledigt. Klar war das alles ein Riesenmist, und im Moment war mir nach Heulen zumute, und am liebsten hätte ich ihn angerufen, um darüber zu reden. Aber das konnte ich einfach nicht. Wenn es nun einmal nicht sein sollte, dann war das eben so. Ich hatte mich schon einmal den Sternen widersetzt, und es war schiefgegangen, also warum sollte es dieses Mal funktionieren?

Egal wie sehr ich es mir auch gewünscht hätte.

Ich wandte mich mit Tränen in den Augen Richtung Schlafzimmer, und auf meinem Weg dorthin erinnerte mich im Flur vieles an Ryan. Da war das Loch in der Wand, das entstanden war, als er die gebrauchte Kommode aus dritter Hand hereingebracht hatte, und das er noch zuspachteln wollte. Dann der Traumfänger, den er über meiner Schlafzimmertür angebracht hatte. Und auch der hässliche Tapetenstreifen, den er zur Erinnerung an Clares Großmutter dort kleben gelassen hatte.

Aber da war kein Ryan, und das würde sich auch nie mehr ändern.

Ich ging wieder ins Bett, zog die Decke über mich und vergoss lautlos meine Tränen, bis ich schließlich einschlief.

Ich erzählte Paige und Tina nichts davon, was zwischen Ryan und mir vorgefallen war. Ich befürchtete, die beiden würden dann zu kuppeln versuchen, ihm in meinem Namen

Textnachrichten schreiben oder Aoifes Haus belagern, um ihn zu entführen und mit mir in einem Raum einzusperren. Entweder das, oder sie wären seiner Meinung und würden mich für bescheuert erklären, weil ich mich gegen ihn und für mein Horoskop entschieden hatte.

Nach einer Woche selbst auferlegter, nur auf mich konzentrierter Isolation hieß es in meinem Horoskop: *Nachdem Sie lange Zeit das Gefühl hatten, keine Kontrolle mehr über Ihre eigene Planung zu haben, führen Sie ab dem heutigen Tag wieder selbst Regie.* Und so traf ich mich mit den Mädels in einem Café in Euston zu unserer alljährlichen Weihnachtsbescherung, und ich gab mir Mühe, den Fokus der Unterhaltung auf die beiden zu richten und ausnahmsweise einmal weniger auf mich selbst.

Ich wollte alle Themen, die mich betrafen, vermeiden, damit wir uns ganz auf sie konzentrieren konnten, und ich glaube, sie haben sich darüber gefreut, obwohl es meine Schuldgefühle über mein Verhalten, das ich in letzter Zeit ihnen gegenüber an den Tag gelegt hatte, nur um einen Hauch minderte. Hin und wieder ging mir der Gedanke durch den Kopf, dass Ryan recht gehabt haben könnte und ich mich inzwischen mehr für eine App als für die Leute interessierte, die mir nahestanden.

Aber jedes Mal, wenn ich kurzzeitig in Selbstmitleid abzudriften drohte, fragte ich Paige und Tina rasch, was es bei ihnen sonst noch so Neues gab.

Paige hatte Aussicht darauf, demnächst befördert zu werden, was ihr einen größeren Bonus einbringen und die Gelegenheit bieten würde, ein ganzes Team bei zukünftigen Rechtsangelegenheiten zu terrorisieren – sorry, ich wollte natürlich sagen *anzuführen.* Sie hätte sogar die Möglichkeit, die Einhaltung der Umweltgesetzgebung in der Unternehmenspolitik zu verankern und an den US-Standort zu reisen – alles Dinge, weshalb sie sich ursprünglich für solch eine Berufskarriere entschieden hatte.

Wenn sie über das kräftezehrende Bewerbungsverfahren sprach, das sie durchlaufen musste, behauptete sie zwar immer noch, dass sie lieber als Anwältin für Jane Fonda arbeiten würde statt für eine Unternehmensmarke, aber mir war klar, dass sie den Job unbedingt haben wollte. Das Geld, das bessere Büro, die Reisemöglichkeiten und die zusätzliche Unterstützung wären eine Abkürzung auf dem Weg nach oben für Paige. Und sosehr sie sich auch über ihren gegenwärtigen Job beschwerte, so war sie doch im Grunde unverschämt ehrgeizig. Und nicht zu vergessen unglaublich gut in dem, was sie tat.

Tina unterstützte sie, wo sie nur konnte, und übernahm meistens das Kochen und die Hausarbeit, da Paiges übliche Routine durch all die Projekte beeinträchtigt wurde, die sie übernommen hatte, um ihren Wert für das Unternehmen unter Beweis zu stellen. Daher drehte sich Tinas Unterhaltung meist um ihre neue Vorliebe für bestimmte Reinigungsprodukte, insbesondere ihre Recherchen, die sie angestellt hatte, um den besten Mehrzweckreiniger für Küchenoberflächen zu ermitteln. Es war gar nicht so langweilig, wie es klingt – zumindest nicht, wenn Tina darüber sprach. Sie konnte der langweiligsten Unterhaltung durch ihre Duracell-Hasen-Energie Spannung verleihen.

Paige erkundigte sich bei mir, wie Ryans Vernissage gelaufen war, und ich tischte ihr eine Lüge auf – Durchfall aufgrund der vielen Poppadoms, die ich im Bett gegessen hatte –, versicherte aber, dass Ryan mir geschrieben habe und alles gut über die Bühne gegangen sei.

Danach sagte sie nichts mehr, und ich wechselte ziemlich rasch das Thema und kam wieder auf sie zu sprechen.

Es war eigentlich ein lustiger Abend. Ich hätte nur gut auf dieses ständige Schamgefühl verzichten können, das mir Magendrücken verursachte, und auch auf diese Stimme in meinem Kopf, die mich wegen meines Verhaltens in der letzten Zeit anbrüllte. Das hatte es mir vielleicht etwas erschwert, mein Steak zu verdauen, aber ich konnte immer noch mit den Mädels über total bescheuerte Erinnerungen lachen. Zum Beispiel das eine Mal, als wir während des Studiums in der Weihnachtspause in einem Kaufhaus jobbten und Tina völlig betrunken aufgetaucht war und sich mit ziemlich eindeutiger Absicht rittlings auf dem Schoß des Weihnachtsmannes niedergelassen hatte, dem wir beim Verteilen kleiner Geschenke an die Kinder helfen sollten. Und Paiges fürchterliche Geschenkversuche beim Wichteln: zuletzt ein T-Shirt für einen Projektmanager, auf dem stand: *Ich habe dieses T-Shirt bekommen, weil mein Wichtel gar nichts über mich weiß* – was gemein, aber zutreffend war.

Auf dem Nachhauseweg brummte mir der Kopf vor Lachen und wegen der Wirkung des Pinot Grigio, und das zum ersten Mal seit vielen Wochen, doch das änderte sich schlagartig, als ich die Haustür öffnete und überall Spuren von Ryans Werk erblickte. Ehe ich michs versah, fand ich mich auf dem Boden wieder, konnte mich gerade noch lange genug zusammenreißen, um die Tür abzuschließen.

Er hatte Wort gehalten. Seit seinem letzten überraschenden Besuch hatte ich nichts mehr von ihm gehört. Er las nicht einmal mehr meine Textnachrichten, in denen ich mich bei ihm entschuldigt oder ihm am Tag der Vernissage viel Glück gewünscht hatte. Keine blauen Häkchen erschienen neben ihnen, und ich fragte mich, ob er mich stummgeschaltet oder vielleicht sogar geblockt hatte. Das hätte mich nicht überrascht, auch wenn mich allein der Gedanke daran verletzte.

Er war in den letzten fünf Monaten eine Konstante in meinem Leben gewesen, und ich konnte es nur schwer ertragen, nichts mehr von ihm zu hören. Jedes Mal, wenn es an der Tür klopfte, rannte ich hin, um nachzusehen, ob er es war. Aber für gewöhnlich war es nur der Amazon-Zusteller, der ein weiteres vorweihnachtliches Geschenk ablieferte, was ich mir selbst gemacht hatte. Oder einmal eine Nachbarin, die mich fragte, ob ich vielleicht ihre Essenslieferung angenommen hatte.

Ich war jetzt ganz allein, da Tina und Paige nach Brighton gefahren waren, um Weihnachten bei Tinas Familie zu verbringen. Das würde ein böses Erwachen für Paige geben, die diese verrückte Familie noch nicht kennengelernt hatte. Wenn sie Tina schon für ungewöhnlich hielt, dann standen ihr ein paar interessante Tage bevor.

Eines Abends, als ich gerade meine Abwesenheitsmail vorbereitete, bekam ich eine Textnachricht. Ich rechnete mit einer HILFE-Nachricht von Paige, aber es war keine von den Mädels. Und auch nicht von Ryan.

Sondern von David.

David: Sorry, dass ich mich kurz vor Weihnachten so unerwartet bei dir melde, aber ich würde mich wirklich gern mit dir treffen, um zu reden. Nur wir zwei. Ich verspreche auch, mich zu benehmen. Ich möchte nicht mit dir streiten und auch keinen Ärger machen. Gib mir bitte einfach nur die Chance, dass wir uns aussprechen und alles ein für alle Mal hinter uns lassen.

»Verdammt nochmal«, sagte ich laut und ließ meinen Kopf mit der Stirn auf den Schreibtisch sinken, den Ryan für mich gestaltet hatte, und schlug ein paarmal dagegen. Jeden Tag schmerzte es, daran zu sitzen und zu versuchen, dort zu arbeiten. Aber ich konnte ja nicht immer vom Bett aus arbeiten und damit dem Mythos neue Nahrung geben, dass Freiberufler den ganzen Tag im Schlafanzug rumlaufen und nebenher gelegentlich etwas arbeiten.

Mein Smartphone gab ein »Ping« von sich, und ich blickte instinktiv auf. Meine Horoskop-Benachrichtigung lautete: *Gib jemandem eine Chance.* Gib *mir* mal eine Chance, Universum, dann können wir darüber reden!

Das Smartphone gab ein weiteres »Ping« von sich.

David: Nach sechs gemeinsamen Jahren täte es uns bestimmt gut. Frohe Weihnachten!

Ich holte tief Luft, las seine Nachricht noch einmal durch und begann, eine Erwiderung einzutippen, um abzulehnen, hielt dann aber inne.

Da die Nachrichten von David und meinem Horoskop fast zur selben Zeit gekommen waren, durfte ich jetzt nicht überstürzt handeln. Ganz offenbar wollte mir das Universum etwas sagen, auch wenn es sich um etwas handelte, das ich absolut nicht hören wollte.

Also nahm ich mir Zeit.

Meine innere Stimme schrie *Nein*, als ich WhatsApp schloss und meine Astrologie-App öffnete. Bestimmt würden mir die Sterne sagen, dass es ungesund wäre, einen Tag vor Heiligabend mit einem Ex zusammenzusitzen, um sich auszusprechen

Neptun ist im siebten Haus angelangt. Wiedergutmachung in Beziehungen ist möglich, wenn Sie miteinander kommunizieren.

Shit.

Mir rutschte das Herz in die Hose.

Ich legte mein Smartphone mit dem Display nach unten auf den Schreibtisch und vergrub mein Gesicht in den Händen. Mein Kopf schrie mich an, David zu ignorieren und mich nicht mit ihm zu treffen, aber mein Unterbewusstsein sagte mir, dass ich keine Wahl hatte. Wenn die Sterne der Ansicht waren, dass eine Wiedergutmachung denkbar war, dann musste ich wohl oder übel zuhören.

Ich atmete vernehmlich aus und griff wieder zum Smartphone.

Kris: Treffen wir uns in zwei Stunden im Zwischengeschoss vom Waterstones Piccadilly.

Wenn ich mich schon mit einem Ex treffen musste, dann würde ich die Gelegenheit nutzen, um einige Last-minute-Weihnachtsgeschenke zu besorgen.

Wie nicht anders zu erwarten, war der Buchladen an einem der letzten Tage vor Weihnachten brechend voll. Aber es gab noch eine Menge freie Plätze im Zwischengeschoss, da offenbar niemand Lust hatte, sich lange in dem Getümmel aufzuhalten. Ich sicherte mir einen Zweiertisch und las in einem Buch, um mir die Zeit zu vertreiben, da ich ganz genau wusste, dass David sich verspäten würde. Das war immer so.

Er tauchte zwanzig Minuten später auf und nahm mit einem tiefen Seufzer Platz, als hätte er sich gerade seinen Weg an einem Drachen vorbei erkämpfen müssen, um zu mir zu gelangen.

»Hi«, sagte er.

Hi? Was für ein Gesprächseinstieg war das denn? Eigentlich hätte ich einen auf Knien vorgetragenen shakespeareschen Monolog erwartet, wenn jemand beabsichtigt, seine Ex zurückzugewinnen, die er fünf Jahre lang betrogen hat. Aber so weit im Voraus hatte David vermutlich mal wieder nicht gedacht.

Ich legte mein Buch über Neptun und die Kunst der Wiedergutmachung zur Seite, das mir für den Anlass passend schien.

»Hi«, erwiderte ich. »Ich habe nicht viel Zeit.« Das war gelogen – ich hatte alle Zeit der Welt, da ich dieses Jahr zu Weihnachten nicht nach St. Albans fahren würde, um Mum und Grandad zu besuchen.

»Keine Sorge, es wird nicht so lange dauern. Ich wollte einfach mal mit dir reden. Nur wir beide. Von Angesicht zu Angesicht.«

»Und worüber?«

»Na, über uns«, erwiderte er, als läge das auf der Hand.

»Aha. Und worüber genau?«

»Hör zu, ich weiß, dass ich ein Arschloch gewesen bin. Ich will jetzt aber nicht schon wieder darauf eingehen, weil ich nichts von dem, was ich getan habe, ändern kann, und ich weiß, dass du recht hast. Aber du musst mir bitte glauben, dass ich dich wirklich vermisse, Krystal. Und das nicht nur, weil du von zu Hause aus arbeitest und die Wäsche erledigen kannst oder schon mal Essen für uns bestellst, wenn ich auf dem Heimweg bin, sondern weil ich *dich* vermisse. Ich vermisse dich, wenn ich nach Hause komme, und ich vermisse dich, weil dein Platz neben mir im Bett leer ist und ich morgens nicht neben dir aufwachen kann. Ich vermisse es, Zeit mit dir zu verbringen.«

Ich atmete tief ein. Es wäre gelogen, wenn ich behaupten würde, dass mich seine Erklärung nicht ein kleines bisschen berührt hätte. Dass sich nichts in mir regte und ich nicht das Bedürfnis verspürte, seine Hand zu ergreifen und mich zu ihm hinüberzulehnen, um sein vertrautes Rasierwasser einzuatmen. Denn die letzten Wochen waren die einsamsten in meinem Leben gewesen, und David war mir immer noch vertraut. Mit ihm verbanden mich so viele schöne Erinnerungen, die mir wie aus einem anderen Leben vorkamen. Aber da war auch diese brennende Wut tief in meinem Inneren, die mich daran erinnerte, dass er mich nicht ein einziges Mal in unserer sechsjährigen Beziehung an erste Stelle gesetzt hatte und dass das hier einfach zu wenig und zu spät war.

Ich hatte mein Leben gerade erst wieder auf einen aussichtsreichen Kurs bekommen, auch wenn es sich im Moment nicht so toll anfühlte. Aber die Wohnung war beinahe fertig eingerichtet, so wie ich es mir vorgestellt hatte. Meine Auftragslage war solide und mein Konto für meine Verhältnisse recht gut gefüllt. Klar, mein Liebesleben ließ zu wünschen übrig, aber wo stand denn geschrieben, dass eine Frau unbedingt Romantik für ein erfülltes Leben benötigte?

»David, wir haben uns aus einem guten Grund getrennt, und mir geht es gerade sehr viel besser als in unserer gemeinsamen Zeit.«

»Ich versteh das. Tue ich wirklich«, erwiderte er, hob die Hände vom Tisch und legte sie mit den Handflächen nach unten weiter in der Mitte wieder ab. Fast wie eine Einladung an mich, danach zu greifen, ihn zu berühren. »Ich war in den letzten Monaten unserer Beziehung desinteressiert und gleichgültig. Ich war einfach durcheinander, weißt du. Wusste nicht, was ich wollte, und hatte ein schlechtes Gewissen wegen all der Lügen.« *Oh, bloß in den letzten Monaten und nicht etwa in den ganzen fünf Jahren, in denen du mich betrogen hast?*

»Das entschuldigt nicht, was ich getan habe …« Er sprach so schnell, dass ich gar nichts einwerfen konnte. »Ich bitte auch gar nicht um Vergebung, denn das wäre zu viel verlangt, das ist mir klar. Aber ich möchte wirklich mit dir zusammen sein, Kris, und ich würde alles dafür tun.«

Ich schüttelte den Kopf und schaute aus dem bodentiefen Fenster auf die Straße hinter dem Buchladen hinaus. Autos sausten hin und her, während Leute, die mit Einkaufstüten beladen waren, auf den Gehwegen entlangeilten.

»David ...«, setzte ich an, verstummte aber gleich wieder, weil ich nicht wusste, was ich sagen sollte. Wollte ich wieder mit ihm zusammen sein? Könnten wir das hinbekommen?

Meine Antwort auf beide Fragen war ein klares Nein. Ich hörte meine innere Mary-Berry-Stimme, die mich an all die schlimmen Sachen in Davids und meiner Beziehung erinnerte: dieses völlige Missverhältnis, das bei uns herrschte – angefangen bei seiner Unzuverlässigkeit bis zu seinen Versuchen, mir zu suggerieren, dass ich ihn zu stark unter Druck gesetzt hatte. Oder all die Male, die wir uns wegen etwas scheinbar so Banalem wie gemeinsamen Unternehmungen gestritten hatten und ich am Ende aufgab oder einfach zu Bett ging oder sogar mit ihm schlief in der Hoffnung, dass wir dadurch beide unsere Probleme vergessen könnten.

Nichts davon war förderlich für eine Beziehung. Im Grunde war unser langes Zusammensein zum Teil der Gewohnheit geschuldet gewesen und zum Teil auch meiner Angst vor dem Alleinsein. Aber keines dieser Gefühle war seit unserer Trennung verschwunden. Ich empfand weiterhin etwas für David, was vielleicht auch in diesem Moment reine Gewohnheit war, aber dieses Gefühl flackerte nur noch hin und wieder auf. Aber vor dem Alleinsein hatte ich wirklich Angst. Ich war fast dreißig, und auch wenn mir dies später im Alter vermutlich jung vorkommen würde, so fühlte es sich jetzt für mich wie der Beginn einer Zeit an, in der sich die eine oder andere Tür in meinem Leben langsam schloss. Schließlich war es nicht leicht, sich immer wieder in Erinnerung zu rufen, dass man auch ohne Romantik glücklich sein kann, wenn einem die ganze Welt zuschreit, dass das ultimative Happy End die wahre, echte, große Liebe war.

»Wie könnte ich dir je wieder trauen?«, fragte ich ihn, weil mir einfach keine bessere Antwort auf seine überraschende Erkenntnis einfiel, wieder mit mir zusammen sein zu wollen.

»Ich will dich nicht anlügen, das möchte ich wirklich nicht. Meiner Ansicht nach habe ich es auch früher nicht getan, aber inzwischen sehe ich ein, dass ich mich vor dir versteckt habe und dich das verletzt hat. Von jetzt an möchte ich hundertprozentig ehrlich zu dir sein.«

»Was soll das heißen?«, fragte ich, lehnte mich zurück und rieb mir mit der Hand über die Schläfe, wo sich ein drückender Kopfschmerz anbahnte. All das ergab keinen Sinn mehr für mich.

»Sieh mal, meine Ansicht über die Monogamie hat sich in den letzten fünf Monaten nicht geändert. Ich glaube einfach, dass es weder möglich noch gesund ist. Es war doch nie vorgesehen, dass Menschen monogam leben. Das steckt nicht in unseren Genen. Und es ist möglich, eine völlig gesunde, offene Beziehung zu haben, wie RuPaul aus *Drag Race* sie hat. Ich weiß, wie sehr du ihn magst, und er und sein Mann leben doch auch nicht monogam. Ich habe mich informiert. Er hat gesagt, wenn du jemanden liebst, solltest du diesen Menschen niemals einschränken. Dann sollte er das, was ihn glücklich macht, auch tun.«

»Warte mal«, sagte ich und hielt die Hände in die Höhe. »Du willst also wieder mit mir zusammen sein, aber nur, wenn wir in einer offenen Beziehung leben?«

»Ich will ehrlich zu dir sein«, erwiderte er, als sei das eine Antwort auf meine Frage.

Als Teenagerin hatte ich *Cosmopolitan* und *Glamour* gelesen, und ich konnte mich an keinen einzigen Artikel darin erinnern, in dem gestanden hätte, wie man damit umging, wenn einen der eigene Freund – sorry, Ex-Freund – bittet, in einer offenen Beziehung zu leben.

»Und was ist, wenn ich keine offene Beziehung will?«

»Wenn du keinen Sex mit verschiedenen Partnern haben willst, dann ist das völlig okay. Offene Beziehungen sind eben nicht jedermanns Sache.«

»Oh, okay. Also, wenn ich keine offene Beziehung will, dann wärest du bereit, mich nicht zu betrügen.«

Er verzog nachdenklich das Gesicht. »Nein, was ich meinte, ist, dass nicht unbedingt beide Partner Verhältnisse mit anderen Partnern außerhalb ihrer Beziehung haben müssen. Manchmal ist es nur ein Partner, der dieses Bedürfnis hat. Aber die Möglichkeit stünde dir immer offen, und ich würde es total verstehen.«

Ich schloss die Augen, um gegen das zunehmende Verlangen anzukämpfen, über den Tisch zu greifen und ihn zu schütteln.

»Also, eigentlich willst du wieder mit mir zusammen sein, aber mit der Erlaubnis, weiterhin sexuelle Verhältnisse außerhalb unserer Beziehung zu haben.«

»Wir würden schon einen Weg finden, dass es funktioniert. Du könntest Spielregeln festlegen, wenn es Leute gibt, bei denen es dir lieber wäre, wenn ich nichts mit ihnen anfange. Und ich könnte mich testen lassen, um sicherzustellen, dass ich nichts mit nach Hause bringe. Ich kenne andere, die das so handhaben. Wir kriegen das hin, davon bin ich überzeugt.«

Oh, davon war er überzeugt! Was sollte der Mist?

Wie konnte ich nur sechs Jahre mit diesem Mann zusammen sein, ohne mitzukriegen, dass er ein absoluter Vollpfosten war?

»Wieso ich?«, fragte ich schließlich. »Warum kannst du dir keine andere für eine dauerhafte offene Beziehung suchen? Eine, die von vornherein weiß, worauf sie sich einlässt, die vielleicht sogar einwilligt?«

»Weil ich dich liebe, Kris. Ich liebe dich so sehr, dass ich sogar bereit war, dich zu heiraten.«

»Oh, wie großzügig von dir«, erwiderte ich mit ironischem Unterton.

»Na ja, nicht viele Leute in offenen Beziehungen entscheiden sich für eine Heirat. Das liegt in der Natur der Sache.«

»Was man nicht alles so lernt«, sagte ich sarkastisch. »David, wie kommst du darauf, dass ich jemals eine offene Beziehung in Betracht ziehen würde, von wollen ganz zu schweigen? Habe ich jemals in den sechs Jahren, in denen wir zusammen waren, den Eindruck erweckt, dass ich so etwas für wünschenswert halte?«

»Also schön.« Er hielt wieder die Hände in die Höhe und lehnte sich auf seinem Stuhl zurück. »Mir ist klar, dass das jetzt viel auf einmal ist, und ich möchte auch nicht sofort eine Antwort von dir haben. Denk darüber nach und lass es mich bis Silvester wissen. Wir haben diesen Tag doch immer gern miteinander verbracht. Nur wir zwei mit einer teuren Flasche Champagner, die wir uns bei Fortnum & Mason besorgt haben, dazu die gemischte Platte für zwei vom Chinesen, und im Hintergrund läuft *Chitty Chitty Bang Bang*. Unsere kleine Tradition.«

Ich blickte wieder aus dem Fenster. Nichts davon klang nach etwas, das ich wirklich wollte.

Aber vielleicht war es das, was ich brauchte? Neptun war im siebten Haus und Wiedergutmachung denkbar. Es sah so aus, als ob die Sterne wollten, dass wir wieder zueinanderfanden, dass vielleicht etwas Gutes aus einer Beziehung mit David herauskommen würde.

Aber wie konnte das Universum so etwas wollen? Bei der Vorstellung, dass eine Verbindung von David und mir in den Sternen geschrieben stand, wurde mir übel, und ich war nicht bereit, das Weihnachtsgeschenk für meine Mutter zu opfern, bloß um eine Plastiktüte zu haben, in die ich hineinkotzen konnte.

Ich stand auf. Ich vermochte es im Moment nicht zu entscheiden. Mit etwas Glück würde das morgige Horoskop vielleicht eine Klärung der Situation bringen, und alles wäre wieder gut. Vielleicht deutete ich die Zeichen ja auch falsch.

»Ich denk drüber nach«, sagte ich, leicht gequält, und er grinste. Mistkerl. Er hatte es nicht verdient, glücklich zu sein. Nicht, nachdem ich wegen ihm so lange Zeit unglücklich gewesen war.

31

Löwe: Seien Sie vorsichtig bei der Wahl Ihrer Worte. Mars wandert ins vierte Haus.

Als ich nach Hause kam, steigerte ich mich in einen Recherchерausch hinein – Krystal, die ihr Leben analysiert, bis zum Anschlag! Mein Horoskop was ausnahmsweise einmal eindeutig: In dieser Woche war Wiedergutmachung angesagt. Aber bezog sich das auch unbedingt auf Zweierbeziehungen?

Ich kehrte meinem Horoskop den Rücken und wandte mich meiner getreuen Online-Tarotkartenlegung zu, die allerdings nur ein *Genießen Sie die Feiertage!* zu bieten hatte. Was sollte das bringen? Ich blätterte auf der Suche nach Antworten sogar durch ein Buch über Handlesekunst, aber was hatte eine starke Liebeslinie zu bedeuten? Ihn zurücknehmen? Oder ein für alle Mal abhaken? Und wie bekommt man ein blockiertes Herzchakra wieder frei? Und würde ich, wenn ich es wieder freibekommen hätte, erfahren, ob ich David zurücknehmen musste oder nicht?

Ich griff nach meinem Smartphone, um den Mädels eine Nachricht in unseren Gruppenchat zu schicken, doch dann überkam mich ein schlechtes Gewissen, weil es in ihren Weihnachtsferien dann wieder nur um mich ginge. Das konnte warten, bis sie wieder zurück waren. Aber konnte *ich* so lange warten? Ich hatte keine Ablenkung außer Weihnachtsfilmen und Take-away von Domino.

Aber wie oft kann man in einen leeren Raum *Essen ist da!* brüllen, um den wartenden Auslieferungsfahrer davon zu überzeugen, dass die beiden großen Pizzen nicht nur für mich allein waren, ohne ihn misstrauisch zu machen?

Nach einer unruhigen Nacht und einem noch unruhigeren Tag war mir klar, dass ich nur noch eine Alternative hatte, um mich abzulenken. Ich schaffte es gerade noch, den letzten Zug nach St. Albans zu erwischen.

»Du hättest uns Bescheid sagen können, dass du es dir anders überlegt hast«, sagte Mum zum fünften Mal an diesem Morgen und füllte mir frischen Kaffee nach, obwohl ich die Tasse kaum angerührt hatte.

»Wenn ich das getan hätte, wäre es ja keine Überraschung mehr gewesen«, erwiderte ich und kuschelte mich in meinen übergroßen Morgenmantel, der immer noch auf der Rückseite meiner Zimmertür hing und auf mich wartete, wenn ich nach Hause kam.

Mum, Grandad und ich lehnten uns auf unseren gewohnten Plätzen am Küchentisch zurück, wo wir uns ein gemütliches Weihnachtsfrühstück gönnten.

Ich war am Vorabend um kurz nach zehn zu Hause angekommen, als Mum gerade die Lichter ausschaltete, um ins Bett zu gehen. Es gab Tränen, von denen ich hätte wissen müssen, dass sie unvermeidlich waren, wenn ich an Heiligabend wie eine Figur aus dem zuckersüßen Weihnachtsspot der Kaufhauskette John Lewis zu Hause auftauchte. Wären meine Beweggründe doch auch nur so bezaubernd gewesen!

Aber da es Weihnachten war, hatte ich glücklicherweise eine berechtige Entschuldigung, hinter der ich mich verstecken konnte und die meine Mum davon abhielt, mich über mein Leben und was darin schieflief auszuquetschen. Grandad hatte sich bei der Frage, warum ich mich doch entschieden hatte aufzutauchen, ziemlich bedeckt gehalten. Er tat zwar so, als wäre alles in Ordnung, aber ich kannte ihn zu gut.

Er kam am frühen Morgen herunter und fand statt einer Tüte mit Geschenken meinen Koffer im Wohnzimmer vor.

»Ich hätte mir kein schöneres Geschenk wünschen können«, sagte er zu mir, als ich später (nachdem ich ausgeschlafen hatte) herunterkam und wir uns umarmten. Sein buschiger Schnurrbart kratzte über meine Wange, als er mir einen Kuss gab, und ich nahm mir Zeit, um seinen vertrauten Geruch nach Holz und Farbe einzuatmen.

»Ich habe dich vermisst, Grandad«, sagte ich, als ich ihn endlich losließ, und mir war klar, dass er allein deswegen erahnen würde, dass etwas nicht stimmte.

Wir hatten es uns in der Küche gemütlich gemacht und ließen uns unser traditionelles Weihnachtsfrühstück aus Pfannkuchen mit Golden Syrup schmecken – oder besser gesagt, Grandad tat es. Er drückte eine Zitrone über seinem Pfannkuchen aus und machte sich sofort daran, ihn zu vertilgen, während ich mich mehr darauf konzentrierte, meinen Kaffee zu trinken und auf mein Smartphone zu starren.

»Hast du einen Kater?«, fragte Mum mit einem etwas beleidigten Unterton, da sie vermutete, dass ich mich ohne sie amüsiert hatte. Ich schaffte es, sie davon zu überzeugen, dass ich lediglich müde war, und widmete mich rasch wieder mit einer Hand meinem Pfannkuchen und scrollte mit der anderen weiter auf meinem Smartphone. Im kalten Morgenlicht konfrontierte ich mich mit der Realität dessen, was ich getan hatte – nämlich mich der Empfehlung meines Horoskops widersetzt, ein ruhiges Weihnachtsfest zu verbringen. Und nun sah ich mich genötigt, Schadensbegrenzung zu betreiben, um es zu retten.

Finden Sie Ihre Mitte. Selbstsucht und Selbstfürsorge sind fragliche Partner.

Das war wieder einmal ein wenig rätselhaft und gleichzeitig doch so leicht zu verstehen wie der Mädelskodex oder Mum, die beim Plätzchenbacken mal wieder nach dem *Dingsbums* fragt.

Nach dem Frühstück begaben wir uns ins Wohnzimmer, um Geschenke zu öffnen und harmlose Gespräche darüber zu führen, was es Neues in unserem Leben gab. Ich entschied mich, meine Mitte zu finden, indem ich um die Dinge herumredete, David und Ryan völlig rausließ und mich stattdessen auf die Neuigkeiten von Paige und Tina konzentrierte.

»Oh, schön für die beiden«, sagte Grandad mit einem breiten Lächeln, nachdem ich von ihrer Beziehung berichtet hatte. »Tina ist ein tolles Mädchen. Paige kann sich sehr glücklich schätzen.«

Grandad war Tina bei den wenigen Gelegenheiten begegnet, als sie mich zu meinen Besuchen in St. Albans begleitet hatte. Grandad und Tina liebten beide leuchtende Farben und verrückte Hobbys, daher waren sie schnell unzertrennlich gewesen.

»Bei Paige hast du doch im Sommer gewohnt, nicht wahr?«, erkundigte sich Mum, und ich nickte. »Ich hätte ein Geschenk für sie besorgen sollen«, machte sie sich Vorwürfe.

»Nein, hättest du nicht, Mum. Sie ist meine Freundin. Und Freundinnen tun so etwas füreinander.«

»Aber trotzdem. Sich so um meine Kleine zu kümmern.« Sie lehnte sich von ihrem Ende des Sofas zu mir herüber und kuschelte sich an mich. »Ich hätte ihr doch wenigstens Pralinen schicken können oder zwei Gläser von meiner selbst gemachten Brombeermarmelade. Wo wir gerade davon sprechen: Da steht ein Glas mit deinem Namen drauf im Küchenschrank.«

»Das ist nicht gelogen«, sagte Grandad. »Sie hat sich ein Etikettiergerät gekauft, jetzt kann ich Salz und Zucker nicht mehr verwechseln.«

»Das ist in letzter Zeit zu oft passiert, alter Mann«, sagte Mum, die immer noch an meiner Schulter lehnte, was ein wenig wehzutun begann. »Ich glaube, er wird langsam ein bisschen senil«, sagte sie zu mir, ohne sich die Mühe zu machen, die Stimme zu senken.

»Muss das ganze Gerede sein?«, fragte ich an beide gerichtet und verdrehte die Augen, wobei ich versuchte, meiner Mutter behutsam zu signalisieren, mir nicht weiter auf die Pelle zu rücken. Ich war nicht in Stimmung, um zu kuscheln oder mitanzuhören, wie sich die beiden wieder einmal gegenseitig aufzogen, auch wenn es nicht bös gemeint war. Ich hatte einfach die Nase voll von albernem Gerede und Gezanke.

»Können wir ausnahmsweise mal ein ruhiges Weihnachtsfest verbringen?«

Mum reagierte auf mein Warnsignal mit einem kleinen Stöhnen und richtete sich wieder auf. Also wirklich, manchmal fragte ich mich, wer in dieser Beziehung die Mutter und wer das Kind war.

»Wenn du Ruhe haben willst, dann hättest du in London bleiben sollen, Krissy.« Grandad stand mit einem kleinen Ächzen von seinem Stuhl auf und entschwand Richtung Küche – vermutlich um sich seine fünfte Tasse Tee an diesem Morgen zu holen.

Mum blickte von ihm zu mir herüber. »Was sollte das, Krystal?«, fragte sie mit gesenkter Stimme. »Es ist Weihnachten.«

»Ich weiß, Mum, ich weiß«, erwiderte ich und rieb mir über die Stirn, wo sich wieder dieser Druckkopfschmerz bemerkbar machte (von dem ich gehofft hatte, ihm durch einen Besuch zu Hause entkommen zu können). »Es waren ein paar ziemlich beschissene Monate. Ich brauche bloß etwas Liebe und Zuneigung.«

Ich holte mein Smartphone hervor, um zu sehen, was in den nächsten Tagen an Dos and Don'ts anlag. Ich war mir ziemlich sicher, dass aufgrund des festlichen Anlasses das Anschnauzen von Familienmitgliedern mit auf der Liste stand.

»Na, wenn du früher gekommen wärest, hättest du vielleicht was davon abbekommen«, sagte sie ein wenig barsch, als ich feststellte, dass zu meinen Don'ts nur Einwegplastik, Podcasts und Nadeln gehörten.

»Kein Grund, eingeschnappt zu sein«, murmelte ich, akzeptierte sogleich, dass Gezanke unvermeidlich war, und goss Öl ins Feuer.

»Entschuldige, Fräulein, aber ich bin deine Mutter. So redest du nicht mit mir. Besonders nicht an Weihnachten. Oder soll ich dir deine Geschenke wieder wegnehmen?«

»Mum, ich bin fast dreißig«, rief ich ihr in Erinnerung.

»Ist mir egal, und wenn du hundertdreißig wärst. Wenn du nach Hause kommst und mich anmotzt wie ein kleines Kind, dann werde ich dich auch wie eins behandeln.« Sie schlug klatschend mit der flachen Hand auf das Ledersofa, um zu verdeutlichen, dass die Unterhaltung beendet war, und trank weiter ihren Tee.

Kaum hatte ich mich wieder meinen Dos and Don'ts zugewandt, hörte ich sie vernehmlich den letzten Rest aus ihrer Tasse schlürfen und dann »Dad!« schreien. Ganz offenbar war sie der Ansicht, dass wir mit dem Öffnen der Geschenke loslegen sollten. Der Schrei hallte in meinem Kopf wider und verschlimmerte die pochenden Kopfschmerzen. Deshalb hatte mir mein Horoskop also geraten, nicht nach Hause zu fahren, dachte ich bei mir. Ich hätte besser darauf hören sollen.

Um wieder meine Mitte zu finden, atmete ich tief ein und benutzte den alten Trick, bis zehn zu zählen, bevor ich auf Mums irritierendes Verhalten reagierte. Als ich bereit war, mit ihr zu reden, war sie aber schon auf dem Weg in die Küche und herrschte Grandad an, bloß nichts von dem Apfel-Trifle im Kühlschrank zu nehmen.

Den ganzen Tag über lag eine gewisse Anspannung in der Luft, die wir alle zu überspielen versuchten. Wir öffneten unsere Geschenke mit einer aufgesetzten Begeisterung, der es aber an jeglicher Lebendigkeit mangelte. Erinnerten einander daran, wer was gekauft hatte und an wen wir im neuen Jahr eine Dankeskarte schicken mussten.

Grandad war begeistert von dem Aquarellfarbkasten, den ich ihm zusammen mit einem neuen Werkzeugkasten gekauft hatte, da man bei ihm nie wusste, welches neue Hobby er gerade hatte. Farben und alles, was mit Werkzeug zu tun hatte, schien mir eine sichere Wahl.

Mum war begeistert von meinem Len-Goodman-Buch und den beiden Tickets für die Live-Tour von *Let's Dance* im kommenden Jahr.

»Ooh, ich glaube, da nehme ich Juliet von nebenan mit«, sagte sie, wohl wissend, dass ich die beiden Tickets in der Hoffnung gekauft hatte, dass sie mich mitnehmen würde. »Die würde sich riesig freuen. Vielen Dank, mein Schatz.«

Ich nickte und lächelte, tat so, als wäre ich nicht verletzt, auch wenn ich wusste, dass sie sich nur so verhielt, weil ich sie vorhin mit meinem Anblaffen gekränkt hatte.

Meine Weihnachtsgeschenke von Mum bestanden aus dem üblichen Schlafanzug plus einem Notizbuch von *Papier* und einem Kristall-Set.

»Ich habe es mir von Amazon schicken lassen. Man soll sie in der Wohnung verteilen, um schlechte Energien loszuwerden. Hilft wohl auch gegen Spinnen, glaub ich«, erklärte sie. Ich betrachtete die Spielzeugvariante von Kristallen, die sie mir gekauft hatte, und versuchte, mir ein Lächeln abzuringen.

»Danke, Mum«, sagte ich und stellte die Schachtel zur Seite, ohne einen weiteren Blick daran zu verschwenden. Es ist der Gedanke, der zählt, belehrte mich die Mary-Berry-Stimme in meinem Kopf, aber ganz ehrlich: Für Mum schien meine planetarische Reise nichts weiter als ein Witz zu sein, wenn sie glaubte, ich würde diese Handvoll Steinchen, die aussahen, als hätte sie jemand an einem Kiesstrand aufgesammelt, dazu benutzen, schlechte Energien zu vertreiben. Sie waren überhaupt nicht zu vergleichen mit den Kristallen, die ich bei Andrik in der Brick Lane gekauft hatte. Er bezog sie mit Sicherheit von seriösen Verkäufern in Norwegen und Island. Ehrlich gesagt, war ich bisher noch gar nicht auf die Idee gekommen, ihn danach zu fragen.

»Hier ist Grandads Geschenk für dich«, sagte Mum, die ein wunderschön verpacktes Geschenk unter dem Weihnachtsbaum hervorholte.

Beim Öffnen lächelte ich schon voller Vorfreude, da ich von Grandad immer die besten Geschenke bekam, und auch in diesem Jahr wurde ich wieder einmal nicht enttäuscht. Es war eine selbst genähte saphirblaue Weste, die mit einer Vielzahl von kunstvollen goldenen und silbernen Sternen besetzt war.

»Rita hat mir mit der Größe geholfen. Und sie hat das Muster mithilfe von Fotos aus dem Internet entworfen. Ich hoffe, sie passt«, sagte er und errötete leicht, als wäre es nicht ohnehin schon ein tolles Geschenk.

»Die Weste ist einfach toll. Ich finde sie wunderschön«, versicherte ich ihm, als ich sie aus der Schachtel hervorzog. Sie war liebevoll in rosa und weißes Seidenpapier eingeschlagen. »Ich danke dir«, fügte ich hinzu, hielt sie mir vor die Brust und strich mit den Fingern über das Muster. »Die Sterne gefallen mir besonders gut.«

»Nur damit du's weißt, es sind echte Sternbilder«, sagte er mit erhobenem Zeigefinger und lehnte sich nach vorn, um darauf zu deuten. »Wenn du genau hinsiehst, wirst du dein Sternbild – Löwe – entdecken und das von deiner Mutter:

Zwillinge. Und dann wären da noch Widder und Jungfrau für mich und deine Grandma. Und außerdem ein paar kleine Extras wie der Gürtel des Orion aus der Anfangsphase, als ich noch geübt habe.«

Ich spürte, wie mir die Tränen kamen. Er hatte sich so viele Gedanken gemacht! Von all der Zeit einmal abgesehen, die er ganz offenbar darauf verwendet hatte, und dabei wusste ich doch, dass er mit meinem astrologischen Abenteuer nicht viel anfangen konnte. Aber sein Glaube an mich und seine Akzeptanz waren mir mehr wert als jedes andere Geschenk, das ich bekommen hatte. Doch das konnte ich ihm nicht offen sagen, weil die Gefahr bestand, Mum damit vor den Kopf zu stoßen, und das trug nur noch weiter zu der Gereiztheit bei, die in meinem Inneren brodelte.

»Sie ist perfekt«, sagte ich zu ihm und legte sie vorsichtig wieder in die Schachtel zurück. »Vielen Dank.«

Ich stand auf und ging zu seinem Lehnstuhl hinüber, um ihn zu umarmen, stützte mich dabei auf seine Schulter. Er tätschelte meinen Kopf, ohne ein weiteres Wort zu sagen, und Mum griff rasch nach einem weiteren Geschenk, das es zu öffnen galt.

Das Weihnachtsessen und der Nachmittag vergingen wie im Flug, und plötzlich war es Zeit für die Ansprache der Königin. Grandad nahm es peinlich genau damit, sie live anzuschauen – auch wenn es in Wahrheit eine Aufzeichnung war – und dabei ein Glas Champagner parat zu haben, um der Königin hinterher zuzutoasten. Mum war derweil in der Küche und spülte das Geschirr vom Mittagessen von Hand, während Grandad und ich es uns schon vorm Fernseher gemütlich machten.

»Habe ich was verpasst?«, erkundigte sich Mum von der Tür aus und zog sich dabei ihre pinkfarbenen Haushaltshandschuhe aus, von denen Spülwasser auf den Teppich tropfte.

»Schhh!«, zischte Grandad und lauschte gebannt den Worten der Königin, die über Familie und Tradition sprach.

»Nur das Übliche«, flüsterte ich zurück. Mum kam herüber und quetschte sich neben mich in die Sofaecke, sodass ich mein gemütliches Plätzchen aufgeben und zur Seite rutschen musste. Dann legte sie die feuchten Handschuhe auf den Couchtisch und seufzte vernehmlich. Ich zählte wieder einmal im Stillen bis zehn.

»Ich hoffe, ich bin in meinen Neunzigern noch so modebewusst wie sie«, sagte sie in den Raum hinein und rempelte mich mit ihrem Ellenbogen an, als sie auf den Bildschirm zeigte. »Dieser traditionelle Stil und doch so elegant. Das bewundere ich an einer Frau. Besonders an einer Königin. Und sie ist ein Familienmensch, egal, was sie in *The Crown* auch zeigen. Hast du dir die letzte Staffel angesehen? Ich finde, sie ist da gar nicht gut weggekommen«, fuhr Mum fort, plauderte immer weiter vor sich hin, sodass ich kaum etwas von dem hören konnte, was die Königin sagte.

Keine Ahnung, warum, aber ihre ständige Quasselei und wie sie mir ohne jede Rücksicht auf die Pelle rückte und mich weiterhin mit ihrem Ellenbogen anstupste, führten dazu, dass ich vor Wut zu kochen begann.

Mir war klar, dass ich mich im Moment in keiner guten Verfassung befand – besser gesagt, mir wie eine Handgranate vorkam, kurz bevor der Stift gezogen wurde –, aber ich hätte nie gedacht, dass es ausgerechnet das Gebrabbel meiner Mutter sein würde, das mich explodieren ließ.

»Würdest du bitte damit aufhören?«, brüllte ich und knallte meine Handflächen aufs Ledersofa, was sowohl meine Mum als auch meinen Grandad zusammenzucken ließ.

»Krystal!«, schrie meine Mutter überrascht zurück und umklammerte dabei ihre Schulter, als hätte ich sie ihr gerade ausgekugelt. »Was ist denn los mit dir?«

»Könntest du bitte aufhören zu quatschen? Das ist nämlich total nervig.«

»Krystal«, sagte Grandad, der zwar eine tiefere Stimme als Mum besaß, die drohender klang, aber dennoch zugleich eine beruhigende Wirkung hatte. »Das reicht.«

»Ach, komm schon, Grandad, du musst zugeben, dass es bei Mums Geplapper immer schwieriger wurde, etwas zu verstehen.«

»Tut mir wirklich leid, dass ich dich gestört habe«, sagte meine Mutter mit einem sarkastischem Unterton. »Du hättest mich ja einfach bitten können, ruhig zu sein, statt mich anzubrüllen. Jetzt haben wir das Ganze verpasst.«

»Das hatten wir schon, lange bevor ich gebrüllt habe«, erwiderte ich. »Glaubst du wirklich, mich würde die Mode der Queen interessieren oder ob sie bei *The Crown* schlecht weggekommen ist? Das ist mir *scheißegal*, Mum!«, brüllte ich.

»Krystal«, sagte Grandad wieder. »Das reicht.«

»Ich wollte bloß ein ruhiges Weihnachtsfest«, erklärte ich ihm und spürte, wie sich ein Kloß in meinem Hals bildete. »Ist das zu viel verlangt? Ein ruhiges, friedliches Weihnachtsfest, ohne über irgendwas nachdenken zu müssen.«

Ich stand auf und stürmte aus dem Wohnzimmer, die Treppe hinauf in mein Zimmer, wo ich mich gerade noch so weit beherrschen konnte, dass ich nicht die Tür hinter mir zuknallte wie ein Kind.

Ich setzte mich auf den Boden, lehnte mich mit dem Rücken an mein schmales Kinderbett und legte den Kopf auf meine Knie. Ich hatte natürlich nicht vorgehabt, derart auszurasten. Eigentlich war es das Letzte, was ich gewollt hatte. Aber da war etwas gewesen, das rausmusste, und leider hatte es Mum erwischt.

Ich griff unwillkürlich in meine Tasche, um einen Blick auf mein Horoskop zu werfen und herauszufinden, was es über die Marsstellung zu sagen hatte, den Planeten, der hinter Wut und Emotionen steckt, doch dann fiel mir ein, dass ich mein Smartphone unten auf dem Sofa liegen gelassen hatte.

»Verdammt!«, sagte ich und spürte, wie sich mein Magen zusammenzog, als ich mich fragte, was ich tun sollte.

Nur wenige Augenblicke später ertönte ein Klopfen an der Tür. Ich machte mir gar nicht die Mühe, *komm rein* zu sagen, da ich wusste, dass mein Grandad die Tür öffnen würde, egal, ob ich ihn hereinbat oder nicht.

»Ich habe Lust auf einen Spaziergang«, sagte er seelenruhig und blieb im Türrahmen stehen, wo er sich gerade die Handschuhe anzog, als ich die Augen öffnete, um ihn anzusehen. »Kommst du mit?« Es klang eher wie ein Befehl und weniger wie eine Frage, also nickte ich.

32

Löwe: Wer öfter den Blick nach innen richtet,
findet häufiger Lösungen für Fragen,
die von außen an ihn herangetragen werden.
Vollmond geht heute im Mars auf.

»Tut mir leid, dass ich Mum so angeschnauzt habe«, sagte ich zu Grandad, während wir durch den Verulamium Park mit seinen weitläufigen Grünanlagen spazierten. Viele andere Familien hatten ganz offenbar die gleiche Idee gehabt und sich mit beginnendem Sonnenuntergang zu einem gemütlichen Spaziergang aufgemacht. »Das war nicht meine Absicht. Sie ist mir mit ihrem ganzen Gerede auf die Nerven gegangen, aber das war eigentlich gar nicht der Grund, weshalb ich ausgerastet bin.«

»Das habe ich mir schon gedacht«, sagte Grandad, der ein bisschen zu keuchen begann, als wir einen steilen Weg hinaufschritten. Ich schlang wortlos seine Hand um meinen Arm, um ihn zu unterstützen. Auch wenn er in meinen Augen nicht zu altern schien, wusste mein Verstand dennoch, dass er nicht mehr der Jüngste war. Er spazierte mit einem eleganten, von ihm selbst entworfenen Stock und trug ungefähr drei Schals, um sich im Winter warm zu halten. In dem kalten Park sah er wie ein alter Mann aus. Es war schon komisch, dass er zu Hause, wenn er an einem seiner Projekte arbeitete oder mich gemeinsam mit Mum am iPad über Facetime anrief, immer jünger wirkte.

»Ich freue mich wirklich, dass ich Weihnachten mit dir verbringen kann«, sagte ich und kuschelte mich an seine Schulter.

»Wer weiß, wie viele ich noch habe«, erwiderte er, und ich gab ein Stöhnen von mir.

»Ach, Grandad, jetzt fang bloß nicht damit an«, sagte ich.

»Nein, hör mir zu. Eines Tages werde ich zu Weihnachten nicht mehr hier sein, so ist das eben. Ich habe keine Angst davor, und die solltest du auch nicht haben.«

»Ich möchte aber nicht gerade an Weihnachten darüber nachdenken, Grandad.«

»Das verstehe ich«, erwiderte er und lachte finster in sich hinein. »Und ich möchte auch bestimmt kein alter Knacker sein, der dich dazu bringt, das zu tun, was er will, indem er dir Schuldgefühle macht. Aber wenn es jemals einen richtigen Zeitpunkt dafür geben sollte, dann ist er, glaube ich, jetzt gekommen.«

»Mit anderen Worten, du willst mir ein schlechtes Gewissen machen.«

»Gut möglich«, stimmte er mir zu, und ich lächelte. Wie sollte ich diesen Mann, der so geradeheraus war und mit einem solch wunderbaren Sarkasmus gesegnet war, nicht über alles lieben? Er war die männliche Version von mir oder besser gesagt, ich war die weibliche Version von ihm. »Weißt du, als du jünger warst, da warst du ständig von etwas besessen.«

»Ich? Besessen?«, wiederholte ich, und er sagte »Psst« – offenbar hatte er eine Geschichte zu erzählen.

»In der einen Woche war es Macramé, in der nächsten Karate, und in der übernächsten ging es nur noch um dein Lesetagebuch oder irgendein Computerspiel.«

»Klingt irgendwie sehr nach dir«, erwiderte ich.

»In mancherlei Hinsicht vielleicht, mag sein. Ich lenke mich für ein paar Monate mit irgendwelchen Aktivitäten ab und wende mich dann wieder anderen Dingen zu. Ich würde das in meinem Fall aber nicht Besessenheit nennen, denn es ist wirklich eher eine Ablenkung. Ich weiß, warum ich es tue, und ich sehe es als das an, was es wirklich ist.«

»Und das wäre?«

»Warum setzen wir uns nicht mal für einen Moment auf diese Bank dort?«, sagte er und zeigte mit seinem Spazierstock auf eine in der Nähe stehende Gedenkbank. Wir gingen langsam darauf zu, erlaubten dabei noch einer fünfköpfigen Familie mit einem aufgeregt herumspringenden Hund, an uns vorbeizuziehen, bevor wir Platz nahmen.

»Vor beinahe dreißig Jahren habe ich deine Grandma verloren«, begann er und blickte mit einem freundlichen Ausdruck über den Park hinweg. »Und ich weiß, dass es wie ein Klischee klingt, aber ich vermisse sie. Ich wache immer noch jeden Morgen auf und erwarte, dass sie neben mir liegt, und dann spüre ich jedes Mal diesen kleinen Ruck in meinem Herzen, wenn sie nicht da ist.«

»Tut mir leid, Grandad«, sagte ich, ergriff seine Hand und drückte sie sanft.

»Ach, das muss es nicht, Krissy«, erwiderte er lächelnd. »Jeder von uns endet doch mal in einem Holzpyjama.«

Ich lachte. Nur mein Grandad kam darauf, etwas so Düsteres wie einen Sarg als »Holzpyjama« zu bezeichnen.

»Seit ihrem Tod fülle ich meine Zeit mit Ablenkungen. Nicht nur weil ich sie vermisse, sondern weil ich wirklich eine Beschäftigung brauche. Wenn ich nichts zu tun habe, bleibt mir nichts anderes, als zu warten. Ich weiß nicht, wie es dir geht, aber ich für meinen Teil versuche, lieber das Beste aus dieser Welt herauszuholen, bevor ich in die nächste übergehe. Selbst wenn es bloß ein paar Westen hier und ein paar Follower dort sind.«

»Du hast fünfzehntausend auf TikTok, Grandad«, rief ich ihm in Erinnerung. »Sie hätten sogar gern in den Lokalnachrichten über dich berichtet.«

Er zuckte mit den Schultern und stieß ein verächtliche *Pah* aus, als ließe ihn das unbeeindruckt. Ich lächelte über so viel Lässigkeit.

»All das ist mir völlig egal.« Er sah mich an, und mir wurde klar, dass er immer noch nicht zum eigentlichen Thema gekommen war.

»Was hat das alles damit zu tun, dass ich als Kind deiner Meinung nach von Dingen ein wenig *besessen* gewesen bin?«

»Ein wenig?«, erwiderte er spöttisch, bevor er tief durchatmete. »Wie lange warst du mit David zusammen?«, fragte er.

»Sechs Jahre.«

»Und wie viele davon waren glücklich?«

»Na ja …«, setzte ich an und dachte bei mir: eigentlich die Mehrheit. In den ersten beiden Jahren hatten wir zusammen London erkundet, ständig Party gemacht, waren in der Welt herumgereist und nie lange in einer Wohnung geblieben, bevor uns wieder die Lust auf neue gemeinsame Abenteuer packte. Das war die beste Zeit meines Lebens gewesen. Aber als David dann seinen ersten Vollzeitjob hatte und ich anfing, freiberuflich zu arbeiten und meine Abende zu Hause zu verbringen, da hatte es immer weniger Spaß gemacht.

In unserem dritten gemeinsamen Jahr war vieles zur Routine geworden, und wir führten ein stinknormales Leben. Zumindest hatte ich das geglaubt. Ich hatte Spaß mit den Mädels und er mit seinen Freunden. Nur war mir damals nicht klar gewesen, wer diese »Freunde« in Wirklichkeit waren. In den letzten drei Jahren unserer Beziehung war eigentlich alles nur noch Gewohnheit gewesen, und wir hatten uns nicht mehr wirklich geliebt.

Aber ich hatte wirklich keine Ahnung, was passiert war, nachdem die Luft raus war, die Liebe einfach so verpufft. Ich hatte keine Eltern, an denen ich mich orientieren konnte, und es gab keine Filme über das Leben nach dem anfänglichen Happy End, die ich mir anschauen konnte. Ich dachte, dass das, was wir hatten, einem normalen, häuslichen Leben entsprach. Aber in Wahrheit war es ungesund und langweilig.

»Zwei oder vielleicht auch drei«, antwortete ich ehrlich.

»Und warum bist du sechs Jahre bei ihm geblieben?«

»Das spielt keine Rolle mehr. Es ist vorbei«, sagte ich, schob aber insgeheim blöderweise ein dramatisches *»Oder etwa doch nicht?«* hinterher. Zog ich wegen der Sterne und der Planeten tatsächlich in Erwägung, wieder zu David zurückzukehren, oder lag es daran, dass ich lediglich von der Vorstellung besessen war, wieder mit ihm zusammen zu sein, oder mich in die Sicherheit einer Beziehung flüchten wollte?

Sollte Letzteres der Fall sein, dann war ich wirklich eine schlechte Feministin und benötigte dringend eine Therapie.

»Seit wann interessierst du dich für Astrologie?«

»Das ist wegen meiner Saturn-Rückkehr«, erwiderte ich rasch, denn ich befürchtete, dass das Gespräch sonst eine Richtung nehmen würde, die mir nicht gefiel. »Wenn Saturn wieder an die Position zurückkehrt, die er zum Zeitpunkt meiner Geburt eingenommen hatte, und eine neue Phase meines Lebens beginnt. Eine Art Midlife-Crisis, wenn du so willst, nur netter ausgedrückt.«

»Krissy, ich glaube nicht, dass Saturn irgendeinen Einfluss darauf hat, wann eine Lebensphase endet oder eine neue beginnt, denn sonst hätte dieser Planet in meiner Lebenszeit schon mindestens dreihundertmal in die gleiche Position zurückkehren müssen.«

»Das ist unmöglich«, belehrte ich ihn. »Das geschieht höchstens viermal innerhalb eines Lebens. Und das auch nur, wenn man sehr, sehr alt wird.«

»Weißt du, mein Leben hat sich verändert, als ich als junger Kerl meinen ersten Lohn bekommen habe. Dann wieder, als ich, auch noch grün hinter den Ohren, deiner Grandma begegnet bin. Es hat sich verändert, als wir geheiratet haben, und dann wieder, als deine Mum auf die Welt kam. Als wir unser erstes Haus gekauft haben. Als ich meinen Job während der Drei-Tage-Woche während der Siebzigerjahre verloren habe. Als meine Mutter starb. Und wenige Jahre später wieder, als ihr mein Vater folgte. Ein Kapitel endet, und ein neues beginnt nach jedem großen Ereignis in deinem Leben. Und ein solches Ereignis kann alles sein, von einer Trennung bis zum Verlust des Arbeitsplatzes, von einer neuen Beziehung bis zu einem geplatzten Rohr in der Wohnung.«

Ich seufzte. »Du willst mir also damit sagen, dass ich die Sterne und die Planeten ignorieren soll, da sie nichts mit meinem Leben zu tun haben.«

»Ich bin der Ansicht, dass etwas nur dann Auswirkungen auf dein Leben haben kann, wenn du daran glaubst, dass es sich so verhält. Ähnlich wie eine sich selbst erfüllende Prophezeiung, verstehst du? Aber wie dem auch sei, wenn du die Astrologie toll findest und es dich glücklich macht, deinem Horoskop zu folgen, mach damit weiter. Aber nur, wenn es dich auch wirklich glücklich macht. Und nicht, weil du das Gefühl hast, es tun zu müssen. Was glaubst du wohl, warum ich mir alle paar Monate ein neues Hobby suche?«

»Ich dachte, weil dir die alten langweilig werden.«

»Ganz und gar nicht. Ich liebe all meine Hobbys, die ich jemals ausprobiert habe – abgesehen vom Disco-Tanz vielleicht, davon taten mir die Hüften weh –, aber ich wechsele sie, weil es mir so großen Spaß macht, neue Dinge zu lernen und andere Menschen zu treffen. Natürlich habe ich anfangs damit begonnen, um mich von dem Verlust deiner Grandma abzulenken. Aber ich mache damit weiter, weil ich dadurch aktiv bleibe und soziale Kontakte pflege. Ist das bei dir mit der Astrologie auch der Fall?«

Ich dachte einen Moment lang nach. »Anfangs ja«, sagte ich. »Ich habe diesen Kurs gemacht und neue Leute kennengelernt.«

»Aber die restliche Zeit?« Er schaute mich durch seine Wimpern hindurch an. »Du hast heute dein Horoskop zurate gezogen, um herauszufinden, wie viel Rosenkohl du essen darfst«, zog er mich auf.

»Hab ich nicht!«, sagte ich lachend. »Ich wollte nur wissen, was es heute in Bezug auf meine Gesundheit zu sagen hat.«

»Weil eine App mehr über deine Gesundheit und deinen Körper weiß als du selbst?«, fragte er. Ich sagte nichts. »Und steht da auch etwas über die Liebe drin?«

»Du driftest langsam in Mums Revier«, warnte ich ihn.

»Wenn es nach mir ginge, würdest du für immer Single bleiben. Mir gefällt die Vorstellung nicht, dass es einen anderen Mann in deinem Leben gibt – besonders wenn es ein anderer David wäre. Ich weiß, dass ich das eigentlich nicht sagen sollte, aber er war nie gut genug für dich.«

»Wird denn jemals einer gut genug für mich sein?«, fragte ich, lehnte mich gegen die Bank zurück und lächelte.

»Da draußen gibt es für jeden einen Menschen, und ich werde deinen Menschen erkennen, wenn ich ihn sehe. Oder sie. Ich bin für jemanden, der schon fast neunzig ist, sehr aufgeschlossen.«

Er lachte, und ich stimmte mit ein, kuschelte mich an ihn.

»Also, wenn du ihn siehst – und ja, ich stehe auf Männer, Grandad! –, dann gib ihm doch bitte meine Telefonnummer, okay?«

Er lachte und tätschelte meinen Arm. »Was ist denn aus diesem Ryan geworden, über den du dauernd mit deiner Mum geredet hast?«

»Es gibt keinen Ryan mehr.«

Grandad lehnte sich gegen die Bank zurück und hakte seinen Gehstock an der Armlehne ein.

»Erzähl mir bloß nicht, dass dich deine astrologische Reise zu einem Loch in der Struktur des Raum-Zeit-Kontinuums geführt hat und er hineingefallen ist.«

Ich seufzte und unterdrückte ein Lachen über seine sarkastische Bemerkung. »Das ist nicht witzig«, sagte ich, als er mich augenzwinkernd in die Rippen knuffte.

»Ryan existiert sehr wohl noch, nur nicht mehr in meiner Nähe. Wir haben uns verkracht«, begann ich. »Na ja, mehr ein ... also, er hat mir gesagt, dass er im Moment nicht mit mir reden will.«

»Und warum?«, fragte Grandad mit leiser Stimme.

Ich seufzte, denn mir wurde bewusst, wie sehr ich mich in Wahrheit dafür schämte, dass ich Ryan so mies behandelt hatte.

»Ich habe ihn enttäuscht. Ich bin nicht für ihn da gewesen, als er mich am meisten gebraucht hätte. Ich habe unsere Freundschaft nur ausgenutzt.«

»Das klingt aber gar nicht nach dir. Warum hast du ihn denn nicht unterstützt?«, wollte er wissen und wandte sich mir dabei zu.

»Er hatte diese wirklich wichtige Vernissage in einer Galerie und mich gebeten, ihn als Gast zu begleiten. Eigentlich mehr als sein Date. Ich hatte schon zugesagt und dann in letzter Minute doch wieder abgesagt, ohne ihm einen triftigen Grund zu nennen. Habe bloß Nein gesagt.«

Ich schüttelte den Kopf über meine eigene Dummheit. Ich war zwar froh, dass ich nicht gelogen hatte, aber ich konnte einfach nicht glauben, dass ich so dumm gewesen war, Nein zu sagen, bloß weil ich dachte, dass das Universum es so wollte. Als würde sich das Universum dafür interessieren, ob ich eine Kunstgalerie besuche. Wenn das Universum von mir verlangte, das, was es zu sagen hatte, über einen Menschen zu stellen, der mir viel bedeutete, dann ... Na ja, vielleicht konnte mich das Universum dann mal gernhaben.

»Ich bin nicht mitgegangen, weil ich laut meinem Horoskop Zeit allein verbringen sollte, und das habe ich beherzigt. Und deshalb hatte ich auch ursprünglich gesagt, dass ich zu Weihnachten nicht nach Hause kommen würde. Ich dachte, ich müsste mich an mein Horoskop halten, weil etwas Schlimmes passieren würde, wenn ich es nicht täte.«

»Ist denn etwas Gutes passiert?«

Ich schüttelte den Kopf. Der Kloß in meinem Hals wurde immer größer. »Nein. Überhaupt nichts Gutes.«

»Und wenn du zu dieser Vernissage gegangen wärst oder dich für die Weihnachtstage früher nach Hause aufgemacht hättest, wäre es dann wohl besser für dich gelaufen?«

»Dann hätte ich mich mit Sicherheit nicht mit David getroffen«, sagte ich, ohne nachzudenken. Grandad sah mich verwirrt an, und ich schüttelte bloß den Kopf und fügte hinzu: »Ist eine lange Geschichte.« Und die würde ich ihm ganz bestimmt nicht erzählen. »Es wäre vermutlich toll gewesen, bei der Vernissage dabei zu sein. Und vielleicht hätte es sogar meine Beziehung zu Ryan weiter vorangebracht.« Wenn er schon zu meiner Wohnung gekommen war, um mir zu gestehen, dass er sich in mich verliebt hatte, was wäre dann wohl passiert, wenn ich ihn am wichtigsten Tag seines Berufslebens unterstützt hätte? »Ich hätte mich nicht so schuldig gefühlt und wäre nicht so aufgelöst gewesen und hätte dann auch nicht wegen solcher Peanuts Streit mit Mum angefangen. Und vermutlich hätte ich jetzt auch das Gefühl, etwas mehr Kontrolle über mein Leben zu haben.«

»Also im Grunde heißt das doch, dass es für dich weder zu einem glücklichen Ausgang noch zu irgendeinem positiven Ergebnis geführt hat, monatelang deinem Horoskop zu folgen.«

Ich schüttelte verbittert den Kopf, und mir wurde bewusst, dass der Schmerz in meinem Kopf, der sich von Tag zu Tag verschlimmerte, durch meine eigenen, stresserzeugenden Entscheidungen verursacht wurde. Ich hatte mich voll und ganz auf die Astrologie gestürzt und nicht mehr nach links und rechts geschaut. Ich war für jede meiner Entscheidungen, die ich getroffen hatte – sogar für die, bei denen etwas Gutes herausgekommen war –, selbst verantwortlich und nicht etwa irgendeine App oder ein Kristall oder eine Tarotkartenlegung. Und hier bot sich mir eine simple Lösung für all meine Probleme und auch, um meine Kopfschmerzen ein für alle Mal loszuwerden.

Ich war mir nur nicht sicher, ob ich stark genug wäre, plötzlich alles loszulassen, worauf ich mich in den letzten fünf Monaten konzentriert hatte. Das würde bedeuten, Verantwortung zu übernehmen. Kontrolle zu übernehmen. Die Verantwortung nicht auf etwas anderes schieben zu können, wenn etwas schiefging. Das wäre dann allein meine Schuld.

»Weißt du, was«, sagte Grandad nach unserem bedrückenden, nachdenklichen Schweigen, legte mir den Arm um die Schultern und zog mich an sich in eine tröstliche Umarmung. »Wir sagen zum Abschied doch immer *Don't worry, be happy*. Ich glaube, wir sollten das mal ändern.«

»Was? Wieso das denn?«, fragte ich, während ich zu ihm aufblickte. Das war eine Tradition, seit ich ein kleines Mädchen war.

»Vielleicht sollten wir auf etwas umsteigen, das im Moment besser passt? Wie wäre es mit *Folge deinem Herzen, nicht deinem Horoskop*?«

33

Löwe: Alles fügt sich zur rechten Zeit.
Merkur wandert ins elfte Haus.

Grandad ging voll auf in seiner neuen Rolle als mein Lebensberater und gab mir gut gemeinte Ratschläge, während ich ihm dabei half, die Weihnachtsausgabe der *Radio Times* zu zerschnippeln, aus der er eine neue Collage anfertigen wollte, um sie Beryl im neuen Jahr zu präsentieren.

Mum schmollte bis in den Nachmittag des zweiten Weihnachtsfeiertages hinein. Doch als wir im John Lewis in der Stadt inmitten all der Hausfrauen auf Schnäppchenjagd gingen, vermochte sie sich ihre Begeisterung über ein Paar Alpaka-Socken zum halben Preis nicht zu verkneifen und begann im Laden eine schwungvolle Interpretation von *Meet Me in St. Louis.* Ich schloss mich ihr ohne jede Verlegenheit oder Scham an, und wir wirbelten gemeinsam durch den Verkaufsraum wie zwei Tänzerinnen in einem Fred-Astaire-Film und kicherten über all die befremdeten Blicke, die uns die Leute zuwarfen. Es war unsere bewährte Methode, um an ihnen vorbeizukommen, denn die Menschenmenge teilte sich vor uns wie das Rote Meer, als wir mit Schwung um die Ecke herumgetanzt kamen und dabei wie betrunkene Sternsinger *»Meet me at the fair!«* schmetterten.

Wir machten ein paar wirklich gute Schnäppchen und verbrachten den Abend auf dem Wohnzimmerboden, vertilgten kalten Braten mit Kartoffelbrei und führten Grandad vor, was wir erstanden hatten. Er gab sich alle Mühe, so zu tun, als würde er sich mit uns freuen.

Ich schaute zwischen den Jahren nicht ein einziges Mal in mein Horoskop.

Paige und Tina schrieben mir über unseren Gruppenchat, um zu hören, wie es so mit meinem Alleinsein klappte, und waren hocherfreut, dass ich mich doch noch entschieden hatte, nach Hause zu fahren.

Tina: Gib Harold einen dicken Schmatzer von mir!!!
Paige: Und richte deiner Mum aus, dass ich Brombeermarmelade liebe!
Paige: Und ich habe auch eine Schwäche für Stachelbeere …

Als es auf Silvester zuging und mich Paige und Tina einluden, mit ihnen ins neue Jahr zu rutschen, verließ ich Mum und Grandad schweren Herzens und machte mich auf den Weg nach London.

Es war schon seltsam, wie meine Heimkehr zu einer Art Zeitsprung geworden war und mein ganzes Leben zurückgesetzt hatte. Es brachte mich ins Grübeln, warum ich es vorgezogen hatte, so lange in London auszuharren, ohne auch nur ein einziges Mal in Erwägung zu ziehen, eine kurze Auszeit zu nehmen und heimzufahren. Obwohl mich Mums

Abschiedsgeschenke schnell wieder daran erinnerten, dass verhätschelt zu werden nicht immer gut für mich war: Ich war beladen mit einer Großpackung Toilettenpapier und sechs Gläsern Marmelade, meinen Weihnachtsgeschenken und den Schnäppchen, die sie mir in der Stadt gekauft hatte. Dieses Jahr fing ich mit meinen guten Vorsätzen, im neuen Jahr mehr Sport zu treiben, schon sehr früh an, indem ich den ganzen Kram nach London zurückschleppte.

»So«, sagte Grandad, als er es dem Taxifahrer überließ, meine beste Errungenschaft, meinen neuen Koffer – den ich mir zugelegt hatte, weil ich meinen alten mit Sicherheit nicht mehr von David zurückbekommen würde –, im Kofferraum zu verstauen. »Nicht vergessen, was ich dir gesagt habe.«

»Ganz bestimmt nicht«, versprach ich und umarmte ihn. »Ich folge meinem Herzen, nicht meinem Horoskop.«

»Das ist meine Krissy«, sagte Grandad in mein Ohr, und dabei spürte ich das angenehme Kratzen seines Schnurrbarts auf meinem Gesicht.

Ich blickte über Grandads Schulter zu Mum hinüber, die uns in ihrem schäbigen Morgenmantel von der Haustür aus zusah, den Cath-Kidston-Becher mit Tee an ihre Brust gedrückt, um sich zu wärmen. Sie hatte ihre Unterlippe betrübt über die Oberlippe geschoben, weil ich wegfuhr, und ich winkte ihr zu. Sie winkte zurück und rief: »Wir sehen uns dann im März bei *Let's Dance*!« Da wir uns wieder vertragen hatten, bedeutete das glücklicherweise auch, dass ich nun auf ihrer Liste ausgesuchter Gäste für die Show stand.

»Hab dich lieb!«, rief ich.

»Hab dich lieber!«, erwiderte sie.

Ich ließ Grandad los und ging zum Taxi.

»Guten Rutsch, mein Schatz«, sagte er und warf mir eine Kusshand zu.

»Feiert für mich mit«, schob Mum hinterher.

»Bis nächstes Jahr!«, rief ich, öffnete die Taxitür und stieg ein. Ausnahmsweise umgab mich der Zauber der Weihnacht wie eine Figur aus einem Wohlfühlfilm von Disney. Alles fühlte sich irgendwie neu an, und es kam mir so vor, als gäbe es nichts, womit ich nicht klarkommen würde – egal, was mein Horoskop oder die Sterne auch sagen mochten.

»Du würdest doch nicht dein rechtes Ohr Phil und dein linkes Ohr Bob nennen, warum also Bertha für deine Vagina?«, rief Tina zu Paige hinüber. Die beiden kicherten mit geröteten Wangen vor sich hin, während ich in der Küche stand und das letzte Blech mit Würstchen im Schlafrock aus dem Ofen zog, um anschließend eine Packung Pringles in eine Schale zu kippen.

»Wäre *Beatrice* die bessere Wahl?«, erkundigte sich Paige ausgelassen und gab dabei ein Prusten von sich.

Es war Silvester, und unsere Feierlichkeiten hatten schon früh begonnen mit unserem traditionellen *Harry-Potter*-Trinkspiel zu *Die Kammer des Schreckens*, gefolgt von einer Runde *Tabu* und *Ich hab noch nie*. Das Feuerwerk um Mitternacht rückte immer näher, aber mir war klar, dass die beiden etwas in den Magen bekommen mussten, wenn sie es noch erleben wollten.

Ich verspürte in diesem Jahr keine große Lust, mich zu betrinken, und hielt mich den ganzen Abend über hauptsächlich an Sekt mit Orangensaft und ertrug Paiges und Tinas kindische »Oohs«, mit denen sie meine scheinbare

Vornehmheit kommentierten, während sie selbst Strongbow Cider aus der Dose tranken.

»So, bitte sehr, die Damen«, sagte ich und bot ihnen die Pringles an. Sie stürzten sich darauf wie ausgehungerte Löwen auf ein Stück Fleisch.

»Krystal ...«, sagte Tina, den Mund voll mit halb gekauten Chips, »sag du's ihr!«, und dabei zeigte sie auf Paige.

»Was soll ich ihr sagen?«, erkundigte ich mich und lehnte mich dabei über den Couchtisch, um mir ein paar Chips zu nehmen, ehe sie alle verschwunden waren.

»Dass das ein bescheuerter Name für ein Körperteil ist.«

»Ich wusste gar nicht, dass du ein Körperteil mit einem Namen hast«, sagte ich zu Paige, die mit den Schultern zuckte.

»Männer geben ihrem Penis ja auch einen Namen«, argumentierte sie.

»Männer sind komplette Idioten.« Tina verdrehte die Augen. Paige lehnte sich vor, um ihr dafür einen Kuss zu geben. Beide schreckten sogleich zurück, als sich spitze Chipsstückchen in ihre Lippen bohrten.

»Erinnere mich daran, nie wieder mit Pringles im Mund zu chipsen«, sagte Paige, was uns alle zum Lachen brachte.

»Ich glaube, du meinst mit Pringles im Mund zu küssen«, sagte ich lachend.

»Chipsen!«, wiederholte Paige und hielt sich den Bauch vor Lachen, als wäre es das Komischste, was sie jemals aus Versehen von sich gegeben hatte. Nach den Weihnachtstagen mit Tinas Familie wirkte sie total gelöst und schien sich über alles zu amüsieren. Eigentlich hätte ich gedacht, dass das alljährliche Weihnachtsliedersingen von Tinas Familie und ihre obligatorische Modenschau, um den Träger oder die Trägerin des hässlichsten Weihnachtspullovers zu ermitteln, sie eher in die Flucht geschlagen hätten. Aber das war offensichtlich nicht der Fall. Sie und Tina schienen sich noch näher gekommen zu sein und scheuten sich nicht mehr, ihre Zuneigung vor mir zu zeigen.

Sosehr ich mich auch für die beiden freute, so schwand bei mir doch mit jeder Sekunde, die sich die Uhr dem Neujahrstag näherte, die Wärme aus den Weihnachtstagen mit meiner Familie.

Ich hielt mich an Grandads Rat und ignorierte mein Horoskop völlig, auch wenn ich bisher noch nicht den Mut aufgebracht hatte, die App von meinem Smartphone zu löschen. Die Benachrichtigungen hatte ich allerdings ausgeschaltet, was immerhin ein Anfang war. Aber meine Saturn-Rückkehr beschäftigte mich immer noch. Auch wenn ich mich damit abgefunden hatte, dass der Weg ins Glück nicht unbedingt zu finden war, wenn man einer App folgte oder sich online Tarotkarten legen ließ, konnte ich nicht leugnen, dass ich weiterhin an meine Saturn-Rückkehr glaubte.

»Worüber denkst du nach?«, fragte Tina und riss mich damit aus meiner lustlosen Benommenheit.

»Hmm? Oh, über das nächste Jahr«, erwiderte ich und stand auf, um die Würstchen zu holen. »Möchtest du Senf dazu?«, erkundigte ich mich, versuchte, damit das Thema zu wechseln, doch Tina ließ sich nicht ablenken. Sie stand auf, woraufhin Paige auf dem Sofa kichernd zur Seite kippte.

»Nein, das tust du nicht. Ich merke doch, dass dich etwas anderes beschäftigt«, sagte sie und ließ sich auf einen Hocker an der Frühstückstheke fallen. »Ist es Ryan?«

Ich hatte den Mädels endlich erzählt, was zwischen ihm und mir vorgefallen war. Ich hatte eigentlich damit gerechnet, dass sie ausflippen würden, wenn sie erfuhren, dass ich ihm wegen meines Horoskops in der letzten Minute abgesagt hatte, aber sie drückten mir nur noch fester die Hand und versuchten, mich zu unterstützen, während ich down war.

Meine erste Reaktion bestand darin, es zu verneinen und Tina zu versichern, dass es nichts mit Ryan zu tun hatte, aber das stimmte nicht ganz. Ich hatte seit über zwei Wochen nichts mehr von ihm gehört. Seit ich in meine neue Wohnung gezogen war, war das die längste Zeit, in der wir nicht mehr miteinander gesprochen hatten.

In meinem Bemühen, ihn zu erreichen, hatte ich mich bereits bei Aoife und Clare gemeldet und ihnen frohe Weihnachten und ein gutes neues Jahr gewünscht. Aber all meine raffinierten Versuche, durch kleine Hinweise oder versteckte Andeutungen etwas über Ryan herauszubekommen, waren nicht von Erfolg gekrönt gewesen. Clare teilte mir mit, dass sie im neuen Jahr nach London kommen würde, um die letzten Dinge ihrer Großmutter abzuholen und sich die Wohnung anzusehen. Ich wusste, dass es an der Zeit war, wie versprochen Miete zu zahlen, zumal ich in finanzieller Hinsicht wieder auf den Beinen war, wenn auch nicht mit der Sicherheit eines Vollzeitjobs im Rücken.

»Ich vermisse ihn«, gestand ich Tina leise, damit Paige es in ihrem derzeitigen Zustand mitbekam und ihm am Ende heimlich Videos über die sozialen Medien schickte, in denen sie ihn womöglich beschimpfte, weil er mich hatte abblitzen lassen, oder sonst irgendetwas Dämliches, was einem aber durchaus denkbar vorkam, wenn man betrunken war.

Tina neigte ihren Kopf zur Seite und lächelte, ganz offenbar erfreut, dass ich geschafft hatte, es zuzugeben.

»Ach, Süße«, sagte sie. »Du musst es ihm sagen.«

»Das habe ich ja versucht«, stöhnte ich. »Er schreibt nicht zurück und geht auch nicht ran, wenn ich anrufe. Stell dir vor, selbst das habe ich auch schon versucht: Ich habe ihn *angerufen*! Außer meinem Zahnarzt habe ich schon Jahre niemanden mehr angerufen.«

»Wow«, sagte sie beeindruckt. »Was sagt dein Horoskop?«, fragte sie, und ich verlagerte mein Gewicht von einem Fuß auf den anderen.

»Habe nicht nachgesehen.«

»Was?!«, schrie Paige plötzlich vom Sofa. »Nach all den Monaten, in denen du dich nur danach gerichtet hast, wirfst du nicht mal mehr einen Blick rein, ob die Sterne noch ein klitzekleines bisschen Hoffnung versprechen?«

In Anbetracht ihres Alkoholpegels war ich mir nicht sicher, ob das nun sarkastisch oder vielleicht doch ernst gemeint war.

»Mit dem Kapitel habe ich abgeschlossen«, sagte ich beschwichtigend und griff nach einer heißen, fettigen Wurst im Schlafrock, um mich zu beschäftigen.

»Ich aber noch nicht. Gib her.« Paige rappelte sich vom Sofa auf.

»Paige ...«, sagte Tina warnend.

»Seit wann haben wir die Rollen getauscht?«, fragte Paige sie überrascht, schnappte sich mein Smartphone, das in der Zimmerecke am Ladegerät gehangen hatte, und tippte den Sperrcode ein.

»Woher weißt du ...«, setzte ich an.

»Schätzchen, ich weiß alles«, erwiderte sie, ohne aufzublicken. »Okay. Horoskop. Liebe. Hier ist es: *Zu Beginn des neuen Jahres wird Neptun rückläufig. Möglicherweise werden Ihnen einige wichtige Dinge bewusst. Haben Sie sich möglicherweise von bestimmten Überzeugungen täuschen lassen? Betrachten Sie dieses Wissen als eine Chance, die Sie nicht vertun sollten.* Ach nein, warte, das war ja das tägliche Horoskop. Wo steht denn was über Liebe?«

»Gib mal her!« Tina griff hinüber, um Paige das Smartphone aus der Hand zu nehmen, und blickte mit zusammengekniffenen Augen auf das Display.

»*Liebe: Eine Beziehung könnte sich vertiefen, wenn Ihre Kommunikation von Ehrlichkeit geprägt ist.* Na, das klingt doch machbar«, sagte sie, während sie sich mir wieder zuwandte.

»Ich hab euch doch gesagt, dass ich mir mein Horoskop im Moment nicht ansehe. Ich werde …«

»Ja, ja, schon gut …« Paige verdrehte die Augen und biss in eine Wurst. »Du schlägst ein neues Kapitel auf. Wie *langweilig*!«

»Sei nicht so gemein«, mahnte sie Tina,

»Also ehrlich, ihr zwei seid wie Yin und Yang, wenn ihr getrunken habt«, sagte ich lachend und sah zu, wie Tina Paige eine Serviette reichte, damit die sich die fettigen Finger abwischen konnte.

»Sind wir, nicht wahr?« Paige lächelte. »Jetzt müssen wir nur noch dein Yin wiederbekommen. Oder ist er das Yang?« Sie blickte Tina fragend an.

»Chinesische Philosophie unterrichte ich erst im Sommer wieder«, erwiderte sie trocken.

Paige gab ein lautes Stöhnen von sich. »Okay, dann sage ich euch, was wir jetzt tun. Wir müssen hier raus.«

»Was?«, rief ich. »Das Feuerwerk beginnt in einer halben Stunde!«

»Weiß ich doch. Und ich weiß auch, wo wir es uns ansehen können.«

»Ich gehe auf keinen Fall runter zum Embankment«, erklärte Tina mit Nachdruck. »Den Fehler habe ich schon einmal gemacht, und ich pinkele nicht wieder in einen Polizeihelm.«

»Ich dachte, das dürftest du nur, wenn du schwanger bist? Ist ohnehin ein ganz seltsames *Recht* …«, sagte ich und hastete los, um meine Jacke zu holen, da Paige bereits ein Uber-Taxi von meinem Smartphone aus rief, das sie Tina wieder abgenommen hatte. Wenn sie betrunken war, brachte es nichts zu versuchen, sie umzustimmen.

»Ich habe ein paar Schals gestohlen und sie unter meinen Pullover gestopft«, erklärte Tina. »Ehrlich gesagt, habe ich auch den Helm gestohlen … Aber Gott sei Dank bin ich klein und schnell. Mehr sage ich dazu nicht.«

»Paige, wo sind wir hier?«, fragte ich, als ich aus dem Taxi in die kalte Nachtluft trat und mich in der trostlosen Straße umsah, in der uns der Fahrer rausgelassen hatte.

»Ach, komm schon, so lange ist das doch nicht her«, sagte Paige spöttisch, schlang sich Tinas Arm um den ihren und begann, mit ihr die Straße hinaufzuhüpfen.

»Was ist nicht lange her?«, fragte ich.

»Dass du hier gewohnt hast«, stöhnte Paige. »Sieh mal«, sagte sie und zeigte zu der Wohnung in dem Mietshaus hinauf, wo ich zuletzt mit David gelebt hatte. Wir befanden uns auf der Rückseite, aber nur wenige Schritte oder – im Falle der Mädels – beschwipste Hüpfer um die Ecke herum, und wir standen vor der schicken Flügeltür, die in die erleuchtete Eingangshalle des Hauses führte.

»Wieso sind wir hier?«, flüsterte ich, denn es kam mir ein wenig komisch vor, zehn Minuten vor Mitternacht an Silvester hier zu stehen.

»Weil's befreiend ist. Und jetzt sag mir bitte, dass du dich noch an den Code für den Notfallschlüssel erinnerst.« Paige deutete auf den kleinen Schlüsselsafe mit dem Ersatzschlüssel, der hinter einem Hängekorb in der Wand verborgen war.

»Die Eigentümerin hat ihn bestimmt längst geändert«, wiegelte ich ab, doch Tina stieß ein spöttisches Zischen aus. »Glaubst du, die würde sich die Mühe machen? Wo hier immer noch gearbeitet wird und es ständig rein- und rausgeht? Da müsste sie ihn ja jede Woche ändern. Versuch's mal.«

Ich seufzte, lehnte mich über den Efeubusch vor dem Eingang hinweg und tippte 2-2-4-5 ein. Das Schloss gab ein Klicken von sich, und die Tür des Safes mit dem Ersatzschlüssel darin öffnete sich. Tina und Paige gaben ein Kreischen von sich, und ich musste sie rasch zum Schweigen bringen.

»Hört auf!«, zischte ich. »Was soll uns das jetzt bringen? Wir kommen damit bloß in die Eingangshalle, aber in keine der Wohnungen.« Paige klaute mir den Schlüssel aus den Fingern und öffnete die Eingangstür.

»Wir wollen auch in keine Wohnung«, sagte sie. »Wir wollen aufs Dach.«

Und ehe ich michs versah, rannten wir auch schon in unseren dicken Jacken (in Tinas Fall ihre ständig haarende violette Webpelzjacke) die Treppe hinauf. Die Tür vom Notausgang war wie immer geöffnet, und der überflüssige Betonblock schien uns schon zu erwarten, als wir aufs Dach hinausstürzten.

»Noch drei Minuten bis Mitternacht«, vermeldete Tina, die einen Blick auf ihr Smartphone warf. »Gebt Gas, jede von uns muss sich noch was wünschen.«

»Ich habe mir noch nie was gewünscht«, sagte ich lachend, als sie mich zu dem Betonblock zerrte, auf die Ecke setzte und sich mit Paige an ihrer Seite neben mir niederließ. Die beiden rückten ganz eng zusammen, um sich zu wärmen, aber Tina hielt immer noch meine Hand, während wir von unseren Plätzen in Richtung Themse schauten und darauf warteten, dass die Vorstellung begann.

»Tu's mir zuliebe«, schnaufte Tina.

»Ich wünsche mir«, begann Paige, »dass ich diese Beförderung kriege.«

»Ich wünsche mir«, sagte Tina als Nächste, »dass im nächsten Jahr alle glücklich sind.«

»Ohh, das ist echt lieb von dir, Babe«, sagte Paige, bevor sie sich den Finger in den Hals steckte und so tat, als müsste sie sich übergeben. Tina versetzte ihr einen so kräftigen Stoß, dass Paige beinahe von dem Betonblock gefallen wäre, um dann wieder einen Kicheranfall zu bekommen. »Was ist mit dir, Kris?«, fragte sie.

»Ich wünsche mir …«, begann ich, verstummte aber gleich wieder, weil ich nicht wusste, was ich sagen sollte. Ich wünsche mir, dass das nächste Jahr besser wird als dieses hier? Dass David es endlich kapiert und mich in Ruhe lässt? Dass ich eine zweite Chance bei *Styler* bekomme? Dass Ryan meine Textnachrichten beantwortet und mir vergibt? »Ich wünsche mir …«

»Ich möchte meinen Wunsch ändern«, rief Tina mit einem Mal und breitete mit einer so schwungvollen Bewegung die Arme aus, als stünde sie auf einer Bühne im West End, wobei sie Paige beinahe umgehauen hätte. »Wir haben nur noch eine Minute, und ich möchte mir wünschen, dass Kris im nächsten Jahr glücklich ist. Ist ja ganz nett, wenn alle glücklich sind, aber ehrlich gesagt mag ich nur zwei Menschen auf dieser Welt, und die sitzen gerade beide neben mir.«

»Möchtest du denn nicht, dass ich auch ein glückliches Jahr habe?«, fragte Paige und spielte die Beleidigte.

»Das wirst du auf jeden Fall haben, du hast ja mich«, erklärte Tina und klimperte mit ihren Wimpern. »Aber jetzt mal ehrlich …« Sie wandte sich wieder zu mir um. »Ich möchte, dass du glücklich bist. So glücklich wie damals, als wir mit der Uni fertig waren und keinerlei Sorgen hatten.«

»Ich möchte meinen Wunsch auch ändern«, sagte Paige und lehnte sich dabei über Tina hinweg.

»Dann beeil dich, wir haben nur noch dreißig Sekunden.«

»Natürlich werde ich diese Beförderung bekommen, ich hab's einfach voll drauf«, begann sie, woraufhin Tina und ich über ihr irrsinnig großes Selbstbewusstsein kicherten. »Aber ich bin der gleichen Meinung wie Tina. Ich möchte, dass du glücklich bist und begreifst, wie sehr du geliebt wirst. Selbst wenn du dich total beknackt benimmst und einer algorithmischen App mehr vertraust als den klugen Ratschlägen deiner besten Freundinnen.«

Ich lachte, und eine kleine Träne kullerte mir aus dem Augenwinkel, die ich rasch wegwischte.

»Nein!«, rief Tina und umarmte mich so fest, dass ich keinen meiner Arme mehr bewegen konnte. »Nimm die Tränen an und die Liebe in dich auf.«

Paige folgte sogleich ihrem Beispiel und schlang ihre Arme von der anderen Seite so fest um mich, dass ich kaum noch Luft bekam.

»Spürst du es?«, flüsterte sie, und es klang fast wie eine Drohung. »Wir lieben dich.«

Ich hätte mich vermutlich vor Lachen geschüttelt, wenn mich die beiden nicht mit ihren alkohollastigen Liebesbekundungen beinahe bewegungsunfähig gemacht hätten, aber tief in meinem Herzen wusste ich, dass dies auch geschehen wäre, wenn sie nicht so viel getrunken hätten.

»Ich spüre es. Und ich liebe euch auch.«

»Ohh, Süße, das ist jetzt aber total unerwartet«, sagte Tina. Im selben Moment ging das Feuerwerk los, und wir stießen alle drei einen überraschten Schrei aus.

»Dabei wussten wir doch, dass es kommt«, sagte ich, die Hand auf mein Herz gepresst, während sich die beiden verrenkten, um sich über meinen Kopf hinweg einen zuckersüßen Neujahrskuss zu geben. Gefolgt von zwei dicken feuchten Schmatzern, die sie mir links und rechts auf die Wangen drückten. »Ihr seid wirklich schlimmer als Kinder«, sagte ich lachend. Aber mein scherzhafter Protest ging im Lärm des fortdauernden Feuerwerks und im begeisterten Aufkeuchen der Mädels unter, und wir blickten aneinandergeschmiegt von unserem Betonblock auf das Spektakel.

»Das ist grandios!«, schrie Paige, so laut sie konnte, über den Krach hinweg, und ich versuchte nicht einmal, sie davon abzuhalten. Wozu die Mühe? Es war ein neues Jahr und ein neuer Tag. Sollte sie doch ihren Spaß haben. Scheiß auf die Konsequenzen!

Ich begann auch zu jauchzen und zu schreien, und mit einem Mal heulte Tina wie ein Hund, und Paige kreischte *Auld Lang Syne.* Innerhalb weniger Sekunden standen wir alle drei da und hielten uns an den Händen, tanzten im Kreis und sangen die Zeilen mit, die wir kannten, und murmelten den Rest.

Es war ein perfekter Silvesterabend, und auch wenn mir bewusst war, dass es einige Dinge zu regeln gab, so wusste ich doch, dass, egal was auch immer kommen mochte – ob eine Saturn-Rückkehr oder die Rückkehr eines Ex –, ich es mithilfe meiner Mädels durchstehen würde und nicht etwa mithilfe meines Horoskops.

34

Leo: Sie sind imstande,
an den Nerv der Sache zu rühren.
Löwe wandert ins sechste Haus.

Der Januar gilt zu Unrecht als der deprimierendste Monat des Jahres. Das Wetter ist angeblich schrecklich, jeder ist pleite, und in den Geschäften gibt es nichts Gutes, nur die übrig gebliebenen Schnäppchen, die keiner haben wollte. Jeder hat den Vorsatz fürs neue Jahr, in diesem Monat keinen Alkohol zu trinken oder nur vegan zu essen. Und es kommt einem so vor, als hinge man nur noch zu Hause herum. Aber für mich war der Januar immer mein Lieblingsmonat im Jahr, weil er für Neuanfänge steht.

Auch wenn ich nicht viel von Silvester hielt – es war schließlich doch nur ein ganz gewöhnlicher Tag –, stellte ich oft fest, dass ich im Januar eine ganz neue Energie besaß. Nicht die Art von Energie, die mich für gerade mal zwei Wochen ins Fitnessstudio trieb oder dazu veranlasste, eine neue Modediät auszuprobieren, sondern die Art von Energie, durch die ich einen guten Pitch nach dem anderen raushaute und To-do-Listen mit Ideen für Geschenke schrieb, die für all meine Bekannten über das ganze Jahr verteilt bestimmt waren. Ich aß gesünder, weil mir einfach danach war, und verbrachte mehr Zeit draußen, weil ich die Möglichkeit dazu hatte.

In diesem Jahr war es nicht anders. Mit den guten Wünschen der Mädels im Gepäck stellte ich fest, dass ich die Kraft besaß, nicht nur meine Horoskop-App komplett von meinem Smartphone zu löschen und meine Beziehung mit David mithilfe einer schlichten Textnachricht zu beenden …

> David, es ist aus. Ich will keine Beziehung mehr mit dir. Ich wünsche dir viel Glück für die Zukunft, aber du brauchst mich nicht, und ich will dich nicht. Krystal.

… sondern mich auch noch einmal mit Cameron von *Styler* in Verbindung zu setzen und einen neuen Termin für mein Bewerbungsgespräch auszumachen.

Ich erklärte ihr – noch dazu in einem Telefonat! –, dass ich an dem Tag meines ursprünglichen Termins eine Panikattacke erlitten hatte, die auf eine Angstproblematik zurückzuführen war, mit der ich seit einer Trennung und dem Verlust meines Arbeitsplatzes zu kämpfen hatte. Keine Ahnung, ob Cameron auch wie ich aus dem »Neues Jahr, neues Glück«-Brunnen getrunken hatte oder ob sie lediglich ein verständnisvoller und netter Mensch war, auf jeden Fall wischte sie meine erbärmlichen Entschuldigungen mit einem »Kein Problem« vom Tisch und bot mir einen neuen Termin für das Gespräch in der nächsten Woche an. Es kostete mich all meine Kraft, dem Drang zu widerstehen, erst einmal in meinem Horoskop nachzusehen. Aber ich schaffte es und stimmte einfach zu.

Ich verspürte eine dermaßen große Erleichterung, auf meine Bitte hin noch einmal eine zweite Chance zu bekommen, dass ich mitten in dem Café, in dem ich mich zum Arbeiten niedergelassen hatte, in Freudentränen ausbrach. Die Kellnerin brachte mir auf Kosten des Hauses eine Tasse Tee und einen Teller mit Macarons an den Tisch, um mich aufzuheitern. Dieses Wunder ließ die Tränen aber erst recht fließen. Wie kam es nur, dass das Servicepersonal immer gleich mit einem Heißgetränk angerannt kam, wenn ich mich mal wieder in ein emotionales Wrack verwandelte?

Ziemlich bald nach Silvester wurde mir mithilfe von Paige und Tina klar, dass sich all das, was vor und nach meiner Trennung von David geschehen war und auf mir lastete, zu einer solchen Höhe aufgestapelt hatte, dass daraus eine Lawine gigantischen Ausmaßes geworden war.

Ich hatte mich in der Hoffnung an meine Horoskope geklammert, durch sie Glück und Zufriedenheit zu erlangen (was natürlich die Frage aufwarf, warum ich das nicht bereits besaß). Als mir dies klar wurde, wusste ich, dass es an der Zeit war, mir professionelle Hilfe zu suchen.

Kurz nach Weihnachten war der Bedarf an psychologischer Betreuung natürlich groß, und bei einem Telefonat mit meiner Hausärztin erfuhr ich, dass ein Platz für eine Einzelberatung erst in frühestens zwei Monaten verfügbar sei. Doch bevor sie auflegte, um sich dem nächsten Patienten zu widmen, der einen vereinbarten Termin hatte, riet sie mir noch, es einmal mit einer Gruppenberatung zu versuchen, die einmal in der Woche in einem Gemeindezentrum in Camden stattfand.

Diese Beratung wurde ehrenamtlich von Studierenden des London City College geleitet, die sich zu Therapeuten ausbilden ließen, und stand zwischen Weihnachten und dem Valentinstag allen zur Verfügung, die ihre Hilfe benötigten.

Anfangs dachte ich, dass es bei mir noch nicht so dringend sei und ich niemandem den Platz wegnehmen sollte, der ihn wirklich benötigte. Aber meine Hausärztin war der Ansicht, dass mein Bedürfnis, mich mit ihr über meine psychische Verfassung zu unterhalten, deutlich mache, dass ich einen solchen Platz durchaus verdient hätte.

Ermutigt durch Paige und Tina und sogar meine Mutter (die meine Abkehr von dem Vorhaben, die Sterne zu besänftigen, mit einem resignierten »Das war's dann also«-Seufzer akzeptiert hatte), entschied ich mich, an meiner ersten Gruppensitzung teilzunehmen.

Das Gemeindezentrum war in Wahrheit ein Hinterzimmer in einem Gemeindesaal nicht weit entfernt vom Camden Market. Als ich den Raum betrat, schlugen mir die vertrauten, tröstlichen Gerüche aus dem Astrologiekurs entgegen, den Aoife geleitet hatte. Es gab einen Stuhlkreis und eine Gruppe von Leuten, die sich um einen Heißwasserspender drängten, der inmitten von Teepackungen, Zucker und Süßstoff stand. Zwei Frauen – jünger als ich und vermutlich die Studentinnen, die die Gruppe leiteten – standen an einem Tisch, rückten Broschüren und Aufgabenblätter zurecht und murmelten einander dabei etwas Unverständliches zu.

Ich holte tief Luft und griff in die Tasche, wo ich neben meinem Smartphone das Tigerauge aufbewahrte. Auch wenn ich mich von der Astrologie abgewandt hatte, blieb es dennoch mein Begleiter. Vielleicht war es so etwas wie eine Krücke oder einfach ein Schmeichelstein, jedenfalls fand ich es beruhigend, den Stein zu berühren, wenn ich nervös war.

Ich nahm Kurs auf den Heißwasserspender, da ich eine Tasse Kaffee jetzt gut gebrauchen konnte, doch dann wurde mir in Anbetracht der großen Auswahl an Teebeuteln klar, dass lediglich Kräutertee und ein paar Tütchen mit entkoffeiniertem Kaffee zur Auswahl standen, und das vermutlich aus gutem Grund.

»Ich kann den Pukka-Tee empfehlen«, sagte eine junge Frau mit roten Haaren und Zahnspange zu mir. Sie war ein paar Jahre jünger als ich, trug eine Jeans-Latzhose, die mit Farbspritzern übersät war, und hatte einen weißen, eingeflochtenen Zopf im Haar, der Captain Jack Sparrow alle Ehre gemacht hätte, aber sie grinste freundlich und entblößte dabei die Schienen, die über ihre Zähne liefen.

»Diese Studenten spendieren immer gutes Zeug«, sagte sie und zwinkerte mir zu, bevor sie eine ruckartige Kopfbewegung in Richtung der beiden Frauen am Tisch machte. Ich lächelte, folgte ihrem Rat und riss ein Päckchen Tee auf, der angeblich eine schlaffördernde Wirkung haben sollte. »Bist du zum ersten Mal dabei?«

»Ja«, sagte ich, und meine Stimme klang ein wenig heiser vor lauter Furcht, dass ich es wagte, hier teilzunehmen, denn selbst jetzt kam ich mir immer noch wie eine Betrügerin vor, auch wenn mich niemand anstarrte oder fragte, wie ich darauf kam, hier nicht willkommen zu sein.

»Keine Angst«, sagte sie. »Es ist bloß ein Gespräch in größerer Runde. Ich komme schon ein paar Wochen her.«

»Tatsache?« Sie wirkte, als hätte sie alles im Griff, und sie passte mit ihrem Outfit und der wilden Frisur so wunderbar nach Camden.

»Ja. Die Weihnachtszeit ist eine einsame Zeit, und da ist es gut zu wissen, dass man irgendwo hinkann, um zu reden, ohne sich dabei wie eine Last für die Gesellschaft vorzukommen.«

»Ich verstehe, was du meinst«, antwortete ich, schlüpfte aus meiner Jacke und legte sie mir gerade über den Arm, als sich die Studentinnen am Tisch räusperten und alle baten, Platz zu nehmen.

»Ich bin übrigens Bernie«, sagte die Frau mit dem Zopf, nahm den Plastikbecher und ging auf einen der Stühle zu. Nachdem sie Platz genommen hatte, tätschelte sie den leeren Stuhl neben sich, um mir zu bedeuten, mich zu ihr zu setzen.

»Ich bin Krystal«, sagte ich zu ihr, stellte dankbar meinen Becher auf den Boden und hängte meine Jacke über die Lehne.

Nach diesem ersten Austausch war meine Nervosität verflogen. Es gab hier keine Regeln, außer zuzuhören und die Person, die gerade redete, nicht zu unterbrechen. Und es wurde auch niemand gezwungen, etwas zu sagen. Eigentlich war es größtenteils eine Unterhaltung, die begleitet wurde von freundlichem Lachen, angereichert mit ein paar Geschichten und Anekdoten über das Leben.

Natürlich ging es auch um einige schwierige Themen. Bernie nahm an der Runde teil, weil sie wegen ihrer gewalttätigen Eltern immer mit Weihnachten zu kämpfen hatte, auch wenn sich diese Gewalt nie gegen sie, sondern nur gegeneinander richtete.

Andere waren dort, weil sie einen Verlust erlitten hatten. Bei einem war es ein Haustier, das er seit Kindertagen gehabt hatte, bei anderen die Eltern oder auch ein enger Freund. Ein kürzlich geschiedener Mann hatte den Weihnachtstag zum ersten Mal ohne seine Kinder verbracht. Ein anderer nahm wegen arbeitsbedingtem Stress teil. Zwei Leute fühlten sich einsam, und andere litten aufgrund zu hoher Erwartungen ihrer Familien unter dem Gefühl, Versager zu sein.

Ich sagte wenig, warf nur hier und da eine humorvolle Bemerkung ein, um leichtere Töne anzuschlagen, was im späteren Verlauf von einer der angehenden Therapeutinnen aufgegriffen wurde. Sie richtete ihre Kommentare zwar nicht direkt an mich, und sie glichen auch keineswegs einer Zurechtweisung, aber was sie sagte, gab mir dennoch zu denken.

»Menschen bedienen sich häufig der Komik, um die Aufmerksamkeit von sich abzulenken. Es ist leichter und fühlt sich besser an, jemanden zum Lachen zu bringen, anstatt einzugestehen, dass man Probleme hat. Ebenso wie es leichter ist, ein simples ›Mir geht's gut‹ zu sagen, wenn jemand sich nach meinem Befinden erkundigt.«

Die zweite angehende Therapeutin knüpfte direkt daran an. »Ich habe durch meine Gespräche mit Leuten festgestellt, dass es sich oft um Ablenkungsmanöver von Menschen handelt, die wir in der Psychologie als *People-Pleaser* bezeichnen. Also Leute, die es allen recht machen wollen oder sehr einfühlsam sind. Hat hier jemand schon jemals das Bedürfnis verspürt, andere Menschen glücklich zu machen, weil es ein gutes Gefühl hinterlässt und man sich danach wohlfühlt? Vielleicht auf einer Party oder sogar bei der Arbeit?«

Im Kreis hoben sich einige Hände, und auch ich ertappte mich dabei, wie ich die Hand in die Luft streckte. Was die beiden da über Menschen sagten, die sich zu sehr in andere hineinversetzten, klang sehr nach dem, was sich aus meinem Geburtshoroskop über meine Persönlichkeit ergeben hatte.

Ich fürchte mich davor, dass die Leute mitbekommen könnten, wie sehr ich mich anstrenge. Ich möchte es allen recht machen. Ich sage den Leuten, was sie meiner Ansicht nach hören wollen, und es fällt mir oft schwer, Fehler zuzugeben.

»Als mich mein Freund im letzten Jahr betrogen hat«, hörte ich meine Stimme plötzlich berichten, »da war ich überzeugt davon, dass es meine Schuld war. Dass ich irgendwie nicht gut genug war, mir nicht genug Mühe gab. Dann verlor ich aus verschiedenen Gründen an einem einzigen Tag meinen Job und meine Wohnung und gab wiederum mir die Schuld an diesen Vorkommnissen. Ich begann, mich zu fragen, was mit mir nicht stimmte. Ich wandte mich der Astrologie zu und versuchte, Antworten mithilfe von Tarotkarten zu finden, um zu verstehen, warum ich so war und warum ich so viel Pech anzog.« Ich verstummte und biss mir auf die Lippen, befürchtete schon, dass die anderen in der Runde die Augen verdrehen und mich für albern halten würden, weil ich mich den Sternen zugewandt hatte, um mehr über mich selbst zu erfahren. Aber so war es nicht. Bernie lehnte sich ein wenig vor, um mich zu ermuntern, mit meiner Geschichte weiterzumachen.

Ich holte tief Luft und fuhr fort. »Bei dem Versuch, mein Leben auf eine ungewöhnliche Art und Weise zu ändern, habe ich letztlich Menschen weggestoßen. Damals habe ich geglaubt, dass ich einen neuen Weg gehen würde, und kam mir dabei sehr schlau vor. Doch in Wahrheit habe ich meine Familie, meine Freunde und auch jemanden, der, wie ich glaube, mehr als nur ein Freund gewesen ist, einfach ignoriert. Ich war egoistisch, aber nicht auf eine Weise, die sich für mich positiv ausgewirkt hat, denn es hatte nichts mit Selbstfürsorge zu tun. Ich nahm dieses Gefühl, dass der Fehler allein bei mir lag, und begann, meine *Recherchen*« – ich zeichnete zwei Häkchen in die Luft – »so zu interpretieren, dass alles weiterhin meine Schuld war und es in meiner Verantwortung lag, mich zu ändern. Ich habe etwa ein halbes Jahr gebraucht, bis ich erkannte, dass ich mich von allen entfremdete, und es ist mir erst jetzt, wo ich euch all das erzähle, klar geworden, wie einsam ich gewesen bin.« Ich räusperte mich. »Ich habe mir von niemandem helfen lassen – zumindest nicht wirklich. Und als ich dann doch um Hilfe gebeten habe, da kam ich mir wie ein Quälgeist vor und als hätte ich Hilfe gar nicht verdient. Als hätte ich mir das alles selbst eingebrockt, weil ich mich entweder ausnahmsweise einmal nicht an mein Horoskop gehalten hatte oder eben *weil* ich mich daran gehalten hatte. Was auch passierte, es war meine Schuld, und ich wusste einfach nicht, wie ich aus dieser Art zu denken ausbrechen sollte.«

Ich verstummte, war mir nicht sicher, ob ich mich überhaupt verständlich ausgedrückt hatte. Doch bei mir hatte es gerade klick gemacht, als ich die Wahrheit über das herausließ, was mich innerlich zu zerfressen drohte. Ich hatte Angst davor, glücklich zu sein, weil ich fürchtete, dieses Glück wieder zu verlieren, also gab ich mir die Schuld und redete mir ein, dass ich es überhaupt nicht verdient hatte, jemals wirklich glücklich zu sein.

Die Horoskope wurden zu meiner Krücke, trafen Entscheidungen für mich, wenn ich zu viel Angst hatte, diese selbst zu treffen, weil ich die Konsequenzen fürchtete. Inzwischen hatte ich endlich begriffen, dass diese Denkweise ungesund für mich war, etwas Zwanghaftes hatte, ich davon besessen gewesen war, wie Grandad es ganz deutlich gesagt hatte.

Glaubte ich wirklich daran, dass meine Saturn-Rückkehr kommen und alldem den Garaus machen würde? Dass ich endlich glücklich wäre? Weder Sterne noch Kristalle konnten einen Menschen zu seinem Glück zwingen.

»Ich fühle mich auch manchmal so«, sagte Bernie neben mir. »Wenn ich zum Beispiel meine Eltern bitte, mir bei etwas zu helfen, habe ich gleich das Gefühl, dass ich in ihrer Wertschätzung sinke, sie irgendwann ganz verliere. Ich ihnen beweisen muss, dass ich die Mühe wert bin. Liebenswert bin.«

»Geht mir auch so«, meinte der kürzlich geschiedene Mann. »Besonders mit meinen Kindern.«

»Mir auch«, warf eine der Frauen ein, die zuvor erklärt hatte, sich niemals einsamer zu fühlen als in einem Raum voller Menschen.

»Ich bin wohl ein extremer *People-Pleaser*«, sagte ich an die beiden angehenden Therapeutinnen gewandt, die mit einem milden Lächeln in die Runde blickten.

»Der erste Schritt, um diesem Kreislauf der Selbstvorwürfe zu entkommen, besteht darin, sich ein Ziel zu setzen, das machbar ist, und sich vorher aufzuschreiben, wovor man sich am meisten fürchtet«, erklärte eine der Studentinnen. Die andere nahm einige Blätter und ein paar Bleistifte vom Tisch und begann, sie zu verteilen.

»Wir empfehlen jedem von euch, auf diesen Arbeitsblättern etwas zu notieren, vor dem ihr Angst habt, es zu tun. Beispielsweise etwas zu organisieren, um das sich bisher deine Frau gekümmert hat ...«, sagte sie zu dem geschiedenen Mann. »Oder ein Anruf bei deiner Mutter, um dich mit ihr zu unterhalten«, sagte sie zu Bernie. »Und dann schaut einmal, was passiert. Begebt euch in eure Unbehaglichkeitszone, und anstatt euch auszumalen, was passieren könnte, und dann die Situation zu meiden, schaut euch einmal an, was tatsächlich passiert, wenn ihr etwas unternehmt, was ihr normalerweise vermeidet. Ihr durchbrecht damit vielleicht einen Kreislauf in eurem Kopf, der euch gar nicht bewusst gewesen ist und durch den ihr euch quasi darauf programmiert, an Dinge zu glauben, die einfach nicht wahr sind. Diese Technik kann man bei allem anwenden, ob ihr euch nun in einen anderen Wagen der U-Bahn setzt oder eure Gasrechnung in einer anderen Zweigstelle bezahlt.«

»Und sollte tatsächlich etwas schiefgehen, notiert es euch und schlüsselt es anschließend auf«, sagte die andere Studentin und blickte dabei mich an. »Schaut genau hin, wo das Problem liegt, denn ich vermute, dass es mit großer Wahrscheinlichkeit nichts mit dem zu tun hat, wovor ihr euch ursprünglich gefürchtet habt.«

Sie reichte mir ein Blatt und legte mir kurz die Hand auf die Schulter, als sie weiterging.

Das Arbeitsblatt war simpel und die Maßnahme ebenso, aber ich spürte die Bedeutung ihrer Auswirkung, als hätte ich eine 1+ in einer Schulprüfung erhalten. Dies war etwas, von dem ich auf lange Sicht profitieren würde. Es war weder spekulativ, noch ließ es Raum für Interpretationen. Dies hier war eine vernünftige, seriöse Vorgehensweise, die ich ausprobieren konnte, damit ich mich besser fühlte. Ohne dabei dieses Mal besessen davon zu sein, mich besser zu fühlen.

35

Löwe: Wer sich selbst treu bleibt, vermag jedes Hindernis zu überwinden.
Der Mond steht in Opposition zu Merkur.

»Na, wie ist es gelaufen?«, fragte mich Paige über FaceTime. Tina hatte sich ebenfalls eingewählt und dafür auf der Lehrertoilette eingeschlossen, weshalb sie in ihre Kopfhörer flüsterte, damit uns niemand hören konnte.

»Ich hab den Job!«, teilte ich ihnen mit, während ich wie auf Wolken die Straße vor dem Bürogebäude hinunterspazierte, wo sich die Redaktionsräume von *Styler* befanden. Die beiden kreischten ins Telefon (in Tinas Fall glich es allerdings eher einem verhaltenen Quieken).

»Das ist toll!«, flüsterte sie. »Gut gemacht!«

»Ich bin froh, dass es prima gelaufen ist«, sagte Paige und strahlte mich an.

»Cameron war wirklich total nett, als es um mein Nichterscheinen beim letzten Vorstellungsgespräch ging«, erklärte ich ihnen und stellte mir in Gedanken schon vor, wie ich mein LinkedIn-Profil ändern würde in: *Kolumnistin bei Styler.* »Und sie war vollkommen einverstanden mit der Richtung, die ich für die Kolumne vorgeschlagen habe.«

»Also keine Astrologie mehr?«, erkundigte sich Paige und zog dabei das Wort Astrologie ein bisschen mehr in die Länge als nötig.

»Ja und nein. Die Kolumne wird alle möglichen Themen abdecken. Von der zunehmenden Popularität der Astrologie im einundzwanzigsten Jahrhundert bis zu der Tatsache, dass die Schauspieler aus *Harry Potter* inzwischen alt genug sind, um eigene Kinder zu haben. Und auch was man tun sollte, wenn man auf dem Weg zu einem Bewerbungsgespräch eine Panikattacke erleidet. Letzteres wird Thema meines ersten Artikels sein.«

»Freut mich für dich!«, sagte Tina und klopfte mit zwei Fingern ganz leise Beifall, weil sie sich in ihrem Versteck mehr nicht traute.

»Ich hoffe, es wird zumindest etwas Befreiendes haben.«

»Und ist das Gespräch so verlaufen, wie du es erwartet hast?«

Nach meiner ersten Gruppentherapiesitzung hatte ich mich mit den Mädels zur Cocktailstunde in Shoreditch getroffen, wo wir schließlich in einem Katzencafé gelandet waren. Tina hatte ursprünglich die Idee dazu gehabt, aber Paige war so entzückt gewesen von den Katzenkindern, dass die beiden nun zusammen auf der Suche nach einer Wohnung waren, in der sie mit gutem Gewissen eins halten konnten. Ich würde also Katzentante werden! Die zwei waren über jeden Schritt meiner Therapie informiert, und wir hatten meine Unternehmungen gemeinsam geplant. Es gab für mich drei Situationen zu bewältigen, bei denen mir unwohl war und ich mit einer negativen Erwartung zu kämpfen hatte.

Den Anfang machte mein Bewerbungsgespräch bei *Styler*. Mir graute davor, dass mich Cameron nicht mehr einstellen würde, wenn ich ihr meinen Wunsch schilderte, über mehr als nur Astrologie zu schreiben. Doch das hatte sich als falsch herausgestellt.

Sie wollte zwar, dass gelegentlich einige Elemente der Astrologie in die Kolumne einflossen, aber das, was ihr in meinem Blog am besten gefallen hatte, war die Art, wie ich darüber schrieb, mein Leben zu verändern, neue Dinge auszuprobieren, und neuen Regeln folgte. In einem Brainstorming hatten wir Ideen zu verschiedenen Themen für Dreißig-Tage-Challenges entwickelt, die ich nacheinander annehmen würde. Auslöser dafür waren die Erzählungen über meinen Grandad gewesen und seine Angewohnheit, sich zu jeder Jahreszeit ein neues Hobby zu suchen. Die Auswahl war endlos: Dreißig Tage lang das neue gastronomische Angebot in der Stadt ausprobieren – und alles auf Kosten von *Styler!* –, dreißig Tage lang Tagebuch führen und dreißig Tage lang mein Leben aufrichtig und ungeschönt auf Instagram teilen – um nur einige Ideen zu nennen. Nach dem offiziellen Teil des Gesprächs erklärte mir Cameron, dass sie diese Kolumne nicht nur als einen kurzzeitigen Auftrag für mich betrachten würde.

Ich war total begeistert und überglücklich, als ich aus dem Gebäude kam. Die aufkommende Angst (dass die Zeitschrift plötzlich in Konkurs gehen oder Cameron bei einem Unfall mit Fahrerflucht sterben könnte, bevor sie meinen Vertrag aufgesetzt hatte) ließ sich dadurch zum Schweigen bringen, dass ich in der Lage war, meine anfängliche Befürchtung, dass sie womöglich nicht mehr mit mir arbeiten wollte, zu streichen. Und wenn sich diese Befürchtung nicht bewahrheitete, warum sollten es dann die anderen tun?

»Ich sprühe nur so vor Ideen. Ich kann es kaum erwarten, alle aufzuschreiben.«

»Dann tu das doch!«, ermutigte mich Paige. »Such dir ein Café, gönn dir ein Riesenstück Torte und tob dich aus.«

»Geht nicht. Ich treffe mich gleich mit Clare.«

»Deiner Vermieterin?«, fragte Tina und checkte zaghaft die Türklinke der Schultoilette, in der sie hockte. Also wirklich, für all das, was meine Freundinnen für mich auf sich nahmen, hätten sie wirklich verdient, von der Königin persönlich einen Adelstitel verliehen zu bekommen.

»Ja, jetzt, wo ich es mir endlich offiziell leisten kann, Miete zu zahlen, schließen wir heute den Vertrag für die Wohnung ab.«

Paige führte einen kleinen Freudentanz für mich auf, bei dem zwischendurch kurz ihre Assistentin ins Bild trat, die aber umgehend wieder verschwand, als sie sie tanzen sah. »Ich freue mich so für dich!«

»Jetzt beruhigt euch mal wieder, liebe Pointer Sisters. Ich bin noch nicht über den Berg.«

Ich musste nicht nur meine Ängste in Bezug auf den Job bei *Styler* vollends überwinden, sondern auch Ryan gegenübertreten – obwohl ich keine Ahnung hatte, wie ich es anstellten sollte, ihn dazu zu bringen, mit mir zu reden. Und anschließend musste ich auch noch mit meiner Saturn-Rück kehr im Februar klarkommen, obwohl ich gar nicht mehr meinem Horoskop folgte. All die harte Arbeit war umsonst gewesen, und ich fürchtete mich vor den Konsequenzen, die ich möglicherweise tragen musste, egal wie sehr ich auch versuchte, mir dabei Paiges Zynismus zu eigen zu machen. Nachdem ich fast ein halbes Jahr lang quasi davon besessen gewesen war, fiel es mir schwer, all das, was ich zu wissen glaubte, aufzugeben und so zu tun, als sei alles schön und gut.

»Es wird nichts Schlimmes passieren. Versprochen«, versicherte Paige mir und lehnte sich vor, um mit einem breiten Grinsen in die Kamera zu schauen.

»Und falls doch – was aber natürlich nicht der Fall sein wird –, werden wir dich niemals im Stich lassen«, schickte Tina ein wenig unbeholfen hinterher.

»Wir sind dein Rick-Astley-Duo«, sagte Paige und hielt für einen Moment inne, damit sie und Tina gemeinsam *Never Gonna Give You Up* anstimmen konnten. Gott sei Dank gab es Kopfhörer und die Stummtaste!

»Unglaublich, was du aus dieser Wohnung gemacht hast!« Clare stand in der Mitte des Wohnzimmers und drehte sich auf der Stelle. Sie hatte bereits die Küche inspiziert, die randvoll gefüllt war mit kupferfarbenen und roségoldenen Utensilien, die ich auf dem Camden Market und in Secondhandläden gekauft hatte. Sie hatte gelacht, als sie das avocadogrüne Badezimmer sah, das nun auf der einen Seite eine etwas verrückte Tapete in Flamingorosa zierte und auf der anderen ein flackernder Neonschriftzug mit den Worten *Zieh dich aus.*

Der Garten musste noch in Ordnung gebracht werden, aber ich hielt es für sinnvoll abzuwarten, bis der Boden nicht mehr gefroren war.

Mein Schlafzimmer war ziemlich dezent mit seinen salbeigrünen Wänden, dem weißen Bettzeug und Keith, dem

Bonsai, auf der Anrichte aus dritter Hand, die Ryan für mich hergerichtet hatte. Überall waren Dekokissen verstreut, denn ich hatte meine wahre Lektion aus der Trennung von David gelernt: Du kannst einfach nie genug Dekokissen zur Hand haben, denn du weißt nie, wann du sie einem untreuen Freund an den Kopf werfen willst.

»Ich bin überwältigt«, sagte Clare, die sich immer noch drehte. Ich hatte Angst, dass ihr dabei schwindelig werden könnte, und steuerte mit zwei Teetassen, die sogar zueinanderpassten, aus Richtung Küche auf sie zu.

»Tut mir leid, dass es noch kein Sofa gibt. Das ist das Einzige, was ich noch besorgen muss.«

Ich zog meinen Bürostuhl mit dem Fuß unter dem Schreibtisch für sie hervor und ließ mich auf den Bodenkissen nieder. Dabei kam ich mir ein bisschen wie ein Schulmädchen vor, das zur Vorlesezeit zu Füßen der Lehrerin hockt, aber Clare schien es nichts auszumachen

»Ich erkenne die Bude nicht wieder. Ich hatte keine Ahnung, dass hier drinnen so viel Platz ist. Und es ist alles so sauber.« Kaum hatte sie sich hingesetzt, sprang sie auch schon wieder auf und ging zum Kaminsims hinüber, um meinen Krimskrams darauf zu bewundern. Insbesondere meine Kristalle, die ich erst noch loswerden musste. Ich hatte zu viel hineingesteckt, um sie schnöde wegzuwerfen, und sie waren zu hübsch, um sie zu spenden. Mir war schon klar, dass ich irgendwann eine Entscheidung treffen musste, aber für den Moment betrachtete ich sie einfach als einen netten Raumschmuck.

»Die letzten Sachen deiner Großmutter sind in dem Karton in der Diele. Ich habe das Teeservice in einige der

Geschirrtücher gewickelt, von denen du sagtest, dass deine Mutter sie haben wollte. Und genauso habe ich es vorsichtshalber auch mit ihrem alten Schmuckkasten gemacht. Ich wollte nicht, dass irgendetwas beschädigt wird.«

»Du bist ein Schatz«, sagte sie und richtete ihre Aufmerksamkeit wieder auf mich. »Und du kannst offenbar Wunder vollbringen. Ich bin wirklich beeindruckt.« Sie strahlte vor Freude, nahm wieder Platz und stieß einen Seufzer aus. »Es kommt mir so vor, als sollte ich dir etwas bezahlen und nicht etwa einen Vertrag aushandeln, bei dem es umgekehrt ist.«

Ich gab einen spöttischen Laut von mir. »O nein, das geht schon in Ordnung. Es wird Zeit, dass ich nicht mehr auf die Wohltätigkeit anderer angewiesen bin und für mich selbst aufkomme.«

»Aber ich senke die Miete um fünfzig Pfund«, sagte sie, und als ich protestieren wollte, hob sie eine Hand in die Höhe. »Betrachte es als eine Rückzahlung für all deine harte Arbeit. Mir ist durchaus bewusst, dass der Makler eine weitere Null an den Preis hängen würde, wenn er die Wohnung jetzt in diesem Zustand sähe.« Mein Magen zog sich zusammen. »Nicht dass ich die Absicht hätte, sie zu verkaufen, solange du hier noch wohnen willst«, versicherte sie mir rasch. »Ich halte mein Wort.«

»Ich vertraue dir«, erwiderte ich. »Und ich bin dir wirklich dankbar.«

»Das alles so herzurichten, muss eine Menge gekostet haben. Hast du einen Maler und einen Dekorateur beauftragt?«

Ich blickte auf meine Füße hinab und spürte, wie mir das Blut ins Gesicht schoss, als ich meine Tasse an den Mund hob.

»Nein«, antwortete ich, nachdem ich einen Schluck genommen hatte. »Ryan hat mir geholfen. Er hat die meisten Malerarbeiten erledigt und das eine oder andere in Ordnung gebracht. Außerdem ist er auch bei dem ganzen elektrischen Kram ziemlich begabt.«

»Ryan hat das alles gemacht?«, fragte sie. Ihre Augenbrauen wanderten in die Höhe, und ein wissendes Lächeln erschien auf ihrem Gesicht.

»Ja. Man sollte ihn heiligsprechen.«

»Oh, er ist wirklich ein Goldjunge.«

»Fairerweise müsste ich ihm die fünfzig Pfund geben, die ich dann im Monat spare. Auch wenn es nicht annähernd seinen Arbeitsaufwand decken würde«, sagte ich und lachte in mich hinein. »Ich glaube, er hat genauso viel Zeit in dieser Wohnung verbracht wie ich.«

Es hatte sich wirklich angefühlt, als gehöre er praktisch schon zum Mobiliar, so oft wie er nach einem langen Arbeitstag auf ein Schwätzchen und eine Tasse Tee vorbeigeschaut hatte. Für gewöhnlich dicht gefolgt von Take-away und irgendwas auf Netflix, das wir uns auf meinem Laptop ansahen. Auch wenn wir nicht viel davon mitbekamen, weil wir damit beschäftigt gewesen waren, uns zu unterhalten, zu arbeiten oder uns gnadenlos gegenseitig aufzuziehen.

»Schade, dass er heute nicht dabei ist«, bemerkte Clare, der die Begeisterung darüber, sich vermeintlich erfolgreich in Sachen Partnervermittlung bewährt zu haben, anzusehen war. »Ich hätte ihn gern wiedergesehen.«

»Er kommt schon eine Weile nicht mehr her.« Ich nahm erneut einen Schluck von meinem Tee, als ich sah, wie ihr Lächeln erstarb. »Wir haben uns ein bisschen verkracht.«

»O nein. Tut mir leid, das zu hören. Aber es gibt doch nichts, was sich bei einer Tasse Tee nicht wieder in Ordnung bringen ließe. Danke übrigens für den hier.« Sie hob die Tasse in die Höhe und kippte den noch heißen Tee in sich hinein, ohne eine Miene zu verziehen.

»Das hoffe ich auch«, sagte ich leise. »Weißt du, wie es Aoife geht?« Da ich keinen Kontakt mehr zu Ryan hatte und mein Astrologiekurs beendet war, vermochte ich nicht mehr in Erfahrung zu bringen, wie es um Aoife und ihre Gesundheit bestellt war.

Clare lächelte zwar freundlich, aber es lag eine gewisse Traurigkeit in ihrem Blick. »Wir sprechen uns nicht so oft, aber sie kommt irgendwie über die Runden. Jeder Tag ist eine Herausforderung für sie. Es ist wirklich ein Jammer, denn unsere Aoife war immer so ein Energiebündel, hat dauernd für irgendeinen Halbmarathon oder andere seltsame Sportveranstaltungen trainiert. Zu meiner Schande muss ich gestehen, dass mein einziges Training bisher darin bestanden hat, nach dem Öffnen nicht immer direkt die ganze Kekspackung zu vertilgen.« Sie rang sich ein schiefes Grinsen ab, und ich lächelte zustimmend, denn das schien mir schon eine beachtliche Leistung zu sein.

»Ryan kümmert sich gut um sie«, tröstete ich Clare. »Und Aoife vergöttert ihn. Es ist wirklich toll, wie die beiden miteinander umgehen.«

»Das finde ich auch. Dabei hat sie immer behauptet, dass sie eine schlechte Mutter geworden wäre, aber für diesen Jungen ist sie so etwas wie eine Ersatzmutter geworden, und eine gute noch dazu. Die beiden sind einfach goldig.« Clare schluckte den Rest ihres Tees hinunter und schlug sich klatschend aufs Bein. »Okay, meine Liebe, ich muss jetzt zu meinem Termin mit den Rechtsanwälten, damit wir diesen Vertrag aufsetzen können. Du darfst das hier getrost als erste und letzte Besichtigung meinerseits betrachten. Ich vertraue dir voll und ganz.«

Sie stand auf und öffnete die Arme für mich, während ich mich von meinem Bodenkissen aufrappelte. Ich sollte wirklich langsam diesen Sofakauf in Angriff nehmen. »Falls du irgendetwas benötigst oder etwas mit der Wohnung ist, dann lass es mich wissen. Ich werde mich darum kümmern.«

»Vielen Dank, Clare«, sagte ich, während ich auf sie zutrat und sich ihre Arme fest um mich schlossen.

»Und mach dir keine Sorgen um Ryan«, sagte sie, während sie mich in ihrer Umklammerung hielt, aus der es kein Entkommen gab. »Was auch immer da zwischen euch schiefgelaufen ist, ihr werdet das schon wieder in Ordnung bringen. Da bin ich mir sicher. Er mag stur sein, aber in Wahrheit ist er ein Teddybär.«

»Ein Teddybär.« Ich lachte, denn ich hatte noch nie gehört, dass jemand Ryan als etwas so Albernes und Flauschiges wie einen Teddy bezeichnet hätte. »Ich muss ihm unbedingt erzählen, dass du das gesagt hast.«

»Das solltest du auf jeden Fall tun!« Sie lockerte ihren Griff, nachdem sie es geschafft hatte, ihren vorwitzigen, wenn auch gut gemeinten Kommentar abzugeben. »Er ist ein Softie und wird sich im Leben nicht bei mir beschweren. Sollte er es wagen, dann weiß er, womit er zu rechnen hat.«

Es fiel mir nicht schwer, mir das vorzustellen. Sie würde ihn vermutlich kurz mit einem warnenden Blick durchbohren und ihn dann mit tausend Umarmungen killen. Wenn

Ryan im Innersten ein Teddybär war, dann bestand Clare ganz aus Flausch und Zuckerwatte.

»Ich danke dir, Clare.«

»Als wir uns damals in der U-Bahn begegnet sind, wusste ich gleich, dass du etwas Besonderes an dir hast. Ich erzähle den Leuten bei der Arbeit immer, dass uns das Schicksal zusammengeführt hat, auch wenn ich bis zu dem Zeitpunkt nie an so etwas geglaubt habe.«

Ich lächelte wissend und nahm ihr die Tasse ab.

Du solltest dir ein Beispiel an ihr nehmen, sagte meine innere Mary-Berry-Stimme, als ich Clare zur Tür brachte und zusah, wie sie die Gasse entlangging und um die Ecke verschwand.

36

*Löwe: Ein luftiges Gefühl verleiht Ihrem Tag Schwung.
Kurz vor Mitternacht wird der Mond
im Trigon zu Mars stehen.*

6. Februar 2022

Der gefürchtete Tag meiner Saturn-Rückkehr war trotz all der Höhen und Tiefen im letzten halben Jahr dann doch mit einer bemerkenswerten Geschwindigkeit gekommen.

Da es zu meiner Verhaltenstherapie gehörte, den Tag in Angriff zu nehmen und mich erst später mit den Folgen zu beschäftigen (anstatt zu Hause in meinem verwahrlosten Garten zu hocken, zu den Sternen hinaufzustarren und in Selbstmitleid zu versinken), fand ich mich umgeben von vollgepackten Pappkartons in Paiges und Tinas Wohnung wieder. Sie bereiteten sich auf das Abenteuer »Umzug in eine neue gemeinsame Wohnung« vor.

»Als ihr davon gesprochen habt, euch nach einer neuen Wohnung umzusehen, war mir nicht klar gewesen, dass ihr quasi schon eine gefunden hattet«, sagte ich, während ich Paige dabei half, Unmengen von T-Shirts und Blusen zu falten und in einen Umzugskarton zu verfrachten. Tina saß in einer ihrer zahlreichen Pausen an der Frühstückstheke und futterte Erdnussbutter direkt aus dem Glas, was nicht gerade hilfreich war.

»Du weißt doch, wie das ist, wenn Paige einmal etwas in die Hand nimmt«, stellte Tina klar. »Hast du wirklich gedacht, dass die Suche mit ihr am Ruder ein Jahr dauern würde?«

»Na ja, also mein Team war schon mit im Boot, um mal im Bild zu bleiben«, wandte Paige mit einem überaus zufriedenen Gesichtsausdruck ein. Ihre Beförderung war durch, so wie wir es alle erwartet hatten. Und ganz offenbar hatte ihre erste Maßnahme nicht etwa darin bestanden, sich und dem neuen Team bei Kaffee und Donuts die Gelegenheit zu geben, einander kennenzulernen, sondern die Leute darauf anzusetzen, ihr eine geräumige Zweizimmerwohnung in Greenwich zu suchen, in der es erlaubt war, Tiere zu halten.

Paige bezahlte den Großteil der Miete, aber was Tina nicht in finanzieller Hinsicht beisteuerte, glich sie mit der Menge an Kram, den sie mitbrachte, wieder aus.

»Wie hat all das nur in dein winziges WG-Zimmer reingepasst?«, fragte ich sie angesichts der Kartonberge, die Clares Großmutter im direkten Messie-Vergleich wie eine blutige Anfängerin aussehen ließen.

Paige mit ihrer T-Shirt-Sammlung von K-Pop-Bands aus den Neunzigern und ihren Tragetaschen voller Chanel-Produkte war eine Minimalistin im Vergleich zu Tina mit ihren Koffern voller flauschiger, applikationsreicher Pullover, ihrer *Funko Pop!*-Sammlung und den zahllosen Maniküresets für die Handtasche. Ganz offensichtlich hatte sie in ihrem ganzen Leben noch niemals etwas weggeworfen oder gespendet. Sie zuckte nur lässig mit den Schultern.

»Du glaubst ja nicht, was man alles in einem 2 Meter 70 mal 3 Meter 50 großen Zimmer unterbringen kann, wenn man jeden Zentimeter Wandfläche zur Aufbewahrung nutzt. Das ist nämlich genau der Punkt, den Mieter immer falsch machen – sie nutzen lediglich die Bodenfläche. Diese Amateure.« Paige und ich tauschten amüsierte Blicke, während wir die letzten Sachen in den Karton legten. »Egal. Sag mir lieber, wie es dir geht. Hat Saturn schon den Zielpunkt erreicht?«, erkundigte sich Tina, während ich Paige Klebeband und Schere für das Paket reichte. Ich zuckte mit den Schultern.

»Noch nicht«, antwortete ich. »Das wird erst so gegen vier Uhr heute Nachmittag der Fall sein. Ich habe nachgesehen.«

»Dann bleiben dir ja noch ein paar Stunden«, munterte Paige mich auf. Ich lächelte sie an, und sie nickte. Wir hatten eine stillschweigende Übereinkunft, uns nicht mehr über Astrologie zu unterhalten, als sei es ein wirklich wichtiges Thema, allerdings schien dieses diskrete Memo bei Tina nicht angekommen zu sein, oder es juckte sie einfach nicht.

»Das ist ja so aufregend!«, strahlte sie und drehte sich mit ihrer Erdnussbutter auf dem Barhocker. »Bald fängt dein nächster Lebensabschnitt an.«

»Genau wie deiner und Paiges«, erwiderte ich. »Ihr zwei zieht zusammen.«

»Und wir kaufen ein neues Sofa«, murmelte Paige mit einem leisen Stöhnen. »Meins genügt den Anforderungen ganz offenbar nicht.«

»Das Ding ist verdammt hart«, sagte Tina.

»Aber nur, wenn man darauf schläft«, zog ich sie auf. Im Moment verschwand »das Ding« unter all ihren Kartons, und es war kaum noch etwas davon zu sehen.

»Ich weiß«, sagte Tina.

»Wann schläfst du denn darauf?«, fragte ich.

»Wenn ich in Ungnade gefallen bin«, witzelte Tina.

»Tina!«, rief Paige mit strenger Stimme. »Natürlich nur, wenn sie ein Nickerchen macht!«, sagte sie zu mir, bevor sie den Blick wieder auf ihre Wunschpartnerin richtete. »Bei dir klingt es, als wäre ich eine tyrannische Patriarchin.«

»Aber nein, das bist du nicht. Eher eine tyrannische Matriarchin. Mein Vater musste immer auf dem Sofa schlafen, wenn meine Mutter sauer auf ihn war. Obwohl ich glaube, dass es eher an seinem Schnarchen gelegen hat«, lachte Tina und gab ein Grunzen von sich.

»Na ja, der Apfel fällt nicht weit vom Stamm«, murmelte Paige.

»Ich schnarche doch nicht«, sagte Tina lachend. Aber als weder Paige noch ich irgendetwas darauf antworteten, wurde sie rot. »Oder?«

»Was glaubst du, warum wir umziehen?«, zog Paige sie auf. »Die Nachbarn haben sich beschwert.«

Wir begannen alle zu lachen und hätten wegen Tinas lautem »*Tue ich nicht!*«-Gebrüll beinahe das Klopfen an der Tür überhört.

»Hast du uns was zu essen bestellt?«, fragte ich Paige, da sie für gewöhnlich von uns dreien immer am besten organisiert war und möglicherweise für unsere Packorgie vorgesorgt hatte, damit wir bei Kräften blieben. Doch sie schüttelte den Kopf und vermied es, mich anzusehen, als sie zur Tür ging, um zu öffnen.

»Komm rein«, begrüßte sie jemanden, und ich lehnte mich über den Tisch, um zu sehen, wer dieser mysteriöse

Gast war, der im Moment hinter Tinas ganzem verpackten Kram versteckt war.

»Ist für dich«, sagte Paige ein wenig verlegen, als sie zurückkam und Ryan hinter ihr auftauchte.

Anfangs sah er zu Boden und blieb stumm. Als er dann schließlich aufschaute, verfingen sich unsere Blicke. Es war das erste Mal seit Wochen, dass ich ihn wiedersah.

»Ryan«, stieß ich hervor und atmete aus. Ich hatte gar nicht bemerkt, dass ich bei seinem Auftauchen die Luft angehalten hatte.

»Leo«, sagte er, und seine Mundwinkel zuckten, deuteten ein kleines Lächeln an.

»Tina«, rief Paige, klatschte in die Hände und schaukelte auf ihren Fersen vor und zurück. »Ich glaube, wir sollten zum Restaurant gehen und unsere Bestellung persönlich abgeben.«

»Wieso?«, fragte Tina und steckte ihren benutzten Löffel in das Erdnussbutterglas, als ob nichts Ungewöhnliches um sie herum vorginge, obwohl die Luft vor Anspannung knisterte. »Die kennen unsere Bestellung doch inzwischen auswendig.«

»Ich möchte dieses Mal auf meiner Seite der Pizza ein paar Veränderungen vornehmen.«

»Warum bestellst du dir nicht ausnahmsweise mal eine eigene Pizza?«, fragte Tina und maulte wie ein Teenager, der zum Supermarkt mitgeschleppt wird, während sie unter einem der Kartons nach ihrer Jacke fahndete. »Wahre Liebe heißt verstehen, dass man nicht teilen will«, jammerte sie.

»Ich wünschte, das hättest du mir gesagt, bevor ich den Mietvertrag für die neue Wohnung unterschrieben habe«, murmelte Paige leise, während sie Tina anfunkelte, um ihren Blick dann entschuldigend auf mich zu richten. Währenddessen stand Ryan einfach da und versuchte, sich ein Lächeln über diesen leicht absurden Dialog zu verkneifen. »Jetzt komm einfach.«

»Das ist eine wertvolle Lektion in Sachen Liebe«, seufzte Tina. »Ihr solltet euch Notizen machen.« Sie zeigte im Vorbeigehen erst auf mich und dann auf Ryan und zwinkerte mir zu, als Paige sie mit sanfter Gewalt aus der Wohnung hinausbugsierte.

»Wir klopfen, wenn wir zurück sind«, kündigte Paige mit gedämpfter Stimme an, bevor sie die Tür hinter sich schloss. Augenblicklich hörten wir, wie die beiden sich auf dem Weg die Stufen hinunter anpampten.

»Das war doch subtil! Ich weiß gar nicht, was du hast!«, hörten wir Tina sagen, bevor die beiden in den Aufzug stiegen und ihre Stimmen allmählich verschwanden.

»Das war ja eine oscarreife Vorstellung.« Ich schloss die Augen und schüttelte den Kopf.

»Eigentlich hätte ich gedacht, dass Paige das Ganze geschmeidiger über die Bühne bringen würde.«

»Das liegt an Tinas Einfluss«, erwiderte ich und öffnete meine Augen wieder, um ihn anzusehen. Er lächelte mich nun offen an. »Paige ist total in sie verknallt und, seit die beiden zusammen sind, sehr albern und emotional. Sie ist nicht mehr die Olivia Colman aus *Broadchurch*, sondern eher die Olivia Colman aus *Hot Fuzz*.«

»Hab ich nie gesehen«, erwiderte Ryan und verschränkte die Arme.

»*Broadchurch* oder *Hot Fuzz*?«

»Beides nicht. Ich hab's nicht so mit Fernsehen, wie du weißt.«

»Wir zwei haben uns aber schon einiges zusammen angesehen«, wandte ich ein und begab mich unter dem Vorwand, mir nach der Packerei die Hände waschen zu wollen, auf die andere Seite der Frühstückstheke. Ich hatte immer noch Reste von Klebeband an den Fingern und zupfte mit einem Mal verlegen daran herum, während Ryan einfach so dastand.

Nach all den Wochen, in denen ich auf einen Anruf oder eine Textnachricht von ihm gewartet hatte, war er plötzlich hier, und jetzt wusste ich nicht, was ich sagen sollte.

»Wie ist die Ausstellung gelaufen?«, fragte ich und senkte dabei ein wenig den Kopf, weil sich mein schlechtes Gewissen gleich wieder mit aller Macht meldete.

»Ziemlich gut«, antwortete er schulterzuckend und wurde ein wenig lockerer, als er auf die Frühstückstheke zukam und dabei vorsichtig um einige Kartons herumkurvte. »Habe ein paar Sachen verkauft und einige gute Kritiken bekommen. Und sogar einen Auftrag von einer Galerie in Euston. Ist zwar nicht Mayfair, aber es war ja auch meine erste Ausstellung.«

Um ein Haar hätte ich aufgeblickt und ihn mit dem stolzen Lächeln angestrahlt, das sich auf meinem Gesicht ausbreitete, doch etwas in mir widersetzte sich. Ich war so glücklich über seinen Erfolg, schämte mich aber gleichzeitig so unglaublich für mein Verhalten, dass ich Angst hatte, ihm in die Augen zu sehen, ganz zu schweigen davon, ihm zu sagen, wie sehr ich mich für ihn freute.

Er räusperte sich. »Paige hatte mich wissen lassen, dass sie umzieht.«

»Sie hat sich bei dir gemeldet?«, erkundigte ich mich, blickte angesichts dieser überraschenden Information einmal kurz zu ihm hinüber und drehte dann den Hahn zu, unter dem ich mir die Hände wusch.

»Ja. Auf Facebook.«

»Hat sie mir nicht erzählt.«

»Das liegt vermutlich daran, dass ich ihr erst nach einer ganzen Weile geantwortet habe.«

»Oh ... aha«, erwiderte ich und schauderte bei dem Gedanken, wie Paige drauf gewesen sein musste, als er es endlich getan hatte. »Explosiv« fiel mir in dem Zusammenhang ein. Paige war keine Frau, die man ignorieren sollte. Das wusste ich nur zu gut, denn als ich es aus Versehen getan hatte, war sie verdammt eisig gewesen. »Freut mich zu sehen, dass du noch am Leben bist.«

Ryan lachte, lehnte sich auf die Theke und wirkte total locker dabei. »Es war schon ein bisschen Furcht einflößend. Und es gibt nicht viel, wovor ich Angst habe.«

»Außer Spinnen«, rief ich ihm in Erinnerung.

»Stimmt. Außer Spinnen. Und ganz ehrlich, nach dem Anschiss, den ich von dir bekommen habe, wäre es mir lieber gewesen, wenn jemand ein Glas voll mit den Viechern über meinem Kopf ausgeleert hätte.« Er lachte leise in sich hinein.

»Mir ist eingefallen, dass heute deine Saturn-Rückkehr ist, vor der es dir so graut.«

Ich gab ein Stöhnen von mir und ließ meinen Kopf in meine Arme auf der Theke sinken. »O Gott«, murmelte ich und spürte, wie mir vor Verlegenheit das Blut in die Wangen schoss.

»Du hattest gesagt, dass das der Grund sei, warum du diesen ganzen Astrologiekram machst. Ich habe Aoife danach gefragt, und sie hat mir einige Dinge erklärt. Zum Beispiel, dass es der Beginn eines neuen Kapitels ist und bewirken kann, dass dein Leben auf den Kopf gestellt wird – zumindest, wenn du an so was glaubst.«

Ich erwiderte nichts, schüttelte bloß den Kopf.

»Ich habe mich bei Paige erkundigt, was du machst, und sie sagte, dass sie dich herbestellt habe, um dich von dem Ganzen abzulenken. Ich wollte bloß mal vorbeischauen, um sicherzugehen, dass du okay bist. Ich wusste ja, was dir der heutige Tag bedeutet. Wenn er dir nicht so wichtig gewesen wäre, hättest du vielleicht ein paar Dinge anders gemacht.«

Ich krümmte mich innerlich bei seinen Worten, gab endlich nach und sah ihn an. Sah ihn wirklich an. Er wirkte blass und ein wenig eingefallen um die Augen herum, als ob er schlecht schliefe. Mir war vorher gar nicht aufgefallen, dass er kleine Lachfältchen um die Lippen herum hatte und vor Anspannung die Schultern hochzog.

»Es tut mir wirklich sehr leid«, sagte ich zu ihm.

Er zuckte mit den Schultern. »Mir auch. Ich habe überzogen reagiert.«

»Und ich habe mich ziemlich dämlich benommen«, ergänzte ich rasch. »Es war gar nicht meine Absicht, mich derartig auf diesen ganzen Kram einzulassen. Es sollte nichts weiter als ein Experiment sein, eine Ablenkung, und dann ist daraus eine Besessenheit geworden.«

Er zuckte wieder mit den Schultern und stellte sich gerade hin. »Trotzdem, ich hätte das erkennen müssen und nicht einfach den Kontakt zu dir abbrechen sollen.«

»Ich bin froh, dass du es getan hast«, sagte ich, ohne zu zögern. »Wenn du es nicht getan hättest, hätte ich vermutlich mit dem Ganzen so weitergemacht. Durch dich ist mir klar geworden, welche Fehler ich gemacht habe.«

Er presste die Lippen aufeinander. »Ich hätte schon früher etwas sagen oder es deutlicher machen sollen, wie sehr ich mir gewünscht hatte, dass du mich zu der Vernissage begleitest.«

Das Herz schlug mir bis zum Hals, und ich musste ein kindisches Lächeln unterdrücken, weil ihm offensichtlich etwas an mir lag.

»Es war allein meine Schuld«, erwiderte ich. »Wie sich herausgestellt, habe ich wohl eine etwas zwanghafte Art und neige dazu, mich einer Sache mit Haut und Haaren zu verschreiben. Was ich offenbar schon als Kind getan habe.«

»Ist das eine nettere Umschreibung dafür, dass du ein absoluter Sturkopf bist?«

»Wenn du es so nennen willst. Würde sich gut in meiner Biografie machen. Oder als meine Superheldinnen-Identität.«

»Ich glaube, bei mir wäre es eher *Der Idiot.*«

»Da könnten die Dostojewski-Fans aber behaupten, dass der Titel schon vergeben ist«, zog ich ihn auf.

»Aber nicht in der irischen Version.«

»Oh, geht's da um die grüne Insel, wo jeder rote Haare hat und es mehr Schafe als Einwohner gibt, die den ganzen Tag mit einem Whisky in der Hand im Pub sitzen?«

Ryan stieß ein lautes Schnauben aus. »Meinst du die Schafe oder die Bewohner?«, fragte er lachend, und ich stimmte mit ein.

So war das immer mit Ryan, unkompliziert und lustig. Ja, wir ärgerten uns gegenseitig und gerieten gelegentlich aneinander, aber nicht mehr, als ich es von zu Hause mit Mum und Grandad kannte. Für mich gehörte er fast zur Familie – aber zur erweiterten Familie und nicht etwa zu der Art von Familie, wo sie alle ihre Cousins und Cousinen heiraten und der Stammbaum wie ein Kranz aussieht.

»Ich habe es wirklich vermisst, Zeit mit dir zu verbringen«, sagte ich.

»Geht mir auch so. Ich wollte eigentlich auch gar nicht so lange wegbleiben. Aber dann kamen Weihnachten und Silvester und außerdem ging es Aoife gar nicht gut.«

»O Gott, was ist passiert?« Ich legte eine Hand auf seinen Arm.

»Es geht ihr schon wieder besser. Aber sie hatte über Weihnachten eine schlimme Erkältung, aus der eine Bronchitis geworden ist. Dazu noch ihre Muskelerkrankung. Ich war quasi wochenlang ihr persönlicher Bediensteter.«

»Oje, wenn ich das gewusst hätte, wäre ich vorbeigekommen und hätte euch geholfen.«

Ryan lächelte und legte seine Hand auf meine, die immer noch auf seinem Arm ruhte.

»Nachdem ich dir signalisiert hatte, dass ich Abstand brauche, schien es mir nicht der richtige Zeitpunkt zu sein, dich zu bitten, vorbeizukommen und meiner Tante das Abendessen zu kochen.«

»Du weißt doch, was für eine Superköchin ich bin«, sagte ich mit ironischem Unterton. »Da ist es schon gut, dass du es nicht getan hast, sonst hätte ich ihr damit vielleicht den Rest gegeben.«

»So schlimm kochst du auch wieder nicht«, erwiderte er netterweise.

»David hat immer gesagt, ich schaffe es sogar, Wasser anbrennen zu lassen«, sagte ich und verdrehte die Augen.

»David ist ein Idiot. Ein noch größerer als ich. Ich würde sogar so weit gehen zu behaupten, dass er ein Arschloch ist.«

»Das ist er in der Tat«, stimmte ich ihm zu.

»Also, mir hat dein Rührei auf Toast geschmeckt.«

»Ich habe einen Löffel Senf zugegeben«, sagte ich stolz, obwohl ich mir bewusst war, dass eine solche Anmerkung durchaus danebengehen konnte. Ryan nickte.

»Eine geheime Zutat.«

»Jawoll. Gibt auch noch etwas Farbe.« Wir begannen wieder beide wie auf Kommando zu lachen. »Weißt du, wir zwei haben die bemerkenswerte Angewohnheit, sehr schnell vom Thema abzuschweifen.«

Er nickte, richtete sich auf, ließ dabei meine Hand los, und ich zog sie weg.

»Das stimmt allerdings«, sagte er. »Und Paige hat mir nur zehn Minuten versprochen, dann will sie wieder hier sein.«

»Ziemlich schwarzeneggermäßig von ihr.«

»Ich vermute, dass sie Wort hält und in genau zehn Minuten wieder auftaucht.«

»Davon kannst du ausgehen. Und dann wird sie dich ohne jede Rücksicht darauf, was du heute vorhast, zum Anpacken verdonnern.«

»Ich habe heute nichts vor«, erwiderte er rasch. »Nachdem ich Aoife erzählt habe, dass ich herkommen werde, hat sie eine Nachbarin zu Tee und Kuchen eingeladen und mir erklärt, dass ich erst wieder auftauchen darf, wenn sie auf den neuesten Stand gebracht wurde, was die Kirche und den Gemeinderat angeht. Und das kann Stunden dauern. Für jemanden, der so viel für Astrologie übrighat, macht sie sich einen ziemlichen Kopf um ihre katholische Erziehung. Vielleicht muss ich heute Nacht unter irgendeiner Brücke schlafen.«

Ich gab ihm einen Klaps auf den Arm. »Ich würde ja sagen, du kannst bei mir übernachten, aber das wäre wohl etwas anmaßend von mir.«

»Ich bin ein Gentleman. Ich würde auf dem Sofa schlafen.«

»Ich habe immer noch keins«, teilte ich ihm mit.

»Immer noch nicht? Wieso? Hast du niemanden gefunden, der dir beim Tragen hilft?«, sagte er im Scherz und vergrub den Kopf in den Händen. »Das ist das Einzige, wofür ich deiner Ansicht nach zu gebrauchen bin, stimmt's? Für die schweren Arbeiten.«

»Nein!«, rief ich schnell, stand dabei so nah neben ihm am Tresen, dass sich unsere Körperseiten berührten. »Du bedeutest mir so viel mehr als nur das.«

»*Nur das*«, wiederholte er, und ich stieß ihm mit dem Ellbogen in die Rippen.

»Du bist einer meiner besten Freunde, gehörst praktisch zum Inventar. Es hat sich echt komisch angefühlt, dich in den letzten Wochen nicht hier gehabt zu haben. Und vor allem nicht mit dir reden zu können und deine Erfolge zu teilen.«

»Gilt auch umgekehrt«, sagte er leise. »Paige hat vielleicht mal das mit *Styler* erwähnt.« Ich wurde rot. »Glückwunsch. Ist mein Ernst. Du hast hart dafür gearbeitet.«

»Danke«, murmelte ich. Ich war nicht besonders gut darin, Komplimente anzunehmen. Daran musste ich in

Zukunft arbeiten. »Ich hatte eigentlich gehofft, dass du den einen oder anderen Auftrag übernehmen würdest, aber da wir ja nicht mehr …«

»Was immer du brauchst, Leo«, sagte er wie aus der Pistole geschossen. »Ich bin für dich da.«

Wir blieben für einen Moment einfach nebeneinander stehen. Unsere Körper berührten sich, sodass ich spürte, wie sich sein Brustkorb mit jedem Atemzug weitete und sich seine Muskeln anspannten, als er sich zu mir hinüberlehnte. Ohne zu zögern oder mich über die Situation lustig zu machen – wozu ich ja tendierte –, ließ ich es zu, dass er mich küsste.

Es dauerte nicht lang und war echt süß. Zwar kein Kuss aus einem Bodice-Ripper-Roman, bei dem im Hintergrund ein Feuerwerk explodiert und eine Liebeserklärung so schnell der anderen folgt, wie das Wasser die Niagarafälle nach einem Sturm hinunterströmt. Aber dennoch ein ganz wunderbarer Kuss. So zärtlich und wohltuend, genau das, was ich von Ryan, dem heimlichen Romantiker, erwartet hätte.

»Wäre wohl besser gewesen, vorher zu fragen«, flüsterte er, als er sich wieder aufrichtete und dabei das Lächeln nicht von seinen Lippen bekam. Ich neigte den Kopf zur Seite, schmeckte ihn zum ersten Mal auf meinen Lippen.

»Ich hätte nicht Nein gesagt«, erwiderte ich.

Er nickte, machte aber keine Anstalten, sich von mir wegzubewegen. Die Luft war aufgeladen, und mir wurde klar, dass er mich noch einmal küssen wollte. Ich drehte mich zu ihm hin und legte ihm die Hände auf die Schultern.

»Ich will ehrlich zu dir sein. Hundertprozentig«, sagte ich, und er machte sogleich ein langes Gesicht. »Ich mag dich wirklich. Ich mag dich sogar *sehr.* Und ich bin total happy, dass du wieder Teil meines Lebens bist. Wehe, du verschwindest noch mal und lässt dich nicht mehr blicken!« Ich versetzte ihm einen Klaps auf die Schulter, was ihn zum Lachen brachte. »Aber ich habe gerade erst herausgefunden, wie man Single und dabei auch noch glücklich sein kann, und sosehr ich mir das hier auch wünsche ...« Ich gestikulierte mit meiner Hand zwischen uns hin und her, und er ergriff sie und drückte sie für einen Moment an sich. »Ich brauche etwas Zeit.«

Er nickte, biss sich auf die Lippe und fuhr fort, meine Hand an seine Brust zu pressen, während meine andere auf seiner Schulter lag, als versuchten wir uns an einem ersten statuenhaften Walzer. Würde sich super machen bei der nächsten Staffel von *Let's Dance*!

»Verstehe«, sagte er leise und lehnte sich nach vorn, um mir einen Kuss auf die Stirn zu geben. Im selben Moment signalisierte ein resolutes Klopfen an der Tür, dass Paige und Tina zurück waren.

»Zehn Minuten«, sagte ich und atmete vernehmlich aus, als Ryan noch mal meine Hand drückte, sie dann losließ und zur Tür blickte.

»Man muss ihre Pünktlichkeit bewundern«, witzelte er. »Meinst du, die Welt wäre aus den Fugen geraten, wenn sie sich auch nur eine einzige Minute verspätet hätte?«

»Du kannst sie ja gern mal darauf ansprechen«, schlug ich ihm mit einem Augenzwinkern vor und machte mich auf den Weg zur Tür. Paige und Tina stürmten herein, ganz offenbar in eine hitzige Diskussion vertieft, ob Mozzarella oder Gorgonzola besser auf einer Pizza schmeckten.

»Das könnte die wichtigste Unterhaltung sein, die wir jemals in unserer Beziehung geführt haben!«, posaunte Tina heraus, so als wäre sie nicht gerade als Störenfried in etwas hineingestolpert. Paiges Blick huschte von mir zu Ryan, als sie die drei übereinandergestapelten Pizzakartons absetzte.

»Was habt ihr mitgebracht?«, erkundigte ich mich überflüssigerweise mit einem vergnügten Grinsen, wobei es mir so vorkam, als wären meine Muskeln schlaff wie Stoffpuppen, als ich mich in Bewegung setzte, um ihnen zu helfen.

»Pizza!«, trällerte Tina, die Teller aus der Küche holte. Als wäre das nicht offensichtlich. Paige legte einen Arm um meine Schulter und zog mich an sich.

»Ich liebe Pizza«, sagte Ryan, klatschte in die Hände und trat hinter den Tresen, um Tina zu helfen.

»Danke«, flüsterte ich Paige zu, als ich meinen Kopf für einen Moment auf ihre Schulter legte.

»Männer …«, seufzte sie. »Besser spät als schwanger, was?« Sie ließ mich los, puffte mich in die Seite und öffnete rasch die Kartons, um das mitgebrachte Essen zu verteilen. »Der Knoblauch-Dip ist für mich!«

37

Löwe: Wer einer plötzlichen Eingebung folgt, begibt sich oftmals auf eine lohnenswerte Reise. Mars verweilt in Ihrem zwölften Haus.

»Also, dieser Auftrag …?« Ryan stand mit einem klobigen Vorschlaghammer über der Schulter in meinem Garten und sah mich fragend an.

»Das ist eine Überraschung«, erwiderte ich. Ich kam gerade mit einem abgedeckten Tablett aus der Küche und stellte es im wild wuchernden Gras ab. Das Innere des Hauses war zwar inzwischen fertig, aber den Garten musste ich im Frühjahr in Angriff nehmen. »Ich schreibe im Moment meinen letzten Post auf ZodiActually, und ich hätte gern ein paar Vorher-Nachher-Fotos, die ich dafür verwenden kann.«

»Und an diesem Vorher und Nachher ist ein Vorschlaghammer beteiligt?« Er ließ den schweren Hammer nach unten schwingen, und das Ding wäre dabei fast auf seinem Fuß gelandet.

»Vorsicht!«, rief ich, machte einen hastigen Schritt auf ihn zu und wäre dabei fast gestürzt. Er fing mich gerade noch auf. Ich hatte zwar gesagt, dass ich noch Zeit brauchen würde, aber das bedeutete ja nicht, dass wir nach unserem sachten Durchbruch in Bezug auf körperliche Kontakte in dieser Hinsicht auch eine Pause einlegen mussten. Wir gingen jetzt viel ungezwungener miteinander um als früher. Ryan war sogar einmal abends, als ich uns etwas zu essen machte, auf meinem Sofa – besser gesagt auf Paiges altem Sofa – eingeschlafen, und ich ließ ihn dort mit einer Decke und einem Glas Wasser liegen und schickte Aoife eine Textnachricht, um sie wissen zu lassen, dass er bei mir war.

Die Emoji-Antwort von ihr war sehr überraschend: Taco und Aubergine kamen darin vor, was aber offenbar nichts mit *Sexting* zu tun hatte, sondern in gutgläubiger Absicht verwendet worden war, denn die Nachricht lautete nur: »Dein Essen muss ihn umgehauen haben.« Was mich zum Kichern brachte.

»Du wirst schon sehen«, sagte ich, griff mir eine Ecke von dem Handtuch, mit dem ich das Tablett abgedeckt hatte, und begann, laut von zehn rückwärts zu zählen. Ryan klopfte dazu einen Trommelwirbel auf seinen Oberschenkeln, als ich das Handtuch mit einem Ruck wegzog und »Voilà!« rief.

»Deine Kristalle?«, sagte er mit fragender Stimme und blickte auf meine Sammlung aus Selenit, Tigerauge, Rosenquarz und Türkis. Alles, was ich jemals bei Andrik gekauft hatte, befand sich auf dem Tablett und wartete darauf, von ihm in tausend Stücke geschlagen zu werden – ausgenommen mein Aventurin, den ich als Handschmeichler benutzte.

»Ja. Ich möchte, dass sie alle in winzig kleine Stücke geschlagen werden.«

»Aber warum?«, fragte er, und seine Augenbrauen wanderten in die Höhe.

»Weil wir sie, wenn sie winzig sind, für einige Upcycle-Projekte benutzen werden.« Ich machte auf dem Absatz kehrt, verschwand in der Küchentür und kehrte mit einem Bündel Holzrahmen, einem Bambusspiegel und einem Lampenschirm aus Veloursleder zurück. »Ich möchte die Kristalle zum Verzieren verwenden.«

»Aha, das ist also wieder eins von deinen Heißkleber-Projekten.«

»Und auch von deinen«, rief ich ihm in Erinnerung. »Seit wir diese Quasten in deinen Website-Shop aufgenommen haben, kommen wir mit der Herstellung kaum noch nach. Sie sind ständig ausverkauft.«

»Aber welcher Künstler, der ernst genommen werden will, verkauft schon Quasten?«, fragte Ryan provozierend.

»Es sind ja nicht nur Quasten. Bald werden auch deine anderen Upcycle-Projekte hinzukommen. Zum Beispiel diese Kunstdrucke aus deinen Kursen, die du mir geben wolltest, damit ich Notizkarten und Drucke daraus machen kann, und nicht zu vergessen die Aufkleber, die wir aus deinen Mond-und-Sternen-Designs von meinem Schreibtisch machen könnten.«

»Aber das ist alles nur Theorie«, rief er mir in Erinnerung und lehnte sich dabei auf den Vorschlaghammer. Was haben Männer nur immer mit Werkzeugen, dass sie sich ständig drauflehnen müssen, weil sie ja so harte Kerle sind?

Ich lachte spöttisch und nahm ihm den Hammer ab, der erstaunlich schwer war.

»Es ist ein Nebenverdienst, mit dem du dich über Wasser halten kannst, wenn du mal eine Durststrecke hast. Als Freiberuflerin weiß ich die Vorteile verschiedener

Einkommensquellen zu schätzen. Du wirst davon profitieren«, sagte ich mit erhobenem Zeigefinger zu ihm, den er zum Spaß wegschob, aber er wusste genau, dass ich recht hatte.

»Also schön«, sagte er schließlich. »Wie sollen wir das jetzt anstellen?« Er neigte den Kopf in Richtung Kristalle, und ich griff zum Tablett hinüber, auf das ich auch zwei Schutzbrillen gelegt hatte.

»Sicherheit geht vor!« Ich reichte ihm eine Brille und zog mir meine über den Kopf.

»Du siehst bezaubernd aus.«

»Halt die Klappe!« Ich wurde rot und hob einen der größeren Kristalle vom Tablett und trug ihn zu der Plane hinüber, die ich bereits weiter hinten im Garten ausgebreitet hatte.

»Sei vorsichtig!«, warnte Ryan, der mir folgte.

»Ich glaube, das hier wird sehr befreiend sein«, erklärte ich und bereitete mich darauf vor, den Vorschlaghammer auf Schulterhöhe zu heben und auf den Kristall herabsausen zu lassen, um ihn zu zertrümmern. »Das ist wie in einem dieser Wuträume, wo man zum Spaß Dinge zerstören kann. Oder wie auf einer Driving Range.«

»Bälle zu schlagen ist für dich ein Freizeitvergnügen?« Ryans Stimme wurde ein wenig schrill, und ich ignorierte die Anspielung.

Der Vorschlaghammer war wirklich ganz schön schwer, und es kostete mich einige Mühe, bis es mir überhaupt gelang, auch nur einen Splitter aus dem Kristall herauszuschlagen. Aber nach ein paar Versuchen hatte ich den Dreh heraus und schaffte es sogar, weder meinen Fuß zu treffen, noch zwischen meine Beine zu schwingen. Der Selenit, den ich mir ausgesucht hatte, zersplitterte und verteilte sich über die ganze Plane.

»Jetzt bist du an der Reihe«, sagte ich atemlos zu Ryan. Vermutlich sah ich aus wie Bridget Jones, nachdem sie im dunklen Taxi ihr Rouge aufgetragen hatte.

»Dann mal her damit«, sagte Ryan erfreut, griff nach dem Hammer und ließ mir kaum Zeit, mich in Sicherheit zu bringen, ehe er ihn so heftig auf den Kristall niedersausen ließ, dass die Stücke in alle Richtungen davonflogen.

»Vorsicht!«, schrie ich, aber er lachte nur. Jungs und ihre Spielzeuge.

Nachdem wir einen sehr reinigenden Nachmittag mit der Zerstörung von Kristallen verbracht und anschließend mit Eimern in der Hand die Stücke aufgesammelt hatten, kehrten wir ins Wohnzimmer zurück, um an unseren Projekten zu arbeiten.

Ich überließ Ryan das Dekorieren der Rahmen, denn er hatte ein gutes Auge für solche Dinge. Während er also die Strafarbeit erledigte und sich mit der Heißklebepistole austobte, verbrachte ich den größten Teil des Nachmittags damit, Tee zu kochen, die Schüssel mit Doritos nachzufüllen und weitere Dinge auf seiner Website hinzuzufügen, die bereits live geschaltet und infolge seiner Ausstellung eine viel besuchte Seite war.

Was die Kritiken seiner Fotos anging, hatte Ryan untertrieben. *Time Out* beschrieb seine Bilder als *Bestechend modern ohne jede Spur von Unaufrichtigkeit.* Der *Evening Standard* bezeichnete ihn als vielversprechendsten Künstler seit

Jahren, und sogar Künstler wie Damien Hirst hatten sich zu einem *Ausgezeichnet* oder *Überragend* hinreißen lassen.

Nachdem ich diese Kritiken entdeckt hatte, überzog ich natürlich jede Seite seiner Website damit, bis mir Ryan schließlich erklärte, dass es ihm langsam zu viel werde und er sich in seiner zurückhaltenden Art bedroht sehe. Aber jeder Künstler brauchte ein Ego, und ich war zufällig seins, und er war zufällig meins.

Als meine erste Kolumne über psychische Gesundheit und Astrologie in *Styler* abgedruckt wurde, hatte mich Ryan nicht nur gebeten, diese Ausgabe der Zeitschrift für ihn zu signieren, sondern sogar – vermutlich mit Paiges oder Tinas Hilfe, denn was Technik anging, war er ein hoffnungsloser Fall – heimlich auf seiner Website einen Link zu ZodiActually und meinem eigenen Profil hinzugefügt. Wenn die Leute seine Website besuchten, ergab sich also nicht nur die Gelegenheit, seine eigene Arbeit bekannt zu machen, sondern auch meine.

»Der erste Rahmen ist fertig«, sagte er zu mir, während ich den Entwurf für meine nächste Onlinekolumne tippte. Er hatte Selenit, Türkis und kleine Glasbruchstückchen miteinander kombiniert und daraus einen tollen Bilderrahmen in DIN-A4 gezaubert.

»Perfekt!«, sagte ich, griff nach meinem Smartphone und machte rasch ein Foto, um es auf Instagram zu teilen und an die Mädels zu schicken.

Paige: SENSATIONELL!

Tina: Ich hätte bitte gern einen in Grün.

Paige: Grün? Wo sollen wir den hinhängen? Passt nicht zur Einrichtung.

Tina: Wieso muss denn immer alles zueinanderpassen?
Tina: SIEH UNS AN!
Paige: Tina 1 Paige 0.

»Hast du schon eine Idee, was du reintun wirst?«, erkundigte sich Ryan und legte den Rahmen vorsichtig hin, um sich dem Rest zuzuwenden.

»Ich dachte an mein Abschlusszeugnis von der Uni oder vielleicht meinen ersten veröffentlichten Artikel. Irgendwas Bedeutendes.«

»Kein Foto?«, fragte er lachend.

»Fast alle meine Fotos sind hier drauf«, erwiderte ich und hielt dabei mein Smartphone in die Höhe. Wie bei den meisten meiner Generation war Facebook mein Fotoalbum, und Rahmen gab's nur auf Instagram. »Aber da wäre schon eins, das ich gern aufhängen würde. Warte mal.«

Ich stand von Paiges altem Sofa auf, das beinahe unter all den Dekokissen erstickte, die ich darauf verteilt hatte, um es wenigstens etwas bequemer zu machen, und ging in mein Schlafzimmer. Oben auf der Kommode, neben Keith, dem Bonsai, lag ein Polaroid-Fotostreifen. Ich nahm ihn mit ins Wohnzimmer. »Den würde ich gern rahmen.«

Ich reichte Ryan den Streifen, und ein Strahlen ging über sein Gesicht.

Die Fotos zeigten uns an Halloween. Auf den beiden ersten waren wir vier zu sehen, wie wir verzweifelt versuchten, uns mit Tinas gigantischem pinkfarbenem Tüllkleid und der Weinflasche, die sie von der Bar geklaut hatte, in eine Nische zu quetschen. Das dritte zeigte Paige, die Tina hinausbeförderte, während Ryan und ich im Hintergrund wie die Irren lachten.

Auf dem letzten Foto war ich mit Ryan zu sehen. Wir trugen beide unsere Partnerkostüme aus *Fleabag* – die weibliche Figur gleichen Namens und der heiße Priester –, und wir sahen einander an und lachten schallend. Das war das fröhlichste Foto, das ich von mir besaß.

»O ja«, sagte Ryan und grinste, dass sich seine Lachfältchen vertieften. »Das gehört in einen Rahmen.«

Er reichte mir den Streifen zurück, und ich legte ihn vorsichtig auf den Schreibtisch, den er für mich gemacht hatte, bevor ich wieder zum Sofa zurückkehrte, mein Laptop auf einem Kissen, während Ryan sich am anderen Ende wieder daranmachte, Kristallscherben auf die Rahmen zu kleben.

Styler hatte eine eigene Horoskopseite. Auf der heutigen war zu lesen, dass in der Liebe stürmische Zeiten auf mich zukamen, doch ich war mir ziemlich sicher, dass ich mir darüber keine Gedanken machen musste.

Es mochte nicht wie das vollkommene Glück erscheinen, das ich mir immer für die Zeit nach meiner Saturn-Rückkehr erhofft hatte, aber nun, da ich es tatsächlich lebte, empfand ich es als vollkommen.

Epilog

Als ich diesen Blog gestartet habe, war ich in einer furchtbaren Verfassung. Nicht unbedingt in körperlicher Hinsicht, denn ich wohnte vorübergehend bei meiner besten Freundin, deren Einrichtungstalent selbst Bobby Berk aus *Queer Eye* in den Schatten stellt, aber emotional und mental total am Boden.

Während ich seinerzeit also herumsaß und Trübsal blies, meinen Kummer in Merlot ertränkte, Chips in mich hineinstopfte und immer noch meinem missratenen Ex-Verlobten hinterherheulte, wandte ich mich als Millennial natürlich dem Internet zu. Meine Google-Suchleiste war mit den typischen Suchanfragen gefüllt:

Filme für die Zeit nach der Trennung
Filme für die Zeit nach der Trennung ohne Katherine
Heigl in der Hauptrolle
Glitzerbomben günstig kaufen
Die besten Reiseziele für Singles
Break-up-Frisuren
Wo ist das nächste Kloster?

Halt die übertrieben dramatische Suchleiste, wenn du in den Zwanzigern bist. Als Ergänzung fügte ich noch hinzu: *Wann ist meine Saturn-Rückkehr?*

Meine andere beste Freundin hatte diesen astrologischen Ausdruck am Abend zuvor – nach der ursprünglichen Trennung und dem anschließenden Fiasko – erwähnt. Zu behaupten, sie hätte mich damit neugierig gemacht, wäre ziemlich untertrieben, denn auf der Suche nach Informationen über dieses astrologische Phänomen, das ich in dem Moment für mein beschissenes Leben verantwortlich machte, durchforstete ich nicht nur die Stadtbibliothek nach Büchern zu dem Thema, sondern kämpfte mich auf der Jagd nach Antworten bei Google bis zur 108. Ergebnisseite durch und betrachtete alles Mögliche, nur nicht mein eigenes Leben und die Entscheidungen, die ich bisher getroffen hatte.

Die treuen Leserinnen und Leser von ZodiActually wissen bereits, dass die Saturn-Rückkehr ungefähr alle neunundzwanzigeinhalb Jahre stattfindet und den Beginn der nächsten Lebensphase anzeigt. Sollte Astrologie nicht unbedingt dein Ding sein, könntest du das Ganze in drei einfache Abschnitte unterteilen: deine Quarterlife-Crisis, deine Midlife-Crisis und deine End-of-Life-Crisis.

Meine Saturn-Rückkehr fand im Februar statt, liegt nun bereits einige Wochen zurück und verlief erstaunlich ruhig.

In den Monaten zuvor gab es die üblichen Höhen und Tiefen, wie in jedem anderen wechselvollen Abschnitt meines Lebens. Aber zu der Zeit war ich davon überzeugt, dass alles etwas mit den Sternen zu tun hatte und es unabdingbar für mich war, ihnen zu folgen. Ich habe mich inspirieren lassen von Sklaven der griechischen Götter, von Jüngern und Gottheiten, und mich den Sternen ausgeliefert.

Inzwischen hat mein Horoskop nicht mehr diese Macht über mich, und ich bin zu traditionelleren Methoden zurückgekehrt, um den Sternen zu folgen, die eher theoretisch und nicht mehr astrologisch sind. Aus diesem Grund habe ich seit Neujahr kaum noch etwas auf ZodiActually gepostet.

In meinem letzten Post hatte ich ausführliche Details über meine Erfahrungen bei der Vorbereitung auf die Saturn-Rückkehr mit euch geteilt, wobei ich auf Einzelheiten zu den Tarotkartenlegungen und meiner inzwischen aufgelösten – oder besser gesagt zerstörten – Kristallsammlung und auf einiges mehr eingegangen bin. Die Resonanz war – man möge mir das Wortspiel verzeihen – astronomisch. Viele von euch waren überrascht, dass ich, nachdem ich lange Zeit so hingebungsvoll meinem Horoskop gefolgt war und der Astrologie so aufgeschlossen gegenübergestanden hatte, bereit war, mein astrologisches Leben hinter mir zu lassen.

Vor Kurzem habe ich mich wegen eines Artikel über meine Erfahrungen, den ich für *Styler* geschrieben habe, noch einmal in die Bücher über die Saturn-Rückkehr vertieft. Dieses Mal allerdings mithilfe der sehr talentierten Astrologin Aoife McQueen, die so etwas wie eine spirituelle Teilzeit-Leitfigur für mich geworden ist. Die Recherche ergab, dass Saturn zwar ein sozialer Planet ist, aber auch bekannt als »der große Übeltäter«. Bei seinen Wanderungen durch das Sternsystem wird ihm aufgrund der Veränderung, die er im Leben eines Menschen verursacht, des Öfteren mit einem Unheil verkündenden Gefühl der Angst begegnet.

Wir sind Gewohnheitstiere, die sich mit der Erkenntnis, das eigene Leben verändern zu müssen, schwertun, selbst wenn es eine Wende zum Besseren bedeutet. Und unsere Saturn-Rückkehr soll genau diese Erkenntnis bewirken. Ob man nun daran glaubt oder nicht, es war tatsächlich ungefähr zu der Zeit meiner Saturn-Rückkehr, dass mir bewusst wurde, mein Leben überdenken zu müssen. Wenngleich die Zynikerin in mir – die nach der Rückkehr langsam wieder hervorgekrochen kam – mahnte, dass mein Zusammenbruch, meine Entlassung und der Verlust meiner Wohnung Monate vor dem Zeitpunkt passiert waren, an dem meine Saturn-Rückkehr stattfinden sollte.

Liebe Sternengeschwister, ich weiß ehrlich gesagt nicht mehr, was ich glauben soll. Ein Teil von mir möchte alles, was ich über Astrologie, Geburtshoroskope, Saturn-Rückkehr und Kristalle gelernt habe, sinnbildlich gesprochen unter den Teppich kehren. Aber ein anderer Teil möchte gern an einigen Elementen festhalten, weil ich die Vorstellung von einer höheren Macht, die unser Leben bestimmt und weder eine Gottheit noch irgendeine diktatorische Erscheinung ist, sehr tröstlich finde.

Ich habe mich allerdings entschieden, dass dies mein letzter Post auf ZodiActually sein wird.

Ein weiser Mann, der kein Mystiker und auch kein Wahrsager ist, hat mir einmal geraten, meinem Herzen zu folgen und nicht meinem Horoskop, und er hatte recht damit. Natürlich hatte er recht, denn er ist mein Großvater.

Wenn wirklich etwas in den Sternen steht, dann werde ich es gewiss auch in meinem Herzen finden – im Positiven wie im Negativen.

Vielleicht werde ich mich eines Tages zurückmelden, um über neue Abenteuer oder Erfahrungen mit der Astrologie zu berichten – ich muss zugeben, dass ich einen Fuß immer noch ein kleines Stückchen in der Tür habe.

Aber angesichts meines neuen Jobs bei *Styler* und all meiner Aktivitäten – ich habe begonnen, Webseiten zu gestalten, richte die neue Wohnung meiner beiden besten Freundinnen mit ihnen und für sie ein, und ich habe mich für einen Kurs über digitale Kunst angemeldet – hat ZodiActually vorerst seinen Höhepunkt erreicht.

Meine Kristallsammlung ist nun in der wundervollen Form einer Galeriewand in meiner Wohnung verteilt, aus meiner Tarotkartensammlung ist eine fantastische Untersetzerkollektion geworden – erhältlich bei *Ryan McQueen Fotografie und Kunst*, falls jemand Interesse haben sollte –, und die Horoskop-App habe ich auf meinem Smartphone gelöscht.

Obwohl ich ehrlicherweise gestehen muss, dass ich heute, zu Ehren meines letzten Posts auf ZodiActually, doch noch einmal einen Blick in mein Horoskop geworfen habe.

In der Liebe läuft es ab diesem Monat gut für Sie, heißt es dort.

Ich kenne da einen gewissen Jemand, der sich vielleicht freut, das zu hören. Und meine Mutter wird begeistert sein!

Bis irgendwann, liebe Sternengeschwister, ob in diesem Leben oder in einem anderen. Mögen eure Chakren immer ausgerichtet sein, eure Kristalle niemals Risse bekommen und eure Planeten … nun ja, das tun, was auch immer diese verdammten Planeten tun.

Danksagungen

Zunächst möchte ich mich bei allen bedanken, die diesen Roman gelesen haben. Da ich selbst in der Buchbranche arbeite, weiß ich, dass es kein leichtes Unterfangen ist, Leser*innen mit einer Geschichte so zu packen, dass sie sie bis zum Ende lesen. Daher bin ich überglücklich, dass ihr euch für meinen Roman entschieden habt.

Ich kann mich gar nicht genug bei meiner Agentin, Hannah Weatherill, bedanken. Ich bin so froh, dass wir uns damals auf dieser Party begegnet sind und du dich ein halbes Jahr später immer noch an mich erinnern konntest, als ich in deinem Posteingang gelandet bin. Danke auch an das verflixt nette Team von Northbank: Lorna, Sophie, Diane und James.

Mein Dank geht ebenso an meine kreative Komplizin und unvergleichliche Lektorin Bea Fitzgerald. Danke, dass du dieses Buch mit deinem coolen Humor und deinen umwerfenden Einzeilern bereichert hast. Ganz zu schweigen von deinen Requisiten – das Verkaufsvideo ist wirklich klasse!

An das erweiterte Team von Hodder Studio. Danke, dass ihr ein Teil vom Planeten-Team gewesen seid:

Marketing: Callie Robertson
Presse: Niamh Anderson
Herstellung: Claudette Morris
Redaktion: Christina Webb
Korrektorat: Aruna Vasudevan
Design: Kate Brunt
Cover-Design: Holly Ovenden
Hörbuch: Ellie Wheeldon

Und an die wundervollen Vertriebsteams, die Buchhändler*innen, die Rezensent*innen und all die Leser*innen, die dabei geholfen haben, dass Menschen von diesem Buch erfahren. Ich bin Ihnen allen – Hand aufs Herz! – wirklich unendlich dankbar.

An meine Familie – insbesondere meine großartigen Eltern, die mich über alle Maßen unterstützt haben. Danke, dass ihr mein ständiges »Ich brauche ein Schreibwochenende« und mein freches »Ich bin oben, wenn ihr mich braucht … also braucht mich lieber nicht« ertragen habt, während ich im Lockdown dieses Buch geschrieben habe. Ihr habt nicht nur meinen anmaßenden Aufschrei »Ich bin Autorin« ertragen, sondern mich auch mit Kaffee, Keksen und Anekdoten für meine Geschichten versorgt. Ich habe euch so lieb!

An meine beste Freundin, Freyja. Du bist Managerin eines Katzencafés, und ich bin Autorin! Träume werden also doch wahr, wie du siehst. Danke, dass du mich in der ganzen Zeit immer wieder so großartig angefeuert hast! Und an Nini, die wie eine kleine Schwester für mich ist.

An meine Mentor*innen und an alle, die mich über die Jahre hinweg inspiriert haben: Phoebe Morgan, Francesca

Riccardi und Christine Alison – und meine erweiterte Bybrook-Familie. Danke, dass ihr mich aus meinen übersprudelnden Tiefen geholt (»Jetzt beruhig dich mal wieder, Liebes«) und mir immer mit Rat und Tat zur Seite gestanden habt.

Und schließlich an den Books before Boys Club: Holly Domney, Siân Heap und Clare Holloway. Danke, dass ich hin und wieder meinen Frust bei euch rauslassen und Teile unserer WhatsApp-Gespräche verwenden durfte. Ohne euch hätte ich das hier nie geschafft.